국 학 집
한 문 8
현 대 전

봄
봄

김 유 정 단 편 선

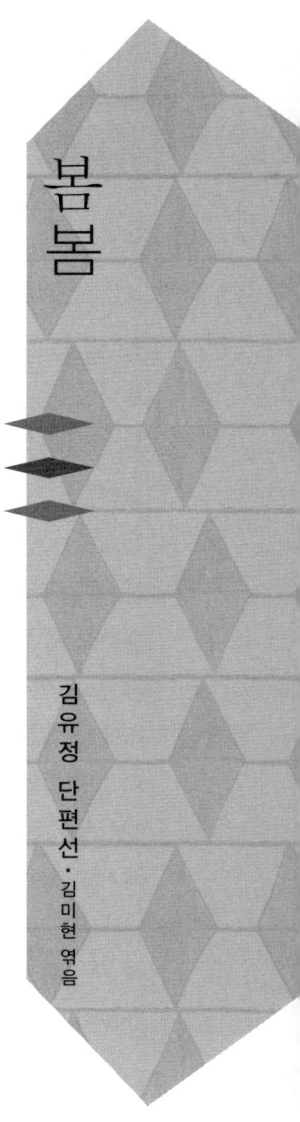

봄봄

김유정 단편선·김미현 엮음

H
현대문학

학교 교육에서 문학 교육이 차지하는 비중은 대단히 크다. 초등학교, 중학교, 고등학교 국어 과목 안에 '문학'이 한 영역을 차지하고 있으며, 고등학교에서는 심화 학습으로 문학 과목을 배운다. 문학 교육의 비중은 갈수록 커져가고 있어 '2009년 개정 교육과정'에서는 문학 1과 문학 2로 과목이 확대되었다.

게다가 인문학 교육의 중요성이 강조됨에 따라 대학 교육에서 문학 교육의 위상이 갈수록 높아지고 있음은 모두가 아는 사실이다. 인간과 세계의 진실을 정신과 감각의 차원에서 통합적으로 파악하고자 하는 문학에 대한 넓고 깊은 이해가 중요함은 새삼 말할 필요도 없다. 모든 학문의 바탕이며 동시에 종합인 문학에 대한 올바른 인식이 확산되면서 그동안 실용 학문에 밀려 주변부를 맴돌았던 문학 교육이 다시금 제자리를 찾아 교육의 중심으로 돌아오고 있다. 따라서 지금이야말로 문학 교육에 더 많은 관심을 기울여야 할 때이다.

새로운 현실은 새로운 문학 전집을 요청한다. 문학 교육의 중요성이 갈수록 더 강조되고 문학 교육의 위상이 갈수록 높아지는 새로운 현실의 요청에 응하여 여기 〈한국현대문학전집〉을 펴내고자 한다.

우리는 몇 가지 원칙에 따라 이 전집을 엮고자 하였다. 〈한국현대문학전집〉의 편집 원칙은 다음과 같다.

첫째, 국문학계에서의 연구 성과에 근거하여 한국현대소설사를 일구어온

대표 작가의 대표작들을 엄선하여 수록함으로써, 이들 대표 작가 개개인의
문학 세계와 한국현대소설사의 구체적 전체상을 담아낸다.

둘째, 문학 교육의 비중이 갈수록 높아지는 현실에 따라 문학 교육 과정에
서 중시되고 있는 작품들을 수록한다. 문학 교육 과정에서 중시되는 작품들
은 곧 한국현대소설사에 솟아 있는 우수한 작품들이니 이는 첫 번째 원칙과
통한다.

셋째, 작가의 최종 수정판을 수록하는 것을 원칙으로 하되, 명백히 잘못된
부분은 다른 판본과의 대조를 통해 수정함으로써 비평적 정본을 제시한다.

넷째, 전문 연구자의 해설을 붙여 독자가 해당 작가의 문학 세계를 깊이 이
해할 수 있도록 한다. 해설은 작가의 삶과 문학 세계에 대한 비평적 개괄과
수록 작품들에 대한 정밀한 분석 두 부분으로 구성한다.

다섯째, 작품들 뒤에 그 작가의 문학 세계를 이해하는 데 도움이 될, 그 작
가와 관련된 수필 또는 비평문을 두세 편 수록한다.

〈한국현대문학전집〉이 학교의 문학 교육 현장을 비롯한 문학 생활의 공간
곳곳에서, 학생들에게 그리고 문학을 사랑하는 모든 사람들에게 널리 읽히
기를 바란다.

2010년 가을
〈한국현대문학전집〉 편집위원회

일러두기

1. 이 책은 작가 김유정이 자신의 작품들을 처음 발표한 신문과 잡지 등을 원본으로 삼았다. 작품들은 발표 연대순으로 수록하였으며 각 작품의 마지막에 그 출처를 밝혀두었다.

2. 이 책은 현행 한글 맞춤법에 따르는 것을 원칙으로 하였다. 다만 방언이나 고어, 구어체 표현, 의성어, 의태어 등 작품의 분위기에 영향을 미친다고 단단되는 경우 그대로 두었으며, 특히 대화문에서는 옛 표기를 최대한 살렸다.

3. 외래어는 현행 외래어 표기법에 따라 바꾸되 작품의 배경이 되는 시대 분위기를 전달하는 데 도움이 되는 경우에는 그대로 두었다.

4. 원본의 한자는 한글로 바꾸고 작품 이해에 꼭 필요한 경우가 아니면 한자를 병기하지 않았다.

5. 대화나 인용은 " ", 생각이나 강조는 ' '로 표시하였다. 또한 책 제목은 『 』, 단편 소설이나 시 등은 「 」, 잡지나 신문 등은 〈 〉, 영화나 연극, 노래 등은 〈 〉로 통일하였다.

6. 독자들의 이해를 돕기 위해 필요한 경우 국립국어원의 표준국어대사전, 『소설어 사전』(최동호 · 김윤식 저, 고려대학교 출판부), 『김유정 어휘사전』(임무출 저, 박이정) 등을 참고하여 뜻풀이를 달았다.

눈물과 웃음의 이중주

김미현

　1930년대의 대표적인 작가인 김유정(1908~1937)은 수필 「병상의 생각」에서 자신의 문학관을 다음처럼 피력한다. "어느 누구는 예술의 목적이 전달에 있는가, 표현에 있는가, 고 장히 비슷한 낯을 하는 이도 있습니다. 이것은 마치 사람이 먹기 위하여 사는가, 살기 위하여 먹는가, 하는 이 우문에 지나지 않습니다. 표현이란 원래 전달을 전제로 하고야 비로소 그 생명이 있을 겝니다. 다시 말하면 그 결과에 있어 전달을 예상하고 계략計略하여가는 그 과정이 곧 표현입니다." 이 말을 통해 볼 때 김유정에게 문학은 '전달(내용·주제)'만을 위한 것도 아니고, '표현(형식·언어)'만을 위한 것도 아니다. 그 둘의 관계는 닭과 달걀의 관계와 같고, 서로의 인과가 되는 관계와도 같다. 어느 한쪽에 치우치지 않는 김유정 문학의 균형 감각을 엿볼 수 있는 대목이다.

　이와 연관되어 1930년대의 대표적인 3명의 단편 작가 이효석·이상·김유정의 작품 세계를 비유적으로 표현한다면 이효석은 '위'를, 이상은 '아래'를, 김유정은 '옆'을 보려 한 작가라고 할 수 있다. 이효석이 현실로부터의 초월을 지향하면서 환상적인 천상계를 추구했다면, 이상은 내면세계를 중심으로 자아의식의 지하 갱도坑道에 집착했고, 이들과 달리 김유정은 지상적인 것을 추구하면서 옆에서 흔히 볼 수 있는 생활인들의 삶에 관심을 두었다는 것이다.* 앞의 수필에서 김유정 자신도 "나에게 있어 문학이란 나의 생활의 한 과정입니다."라고 직접 말하고 있기도 하다.

이처럼 김유정이 실제의 현실적 삶에서 영위되는 '생활' 세계를 '옆'의 차원에서 문학화했기에 그의 소설에서는 '만무방'(예의나 염치가 없는 사람), '따라지'(보잘것없거나 하찮은 처지에 놓인 사람), '들병이'(병에다 술을 담아 가지고 다니면서 파는 사람) 등 1930년대를 배경으로 주변부에서 소외되고 가난한 삶을 사는 생활인들의 애환이 그대로 드러나고 있다. 그러므로 흔히 김유정 소설의 대표작으로 논의되는 「봄·봄」이나 「동백꽃」의 영향 때문에 순박한 농민들을 중심으로 건강하고 생명력 있는 해학성과 토속성을 김유정 소설의 특성으로 간주하는 것은 김유정 소설을 절반만 이해하는 것이다. 그렇다면 무엇보다도 김유정 소설에 대한 두 가지 '은근한 오해'를 '제대로 된 이해'로 바꾸는 것이 중요하다.

한 가지는 김유정 소설은 해학성만이 아니라 풍자성도 강하다는 것이다. 심지어 「봄·봄」이나 「동백꽃」, 「산골」 같은 소위 '순수농촌소설'에도 노동력을 착취하려는 지배층(장인)과 피지배층(사위·일꾼) 사이의 갈등이 내재되어 있기에 "돈 있으면 양반이지"(「봄·봄」)라거나 "내가 점순이하고 일을 저질렀다는 점순네가 노할 것이고 그러면 우리는 땅도 떨어지고 집도 내쫓기고 하지 않으면 안 되는 까닭"(「동백꽃」), 혹은 "종은 상전과 못 사는 법"(「산골」)이라는 계급 의식이 숨어 있다. 그동안 덜 강조되었지만 이런 소설들이 가난 때문에 자신이 농사지은 밭의 벼를 스스로 훔칠 수밖에 없는 모순을 보여주는 「만무방」에서 "농군의 살림이란 제 목

* 임중빈, 「닫힌 사회의 회화」, 『부정의 미학』, 한얼문고, 1972. 147~148쪽 참조.

매기"라는 사회 비판 의식과 연결될 수 있다.

나머지 한 가지는 김유정이 강원도를 중심으로 한 농촌 소설을 주로 쓴 향토적 작가인 것만이 아니라 서울을 중심으로 한 도시 빈민층의 리얼한 일상을 지속적으로 문학화한 작가이기도 하다는 사실이다. 이 책에 실린 「심청」, 「따라지」, 「두꺼비」, 「이런 음악회」, 「정조」, 「슬픈 이야기」 등이 도시 소설에 속한다. 30여 편의 소설을 쓴 김유정은 농촌 소설과 도시 소설을 거의 비슷한 비율로 창작했다. 이를 통혜 볼 때 김유정은 농촌을 무대로 한 토속적인 작품을 쓴 작가이자, 도시를 배경으로 삼은 구인회 소속의 작가이기도 했던 것이다. 다시 한 번 김유정이 균형 잡힌 시각을 지닌 '겹눈'의 작가라는 사실을 확인할 수 있다.

무엇보다도 이런 김유정의 균형 감각은 그의 소설 속에서 실제로 가장 잘 구현되고 있다. 그 단초를 보여주는 구절이 있다. 다음의 예문을 보면 김유정 소설의 1) 금점金店이나 노름판 돌아다니기, 2) 아내 내다 팔기, 3) 심각한 내용을 우습게 전달하기 등 김유정 소설의 특성이 모두 드러나고 있다.

나도 올겨울에는 금점이나 좀 해볼까, 그렇지 않으면 투전을 좀 배워서 노름판으로 쫓아다닐까. 그런대도 밑천이 들 터인데 돈은 없고 복만이같이 내 팔 아내도 없다. 우리 집에는 여편네라곤 병든 어머니밖에 없으나 나이도 늙었지만(좀 부끄럽다) 우리 아버지가 있으니까 내 맘대론 못 하고—

—「가을」에서

먼저 내용과 관련하여 '금점'이나 '노름판'에서 일확천금을 꿈꾸는, 일견 허황되어 보이는 인물들이 김유정 소설에 많이 등장한다. 대표적인 작품이 「금 따는 콩밭」, 「노다지」, 「소낙비」 등이다. 「금 따는 콩밭」은 멀쩡하게 농사가 잘된 콩밭을 금을 캐기 위해 망친 것도 모자라 자기 밭에서 나오지도 않은 금이 나왔다는 사기에 넘어가는 영식이가 주인공이다. "금인가 난장을 맞을 건가 그것 때문에 농군은 버렸다. 이게 필연코 세상이 망하려는 징조이리라." 「노다지」에서도 꽁보는 "금쟁이치고 하나 순한 놈 못 봤다."라는 말을 확인시켜주는 듯이 금 때문에 생명의 은인마저 배신한다. 「소낙비」에서의 춘호 또한 노름 밑천을 마련하는 것에만 정신이 팔려 "내일 밤 이 원을 가지고 벼락같이 노름판에 달려가서 있는 돈이란 깡그리 모집어 올 생각"에 아내가 몸을 팔러 나가는 줄도 모른 채 기대에 차 있다. 그러나 김유정은 이들을 도덕적으로 단죄하지 않는다. 오히려 이들이 이렇게 될 수밖에 없는 사회 구조나 억압에 대해 생각하게 한다. "어느 산골엘 가 호미를 잡아보아도 정은 조그만치도 안 붙었고, 거기에는 오직 쌀쌀한 불안과 굶주림" 만이 있었기 때문이다. 그들은 무조건, 그리고 처음부터 아주 쉽게 금광이나 노름에 빠진 것이 아니라 자신들도 어찌어찌 하다 보니 어쩔 수 없이 그렇게 된 것이다.

　더욱 심각하고 처절한 것은 앞에서 인용한 「가을」에 나타나고 있듯이 그런 가난을 타개하기 위해 아내를 팔아먹거나 들병이로 내보내려는 남편들의 경우이다. 「총각과 맹꽁이」, 「소낙비」, 「솥」, 「안해」, 「가을」, 「땡볕」 등이 대표적인 작품들이다. 「총각과 맹꽁이」에서 맹꽁이는 두 가지 의미를 지닌다. 첫째는 암놈과 수놈이 정답게 노래 부르는 것과 관련되어 덕만이가 들병이와 그런 관계를 맺고 싶어 하는 것이고, 둘째는 덕만이가 맹꽁이(바보)처럼 뭉태에게 그 들병이를 빼앗기는 것이다. 그런데 덕만이가 들병이에게 관심을 갖는 것도 사실은 자신 또한 들병이가 벌어다 주는 돈으로 편하게 살고 싶기 때문이다. 「솥」에서 근식이는 계숙이라는 들병이에게 홀려 곤욕을 치른다. 문제는 계숙이의 들병이질에 그녀의 남편도 기꺼이 동참하고 있다는 것이다. 「땡볕」의 비극성이 가장 심각하다. 희귀병에 걸리면 실험 대상이 되어 병도 고치고 돈도 벌 줄 알았던 덕순이 부부는 알고 보니 죽은 아이가 배 속에 있어서 돈을 벌기는커녕 부인마저 죽게 생겼다.

이를 통해 김유정은 기존의 도덕이나 윤리보다는 먹고사는 본능의 문제가 더욱 중요하다는 사실을 역설하고 있다. '지상적인 것'을 추구한 작가답게 일상생활에서 좀 더 인간답게 생활하려는 몸부림을 부각시킨다. 「가을」에서 복만이는 같이 살면서 굶는 것보다는 떨어져 살더라도 잘 먹기 위해서 아내를 소 장수에게 판다. 여기서 기존의 부부 윤리나 성도덕이 가난으로 인한 배고픔 때문에 가볍게 여겨진다. 복만이 부부의 당면 과제는 그저 밥 먹으며 살아가는 것 자체이다. 그렇기에 그들은 윤리 의식에 구애받지 않고 "제 손으로" 아내를 팔며 그 아내도 "마땅히 저 갈 길을 떠나는 듯이" 남의 처가 되기 위해 떠난다. 물론 나중에는 복만이 처가 이미 계획에 있었던 듯 복만이와 다시 도망을 감으로써 상황은 반전된다. 이로써 진짜 원해서가 아니라 정황상 필요하기 때문에 아내를 팔 수밖에 없는 억압적인 현실을 극대화한다.

그런데 이런 내용적 측면에만 주목한다면, 또다시 김유정 소설을 절반만 이해한 것이다. 다른 사회 비판적 풍자 소설들과 별다를 바 없기 때문이다. 이토록 심각하고 비참한 주제를 다루면서도 김유정은 웃음을 자아낸다. 영화광이었던 김유정이 코미디 배우인 찰리 채플린이나 버스터 키튼을 좋아했었고, 첫사랑이자 짝사랑 상대였던 명창 박녹주로 인해 판소리에 관심을 가지게 되었다는 이력과도 연관 지을 수 있다. 그래서인지 이런 비극적 상황에서도 들병이는 같이 살 마음이 전혀 없는데 "살재두 나는 인전 안 살 터이우"(「총각과 맹꽁이」)라며 헛물을 켜거나, 돈을 받을 수 있다는 이유로 자신의 몸을 겁탈하다시피 한 지주를 진심으로 "하늘같이 은인같이"(「소낙비」) 여긴다든가, 번히 자기네 집 솥인데도 "아니야 글쎄, 우리 솥이 아니라ㄴ깐 그러네 참"(「솥」)이라며 아무도 믿지 않을 거짓말을 하기도 한다. 심각한 상황에 어울리지 않게 무지하면서도 가벼운 말을 함으로써 웃음을 유발하고 있는 것이다.

보다 구체적으로 살펴보면, 김유정 소설 속의 웃음은 앞의 「가을」에서처럼 상황에 어울리지 않는 말을 통해 주로 유발되고 있다. 밑천을 만들기 위해 내다 팔 '물건'으로 써먹을 아내가 없으니 아쉬운 대로 어머니한테까지 눈이 가지만, 어머니는 늙은 데다가 아버지라는 임자가 있어 곤란하다는 것이다. 이처럼 김유정은 상황을 전도시킴으로써 웃음을 유발한다. '비극 속의 희극' 혹은 '희극 속의 비극'이라는 삶의 복합성과 입체성, 상대성을 강조하기 위한 문학적 장치가 바로 김유정식 웃음의 언어이다. 현실을 뒤집어 보게 하거나, 주관적 몰입이 아닌 객관적 거리 감각을 통해 현실의 난관을 극복하기 위해 웃음이라는 슬픔의 방어 기제를 사용하는 것이 김유정 소설이라고 할 수 있다.

년의 꼴 봐하니 행실은 예전에 글렀다. 이년하고 들병이로 나갔다가는 넉넉히 나는 한옆에 재워놓고 딴 서방 차고 달아날 년이야. 너는 들병이로 돈 벌 생각도 말고 그저 집 안에 가만히 앉았는 것이 옳겠다. 구구루 주는 밥이나 얻어먹고 몸 성히 있다가 연해 자식이나 쏟아라. 뭐 많이도 말고 굴때 같은 아들로만 한 열다섯이면 족하지. 가만있자, 한 놈이 일 년에 벼 열 섬씩만 번다면 열댓 섬이니까 일백오십 섬. 한 섬에 더도 말고 십 원 한 장씩만 받는다면 죄다 일천오백 원이지. 일천오백 원, 일천오백 원, 사실 일천오백 원이면 어이구 이건 참 너무 많구나. 그런 줄 몰랐더니 이년이 배 속에 일천오백원을 지니고 있으니까 아무렇게 따져도 나보담은 낫지 않은가.

—「안해」에서

그렇다 하더라도 병이 괴상하면 할수록 혹은 병은 고치기가 어려우면 어려울수록 월급이 많다는 것인데 영문 모를 아내의 이 병은 얼마짜리나 되겠는가, 고 속으로 무척 궁금하였다. 아이가 십 원이라니 이건 한 십오 원쯤 주겠는가, 그렇다면 병 고치니 좋고, 먹으니 좋고, 두루두루 팔자를 고치리라고 속안으로 육조배판을 늘이고 섰을 때

—「땡볕」에서

인용된 예문에서 소설 속 인물들은 오지 않거나 올 수 없는 미래의 일을 상상함으로써 행복한 계산에 빠져 있다. 「안해」에서는 아내를 들병이로 내보내려는 남편의 애환 아닌 애환이 웃음을 통해 전달되고 있다. 남편의 계획에서 최대의 걸림돌은 "계집에 환장한 놈"이거나 "물커진 눈깔"을 가지지 않았다면 절대로 예뻐 보이기 힘든 아내의 못난 얼굴이다. 그래서 남편은 차라리 자식이나 많이 낳으라고 한다. 그러고는 태어나지도 않은 자식들을 돈으로 환산하여 미래의 행복을 보장해주는 아내를 '일천오백 원'을 지닌 소중한 '자산'으로 격상시킨다. 그런데 실제로 아내가 열다섯 명이나 되는 자식을 낳을 수 있을지, 또 그 자식들이 모두 일 년에 벼 열 섬씩을 벌어들일 수 있을지는 미지수다.

「땡볕」에서도 보통의 상식적인 판단으로는 병이 가벼울수록 좋은 일이지만, 덕순이는 오히려 "괴상하면 할수록 혹은 고치기가 어려우면 어려울수록" 병원으로부터 받는 월급이 많아질 것이므로 아내의 병이 무겁기를

바라고 있다. 그러므로 "아이가 십 원이라니 이건 한 십오 원"이라는 계산까지 하면서 팔자 고칠 생각을 하는 것이다. 이러한 계산은 아내의 병도 고칠 수 있고, 현실의 가난한 처지에서 벗어나 잘 먹을 수 있는 처지로의 전환을 염두에 둔 역발상에 해당한다.

이처럼 김유정 소설에서는 과장이나 공상을 통해 현실 축의 불가능성을 비현실 축의 가능성으로 바꿔주는 데서 촉발되는 웃음의 요소가 강하다. 이를 통해 김유정은 고통과 슬픔에서 세상을 해방시키는 비상구를 마련해준다. 웃는 '행동'과 비극적 '상황'의 부조화에서 유발되는 비정상적인 웃음을 통해 어떤 절망적인 상황에서도 패배주의에 빠지지 않고 생활을 이어나가겠다는 불굴의 의지를 표현하고 있기 때문이다. 여기에 김유정 소설의 건강성이 있는 것이다.

때문에 이런 웃음을 유발하는 김유정 소설의 바보스러운 인물들에 대해서도 다른 평가를 내릴 수 있게 된다. 이들은 아무것도 모르는 것이 아니라 인정하고 싶지 않은 것을 모르는 척하는 것이다. 객관적 상황 자체가 이성이나 논리, 합리성으로 해결될 수 없다면 오히려 비합리적이고 무식한 방법으로라도 부정적이고도 심각한 상황을 타개해야 하기 때문이다. 「봄·봄」과 「동백꽃」에서 '나'가 장인과 점순이에게 알고도 속아주는 것, 「산골」의 석숭이가 이뿐이를 너무 좋아해서 도련님에게 보내는 편지까지 대신 써주는 것, 「두꺼비」에서 짝사랑하는 기생이 빨리 늙어 자신의 독차지가 되기를 바라는 것 등은 단순함과 몰이해에 바탕을 둔 인물들의 행동을 통해 오히려 삶에 대한 적극성과 긍정성까지 확보하게 되는 아이러니를 보여주고 있다.

이런 점들을 통해서 볼 때 김유정은 1930년대의 역사 소설이나 농민소설들처럼 문학 외적 상황을 단순히 '전달'하기 위해 문학을 한 것이 아니다. 그리고 당대의 심리주의 소설이나 도시 소설처럼 우울하고 무기력한 자아의 내면을 '표현'하기 위해 문학을 한 것도 아니다. 김유정은 문학과 현실, 내용과 형식을 모두 아우르면서 문학성과 사회성을 동시에 고려한 '생활'의 작가, 위나 아래가 아닌 '옆'을 보려 한 작가, 어느 한쪽이 아니라 반대되는 양쪽 모두를 볼 수 있는 입체성을 지닌 '겹눈'의 작가임을 알 수 있다. 눈은 위를 보지만 발은 땅에 굳건히 뿌리를 내린 균형 감각을 지닌 작가가 바로 김유정이기 때문이다.

총각과 맹꽁이

잎잎이 비를 바라나 오늘도 그렇다. 풀잎은 먼지가 보얗게 나훌거린다. 말뚱한 하늘에는 불더미 같은 해가 눈을 크게 떴다.

땅은 달아서 뜨거운 김을 턱밑에다 품긴다. 호미를 옮겨 찍을 적마다 무더운 숨을 헉헉 돌른다. 가물에 조잎은 앤생이*다. 가끔 엎드려 김매는 코며 눈퉁이를 찌른다.

호미는 튕겨지며 쨍 소리를 때때로 내인다. 곳곳이 백인 돌이다. 예사 밭터면 한 번 찍어 넘길 걸 세네 번 안 하면 흙이 일지 않는다. 콧등에서 턱에서 땀은 물 흐르듯 떨어지며 호미 자루를 적시고 또 흙에 스민다.

그들은 묵묵하였다. 조밭 고랑에 쭉 늘어 백여서 머리를 숙이고 기어갈 뿐이다. 마치 땅을 파는 두더지처럼— 입을 벌리면 땀 한 방울이 더 흐를 것을 염려함이다.

그러자 어디서 말을 붙인다.

"어이 뜨거, 돌을 좀 밟었다가 혼났네."

"이놈의 것도 밭이라고 도지**를 받아 처먹나."

* 잔약한 사람이나 보잘것없는 물건을 낮잡아 이르는 말.
** 도조. 남의 논밭을 빌려 부치고 그 대가로 해마다 내는 벼.

"이제는 죽어도 너와는 품앗이 안 한다"고 한 친구가 열을 내더니

"씨 값으로 골치기*나 하자구 도루 줘버려라."

"이나마 없으면 먹을 게 있어야지—"

덕만이는 불안스러웠다. 호미를 놓고 옷깃으로 턱을 훑는다. 그리고 그 편으로 물끄러미 고개를 돌린다.

가혹한 도지다. 입쌀 석 섬, 버리**·콩 두 포의 소출은 근근 댓 섬. 노나 먹기도 못 된다. 본디 밭이 아니다. 고목 느티나무 그늘에 가리어 여름날 오고 가는 농군이 쉬던 정자 터이다. 그것을 지주가 무리로 갈아 도지를 놓아먹는다. 콩을 심으면 잎 나기가 고작이요 대부분이 열지를 않는 것이었다. 친구들은 일상 덕만이가 사람이 병신스러워, 하고 이 밭을 침 뱉어 비난하였다. 그러나 덕만이는 오히려 안 되는 콩을 탓할 뿐 올에는 조로 바꾸어 심은 것이었다.

"좀 쉬서들 하세—"

한 고랑을 마치자 덕만이는 일어서 고목께로 온다. 뒤묻어 땀바가지들이 웅게중게 모여든다. 돌 위에 한참 앉아 쉬더니 겨우 생기가 좀 돌았다. 곰방대들을 꺼내 문다. 혹은 대를 들고 담배 한 대 달라고 돌아치며 수선을 부린다.

"북새***가 드네, 올 농사 또 헛하나 보다—"

여러 눈이 일제히 말하는 시선을 더듬는다. 그리고 바람에 아름거리는 저편 버덩****의 파란 벼 잎을 이윽히 바라보았다. 염려스러히—

---

* 여기서는 '도지를 제하자'는 뜻.
** '보리'의 방언.
*** '북풍'의 방언
**** 높고 평평하며 나무가 없이 풀만 우거진 거친 들.

젊은 상투는 무척 시장하였다. 따로 떨어져 쭈그리고 앉았다. 고개를 푹 기울이고는 불평이 요만이 아니다.

"제미붙을 배고파 일 못 하겠네—"

"하기 죽겠는걸, 허리가 착 까부러지는구나—"

옆에서 받는다.

"이 땀을 흘리고 제누리* 없이 일할 수 있나? 진흥회 아니라 제 할아비가 온대두—" 하고 또 뇌더니 아무도 대답이 없으매

"개×두 없는 놈에게 호포**는 올려두 제누리만 안 먹으면 산덤그래—"

어조를 높여 일동에게 맞장을 청한다.

"너는 그래두 괜찮아, 덕만이가 다 호포를 낼라구."

뚝건달*** 뭉태는 콧살을 찡긋이 비웃으며 바라본다. 네나 내나 촌뜨기들이 떠들어 뭣하리. 그보다—

"여보게들 오늘 참 들병이**** 온 것을 아나?"

이 말에 나이 찬 총각들은 귀가 번쩍 띄었다. 기쁜 소식이다. 그 입을 뻔히 쳐다보며 뒷말을 기다린다. 반갑기도 하려니와 한편으로는 의아하였다. 한창 바쁜 농시방국*****에 뭘 바라고 오느냐고 다 같은 질문이다.

그것은 들은 체 만 체 뭉태는 나무에 비스듬히 자빠져서 하늘로 눈만 껌벅인다. 그리고 홀로 침이 말라 칭찬이다.

"말갛고 살집 좋드라 나려 씹어두 비린내두 없을걸—제일 그 볼기짝

---

* '곁두리'의 방언. 농사꾼이나 일꾼이 끼니 외에 먹는 음식.
** 봄과 가을에 내던 세금.
*** 늘 건달 노릇을 하는 사람.
**** 병에다 술을 가지고 다니면서 파는 떠돌이 계집 '들병장수'를 속되게 이르는 말.
***** 농사철이 되어 일이 한창 바쁨.

두두룩한 것이⋯⋯.”

“나이는?”

“스물둘 한창 폈드라 —”

“놈팽이 있나?”

예제서 슬근슬근 죄어들며 묻는다.

“없어 남편을 잃고서 홧김에 들병으로 돌아다니는 판이라데 —”

“그럼 많이 돌아먹었구면?”

“뭘 나이를 봐야지 숫배기드라.”

“애 좋구나, 한잔 먹어보자.”

이쪽저쪽서 수군거린다. 풍년이나 만난 듯이 야단들이다. 한구석에 앉았던 덕만이가 일어서 오더니 뭉태를 꾹 찍어 간다. 느티나무 뒤로 와서

“성님, 정말 남편 없수?”

“그럼 정말이지 —”

“나 좀 장가들여 주, 한턱내리다.”

뭉태의 눈치를 훑는다. 의형이라 못할 말 없겠지만 그래도 어쩐지 얼굴이 후끈하였다.

“염려 말게 그러나 돈이 좀 들걸 —”

개울 건너서 덕만 어머니가 온다. 점심 광주리를 이고 더워서 허덕인다. 농군들은 일어서 소리치며 법석이다. 호미 자루를 뽑아 호미 등에다 길군악을 치는 놈도 있다.

“점심, 점심이다, 먹어야 산다.”

× 　

저녁이 들자 바람은 산들거린다. 뭉태는 제 집 바깥뜰에 버릿짚을 깔고 앉아서 동무 오기를 고대하였다. 덕만이가 제일 먼저 부리나케 내달았다.

뭉태 옆에 와 궁둥이를 내려놓으며 좀 머뭇거리더니

"아까 말이 실토유 꼭 장가 좀 들여주게유."

"글쎄 나만 믿어, 설사 자네게 거짓말하겠나."

"성님만 믿우, 꼭 해주게유." 하고 다지고

"내 내 닭 팔거든 호미씨세 날* 단단히 레**하리다." 하고 또 한 번 굳게 다진다.

낮에 귀띔해왔던 젊은 축들이 하나 둘 모인다. 약속대로 고스란히 여섯이 되었다. 모두들 일어서서 한 덩어리가 되어 수군거린다. 큰일이나 치러 가는 듯 이러자 저러자 의견이 분분하여 끝이 없다. 어떻게 해야 돈이 덜 들까가 문제다. 우리가 막걸리 석 되만 사가지고 가자, 그래 계집더러 부래고 낭종에 얼마간 주면 그만이다, 고 하니까 한편에선 그러지 말고 그 집으로 가서 술을 대구 퍼먹자, 그리고 시치미 딱 떼고 나오면, 하고 우기는 친구도 있다. 그러나 뭉태는 말하였다. 계집을 우리 집으로 부르자, 소주 세 병만 가져오래서 잔풀이로 시키는 것이 제일 점잖하, 고.

술값은 각추럼으로 할까 혹은 몇 사람이 술을 맡고 그 나머지는 안주를 할까를 토의할 제 덕만이는 선뜻 대답하였다. 오늘 밤 술값은 내 혼자 전부 물겠다, 고, 그리고 닭도 한 마리 내겠으니 아무쪼록 힘써 잘해달라고 뭉태에게 다시 당부하였다.

뭉태는 계집을 데리러 거리로 나갔다. 덕만이는 조금도 지체 없이 오라 경계하였다. 그리고 제 집을 향하여 개울 언덕으로 올라섰다.

산기슭에 내를 앞두고 놓였다. 방 한 칸, 브엌 한 칸, 단 두 칸을 돌로

---

* 호미씻이 날. 농가에서 김매기를 끝낸 음력 칠월경 날을 받아 하루 쉬며 노는 날.
** 답례.

쌓아 올려 영*으로 덮은 집이었다. 식구는 모자뿐. 아들이 일을 나가면 어머니도 따라 일찍 나갔다. 동리로 돌아다니며 일자리를 찾았다. 그리고 왼종일 방아품을 팔아 밥을 얻어다가 아들을 먹여 재우는 것이 그들의 살림이었다. 딸은 선채**를 받고 놓았다 아들 장가들일 예정이던 것이 빚구녕 갚기에 시나브로 녹여버리고

"그깨짓 며누리쯤은 시시하다유." 하고 남들에게는 겉을 꺼리지만—

"언제나 돈이 있어 며누리를 좀 보나—"

돌아서 자탄을 마지않는 터이다. 반드시 장가는 들어야 한다.

덕만이는 언덕 밑에다 신을 벗었다. 그리고 큰 몸집을 사리어 사뿟사뿟 집엘 들어섰다. 방문이 벌컥 나가떨어지고 집안이 휑하다. 어머니는 자는 모양. 닭장문을 조심해 열었다. 손을 집어넣어 손에 닿는 대로 허구리께를 슬슬 긁어주었다. 팔아서 등걸잠뱅이 해 입는다는 닭이었다. 한 손이 재바르게 목때기를 홈켜잡자 다른 손이 날갯죽지를 홈키려 할 제 고만 빗났다. 한 놈이 풍기니까 뭇놈이 푸드득하며 대구 골골거린다.

별안간

"휘— 휘— 이 망한 년의 ×으로 난 놈의 괭이—" 하고 줴박는 듯이 방에서 튀어나오는 기색이더니

"다 쫓았어유 염려 말구 주무시게유—"하니까

"닭장 문 좀 꼭 얽어라."

소리뿐으로 다시 조용하다.

그는 무거운 숨을 돌랐다. 닭을 옆에 감추고 나는 듯 튀어나왔다. 그리고 뭉태 집으로 내달리며 그의 머리에 공상이 한두 가지가 아니었다. 뭉

---

* '이영'의 준말.
** 혼례를 치르기 전에 신랑 집에서 신부 집으로 보내는 채단.

태가 예쁘달 때엔 어지간히 출중난 계집일 게다. 이런 걸 데리고 술장사를 한다면 그 밖에 더 큰 수는 없다. 두어 해만 잘하면 소 한 바리*쯤은 낙자없이 떨어진다. 그리고 아들도 곧 낳아야 할 텐데 이게 무엇보다 큰 걱정이었다.

×

뭉태는 얼간하였다. 들병이를 혼자 껴안고 물리도록 시달린다. 두터운 입술을 이그리며**

"요것아 소리 좀 해라 아리랑 아리랑."

고갯짓으로 계집의 응등이를 두드린다.

좁은 봉당이 꽉 찼다. 상 하나 희미한 등잔을 복판에 두고 취한 얼굴이 청승궂게 죄어 앉았다. 다 같이 눈들은 계집에서 떠나지 않는다. 공석에서 벼룩은 들끓으며 등어리 정갱이를 대구 뜯어간다. 그러나 긁는 것은 사내의 체통이 아니다. 꾹 참고 제 차지로 계집 오기만 눈이 빨개 손꼽는다.

"술 좀 천천히 붓게유."

"그거 다 없어지면 뭘루 놀래는 게지유?"

"그럼 일루 밤 새유? 없으면 가친*** 자지유—"

계집은 곁눈을 주며 생긋 웃어 보인다. 덩달아 맹입이 맥없이 그리고 슬그머니 뺑긴다.****

얼굴 까만 친구가 얼마 벼르다가 마코***** 한 개를 피워 올린다. 그리고 우격으로 끌어당겨 남 보란 듯이 입을 맞춘다. 계집은 예사로 담배를

---

* '마리'의 방언.
** 이그러지다. 물건이나 얼굴을 비뚤어지게 하거나 쭈글쭈글하게 하다.
*** '같이'의 강원도 방언.
**** 뺑긋하다. 입을 조금 크게 벌리며 소리 없이 가볍게 웃는 모양.
***** 일제 강점기에 있던 담배 상표 중 하나.

받아 피고는 생글거린다. 좌중은 밸이 상했다. 양권연 바람이 시다는 둥
이왕이면 속곳 밑 들고 인심 쓰라는 둥 별별 핀퉁이가 다 들어온다.

"돌려라 돌려 혼자만 주무르는 게야?"

목이 마르듯 사방에서 소리를 지르며 눈을 지릅뜬다. 이 서슬에 계집은
일어서서 어디로 갈지를 몰라 술병을 들고 갈팡거린다.

덕만이는 따로 떨어져 봉당 끝에 구부리고 앉았다. 애꿎은 담배통만 돌
에다 대구 두드린다. 암만 기달려도 뭉태는 저만 놀 뿐 인사를 아니 붙인
다. 술은 제가 내련만 계집도 시시한지 눈 거들떠보지 않는다. 그래 입때
말 한마디 못 건네고 홀로 끙끙 앓는다.

봉당 아래 하얀 귀여운 신이 납죽 놓였다. 덕만이는 유심히 보았다. 돌
아앉아서 남이 혹시 보지나 않나 살핀다. 그리고 퍼드러진 시커먼 흙발에
다 그 신을 꿰고는 눈을 지그시 감아보았다. 계집의 신이다. 다시 벗어 제
발에 꿰고는 짝 없이 기뻐한다.

약물같이 개운한 밤이다. 버들 사이로 달빛은 해맑다. 목이 터지라고
맹꽁이는 노래를 부른다. 암수 놈이 의좋게 주고받은 사랑의 노래였다.

이 소리를 들으매 불현듯 울화가 터졌다. 여지껏 누르고 눌러오던 총각
의 쿠더분한 울분이 모조리 폭발하였다. 에이, 하치 못한 인생! 하고 저
몸을 책하고 난 뒤 계집의 앞으로 달겨들어 무릎을 꿇었다. 두 손은 공손
히 무릎 위에 얹었다. 그 행동이 너무나 쑥스럽고 남다르므로 벗들은 눈
이 컸다.

"뵈기는 아까부터 봤으나 인사는 처음 여쭙니다." 하고 죽어가는 음성
으로 억지로 봉을 뗐다. 그로는 참으로 큰 용기다.

"저는 강원두 춘천군 신면 증리 아랫말에 사는 김덕만입니다. 울 아버
지가 승이 광산 김갑니다."

두 손을 자꾸 비비더니

"어머니허구 단 두 식굽니다. 하치 못한 사람을 찾어주서서 너무 고맙습니다. 저는 서른넛인데두 총각입니다."

"?"

계집은 영문을 몰라 어안이 벙벙하다가

"고만이올시다." 하며 이마를 기울여 절하는 것을 볼 때 참았던 고개가 절로 돌았다. 그리고 터지려는 웃음을 깨물다 재채기가 터져버렸다.

"일테면 인사로군? 뭘 고만이야 더 허지—"

여기저기서 키키거린다. 그런 인사는 좀 됐다 하자구 핀잔이 들어온다.

좀처럼 한 인사가 실패다. 그는 그 자리에서 일어나지도 못하고 얼굴이 벌게서 고개를 숙인 채 부처가 되었다.

×

새벽녘이다. 달이 지니 바깥은 검은 장막이 내렸다.

세 친구는 봉당에 고라졌다.* 술에 취한 게 아니라 어찌 지껄였든지 흥에 취하였다. 뭉태 덕만이 까만 얼굴 세 사람이 마주 보며 앉았다. 제가끔 기회를 엿보나 맘대로 안 되매 속만 탈 뿐이다.

뭉태는 계집의 어깨를 잔뜩 움켜잡고 부르-질**을 한다.

실상은 안 챘건만 독단 주정이요 발광이다. 새매같이 쏘다가 계집 귀에다 눈치 빠르게 수군거리곤 그 허구리를 꾹 찌르고

"어이 술 취해, 소피 좀 보고 옴세—"

뻘떡 일어서 비틀거리며 싸리문 밖으로 나간다. 좀 있더니 계집이 마저 오줌 좀 누고 오겠노라고 나가버린다.

---

* 곯아떨어졌다.
** 몸을 좌우로 흔드는 짓.

덕만이는 실쭉하니 눈만 둥굴린다. 일이 내내 마음에 어그러지고 말았다. 그다지 믿었던 뭉태도 저 놀 구멍만 찾을 뿐으로 심심하다. 그리고 오줌은 맨드는지 여태들 안 들어온다. 수상한 일이다. 그는 벌떡 일어서 문밖으로 나왔다.

발밑이 캄캄하다. 더듬어가며 잿간 낟가리 나뭇더미 틈바귀를 샅샅이 내려 뒤졌다. 다시 발길을 돌리어 근방의 밭고랑을 뒤지기 시작하였다. 눈에서 불이 난다.

차차 동이 튼다. 젖빛 맑은 하늘이 품을 벌린다. 고운 봉우리, 험상궂은 봉우리, 이쪽저쪽서 하나 둘 툭툭 불거진다. 손뼉 같은 콩잎은 이슬을 머금고 우거졌다. 스칠 새 없이 다리에 척척 엉기며 물을 뿜는다. 한동안 헤갈*을 하고서 밭 한복판 고랑에 콩잎에 가린 옷자락을 보았다. 다짜고짜로 달겨들었다. 그러나

"이게 무슨 짓이지유? 아까 뭐라구 마쾄지유?"**

하고는 저로도 창피스러워 뒤 칸 거리에서 다리가 멈칫하였다. 의형이라고 믿었던 게 불찰이다. 뭉태는 조금도 거침없었다. 고개도 안 돌리며

"저리 가, 왜 사람이 눈치를 못 채리고 저 뻗새야."

화를 천동같이 내지른다. 도리어 몰리키니 기가 안 막힐 수 없다. 말문이 막혀 먹먹하다.

"그래 철석같이 장가들여 주마 할 제는 언제유?"

하고 지지 않게 목청을 돋았다.

(此間七行略)***

———

* 허둥지둥 헤맴. 또는 그런 일.
** 마쿠다. 말하다, 약속하다.
*** 이 부분은 인쇄 과정에서 7행이 생략됨.

"술값 내슈 가게유—"

손을 벌릴 때

"나하고 안 살면 술값 못 내겠시유." 하고는 끝대로 배를 튀겼다. 눈은 눈물이 어리어 야속한 듯이 계집을 쏘았다.

계집은 술 먹고 술값 안 내는 경오가 뭐냐고 주언부언* 떠든다. 나중에는 내가 술 팔러 왔지 당신의 아내가 되어 온 것이 아니라고 좋이 타이르기까지 되었다. 뭉태는 시끄러웠다. 술값은 내가 주마고 계집의 팔을 이끌어 콩 포기를 헤집고 길로 나가버린다.

시위로 좀 해봤으나 최후의 계획도 글렀다. 덕만이는 아주 낙담하고 콩밭 복판에 멍하니 서서 그들의 뒷모양만 배웅한다. 계집이 길로 나서자 눈이 빠지게 기다리던 깜둥이 총각이 또 달겨든다.

(此間四行略)

이것을 보니 가슴은 더욱 쓰라렸다. 동무ㄱ- 빤히 지키고 섰는데도 끌고 들어가는 그런 행세는 또 없을 게다. 눈물은 급기야 꺼칠한 윗수염을 거쳐 발등으로 줄대 굴렀다.

이 집 저 집서 일꾼 나오는 것이 멀리 보인다. 연장을 들고 밭으로 논으로 제각기 흩어진다. 아주 활짝 밝았다.

덕만이는 급시로 콩밭을 튀어나왔다. 잿ㄱ- 옆으로 달겨들며 큰 동맹이를 집어 들었다. 마는 눈을 얼마 감고 있는 동안 단념하였는지 골창으로 던져버렸다. 주먹으로 눈물을 비비고는

"살재두 나는 인전 안 살 터이유—" 하고 잿간을 향하여 소리를 질렀다. 그리고 제 집으로 설렁설렁 언덕을 내려간다.

---

* 중언부언.

그러나 맹꽁이는 여전히 소리를 끌어 올린다. 골창에서 가장 비웃는 듯이 음충맞게 "맹—" 던지면 "꽁—" 하고 간드러지게 받아넘긴다.

—《신여성》, 1933. 9.

소낙비

음산한 검은 구름이 하늘에 뭉게뭉게 모여드는 것이 금시라도 비 한 줄기 할 듯하면서도 여전히 짓궂은 햇발은 겹겹 산속에 묻힌 외진 마을을 통째로 자실 듯이 달구고 있었다. 이따금 생각나는 듯 살매* 들린 바람은 논밭 간의 나무들을 뒤흔들며 미쳐 날뛰었다. 뫼 밖으로 농군들을 멀리 품앗이로 내보낸 안말의 공기는 쓸쓸하였다. 다만 맷맷한** 미루나무 숲에서 거칠어가는 농촌을 을프는 듯 매미의 애끊는 노래—

매—음! 매—음!

춘호는 자기 집—올봄에 오 원을 주고 사서 든 묵삭은 오막살이집—방문턱에 걸터앉아서 바른 주먹으로 턱을 고이고는 봉당에서 저녁으로 때울 감자를 씻고 있는 아내를 묵묵히 노려보고 있었다. 그는 사날 밤이나 눈을 안 붙이고 성화를 하는 바람에 농사에 고리삭은 그의 얼굴은 더욱 해쓱하였다.

아내에게 다시 한 번 졸라보았다. 그러나 위협하는 어조로

"이봐 그래 어떻게 돈 이 원만 안 해줄 터여?"

---

* 산매山魅. 요사스러운 귀신.
** 미끈한.

아내는 역시 대답이 없었다. 갓 잡아 온 새댁 모양으로 씻는 감자나 씻을 뿐 잠자코 있었다.

되나 안 되나 좌우간 이렇다 말이 없으니 춘호는 울화가 퍼져서 죽을 지경이었다. 그는 타곳에서 떠들어온 몸이라 자기를 믿고 장리를 주는 사람도 없고 또는 그 잘량한 집을 팔려 해도 단 이삼 원의 작자도 내닫지 않으므로 앞뒤가 꼭 막혔다. 마는 그래도 아내는 나이 젊고 얼굴 똑똑하겠다 돈 이 원쯤이야 어떻게라도 될 수 있겠기에 묻는 것인데 들은 체도 안 하니 썩 괘씸한 듯싶었다.

그는 배를 튀기며 다시 한 번

"돈 좀 안 해줄 터여?"

하고 소리를 빽 질렀다.

그러나 대꾸는 역 없었다. 춘호는 노기충천하여 불현듯 문지방을 떠다밀며 벌떡 일어섰다. 눈을 홉뜨고 벽에 기대인 지게막대를 손에 잡자 아내의 옆으로 바람같이 달겨들었다.

"이년아 기집 좋다는 게 뭐여? 남편의 근심도 덜어주어야지 끼고 자자는 기집이여?"

지게막대는 아내의 연한 허리를 모지게 후렸다. 까부러지는 비명은 모지락스레 찌그러진 울타리 틈을 삐져 나간다. 잽처* 지게막대는 앉은 채 고까라진 아내의 발뒤축을 얼러 볼기를 내리갈겼다.

"이년아, 내가 언제부터 너에게 조르는 게여?"

범같이 호통을 치며 남편이 지게막대를 공중으로 다시 올리며 모즈름**을 쓸 때 아내는

-----

* 재차.

** 모질음. 어떤 고통을 견디거나 이겨내려고 쓰는 힘.

"에그머니!"

하고 외마디를 질렀다. 연하여 몸을 뒤치자 거반 엎어질 듯이 싸리문 밖으로 내달렸다. 얼굴에 눈물이 흐른 채 황그리는* 걸음으로 문 앞의 언덕을 내리어 개울을 건너고 맞은쪽에 뚫린 콩밭길로 들어섰다.

"너 네가 날 피하면 어딜 갈 테여?"

발길을 막는 듯한 의미 있는 호령에 달아나던 아내는 다리가 멈칫하였다. 그는 고개를 돌리어 싸리문 안에 아직도 지게막대를 들고 섰는 남편을 바라보았다. 어른에게 죄진 어린애같이 입만 종깃종깃하다가 남편이 뛰어나올까 겁이 나서 겨우 입을 열었다.

"쇠돌 엄마 집에 좀 다녀올게유."

주볏주볏 변명을 하고는 가던 길을 다시 힝하게 내걸었다. 아내라고 요새 이 돈 이 원이 급시로 필요함을 모르는 바도 아니었다. 마는 그의 자격으로나 노동으로나 돈 이 원이란 감히 땅띔도 못해볼** 형편이었다. 벌이래야 하잘것없는 것—아침에 일어나기가 무섭게 남에게 뒤질까 영산이 올라 산으로 빼는 것이다. 조고만 종댕이***를 허리에 달고 거한 산중에 드문드문 백여 있는 도라지, 더덕을 찾아가는 것이었다. 깊은 산속으로 우중충한 돌 틈바귀로. 잔약한 몸으로 맨발에 짚신짝을 끌며 강파른 산등을 타고 돌려면 젖 먹던 힘까지 녹아내리는 듯 진땀은 머리로 발끝까지 쭉 흘러내린다.

아랫도리를 단 외겹으로 두른 낡은 치맛자락은 다리로 허리로 척척 엉기어 걸음을 방해하였다. 땀에 불은 종아리는 거친 숲에 긁혀 메어 그 쓰

---

* 다급하게 허둥거리는.
** 감히 생각조차 못함. 여기서 '땅띔'은 무거운 물건을 들어 땅에서 뜨게 하는 일을 뜻함.
*** '종다래끼'의 경기 방언. 대나 싸리 따위로 만든 작은 바구니.

라림이 말이 아니다. 게다 무더운 흙내는 숨이 탁탁 막히도록 가슴을 질른다. 그러나 삶에 발버둥치는 순직한 그의 머리는 아무 불평도 일지 않았다.

가물에 콩 나기로 어쩌다 도라지 순이라도 어지러운 숲 속에 하나, 둘, 뾰죽이 뻗어 오른 것을 보면 그는 그래도 기쁨에 넘치는 미소를 띠었다.

때로는 바위도 기어올랐다. 정히 못 기어오를 그런 험한 곳이면 칡덩굴에 매달리기도 하는 것이었다. 땟국에 전 무명 적삼은 벗어서 허리춤에다 꾹 찌르고는 호랑이숲이라 이름난 강원도 산골에 매달려 기를 쓰고 허비적거린다. 골바람은 지날 적마다 알몸을 두른 치맛자락을 공중으로 날린다. 그제마다 검붉은 볼기짝을 사양 없이 내보이는 칡덩굴의 그를 본다면 배를 움켜쥐어도 다 못 볼 것이다. 마는 다행히 그윽한 산골이라 그 꼴을 비웃는 놈은 뻐꾸기뿐이었다.

이리하여 해동갑*으로 헤갈을 하고 나면 캐어 모은 도라지 더덕을 얼러 사발가웃 혹은 두어 사발 남짓하게 되는 것이다. 그러면 동리로 내려와 주막거리에 가서 그걸 내주고 보리쌀과 사발 바꿈을 하였다. 그러나 요즘엔 그나마도 철이 겨웠다고 소출이 없다. 그 대신 남의 보리방아를 온종일 찧어주고 보리밥 그릇이나 얻어다가는 집으로 돌아와 농토를 못 얻어 뻔뻔히 노는 남편과 같이 나누는 것이 그날 하로하로의 생활이었다.

그리고 보니 돈 이 원커녕 당장 목을 딴대도 피도 나올지가 의문이었다.

만약 돈 이 원을 돌린다면 아는 집에서 보리라도 꾸어 파는 수밖에는 다른 도리가 없다. 그리고 온 동리의 아낙네들이 치맛바람에 팔자 고쳤다

---

* 해가 질 때까지의 동안. 또는 어떤 일을 해 질 무렵까지 계속함.

고 쑥덕거리며 은근히 시새우는 쇠돌 엄마가 아니고는 노는 보리를 가진 사람이 없다. 그런데 도적이 제 발 저리다고 그는 자기 꼴 주제에 제불에* 눌려서 호사로운 쇠돌 엄마에게는 죽어도 가고 싶지 않았다. 쇠돌 엄마도 처음에야 자기와 같이 천한 농부의 계집이련만 어쩌다 하늘이 도와 동리의 부자 양반 이 주사와 은근히 배가 맞은 되로는 얼굴도 모양내고 옷치장도 하고 밥걱정도 안 하고 하여 아주 금방석에 뒹구는 팔자가 되었다. 그리고 쇠돌 아버지도 이게 웬 땡이냔 듯이 아내를 내어논 채 눈을 슬쩍 감아버리고 이 주사에게서 나는 옷이나 입고 주는 쌀이나 먹고 연년이 신통치 못한 자기 농사에는 한 손을 떼고는 희짜**를 뽑는 것이 아닌가!

사실 말인즉 춘호 처가 쇠돌 엄마에게 죽어도 아니 가려는 그 속 까닭은 정작 여기 있었다.

바로 지난 늦은 봄 달이 뚫어지게 밝던 어느 밤이었다. 춘호가 보름 게추***를 보러 산모퉁이로 나간 것이 이슥하여도 돌아오지 않으므로 집에서 기다리던 아내가 인젠 자고 오려나, 생각하고는 막 드러누워 잠이 들려니까 웬 난데없는 황소 같은 놈이 뛰어들었다 허둥지둥 춘호 처를 마구 깔다가 놀라서 "으악" 소리를 치는 바람에 그냥 달아난 일이 있었다. 어수룩한 시골 일이라 별반 풍설도 아니 나고 쓱싹되었으나 며칠이 지난 뒤에야 그것이 동리의 부자 이 주사의 소행임을 비로소 눈치채었다.

그런 까닭으로 해서 춘호 처는 쇠돌 엄마와 직접 관계는 없단대도 그를 대하면 공연스레 얼굴이 뜨뜻하여지고 무슨 죄나 진 듯이 어색하였다.

그리고 더욱이 쇠돌 엄마가

---

* 제물에. 저 혼자 스스로의 바람에.
** 흰수작, 되지 못한 수작.
*** 계취契聚. 계원들의 모임.

"새댁, 나는 속곳이 세 개구, 버선이 네 벌이구 행."

하며 아주 좋다고 한들대는 그 꼴을 보면 혹시 자기에게 함정을 두고서 비양거리는 거나 아닌가, 하는 옥생각으로 무안해서 고개를 못 들었다. 한편으로는 자기도 좀만 잘했다면 지금쯤은 쇠돌 엄마처럼 호강을 할 수 있었을 그런 갸륵한 기회를 깝살려버린 자기 행동에 대한 후회와 애탄으로 말미암아 마음을 괴롭히는 그 쓰라림도 적지 않았다.

그러나 아무러한 욕을 보더라도 나날이 심해가는 남편의 무지한 매보다는 그래도 좀 헐할 게다.

오늘은 한맘 먹고 쇠돌 엄마를 찾아가려는 것이었다.

춘호 처는 이번 걸음이 허발이나 안 칠까 일념으로 심화를 하며 수양버들이 쭉 늘어박인 논두렁길로 들어섰다. 그는 시골 아낙네로는 용모가 매우 반반하였다. 좀 야윈 듯한 몸매는 호리호리한 것이 소위 동리의 문자로 외입깨나 하얌즉한 얼굴이었으되 추려한 의복이며 퀴퀴한 냄새는 거지를 볼 지른다.* 그는 왼손 바른손으로 겨끔내기로** 치맛귀를 여며가며 속살이 삐질까 조심조심이 걸었다.

감사나운 구름송이가 하늘 신폭***을 휘덮고는 차츰차츰 지면으로 처져 내리더니 그예 산봉우리에 엉기어 살풍경이 되고 만다. 먼 데서 개 짖는 소리가 앞뒷산을 한적하게 울린다. 빗방울은 하나 둘 떨어지기 시작하더니 차차 굵어지며 무데기로 퍼부어 내린다.

춘호 처는 길가에 늘어진 밤나무 밑으로 뛰어 들어가 비를 거니며 쇠돌 엄마 집을 멀리 바라보았다. 북쪽 산기슭에 높직한 울타리로 뺑 돌려 두

---

* 볼 지르다. 뺨치다.
** 서로 번갈아.
*** 한끝에서 다른 한끝까지의 거리.

르고 앉았는 오묵하고 맵시 있는 집이 그 집이었다. 그런데 싸리문이 꼭 닫힌 걸 보면 아마 쇠돌 엄마가 농군청에 저녁 제누리를 나르러 가서 아직 돌아오지를 않은 모양이었다.

그는 쇠돌 엄마 오기를 지켜보며 우두커니 서서 기다리고 있었다.

나뭇잎에서 빗방울은 뚝, 뚝, 떨어지며 그의 뺨을 흘러 젖가슴으로 스며든다. 바람은 지날 적마다 냉기와 함께 굵은 빗발을 몸에 들이친다.

비에 쪼로록 젖은 치마가 몸에 찰싹 휘감기어 허리로 궁둥이로 다리로 살의 윤곽이 그대로 비쳐 올랐다.

무던히 기다렸으나 쇠돌 엄마는 오지 않았다. 하도 진력이 나서 하품을 하여가며 정신없이 서 있노라니 왼편 언덕에서 사람 오는 발자취 소리가 들린다. 그는 고개를 돌려 보았다. 그러나 날세게 나무 틈으로 몸을 숨었다.

동이배를 가진 이 주사가 지우산을 버테 쓰고는 쇠돌네 집을 향하여 응덩이를 껍죽거리며 내려가는 길이었다. 비록 키는 작달막하나 숱 좋은 수염이든지 온 동리를 털어야 단 하나뿐인 탕건이든지, 썩 풍채 좋은 오십 전후의 양반이다. 그는 싸리문 앞으로 가더니 자기 집처럼 거침없이 문을 떠다밀고는 속으로 버젓이 들어가 버린다.

이것을 보니 춘호 처는 다시금 속이 편치 않았다. 자기는 개돼지같이 무시로 매만 맞고 돌아치는 천덕구니다. 안팎으로 겹귀염을 받으며 간들대는 쇠돌 엄마와 사람 된 치수가 두드러지게 다름을 그는 알 수 있었다. 쇠돌 엄마의 호강을 너무나 부럽게 우러러보는 반동으로 자기도 잘만 했다면 하는 턱없는 희망과 후회가 전보다 몇 갑절 쓰린 맛으로 그의 가슴을 집어뜯었다. 쇠돌네 집을 하염없이 건너다보다가 어느덧 저도 모르게 긴 한숨이 굴러내린다.

언덕에서 쏠려 내리는 사태물이 발등까지 개흙으로 덮으며 소리쳐 흐른다. 빗물에 폭 젖은 몸뚱아리는 점점 떨리기 시작한다.

그는 가볍게 몸서리를 쳤다. 그리고 당황한 시선으로 사방을 경계하여 보았다. 아무도 보이지는 않았다. 다시 시선을 돌리어 그 집을 쏘아보며 속으로 궁리하여보았다. 안에는 확실히 이 주사뿐일 게다. 고대까지* 걸었던 싸리문이라든지 또는 울타리에 널은 빨래를 여태 안 걷어들이는 것을 보면 어떤 맹세를 두고라도 분명히 이 주사 외의 다른 사람은 하나도 없을 것이다.

그는 마음 놓고 비를 맞아가며 그 집으로 달겨들었다. 봉당으로 선뜻 뛰어오르며

"쇠돌 엄마 기슈?"

하고 인기를 내보았다.

물론 당자의 대답은 없었다. 그 대신 그 음성이 나자 안방에서 이 주사가 번개같이 머리를 내밀었다. 자기 딴은 꿈밖이란 듯 눈을 두리번두리번하더니 옷 위로 볼가진 춘호 처의 젖가슴 아랫배 넓적다리로 발등까지 슬쩍 음충히 훑어보고는 거나한 낯으로 빙그레한다. 그리고 자기도 봉당으로 주춤주춤 나오며

"쇠돌 어멈 말인가? 왜 지금 막 나갔지 곧 온댔으니 안방에 좀 들어가 기다렸으면……."

하고 매우 일이 딱한 듯이 어름어름한다.

"이 비에 어딜 갔에유?"

"지금 요 밖에 좀 나갔지, 그러나 곧 올걸……."

---

* 지금껏.

"있는 줄 알고 왔는디……."

춘호 처는 이렇게 혼잣말로 낙심하며 섭섭한 낯으로 머뭇머뭇하다가 그냥 돌아갈 듯이 봉당 아래로 내려섰다. 이 주사를 쳐다보며 물 차는 제비같이 산드러지게*

"그럼 요담 오겠에유 안녕히 계십시유."

하고 작별의 인사를 올린다.

"지금 곧 온댔는데 좀 기달리지……."

"담에 또 오지유."

"아닐세 좀 기달리게, 여보게 여보게 이봐!"

춘호 처가 간다는 바람에 이 주사는 체면도 모르고 기가 올랐다. 허둥거리며 재간껏 만류하였으나 암만해도 안 된 듯싶다. 춘호 처가 여기엘 찾아온 것도 큰 기적이려니와 뇌성벽력에 구석진 곳이겠다 이렇게 솔깃한 기회는 두 번 다시 못 볼 것이다. 그는 눈이 뒤집히어 입에 물었던 장죽을 쑥 뽑아 방 안으로 치트리고는 계집의 허리를 뒤로 다짜고짜 끌어안아서 봉당 위로 끌어 올렸다.

계집은 몹시 놀라며

"왜 이러서유 이거 노세유."

하고 몸을 뿌리치려고 앙탈을 한다.

"아니 잠깐만."

이 주사는 그래도 놓지 않으며 헝겁스러운** 눈짓으로 계집을 달랜다. 흘러내리려는 고이춤을 왼손으로 연송 치우치며 바른팔로는 계집을 잔뜩 움켜잡고는 엄두를 못 내어 짤짤매다가 간신히 방 안으로 끙끙 몰아넣었

---

* 말쑥하고 간드러지게.
* 너무 좋아서 정신을 차리지 못하고 허둥거리는 데가 있는.

다. 안으로 문고리는 재빠르게 채이었다.

밖에서는 모진 빗방울이 배춧잎에 부닥치는 소리, 바람에 나무 떠는 소리가 요란하다. 가끔 양철통을 내려 굴리는 듯 거푸진 천둥소리가 방고래를 울리며 날은 점점 침침하였다.

얼마쯤 지난 뒤였다. 이만하면 길이 들었으려니, 안심하고 이 주사는 날숨을 후— 하고 돌른다. 실없이 고마운 비 때문에 발악도 못 치고 앙살도 못 피우고 무릎 앞에 고분고분 늘어져 있는 계집을 대견히 바라보며 빙긋이 얼러보았다. 계집은 온몸에 진땀이 쭉 흐르는 것이 꽤 더운 모양이다. 벽에 걸린 쇠돌 어멈의 적삼을 꺼내어 계집의 몸을 말쑥하게 홀닦기 시작한다. 발끝서부터 얼굴까지—

"너 열아홉이라지?"

하고 이 주사는 취한 얼굴로 얼간히* 물어보았다.

"니에—"

하고 메떨어진** 대답. 계집은 이 주사 손에 눌리어 일어나도 못하고 죽은 듯이 가만히 누워 있다.

이 주사는 계집의 몸뚱이를 다 씻기고 나서 한숨을 내뿜으며 담배 한 대를 떡 피워 물었다.

"그래, 요새도 서방에게 주리경을 치느냐?"

하고 묻다가 아무 대답도 없으매

"원 그래서야 어떻게 산단 말이냐 하루 이틀 아니고, 사람의 일이란 알 수 있는 거냐? 그러다 혹시 맞어 죽으면 정장*** 하나 해볼 곳 없는 거야.

* 어지간히, 꽤 무던하게.
** 메떨어지다. 모양이나 말, 행등 따위가 세련되지 못하여 어울리지 않고 촌스럽다.
*** 소장訴狀을 관청에 냄. 억울함을 호소함.

허니 네 명이 아까우면 덮어놓고 민적을 가르는 게 낫겠지—"

하고 계집의 신변을 위하여 염려를 마지않다가 번뜻 한 가지 궁금한 것이 있었다.

"너 참, 아이 낳다 죽었다더구나?"

"니에—"

"어디 난 듯이나 싶으냐?"

계집은 얼굴이 홍당무가 되어지며 아무 말 못하고 고개를 외면하였다.

이 주사도 그까짓 것 더 묻지 않았다. 그런데 웬 녀석의 냄새인지 무생채 썩는 듯한 시크무레한 악취가 무시로 코청을 찌르니 눈살을 크게 째푸리지 않을 수 없다. 처음에야 그런 줄은 도통 몰랐더니 알고 보니까 비위가 좋이 역하였다. 그는 빨고 있던 담배통으로 계집의 배꼽께를 똑똑히 가리키며

"애, 이 살의 때꼽 좀 봐라. 그래 물이 흔한데 이것 좀 못 씻는단 말이냐?"

하고 모처럼의 기분이 상한 것이 앵하단 듯이 꺼림한 기색으로 혀를 채었다. 하지만 계집이 참다 참다 이내 무안에 못 이기어 일어나 치마를 입으려 하니 그는 역정을 벌컥 내이었다. 옷을 뺏어서 구석으로 동댕이를 치고는 다시 그 자리에 끌어 앉혔다. 그러고 자기 딸이나 책하듯이 아주 대범하게 꾸짖었다.

"왜 그리 계집이 달망대니*? 좀 든직지가 못하구……."

춘호 처가 그 집을 나선 것은 들어간 지 약 한 시간 만이었다. 비는 여전히 쭉쭉 내린다. 그는 진땀을 있는 대로 흠뻑 쏟고 나왔다. 그러나 의외

---

* 침착하지 못하고 까부니.

로 아니 천행으로 오늘 일은 성공이었다. 그는 몸을 솟치며 생긋하였다. 그런 모욕과 수치는 난생 처음 당하는 봉변으로 지랄 중에도 몹쓸 지랄이었으나 성공은 성공이었다. 복을 받으려면 반드시 고생이 따르는 법이니 이까짓 거야 골백번 당한대도 남편에게 매나 안 맞고 의좋게 살 수만 있다면 그는 사양치 않을 것이다. 이 주사를 하늘같이 은인같이 여겼다. 남편에게 부쳐먹을 농토를 줄 테니 자기의 첩이 되라는 그 말도 죄송하였으나 더욱이 돈 이 원을 줄 께니 내일 이맘때 쇠돌네 집으로 넌즈시 만나자는 그 말은 무엇보다도 고마웠고 벅찬 짐이나 푼 듯 마음이 홀가분하였다. 다만 애키는* 것은 자기의 행실이 만약 남편에게 발각되는 나절에는 대매에 맞아 죽을 것이다. 그는 일변 기뻐하며 일변 애를 태우며 자기 집을 향하여 세차게 쏟아지는 빗속을 가분가분 내리달렸다.

춘호는 아직도 분이 못 풀리어 뿌루퉁하니 홀로 앉았다. 그는 자기의 고향인 인제를 등진 지 벌써 삼 년이 되었다. 해를 이어 흉작에 농작물은 말 못 되고 따라 빚쟁이들의 위협과 악마구니는 날로 심하였다. 마침내 하릴없이 집, 세간살이를 그대로 내버리고 알몸으로 밤도주를 하였던 것이다. 살기 좋은 곳을 찾는다고 나어린 아내의 손목을 이끌고 이 산 저 산을 넘어 표랑하였다. 그러나 우정 찾아든 곳이 고작 이 마을이나 산속은 역시 일반이다. 어느 산골엘 가 호미를 잡아보아도 정은 조그만치도 안 붙었고, 거기에는 오직 쌀쌀한 불안과 굶주림이 품을 벌려 그를 맞을 뿐이었다. 터무니없다 하여 농토를 안 준다. 일구녕**이 없으매 품을 못 판다. 밥이 없다. 결국엔 그는 피폐하여가는 농민 사이를 감도는 엉뚱한 투기심에 몸이 달떴다. 요사이 며칠 동안을 두고 요 너머 뒷산 속에서 밤마

* 걱정이 되어 마음이 켕기는.
** 일자리.

다 큰 노름판이 벌어지는 기미를 알았다. 그는 자기도 한몫 보려고 끼룩거렸으나* 좀체로 밑천을 만들 수가 없었다.

이 원! 수나 좋아서 이 이 원이 조화만 잘한다면 금시 발복이 못 된다고 누가 단언할 수 있으랴! 삼사십 원 따서 동리의 빚이나 대충 가리고 옷 한 벌 지어 입고는 진저리 나는 이 산골을 떠나려는 것이 그의 배포였다. 서울로 올라가 아내는 안잠**을 재우고 자기는 노동을 하고 둘이서 다구지게 벌면 안락한 생활을 할 수가 있을 텐데, 이런 산구석에서 굶어 죽을 맛이야 없었다. 그래서 젊은 아내에게 돈 좀 해오라니까 요리 매낀 조리 매낀 매만 피하고 곁들어 주지 않으니 그 소행이 여간 괘씸한 것이 아니다.

아내가 물에 빠진 생쥐 꼴을 하고 집으로 달겨들자 미처 입도 벌리기 전에 남편은 이를 악물고 주먹뺨을 냅다 붙였다.

"너 이년 매만 살살 피하고 어디 가 자빠졌다 왔니?"

볼치 한 대를 얻어맞고 아내는 오기가 질리어 벙벙하였다. 그래도 직성이 못 풀리어 남편이 다시 매를 손에 잡으려 하니 아내는 질겁을 하여 살려달라고 두 손으로 빌며 개신개신 입을 열었다.

"낼 되유— 낼, 돈, 낼 돼유—"

하며 돈이 변통됨을 삼가 아뢰는 그의 음성은 절반이 울음이었다.

남편이 반신반의하여 눈을 찌긋하다가

"낼?"

하고 목청을 돋웠다.

"네, 낼 된다유—"

"꼭 되여?"

---

* 무엇을 탐내어 자꾸 넘겨다보거나 고대했으나.
** 여자가 남의 집에서 먹고 자며 그 집의 일을 도와주는 일. 또는 그런 여자.

"네, 낼 된다유 —"

남편은 시골 물정에 능통하니만치 난데없는 돈 이 원이 어디서 어떻게 되는 것까지는 추궁해 물으려 하지 않았다. 그는 저으기 안심한 얼굴로 방문턱에 걸터앉으며 담뱃대에 불을 그었다. 그제야 아내도 비로소 마음을 놓고 감자를 삶으러 부엌으로 들어가려 하니 남편이 곁으로 걸어오며 측은한 듯이 말리었다.

"병나, 방에 들어가 어여 옷이나 말리여, 감자는 내 삶을게 —"

먹물같이 짙은 밤이 내리었다. 비는 더욱 소리를 치며 앙상한 그들의 방 벽을 앞뒤로 울린다. 천장에서 비는 새지 않으나 집 지은 지가 오래되어 고래가 물러앉다시피 된 방이라 도배를 못 한 방바닥에는 물이 스며들어 귀죽죽하다.* 거기다 거적 두 잎만 덩그렇게 깔아놓은 것이 그들의 침소이었다. 석유불은 없어 캄캄한 바로 지옥이다. 벼룩은 사방에서 마냥 스멀거린다.

그러나 등걸잠에 익달한 그들은 천연스럽게 나란히 누워 줄기차게 퍼붓는 밤비 소리를 귀담아듣고 있었다. 가난으로 인하여 부부간의 애틋한 정을 모르고 나날이 매질로 불평과 원한 중에서 복대기던 그들도 이 밤에는 불시로 화목하였다 단지 남의 품에 든 돈 이 원을 꿈꾸어보고도 —

"서울 언제 갈라유."

남편의 왼팔을 베고 누웠던 아내가 남편을 향하여 응석 비슷이 물어보았다. 그는 남편에게 서울의 화려한 거리며 후한 인심에 대하여 여러 번 들은 바 있어 일상 안타까운 마음으로 몽상은 하여보았으나 실지 구경은 못 하였다. 얼른 이 고생을 벗어나 살기 좋은 서울로 가고 싶은 생각이 간

* 구중중하다. 물이나 축축한 곳이 더럽고 지저분하다.

절하였다.

"곧 가게 되겠지, 빚만 좀 없어도 가뜬하련만."

"빚은 낭종 갚더라도 얼핀 갑세다유ㅡ"

"염려 없어. 이달 안으로 꼭 가게 될 거니까."

남편은 썩 쾌히 승낙하였다. 딴은 그는 동리에서 일컬어주는 질군*으로 투전장의 가보쯤은 시루에서 콩나물 뽑듯 하는 능수이었다. 내일 밤 이 원을 가지고 벼락같이 노름판에 달려가서 있는 돈이란 깡그리 모집어 올 생각을 하니 그는 은근히 기뻤다. 그리고 교교한 자기의 손재간을 홀로 뽐내었다.

"이번이 서울 처음이지?"

하며 그는 서울 바닥 좀 한번 쐬었다고 큰 체를 하며 팔로 아내의 머리를 흔들어 물어보았다. 성미가 워낙 겁겁한지라 지금부터 서울 갈 준비를 착착 하고 싶었다. 그가 제일 걱정되는 것은 둠**구석에서 내 자라먹은 아내를 데리고 가면 서울 사람에게 놀림도 받을 게고 거리끼는 일이 많을 듯싶었다. 그래서 서울 가면 꼭 지켜야 할 필수 조건을 아내에게 일일이 설명치 않을 수도 없었다.

첫째 사투리에 대한 주의부터 시작되었다. 농민이 서울 사람에게 꼬라리***라는 별명으로 감잡히는 그 이유는 무엇보다도 사투리에 있을지니 사투리는 쓰지 말며, '합세'를 '하십니까'로 '하게유'를 '하오'로 고치되 말끝을 들지 말지라. 또 거리에서 어릿어릿하는 것은 내가 시골뜨기요 하는 얼뜬 짓이니 갈 길은 재게 가고 볼 눈을 또릿또릿이 볼지라ㅡ하는 것

---

* 한번 시작하면 끝장을 볼 때까지 끈덕지게 달라붙는 사람. 무엇을 남달리 좋아하고 몹시 즐기는 사람.
** 두메산골.
*** 고라리. 어리석은 시골 사람. 촌놈.

들이었다. 아내는 그 끔찍한 설교를 귀담아들으며 모기 소리로 네, 네 하였다. 남편은 뒤 시간가량을 샐 틈 없이 꼼꼼하게 주의를 다져놓고는 서울의 풍습이며 생활 방침 등을 자기의 의견대로 그럴싸하게 이야기하여오다가 말끝이 어느덧 화장술에까지 이르게 되었다. 시골 여자가 서울에가서 안잠을 잘 자주면 몇 해 후에는 집까지 얻어 갖는 수가 있는데 거기에는 얼굴이 예뻐야 한다는 소문을 일찍 들은 바 있어 하는 소리였다. "그래서 날마다 기름도 바르고 분도 바르고 버선도 신고 해서 쥔 마음에 썩들어야……"

한참 신바람이 올라 주워섬기다가 옆에서 새근새근, 소리가 들리므로고개를 돌려보니 아내는 이미 고라져 잠이 깊었다.

"이런 망할 거 남 말하는데 자빠져 잔담—"

남편은 혼자 중얼거리며 바른팔을 들어 이마 위로 흐트러진 아내의 머리칼을 뒤로 씨담어 넌긴다. 세상에 귀한 것은 자기의 아내! 이 아내가 만약 없었던들 자기는 홀로 어떻게 살 수 있었으려는가! 명색이 남편이며이날까지 옷 한 벌 변변히 못 해 입히고 고생만 짓시킨 그 죄가 너무나 큰듯 가슴이 뻐근하였다. 그는 왁살스러운 팔로다 아내의 허리를 꼭 껴안아자기의 앞으로 바특이 끌어당겼다.

밤새도록 줄기차게 내리던 빗소리가 아침에 이르러서야 겨우 그치고점심때에는 생기로운 볕까지 들었다. 쿨렁쿨렁 논물 나는 소리는 요란히들린다. 시내에서 고기 잡는 아이들의 고함이며 농부들의 희희낙락한 미나리*도 기운차게 들린다.

비는 춘호의 근심도 씻어 간 듯 오늘은 그에게도 즐거운 빛이 보였다.

---

* 메나리. 경상도, 전라도, 충청도 지방에 전해오는 농부가의 하나.

"저녁 제누리 때 되었을걸 얼른 빗고 가봐—"

그는 갈증이 나서 아내를 대고 재촉하였다.

"아즉 멀었어유—"

"먼 게 뭐야, 늦었어—"

"뭘!"

아내는 남편의 말대로 벌써부터 머리를 빗고 앉았으나 온체 달포나 아니 가리어 엉클은 머리라 시간이 꽤 걸렸다. 그는 호랑이 같은 남편과 오래간만에 정다운 정을 바꾸어보니 근래에 볼 수 없는 희색이 얼굴에 떠돌았다. 어느 때에는 맥쩍게 생글생글 웃어도 보았다.

아내가 꼼지락거리는 것이 보기에 퍽으나 갑갑하였다. 남편은 아내 손에서 얼개빗을 쑥 뽑아 들고는 시원스레 쭉쭉 내려 빗긴다. 다 빗긴 뒤, 옆에 놓인 밥사발의 물을 손바닥에 연신 칠해가며 머리에다 번지르하게 발라놓았다. 그래놓고 위서부터 머리칼을 재워가며 맵시 있게 쪽을 딱 찔러주더니 오늘 아침에 한사코 공을 들여 삼아놓았던 집세기를 아내의 발에 신기고 주먹으로 자근자근 골을 내주었다.

"인제 가봐!"

하다가

"바루 곧 와, 응?"

하고 남편은 그 이 원을 고이 받고자 손색없도록 실패 없도록 아내를 모양내어 보냈다.

—《조선일보》, 1935. 1. 29.~2. 4.

금 따는 콩밭

땅속 저 밑은 늘 음침하다.

고달픈 간드렛불. 맥없이 푸리끼하다. 밤과 달라서 낮엔 되우 흐릿하였다.

겉으로 황토 장벽으로 앞뒤 좌우가 콕 막힌 좁직한 구뎅이. 흡사히 무덤 속같이 귀중중하다. 싸늘한 침묵. 쿠더브레한* 흙내와 징그러운 냉기만이 그 속에 자욱하다.

곡괭이는 뻔질 흙을 이르집는다. 암팡스러이 내려 쪼며

픽 픽 픽—

이렇게 메떨어진 소리뿐. 그러나 간간 우수수하고 벽이 헐린다.

영식이는 일손을 놓고 소맷자락을 끌어당기어 얼굴의 땀을 훑는다. 이놈의 줄이 언제나 잡힐는지 기가 찼다. 흙 한 줌을 집어 코밑에 바짝 들이대고 손가락으로 샅샅이 뒤져본다. 완연히 버력**은 좀 변한 듯싶다. 그러나 불통버력***이 아주 다 풀린 것도 아니었다. 말똥버력****이라야 금이

* 쿠더분하다. 냄새가 몹시 구리고 터분하다.
** 광물이 섞이지 않은 잡돌.
*** 소용없는 잡버력.
**** 양파 모양으로 벗겨져 부스러지기 쉬운 버력.

나온다는데 왜 이리 안 나오는지.

곡괭이를 다시 집어 든다. 땅에 무릎을 꿇고 궁뎅이를 번쩍 든 채 식식 거린다. 곡괭이는 무작정 내려찍는다.

바닥에서 물이 스미어 무르팍이 흥건히 젖었다. 굿* 엎은 천판**에서 흙방울은 내리며 목덜미로 굴러든다. 어떤 깨에는 윗벽의 한쪽이 떨어지며 등을 탕 때리고 부서진다.

그러나 그는 눈도 하나 깜짝하지 않는다. 금을 캔다고 콩밭 하나를 다 잡쳤다. 약이 올라서 죽을 둥 살 둥, 눈이 뒤집힌 이 판이다. 손바닥에 침을 탁 뱉고 곡괭이 자루를 한번 고쳐 잡더니 쉴 줄 모른다.

등 뒤에서는 흙 긁는 소리가 드윽드윽 난다. 아직도 버력을 다 못 친 모양. 이 자식이 일을 하나 시졸 하나. 남은 손이 바직 타는데 웬 뱃심이 이리도 좋아.

영식이는 살기 띠인 시선으로 고개를 돌렸다. 암말 없이 수재를 노려본다. 그제야 꾸물꾸물 바지게***에 흙을 담고 등에 메고 사다리를 올라간다.

굿이 풀리는지 벽이 우찔하였다. 흙이 부서져 내린다. 전날이라면 이곳에서 아내 한번 못 보고 생죽음이나 안 할까 털끝까지 쭈뼛할 게다. 그러나 인젠 그렇게 되고도 싶다. 수재란 놈하그 흙더미에 묻히어 한껍에 죽는다면 그게 오히려 날 게다.

이렇게까지 몹시몹시 미웠다.

이놈 풍찌는**** 바람에 애꿎은 콩밭 하나만 결딴을 냈다. 뿐만 아니라

---

* 광산에서 무너지지 않도록 손을 보아놓은 구덩이.
** 갱도나 채굴 현장의 천장.
*** 짐 싣는 소쿠리를 얹은 지게.
**** 풍치는.

모두가 낭패다. 세벌논*도 못 맸다. 논둑의 풀은 성큼 자란 채 어지러이 늘려져 있다. 이 기미를 알고 지주는 대로하였다. 내년부터는 농사질 생각 말라고 발을 굴렀다. 땅은 암만을 파도 지수**가 없다. 이만해도 다섯 길은 훨씬 넘었으리라. 좀 더 지펴야 옳을지 혹은 북으로 밀어야 옳을지 우두머니 망설거린다. 금점 일에는 푸뚱이***다. 입때껏 수재의 지휘를 받아 일을 하여왔고, 앞으로도 역 그러해야 금을 딸 것이다. 그러나 그런 칙칙한 짓은 안 한다.

"이리 와 이것 좀 파게."

그는 어쓴**** 위풍을 보이며 이렇게 분부하였다. 그리고 저는 일어나 손을 털며 뒤로 물러선다.

수재는 군말 없이 고분하였다. 시키는 대로 땅에 무릎을 꿇고 벽채로 군버력을 긁어낸 다음 다시 파기 시작한다.

영식이는 치다 나머지 버력을 젊어진다. 커단 걸때를 뒤툭거리며 사다리로 기어오른다. 굿문을 나와 버력더미에 흙을 마악 내치려 할 제

"왜 또 파, 이것들이 미쳤나그래—"

산에서 내려오는 마름과 맞닥뜨렸다. 정신이 떠름하여 그대로 벙벙히 섰다. 오늘은 또 무슨 포악을 들으려는가.

"말라니까 왜 또 파는 게야." 하고 영식이의 바지게 뒤를 지팡이로 콱 찌르더니 "갈아먹으라는 밭이지 흙 쓰고 들어가라는 거야 이 미친 것들아, 콩밭에서 웬 금이 나온다구 이 지랄들이야그래." 하고 목에 핏대를 올

----

* 세 번째 김매는 논.
** 낌새.
*** 풋내기.
**** 엇선. 맞서 대항하는.

린다. 밭을 버리면 간수 잘못한 자기 탓이다. 날마다 와서 그 북새를 피우고 금하여도 담날 보면 또 여전히 파는 것이다.

"오늘로 이 구뎅이를 도로 묻어놔야지 낼로 당장 징역 갈 줄 알게."

너무 감정에 격하여 말도 잘 안 나오고 떠듬떠듬거린다. 주먹은 곧 날아들 듯이 허구리께서 불불 떤다.

"오늘만 좀 해보고 그만두겠어유."

영식이는 낯이 붉어지며 가까스로 한마디 하였다. 그리고 무턱대고 빌었다.

마름은 들은 척도 안 하고 가버린다.

그 뒷모양을 영식이는 멀거니 배웅하였다. 그러다 콩밭 낯짝을 들여다보니 무던히 애통 터진다. 멀쩡한 밭에가 구멍이 사면 풍 풍 뚫렸다.

예제없이 버력은 무데기 무데기 쌓였다. 마치 사태 만난 공동묘지와도 같이 귀살쩍고 되우 을씨년스럽다. 그다지 잘되었던 콩 포기는 거반 버력더미에 다아 깔려버리고 군데군데 어쩌다 남은 놈들만이 고개를 나풀거린다. 그 꼴을 보는 것은 자식 죽는 걸 보는 게 낫지 차마 못 할 경상이었다.

농토는 모조리 떨어질 것이다. 그러나 대관절 올 밭도지 벼 두 섬 반은 뭘로 해내야 좋을지. 게다 밭을 망쳤으니 자칫하면 징역을 갈는지도 모른다.

영식이가 구뎅이 안으로 들어왔을 때 동무는 땅에 주저앉아 쉬고 있었다. 태연 무심히 담배만 뻑뻑 피우는 것이다.

"언제나 줄을 잡는 거야."

"인제 차차 나오겠지."

"인제 나온다." 하고 코웃음을 치고 엇먹더니 조금 지나매

"이 새끼."

흙덩이를 집어 들고 골통을 내려친다.

수재는 어쿠 하고 그대로 폭 엎으린다. 그러다 벌떡 일어선다. 눈에 띄는 대로 곡괭이를 잡자 대뜸 달겨들었다. 그러나 강약이 부동. 왁살스러운 팔뚝에 퉁겨져 벽에 가서 쿵하고 떨어졌다. 그 순간에 제가 빼앗긴 곡괭이가 정백이*를 겨누고 날아드는 걸 보았다. 고개를 홱 돌린다. 곡괭이는 흙벽을 퍽 찍고 다시 나간다.

수재 이름만 들어도 영식이는 이가 갈렸다. 분명히 홀딱 속은 것이다.

영식이는 본디 금점이 이력이 없었다. 그리고 흥미도 없었다. 다만 밭고랑에 웅크리고 앉아서 땀을 흘려가며 꾸벅꾸벅 일만 하였다. 올엔 콩도 뜻밖에 잘 열리고 맘이 좀 놓였다.

하루는 홀로 김을 매고 있노라니까

"여보게 덥지 않은가 좀 쉬었다 하게."

고개를 들어보니 수재다. 농사는 안 짓고 금점으로만 돌아다니더니 무슨 바람에 또 왔는지 싱글벙글한다. 좋은 수나 걸렸나 하고

"돈 좀 많이 벌었나. 나 좀 좨**주게."

"벌구말구 맘껏 먹고 맘껏 쓰고 했네."

술에 거나한 얼굴로 신껏 주적거린다.*** 그리고 밭머리에 쭈그리고 앉아 한참 객설을 부리더니

"자네 돈벌이 좀 안 하려나 이 밭에 금이 묻혔네 금이……."

"뭐." 하니까

---

* 정수리.
** 좨다. 빌리다, 빌려 오다 등으로 사용되는 전라도 방언.
*** 주책없이 잘난 체하며 자꾸 떠든다.

바로 이 산 넘어 큰 골에 광산이 있다. 광부를 삼백여 명이나 부리는 노다지판인데 매일 소출되는 금이 칠십 냥을 넘는다. 돈으로 치면 칠천 원. 그 줄맥이 큰 산허리를 뚫고 이 콩밭으로 뻗어 나왔다는 것이다. 둘이서 파면 불과 열흘 안에 줄을 잡을 게고 적어도 하루 서 돈씩은 따리라. 우선 삼십 원만 해두 얼마냐. 소를 산대두 반 필이 아니냐고.

그러나 영식이는 귀담아듣지 않았다. 금점이란 칼 물고 뜀뛰기다. 잘되면이거니와 못되면 신세만 조판다.* 이렇게 전일부터 들은 소리가 있어서이다.

그담 날도 와서 꾀송거리다** 갔다.

셋째 번에는 집으로 찾아왔는데 막걸리 한 병을 손에 떡 들고 영을 피운다.*** 몸이 달아서 또 온 것이었다. 봉당에 걸터앉아서 저녁상을 물끄러미 바라보더니 조당수****는 몸을 훑인다는 둥 일꾼은 든든히 먹어야 한다는 둥 남들은 논을 사느니 밭을 사느니 떠드는데 요렇게 지내다 그만 둘 테냐는 둥 일쩌웁게 지절거린다.

"아즈머니 이것 좀 먹게 해주시게유."

그리고 비로소 영식이 아내에게 술병을 내놓는다. 그들은 밥상을 끼고 앉아서 즐거웁게 술을 마셨다. 몇 잔이 들어가고 보니 영식이의 생각도 저으기 돌아섰다. 딴은 일 년 고생하고 끽 콩 몇 섬 얻어먹느니보다는 금을 캐는 것이 슬기로운 짓이다. 하루에 잘만 캔다면 한 해 줄곧 공들인 그 수확보다 훨씬 이익이다. 올봄 보낼 제 비료값 품삯 빚에 빚진 칠 원 까닭

---

* 조진다, 망친다.
** 달콤하고 교묘한 말로 계속 꾀다가.
*** 기운을 내다. '영'은 집 안이나 방 안의 산뜻한 기운을 뜻함.
**** 좁쌀을 물에 불린 다음 갈아서 묽게 쑨 음식.

에 나날이 졸리는 이 판이다. 이렇게 지지하게 살고 말 바에는 차라리 가로지나 세로지나 사내자식이 한번 해볼 것이다.

"낼부터 우리 파보세. 돈만 있으면이야 그까진 콩은."

수재가 안달스레 재우쳐 보채일 제 선뜻 응낙하였다.

"그래보세 빌어먹을 거 안 됨 고만이지."

그러나 꽁무니에서 죽을 마시고 있던 아내가 허구리를 쿡쿡 찔렀게 망정이지 그렇지 않았다면 좀 주저할 뻔도 하였다.

아내는 아내대로의 셈*이 빨랐다.

시체**는 금점이 판을 잡았다. 스뿔르게 농사만 짓고 있다간 결국 비렁뱅이밖에는 더 못 된다. 얼마 안 있으면 산이고 논이고 밭이고 할 것 없이 다 금쟁이 손에 구멍이 뚫리고 뒤집히고 뒤죽박죽이 될 것이다. 그때는 뭘 파먹고 사나. 자 보아라. 머슴들은 짜위***나 한 듯이 일하다 말고 훅닥하면 금점으로들 내빼지 않는가. 일꾼이 없어서 올엔 농사를 질 수 없느니 마느니 하고 동리에서는 떠들썩하다. 그리고 번동 포농이****조차 호미를 내어던지고 강변으로 개울로 사금을 캐러 달아난다. 그러다 며칠 뒤엔 다비*****신에다 옥당목을 떨치고 희짜를 뽑는 것이 아닌가.

아내는 콩밭에서 금이 날 줄은 아주 꿈밖이었다. 놀라고도 또 기뻤다. 올에는 노냥 침만 삼키던 그놈 코다리(명태)를 짜증****** 먹어보겠구나만 하여도 속이 메질 듯이 짜릿하였다. 뒷집 양근댁은 금점 덕택에 남편이

---

* '셈'의 방언.
** 그 시대의 풍습, 유행을 따르거나 지식 따위를 받음. 또는 그런 풍습이나 유행.
*** 짬짜미. 남모르게 자기들끼리만 짜고 하는 약속, 수작.
**** 많은 농지를 가지고 있어 생활이 넉넉한 농민.
***** 고무와 천으로 만든 노동화의 일종을 가리키는 일본어.
****** 짜장. 정말로.

사다 준 흰 고무신을 신고 나릿나릿 걷는 것이 무척 부러웠다. 저도 얼른 금이나 펑펑 쏟아지면 흰 고무신도 신고 얼굴에 분도 바르고 하리라.

"그렇게 해보지 뭐 저 냥반 하잔 대로만 하면 어련히 잘될라구—"

얼뜰하여 앉았는 남편을 이렇게 추겼던 것이다.

동이 트기 무섭게 콩밭으로 모였다.

수재는 진언이나 하는 듯이 이리 대고 중얼거리고 저리 대고 중얼거리고 하였다. 그리고 덤벙거리며 이리 왔다가 저리 왔다가 하였다. 제 딴은 땅속에 누운 줄맥을 어림하여보는 맥이었다.

한참을 밭을 헤매다가 산 쪽으로 붙은 한구석에 딱 서며 손가락을 펴 들고 설명한다. 큰 줄이란 본시 산운산*을 끼고 도는 법이다. 이 줄이 노다지임에는 필시 이켠으로 버듬히 누웠으리라. 그러니 여기서부터 파 들어가자는 것이었다.

영식이는 그 말이 무슨 소린지 새기지는 못했다. 마는 금점에는 난다는 수재이니 그 말대로 하기만 하면 영락없이 금퇴야 나겠지 하고 그것만 꼭 믿었다. 군말 없이 지시해 받은 곳에다 삽을 푹 꽂고 파헤치기 시작하였다.

금도 금이면 앨 써 키워온 콩도 콩이었다. 거진 다 자란 허울 멀쑥한 놈들이 삽 끝에 으츠러지고 흙에 묻히고 하는 것이다. 그걸 보는 것은 썩 속이 아팠다. 애틋한 생각이 물밀 때 가끔 삽을 놓고 허리를 구부려서 콩잎의 흙을 털어주기도 하였다.

"아 이 사람아 맥쩍게 그건 봐 뭘 해 금을 캐자니깐."

"아니야 허리가 좀 아퍼서—"

---

* 상원산. 광맥의 근원지가 되는 산.

핀잔을 얻어먹고는 좀 열적었다. 하기는 금만 잘 터져 나오면 이까짓 콩밭쯤이야. 이 밭을 풀어 논도 만들 수 있을 것이다. 눈을 감아버리고 삽의 흙을 아무렇게나 콩잎 위로 홱홱 내어던진다.

"구구루* 땅이나 파먹지 이게 무슨 지랄들이야!"
동리 노인은 뻔찔 찾아와서 귀 거친 소리를 하고 하였다.
밭에 구멍을 셋이나 뚫었다. 그리고 대구 뚫는 길이었다. 금인가 난장을 맞을 건가 그것 때문에 농군은 버렸다. 이게 필연코 세상이 망하려는 징조이리라. 그 소중한 밭에다 구멍을 뚫고 이 지랄이니 그놈이 온전할 겐가.
노인은 제물** 화에 지팡이를 들어 삿대질을 아니 할 수 없었다.
"벼락 맞느니 벼락 맞어—"
"염려 말아유 누가 알래지유."
영식이는 그럴 적마다 데퉁스레 쏘았다. 골김에 흙을 되는 대로 내꾼지고는*** 침을 탁 뱉고 구뎅이로 들어간다. 그러나 마음 한구석에는 언제나 끈— 하였다. 줄을 찾는다고 콩밭을 통이 뒤집어놓았다. 그리고 줄이 언제나 나올지 아직 까맣다. 논도 못 매고 물도 못 보고 벼가 어이 되었는지 그것조차 모른다. 밤에는 잠이 안 와 멀뚱하니 애를 태웠다.
수재는 낙담하는 기색도 없이 늘 하냥이었다. 땅에 웅숭그리고 시적시적 노량으로**** 땅만 판다.

* 국으로. 제 생긴 그대로, 또는 자기 주제에 맞게.
** 저절로, 스스로.
*** 내던지고는. '내깔기다'의 강원도 방언.
**** 어정어정 놀면서 느릿느릿.

"줄이 꼭 나오겠나." 하고 목이 말라서 물으면

"이번에 안 나오거든 내 목을 비게."

서슴지 않고 장담을 하고는 꿋꿋하였다.

이걸 보면 영식이도 마음이 좀 뇌는 듯싶었다. 전들 금이 없다면 무슨 멋으로 이 고생을 하랴. 반드시 금은 나올 것이다. 그제서는 이왕 손해는 하릴없거니와 고만두리라는 절망이 스르르 사라지고 다시금 주먹이 쥐어지는 것이었다.

캄캄하게 밤은 어두웠다. 어데선가 뭇 개가 요란히 짖어댄다.

남편은 진흙투성이를 하고 산에서 내려왔다. 풀이 죽어서 몸을 잘 가꾸지도 못하고 아랫목에 축 늘어진다.

이 꼴을 보니 아내는 맥이 다시 풀린다. 오늘도 또 글렀구나. 금이 터지면은 집을 한 채 사 간다고 자랑을 하고 왔더니 이내 헛일이었다. 인제 좌지*가 나서 낯을 들고 나갈 염의조차 없어졌다.

남편에게 저녁을 갖다 주고 딱하게 바라본다.

"인젠 꾸 온 양식도 다 먹었는데—"

"새벽에 산제를 좀 지낼 턴데 한 번만 더 꿰 와."

남의 말에는 대답 없고 유하게 흘게 늦은** 소리뿐, 그리고 드러누운 채 눈을 지그시 감아버린다.

"죽거리두 없는데 산제는 무슨—"

"듣기 싫여 요망맞은 년 같으니."

---

* 짜증.

** 흘게 늦다. 성격이나 하는 짓이 야무지지 못하다.

이 호통에 아내는 고만 멈씰하였다. 요즘 와서는 무턱대고 공연스레 골만 내는 남편이 역 딱하였다. 환장을 하는지 밤잠도 아니 자고 소리만 빽빽 지르며 덤벼들려고 든다. 심지어 어린것이 좀 울어도 이 자식 갖다 내꾼지라고 북새를 피우는 것이다.

저녁을 아니 먹으므로 그냥 치워버렸다. 남편의 영을 거역키 어려워 양근댁한테로 또다시 안 갈 수 없다. 그간 양식은 줄곧 꾸어다 먹고 갚도 못하였는데 또 무슨 면목으로 입을 벌릴지 난처한 노릇이었다.

그는 생각다 끝에 있는 염치를 보째 쏟아 던지고 다시 한 번 찾아가는 것이다. 마는 딱 맞닥뜨리어 입을 열고

"넬 산제를 지낸다는데 쌀이 있어야지유——" 하자니 영 낯이 화끈하고 모닥불이 날아든다.

그러나 그들은 어지간히 착한 사람이었다.

"암 그렇지요 산신이 벗나면 죽도 그릅니다." 하고 말을 받으며 그 남편은 빙그레 웃는다. 워낙이 금점에 장구 많아난* 몸인 만치 이런 일에는 적잖이 속이 틔었다. 손수 쌀 닷 되를 떠다 주며

"산제란 안 지냄 몰라두 이왕 지낼래면 아주 정성껏 해야 됩니다. 산신이란 노하길 잘하니까유." 하고 그 비방까지 깨처 보낸다.

쌀을 받아 들고 나오며 영식이 처는 고마움보다 먼저 미안에 질리어 얼굴이 다시 빨갰다. 그리고 그들 부부 살아가는 살림이 참으로 참으로 몹시 부러웠다. 양근댁 남편은 날마다 금점으로 감돌며 버력더미를 뒤지고 토록**을 주워 온다. 그걸 온종일 장판돌에다 갈면은 수가 좋으면 이삼 원, 옥아도 칠팔십 전 꼴은 매일 심이 되는 것이었다. 그러면 쌀을 산다 피륙

---

* 따라난. 닳아난, 닳고 단.
** 광맥의 본래 줄기에서 떨어져 다른 잡석과 함께 광맥의 겉으로 드러나 있는 광석.

을 끊는다 떡을 한다 장리를 놓는다 ─ 그런데 우리는 왜 늘 요 꼴인지. 생각만 하여도 가슴이 메이는 듯 맥맥한 한숨이 연발을 하는 것이었다.

아내는 집에 돌아와 떡쌀을 담그었다. 낼은 뭘로 죽을 쑤어 먹을는지. 윗목에 웅크리고 앉아서 맞은쪽에 자빠져 있는 남편을 곁눈으로 살짝 할겨본다. 남들은 돌아다니며 잘도 금을 주워 으련만 저 망나니 제 밭 하나를 다 버려도 금 한 톨 못 주워 오나. 에, 에, 변변치도 못한 사나이. 저도 모르게 얕은 한숨이 겨퍼 두 번을 터진다.

밤이 이슥하여 그들 양주는 떡을 하러 나왔다. 남편은 절구에 쿵쿵 빻았다. 그러나 체가 없다. 동네로 돌아다니며 빌려 오느라고 아내는 다리에 불풍이 났다.*

"왜 이리 앉었수 불 좀 지피지."

떡을 찧다가 얼이 빠져서 멍하니 앉았는 남편이 밉살스럽다. 남은 이래저래 애를 죄는데 저건 무슨 생각을 하고 저리 있는 건지. 낫으로 삭정이를 탁탁 쪼겨서 던져주며 아내는 은근히 혹닥이었다.**

닭이 두 홰를 치고 나서야 떡은 되었다.

아내는 시루를 이고 남편은 겨드랑에 자리대기를 꼈다. 그리고 캄캄한 산길을 올라간다.

비탈길을 얼마 올라가서야 콩밭은 놓였다. 적면을 우뚝한 검은 산에 둘리어 막힌 곳이었다. 가생이로 느티 대추나무들은 머리를 풀었다.

밭머리 조금 못 미처 남편은 걸음을 멈추자 뒤의 아내를 돌아본다.

"인 내 그러구 여기 가만히 섰어 ─"

시루를 받아 한 팔로 껴안고 그는 혼자서 콩밭으로 올라섰다. 앞에 쌓

---

* 불풍이 나다. 매우 잦고도 바쁘다.
** 공연한 말로 꼴사납게 지껄이다. 또는 세차게 다그치고 들볶다.

인 것이 모두가 흙더미, 그 흙더미를 마악 돌아서려 할 제 아마 돌을 찼나 보다. 몸이 쓰러지려고 우찔근하니 아내는 기겁을 하여 뛰어오르며 그를 부축하였다.

"부정 타라구 왜 올라와, 요망맞은 년."

남편은 몸을 고르잡자 소리를 빽 지르며 아내를 얼빰을 붙인다. 가뜩이 나 죽으라 죽으라 하는데 불길하게도 계집년이. 그는 마뜩지 않게 두덜거 리며 밭으로 들어간다.

밭 한가운데다 자리를 피고 그 위에 시루를 놓았다. 그리고 시루 앞에 다 공손하고 정성스레 재배를 커다랗게 한다.

"우리를 살려줍시사 산신께서 거들어주지 않으면 저희는 죽을 수밖에 꼼짝 없습니다유."

그는 손을 모으고 이렇게 축원하였다.

아내는 이 꼴을 바라보며 독이 뾰록같이 올랐다. 금점을 합네 하고 금 한 톨 못 캐는 것이 버릇만 점점 글러간다. 그전에는 없더니 요새로 건뜻 하면* 탕탕 때리는 못된 버릇이 생긴 것이다. 금을 캐랬지 빰을 치랬나. 제발 덕분에 그놈의 금 좀 나오지 말았으면. 그는 빰 맞은 앙심으로 맘껏 방자하였다.

하긴 아내의 말 고대로 되었다. 열흘이 썩 넘어도 산신은 깜깜 무소식 이었다. 남편은 밤낮으로 눈을 까뒤집고 구덩이에 묻혀 있었다. 어쩌다 집엘 내려오는 때이면 얼굴이 헐떡하고 어깨가 축 늘어지고 거반 병객이 었다. 그러고서 잠자코 커단 몸집을 방고래에다 쿵 하고 내던지고 하는 것이다.

------

* 걸핏하면.

"제이미붙을 죽어나 버렸으면 —"

혹은 이렇게 탄식하기도 하였다.

아내는 바가지에 점심을 이고서 집을 나섰다. 젖먹이는 등을 두드리며 좋다고 끽끽거린다.

이젠 흰 고무신이고 코다리고 생각조차 물렸다. 그리고 금 하는 소리만 들어도 입에 신물이 날 만큼 되었다. 그건 고사하고 꿔다 먹은 양식에 졸리지나 말았으면 그만도 좋으리마는.

가을은 논으로 밭으로 누—렇게 내리었다. 농군들은 기꺼운 낯을 하고 서로 만나면 흥겨운 농담. 그러나 남편은 영한 밭만 망치고 논조차 건살 못 하였으니 이 가을에는 뭘 걷어들이고 뭘 즐겨 할는지. 그는 동리 사람의 이목이 부끄러워 산길로 돌았다.

솔숲을 나서서 멀리 밭에를 바라보니 둘이 다 나와 있다. 오늘도 또 싸운 모양. 하나는 이쪽 흙더미에 앉았고 하나는 저쪽에 앉았고 서로들 외면하여 담배만 뻑뻑 피운다.

"점심들 잡수게유."

남편 앞에 바가지를 내려놓으며 가만히 맥을 보았다.

남편은 적삼이 찢어지고 얼굴에 생채기를 내었다. 그리고 두 팔을 걷고 먼 산을 향하여 묵묵히 앉았다.

수재는 흙에 박혔다 나왔는지 얼굴은커녕 귓속들이 흙투성이다. 코밑에는 피딱지가 말라붙었고 아직도 조금씩 피가 흘러내린다. 영식이 처를 보더니 열적은 모양. 고개를 돌리어 모로 떨어치며 입맛만 쩍쩍 다신다.

금을 캐라니까 밤낮 피만 내다 말라는가. 빚에 졸리어 남은 속을 볶는데 무슨 호강에 이 지랄들인구. 아내는 못마땅하여 눈가에 살을 모았다.

"산제 지낸다구 꿔 온 것은 은제나 갚는다지유—"

뚱하고 있는 남편을 향하여 말끝을 꼬부린다. 그러나 남편은 눈썹 하나 까딱하지 않는다. 이번에는 어조를 좀 돋우며

"갚지도 못할 걸 왜 꿔 오라 했지유." 하고 얼추 호령이었다.

이 말은 남편의 채 가라앉지도 못한 분통을 다시 건드린다. 그는 벌떡 일어서며 황밤 주먹을 쥐어 창낭할* 만치 아내의 골통을 후렸다.

"계집년이 방정맞게—"

다른 것은 모르나 주먹에는 아찔이었다. 멋없이 덤비다가 골통이 부서진다. 암상을 참고 바르르하다가 이윽고 아내는 등에 업은 언내를 끌러 들었다. 남편에게로 그대로 밀어 던지니 아이는 까르륵하고 숨 모는 소리를 친다.

그리고 아내는 돌아서서 혼잣말로

"콩밭에서 금을 딴다는 숭맥**도 있담." 하고 빗대놓고 비양거린다.

"이년아 뭐." 남편은 대뜸 달겨들며 그 볼치에다 다시 올찬 황밤을 주었다. 적으나면*** 계집이니 위로도 하여주련만 요건 분만 폭폭 질러놓으려나. 예이, 빌어먹을 거 이판사판이다.

"너허구 안 산다 오늘루 가거라."

아내를 와락 떠다밀어 논둑에 제켜놓고 그 허구리를 퍽 질렀다. 아내는 입을 헉하고 벌린다.

"네가 허라구 옆구리를 쿡쿡 찌를 제는 은제냐 요 집안 망할 년."

그리고 다시 퍽 질렀다. 연하여 또 퍽.

---

* 착란할. 어지럽고 어수선할.

** '숙맥'의 황해도 방언.

*** 웬만하면.

이 꼴들을 보니 수재는 조바심이 일었다. 저러다가 그 분풀이가 다시 제게로 슬그머니 옮아올 것을 지르채었다.* 인제 걸리면 죽는다. 그는 비슬비슬하다 어느 틈엔가 구뎅이 속으로 시나브로 없어져버린다.

볕은 다스로운 가을 향취를 풍긴다. 주인을 잃고 콩은 무거운 열매를 둥글둥글 흙에 굴린다. 맞은쪽 산 밑에서 벼들을 비이며 기뻐하는 농군의 노래.

"터졌네, 터져."

수재는 눈이 휘둥그렇게 굿문을 튀어나오며 소리를 친다. 손에는 흙 한 줌이 잔뜩 쥐였다.

"뭐." 하다가

"금줄 잡았어 금줄." "으― 응." 하고 외마디를 뒤남기자 영식이는 수재 앞으로 살같이 달겨들었다. 허겁지겁 그 흙을 받아 들고 샅샅이 헤쳐 보니 딴은 재래에 보지 못하던 불그죽죽한 황토이었다. 그는 눈에 눈물이 핑 돌며

"이게 원줄인가."

"그럼 이것이 곱색줄**이라네, 한 포에 댓 돈씩은 넉넉 잡히되."

영식이는 기쁨보다 먼저 기가 탁 막혔다. 웃어야 옳을지 울어야 옳을 지. 다만 입을 반쯤 벌린 채 수재의 얼굴만 멍하니 바라본다.

"이리 와봐 이게 금이래."

이윽고 남편은 아내를 부른다. 그리고 내 푸랬어, 그러게 해보라구 그랬지 하고 설면설면 덤벼 오는 아내가 한결 어여뻤다. 그는 엄지가락으로 아내의 눈물을 지워주고 그러고 나서 껑충거리며 구뎅이로 들어간다.

---

* 눈치채었다.
** 광맥의 하나. 산화한 황화 광물로 이루어진 붉은빛의 광맥이 길게 뻗치어 박인 줄을 이른다.

"그 흙 속에 금이 있지요."

영식이 처가 너무 기뻐서 코다리에 고래등 같은 집까지 연상할 제

수재는 시원스레

"네, 한 포대에 오십 원씩 나와유 ─" 하고 대답하고 오늘 밤에는 꼭 정녕코 꼭 달아나리라 생각하였다. 거짓말이란 오래 못 간다. 뽕이 나서 뺙따구도 못 추리기 전에 훨훨 벗어나는 게 상책이겠다.

─《개벽》, 1935. 3.

노다지

그믐칠야 캄캄한 밤이었다.

하늘에 별은 깨알같이 총총 박혔다. 그 덕으로 솔숲 속은 간신히 희미
하였다. 험한 산중에도 우중충하고 구석빼기 외딴 곳이다. 버석, 만 하여
도 가슴이 덜렁한다. 호랑이, 산골 호생원!

만귀는 잠잠하다. 가을은 이미 늦었다고 냉기는 모질다. 이슬을 품은
가랑잎은 바시락바시락 날아들며 얼굴을 축인다.

꽁보는 바랑을 모로 베고 풀 위에 꼬부리고 누웠다가 잠깐 까빡하였다.
다시 눈이 띄었을 적에는 몸서리가 몹시 나온다. 형은 맞은편에 그저 웅
크리고 앉았는 모양이다.

"성님 인저 시작해볼라우?"

"아직 멀었네 좀 칩더라도 참참이 해야지 ─"

어둠 속에서 그 음성만 우렁차게 그러나 가만히 들릴 뿐이다. 연모를
고치는지 마치 쇠 부딪는 소리와 아울러 부스럭거린다. 꽁보는 다시 옹송
그리고 새우잠으로 눈을 감았다. 야기에 옷은 젖어 후줄근하다. 아랫도리
가 척 나간 듯이 감촉을 잃고 대구 쑤실 따름이다. 그대로 버뜩 일어나 하
품을 하고는 으드들 떨었다.

어디서인지 자박자박 사라지는 발자욱 소리가 들린다. 꽁보는 정신이 번쩍 나서 눈을 둥글린다.

"누가 오는 게 아뉴?"

"바람이겠지, 즈들이 설마 알라구!"

신청부* 같은 그 대답에 저으기 맘이 놓인다. 곁에 형만 있으면야 몇 놈쯤 오기로서니 그리 쪼일 게 없다. 적삼의 깃을 여미며 휘돌아보았다.

감때사나운 큰 바위가 반득이는 하늘을 찌를 듯이, 삐쭈 솟았다. 그 양 어깨로 자지레한 바위는 뭉글뭉글한 놈이 검은 구름 같다. 그러면 이번에는 꿈인지 호랑인지 영문 모를 그런 험상궂은 대가리가 공중에 불끈 나타나 두리번거린다. 사방은 모두 이따위 산에 돌렸다. 바람은 뻗질 내려 구르며 습기와 함께 낙엽을 풍긴다. 을씨년스레 샘물은 노냥 쫄랑쫄랑. 금시라도 시꺼먼 산 중턱에서 호랑이불이 보일 듯싶다. 꼼짝 못할 함정에 든 듯이 소름이 쭉 돈다.

꽁보는 너무 서먹서먹하고 허전하여 어깨를 으쓱 올린다. 몹쓸 놈의 산골도 다 많어이. 산골마다 모조리 요지경이람. 이러고 보니 몹시 무서운 기억이 눈앞으로 번쩍 지난다.

바로 작년 이맘때이다. 그날도 오늘과 같이 밤을 도와 잠채를 하러 갔던 것이다. 회양 근방에도 가장 험하다는 마치 이렇게 휘하고 낯선 산골을 기어올랐다. 꽁보에 더펄이, 그리고 또 다른 동무 셋과. 초저녁부터 내리는 부슬비가 웬일인지 그칠 줄을 모른다. 붕, 하고 난데없이 이는 바람에 안기어 비는 낙엽과 함께 몸에 부딪고 또 부딪고 하였다. 모두들 입 벌릴 기력조차 잃고 대고 부들부들 떨었다. 방금 넘어올 듯이 덩치 커다란

---

* 근심 걱정이 많아 사소한 말은 좀처럼 돌아볼 틈이 없음. 사물이 너무 작거나 부족하여 마음에 차지 않음.

바위는 머리를 불쑥 내대고 길을 막고 막고 한다. 그놈을 끼고 캄캄한 절벽을 돌고 나니 땀이 등줄기로 쪽 내려 흘렀다. 게다 언제 호랑이가 내닫는지 알 수 없으매 가슴은 펄쩍 두근거린다.

그러나 하기는, 이제 말이지 용케도 해먹긴 하였다. 아무렇든지 다섯 놈이 서른 길이나 넘는 암굴에 들어가서 한 시간도 채 못 되자 감(광석)을 두 포대나 실히 따 올렸다. 마는 문제는 노느매기에 있었다. 어떻게 이놈을 나누면 서로 억울치 않을까. 꽁보는 금점에 남다른 이력이 있느니만치 제가 선뜻 맡았다. 부피를 대중하여 다섯 목에다 차례대로 메지메지* 골고루 노났던 것이다. 한데 이런 우스꽝스러운 놈이 또 있을까?

"이게 일터면 노는 건가!"

어두운 구석에서 어떤 놈이 이렇게 쥐어박는 소리를 하는 것이다. 제 딴은 욱기를 보이느라고 가래침을 배앝는다.

"그럼?"

꽁보는 하 어이없어서 그쪽을 뻔히 바라보았다. 이건 우리가 늘 하는 격식인데 이제 와서 새삼스럽게 게정을 부릴 것이 아니다.

"아니, 요게 내 거야?"

"그럼, 누군 감벼락을 맞았단 말인가?"

"아니, 이 구덩이를 먼저 낸 것이 누군데 그래?"

"누구고 새고 알 게 뭐 있나, 금 있으니 땄고, 땄으니 노났지!"

"알 게 없다? 내가 없어도 느가 왔니? 이 새끼야!"

"이런 숭맥 보래, 꿀돼지 제 욕심 채기로 너만 먹자는 거야?"

바로 이 말에 자식이 욱하고 들이덤볐다. 무지한 두 손으로 꽁보의 먹

---

* 물건을 여러 몫으로 따로따로 나누는 모양.

살을 잔뜩 움켜쥐고 흔들고 지랄을 한다. 꽁보가 체수가 작고 처들고 좀팽이라 한창 얕본 모양이다.

비를 맞아가며 숨이 콕 막히도록 시달리니 꽁보도 화가 안 날 수 없다. 저도 모르게 어느덧 감석을 손에 잡자 놈의 골통을 퍼트렸다. 하니까 이 놈이 꼭 황소같이 식, 하더니 꽁보를 피언한* 돌 위에다 집어 때렸다. 그리고 깔고 앉더니 대뜸 벽채를 들어 곁갈빗대를 획, 하도록 아주 몹시 조졌다.** 죽질 않기만 다행이지만 지금도 이게 가끔 도지어 몸을 못 쓰는 것이다. 담에는 왼편 어깨를 된통 맞았다. 정신이 다 아찔하였다. 험하고 깊은 산속이라 그대로 죽여버릴 작정이 분명하다. 세 번째에는 또다시 가슴을 겨누고 내려올 제, 인제는 꼬박 죽었구나, 하였다. 참으로 지긋지긋하고 아슬아슬한 순간이었다. 그때 천행이랄까 대문짝처럼 크고 억센 더펄이가 비호같이 날아들었다. 잡은참*** 그놈의 허리를 뒤로 두 손에 뀌어들더니 산비탈로 내던져 버렸다. 그놈은 그때 살았는지 죽었는지 이내 모른다. 꽁보는 곧바로 감석과 한꺼번에 더펄이 등에 업히어 마을로 내려왔던 것이다.

현재 꽁보가 갖고 다니는 그 목숨은 즉 더펄이 손에서 명줄을 받은 그때의 끄트머리다. 더펄이를 형이라 불렀고 형우제공을 깍듯이 하는 것도 까닭 없는 일은 아니었다.

이 산골도 그 녀석의 산골과 똑 헐없는**** 흉측스러운 낯짝을 가졌다. 한번 휘돌아보니 몸서리치던 그 경상이 다시 생각나지 않을 수 없다. 꽁

---

* 평평한.
** 조기다. 호되게 때리다.
*** 자분참. 지체 없이 곧.
**** 영락없는.

보는 담배를 빡빡 피우며 시름없이 앉았다.

"몸 좀 녹여서 인저 시적시적 해볼까?"

더펄이도 추운지 떨리는 몸을 툭툭 털며 일어선다. 시작하도록 연모는 차비가 다 된 모양. 저편으로 가서 훔척훔척하더니 바랑에서 막걸리 병과 돼지 다리를 꺼내 들고 이리로 온다.

"그래도 좀 거냉은 해야 할걸!" 하고 그는 병마개를 이로 뽑더니

"에이 그냥 먹세, 언제 데워 먹겠나?"

"데웁시다."

"글쎄 그것두 좋구, 근데 불을 냈다가 들키면 어쩌나?"

"저 바위틈에다 가리고 핍시다."

아우는 일어서서 가랑잎을 긁어모았다.

형은 더듬어가며 소나무 삭정이를 뚝뚝 꺾어서 한 아름 안았다. 평풍과 같이 바위와 바위 사이에 틈이 벌었다. 그 속으로 들어가 그들은 불을 놓았다.

"커—, 그어 맛 좋아이."

형은 한 잔을 쭉 켜고 거나하였다. 칼로 돼지고기를 저며 들고 쩍쩍 씹는다.

"아까 술집 계집 봤나?"

"왜 그루?"

"어떻든가?"

"……."

"아주 똑 땄데, 고거 참!" 하고 그는 눈을 불빛에 끔벅거리며 싱글싱글 웃는다. 일 년이면 열두 달 줄청 돌아만 다니는 신세였다. 오늘은 서로 내일은 동으로 조선 천지의 금점판치고 아니 찝쩍거린 데가 없었다. 언제나

나도 그런 계집 하나 만나 살림을 좀 해보누, 하면 무거운 한숨이 절로 안 날 수 없다.

"거, 계집 있는 게 한결 낫겠더군!" 하고 저도 열적을 만큼 시풍스러운 소리를 하니까

"글쎄요――" 하고 꽁보는 그 얼굴을 빤히 처다보았다. 이날까지 같이 다녀야 그런 법 없더니만 왜 별안간 계집 생각이 날까. 별일이로군! 하긴 저도 요즘으로 버썩 그런 생각이 무륵무륵 안 나는 것도 아니지만. 가을이 늦어서 그런지 두 홀아비 마주 앉기만 하면 나는 건 그 생각뿐.

"성님, 장가들라우?"

"어디 웬 계집이 있나?"

"글쎄?" 하고 꽁보는 그 말을 재치다가 얼뜻 이런 생각을 하였다. 제 누이를 주면 어떨까. 지금 그 누이가 충주 근방 어느 농군에게 출가하여 자식을 둘씩이나 낳았다. 마는 매우 반반한 얼굴을 가졌다. 이걸 준다면 형은 무척 반기겠고 또한 목숨을 구해준 그 은혜에 대하여 손씨세*도 되리라.

"성님, 내 누이를 주라우?"

"누이?"

"썩 이뿌우, 성님이 보면 아마 담박 반하리다."

더펄이는 다음 말을 기다리며 다만 벙벙하였다. 불빛에 이글이글하고 검붉은 그 얼굴에는 만족한 미소가 떠올랐다. 그 누이에 대하여 칭찬은 전일부터 많이 들었다. 그럴 적마다 속중으로는 슬며시 생각이 달랐으나 차마 이렇다 토설치는 못했던 터이었다.

---

* 손씻이.

"어떻수?"

"글쎄, 그런데 살림하는 사람을 그리되겠나?" 하여 뒷심은 두면서도 어정쩡하게 물어보았다. 그리고 들껍쩍하고* 술을 따라서 아우에게 권하다가 반이나 엎질렀다.

"그야, 돌려 빼면 그만이지 누가 뭐랠 터유."

꽁보는 자신이 있는 듯이 이렇게 선언하였다.

더펄이는 아주 좋았다. 팔짱을 딱 찌르고는 눈을 감았다. 나도 인젠 계집 하나 안아보는구나! 아마 그 누이란 썩 이뿔 것이다. 오동통하고, 아양스럽고, 이런 계집에 틀림없으리라. 그럴 필요도 없건마는 그는 벌떡 일어서서 주춤주춤하다가 다시 펄썩 앉는다.

"은제 갈려나?"

"가만있수 이거 해가지구 낼 갑시다."

오늘 일만 잘되면 낼로 곧 떠나도 좋다. 충청도라야 강원도 역경을 지나 칠팔십 리 걸으면 고만이다. 낼 해껏 걸으면 모레 아침에는 누이 집을 들러서 다른 금점으로 가리라 예정하였다. 그런데 이놈의 금을 언제나 좀 잡아볼는지 아득한 일이었다.

"빌어먹을 거, 은제쯤 재수가 좀 터보나!"

꽁보는 뜯고 있던 돼지 뼉다구를 내던지며 이렇게 한탄하였다.

"염려 말게 어떻게 되겠지 오늘은 꼭 노다지가 터질 터니 두고 볼려나?"

"작히 좋겠수, 그렇거든 고만 들어앉읍시다."

"이를 말인가, 이게 참 할 노릇을 하나, 이제 말이지."

---

* 몸을 몹시 흔들며 까불거리고.

그들은 몇 번이나 이렇게 짜위했는지 그 수를 모른다. 네가 노다지를 만나든 내가 만나든 둘이 똑같이 나눠 가지고 집을 사고 계집을 얻고 술도 먹고 편히 살자고. 그러나 여지껏 한 번이라고 그렇게 돼본 적이 없으니 매양 헛소리가 되고 말았다.

"닭 울 때도 되었네 인제 슬슬 가보려나?"

더펄이는 선뜻 일어서서 바랑을 짊어 메다가 꽁보를 바라보았다. 몸이 또 도지는지 불 앞에서 오르르 떨고 있는 것이 퍽으나 측은하였다.

"여보게 내 혼자 해 가주올게 불이나 쬐고 거기 있으려나?"

"뭘, 갑시다."

꽁보는 꼬물꼬물 일어서며 바랑을 메었다.

그들은 발로다 불을 비벼 끄고는 거기를 떠났다.

산에, 골을 엇비슷이 돌아 오르는, 샛길이 놓였다. 좌우로는 솔, 잣, 밤, 단풍, 이런 나무들이 울창하게 꽉 들어박혔다. 그 밑으로 자갈, 아니면 불퉁바위는 예제없이 마냥 뒹굴었다. 한갓 시커먼 그 암흑 속을 그 둘은 더듬고 기어오른다. 풀숲의 이슬로 말미암아 고이*는 축축이 젖었다. 다리를 옮겨 놓을 적마다 철떡철떡 살에 붙으며 찬 기운이 쭉 끼친다. 그리고 모진 바람은 뻔질 불어 내린다. 붕하고 능글차게 낙엽을 불어 내리다는 뺑 하고 되알지게 기를 복쓴다.

꽁보는 더펄이 뒤를 따라 오르며 달달 떨었다. 이게 지랄인지 난장인지. 세상에 짜정 못 해먹을 건 금점 빼고 다시없으리라. 금이 다 무언지, 요 짓을 꼭 해야 한담. 게다 건뜻하면 서로 뚜들겨 죽이는 것이 일. 참말이지 금쟁이치고 하나 순한 놈 못 봤다. 몸이 절릴** 적마다 지겹던 과거

---

* '속곳'의 방언.
** '결리다'의 방언.

를 또 연상하며 그는 다시금 몸에 소름이 돋았다. 그러자 맞은편 산 수퐁*에서 큰 불이 얼른하였다. 호랑이! 이렇게 놀라고 더펄이 허리에 가 덥석 달리며

"저게 뭐유?" 하고 다르르 떨었다.

"뭐?"

"저거, 아니 지금은 없어졌네."

"그게, 눈이 어려서 헷거지 뭐야."

더펄이는 씀씀이 대답하고 천연스레 올라간다. 다기진 그 태도에 좀 안심이 되는 듯싶으나 그래도 썩 편치는 못하였다. 왜 이리 오늘은 대고 겁만 드는지 까닭을 모르겠다. 몸은 배시근하고** 열로 인하여 입이 바짝바짝 탄다. 이것이 웬만하면 그럴 리 없으련마는

"자네, 안 되겠네, 내 등에 업히게!" 하고 더펄이가 등을 내대일 제 그는 잠자코 바랑 위로 넙죽 업혔다. 그래도 끽소리 없이 덜렁덜렁 올라가는 더펄이를 굽어 보며 실팍한 그 몸이 여간 부러운 것이 아니었다.

불볕 내리는 복중처럼 씨근거리며 이마에 땀이 쫙 흘렀을 그때에야 비로소 더펄이는 산마루턱까지 이르렀다. 꽁보를 내려놓고 땀을 씻으며 후, 하고 숨을 돌린다. 인젠 얼마 안 남았겠지. 조금 내려가면 요 아래 있을 것이다.

그들이 이 마을에 들른 것은 바로 오늘 점심때이다. 지나서 그냥 가려하다가 뜻지 않은 주막 주인 말에 귀가 번쩍 띄었던 것이다. 저 산 너머 금점이 있는데 금이 푹푹 쏟아지는 화수분이라고. 요즘에는 화약 허가를 내가지고 완전히 일을 하고자 하여 부득이 잠시 휴광 중이고 머지않아 다

---

* '숲'의 방언.

** 몹시 지쳐 살이 뻐개지는 듯하고 거북살스럽고.

시 시작할 게다. 그리고 금 도적을 맞을까 하여 밤낮 구별 없이 감시하는 중이라 하는 것이다.

그러나 이 밤중에 누가 자지 않고 설마, 하고 더펄이는 덜렁덜렁 내려간다. 꽁보는 그 꽁무니를 쿡쿡 찔렀다. 그래도 사람의 일이니 물은* 모른다. 좌우 곁으로 살펴보며 살금살금 사리어 내려온다.

그들은 오 분쯤 내리었다. 딴은 커다란 구덩이 하나가 딱 내달았다.

산 중턱에 집 더미 같은 바위가 놓였고 그 옆으로 또 하나가 놓여 가달**이 졌다. 그 가운데다 뼈듬한 돌장벽을 끼고 구멍을 뚫은 것이다. 가루지***는 한 발 좀 못 되고 길벅지****는 약 서 발가량. 성냥을 그어 대보니 깊이는 네 길이 넘겠다. 함부로 쪼아 먹은 구뎅이라 꺼칠한 놈이 군버력도 똑똑히 못 치웠다. 잠채를 염려하여 그랬으리라. 사다리는 모조리 떼가고 밍숭밍숭한 돌벽이 있을 뿐이다.

그들은 다시 한 번 사방을 두레두레 돌아보았다. 지척을 분간키 어려우나 필경 사람은 없을 것이다. 마음을 놓고 바랑에서 관솔을 꺼내어 불을 대렸다. 더펄이가 먼저 장벽에 엎디어 뒤로 기어 내린다. 꽁보는 불을 들고 조심성 있게 참참이 내려온다. 한 길쯤 남았을 때 그만 발이 찍, 하고 더펄이는 떨어졌다. 끙, 하고 무던히 골탕은 먹었으나 그대로 쓱싹 일어섰다. 동이 트기 전에 얼른 금을 따야 될 것이다.

"여보게 아우 나는 어딜 따랴나?"

"글쎄유…… 가만히 기슈."

---

* 물론.
** '가닥'의 방언.
*** '가로'의 강원도 방언.
**** '길이(세로)'의 강원도 방언.

아우는 불을 들이대고 줄맥을 한번 쭉 훑었다.

금점 일에는 난다 긴다 하는 아달맹이* 금쟁이었다. 썩 보더니 복판에는 동이 먹어 들어가고 양편 가생이로 차차 줄이 생하는 것을 알았다.

"성님은 저편 구석을 따우."

아우는 이렇게 지시하고 저는 이쪽 구석으로 왔다. 그러나 차마 그 틈박이로 들어갈 생각이 안 난다. 한 길이나 실히 되도록 쌓아 올린 동발이 금방 넘어올 듯이 위험하였다. 밑에는 좀 잘은 돌로 쌓았으나 그 위에는 제법 굵직굵직한 놈들이 얹혔다. 이것이 무너지면 깩 소리도 못 하고 치어 죽는다.

꽁보는 한참 생각했으되 별수 없다. 낯을 찌푸려가며 바랑에서 망치와 타래중**을 꺼내 들었다. 그런데 어떻게 파먹은 놈이게 옴폭이 들어간 것이 일커녕 몸 하나 놓을 데가 없다. 마지못하여 두 다리를 동발께로 쭉 뻗고 몸을 그 홈패기에 착 엎디어 망치질을 하기 시작하였다.

돌에 뚫린 석혈 구뎅이라 공기는 더욱 쾡하였다. 증 때리는 소리만 양쪽 벽에 무겁게 부닥친다.

팡! 팡!

이렇게 몹시 귀를 울린다.

거반 한 시간이 넘었다. 그들은 버력 같은 만감*** 이외에 아무것도 얻지 못했다. 다시 오 분이 지난다. 십 분이 지난다. 딱 그때다.

꽁보는 땀을 철철 흘리며 좁다란 그 틈에서 감 하나를 손에 따 들었다. 헐없이 작은 목침 같은 그런 돌팍을. 엎드린 그 채 불빛에 비치어 가만히

---

* '안성맞춤'의 평북 방언.
** 타래정. 돌을 쪼거나 다듬는 타래 모양의 연장.
*** 광맥에 골고루 들어 있는 감돌.

뒤져보았다. 번들번들한 놈이 그 광채가 되우 혼란스럽다. 혹시 연철이나 아닐까. 그는 돌 위에 눕혀놓고 망치로 두드리어 깨보았다. 좀체 하여서는 쪽이 잘 안 나갈 만치 쭌둑쭌둑한 금돌! 그는 다시 집어 들고 눈앞으로 바싹 가져오며 실눈을 떴다. 얼마를 뚫어지게 노려보았다. 무작정으로 가슴은 뚝딱거리고 마냥 들렌다. 이 돌에 박힌 금만으로도, 모름 몰라도 하치 열 냥중*은 넘겠지.

천 원! 천 원!

"그 먼가, 뭐야?"

더펄이는 이렇게 허둥지둥 달겨들었다.

"노다지." 하고 풀 죽은 대답.

"으―응, 노다지?" 하기 무섭게 더펄이는 우뻑지뻑 그 돌을 받아 들고 눈에 들이댄다. 척척 휠 만치 들어박힌 금. 우리도 이젠 팔자를 고치누나! 그는 껍적껍적 엉덩춤이 절로 난다.

"이리 나오게 내 땀세."

그는 아우의 몸을 번쩍 들어 내놓고 제가 대신 들어간다. 역시 동발께로 다리를 쭉 뻗고는 그 틈박이에 덥쩍 엎디었다. 몸이 워낙 커서 좀 둥개이나** 아무렇게도 아우보다 힘이 낫겠지. 그 좁은 틈에 타래증을 꽂아 박고 식, 식, 하고 망치로 때린다.

꽁보는 그 앞에 서서 시무룩하니 흥이 지었다. 금점 일로 할지면 제가 선생님이요 형은 제 지휘를 받아왔던 것이다. 뭘 안다고 푸뚱이가 어줍대는가, 돌쪽 하나 변변히 못 떼낼 것이……. 그는 형의 태도가 심상치 않

---

* 냥쭝. 무게의 단위로, 열 냥쭝은 열 냥쯤 되는 무게이나 흔히 열 냥의 무게로 쓰인다.
** 둥개다. 일을 감당하지 못하고 쩔쩔매다.

음을 얼핏 알았다. 금을 보더니 완연히 변한다.

"저 고깽이 좀 집어주게."

형은 고개도 아니 들고 소리를 빽 지른다.

아우는 잠자코 대꾸도 아니한다. 사람을 너무 얕보는 그 꼴이 썩 아니 꼬웠다.

"아 이 사람아 고깽이 좀 얼른 집어줘 왜 저리 정신없이 섰나."

그리고 눈을 딱 부르뜨고 쳐다본다. 아우는 암말 않고 저편 구석에 놓인 곡괭이를 집어다 주었다. 그리고 우두커니 다시 섰다. 형이 무람없이 굴면 굴수록 그것은 반드시 시위에 가까웠다. 힘이 좀 있다고 주제넘게 꺼떡이는 그 화상이야 눈허리가 시면 시었지 그냥은 못 볼 것이다.

"또 땄네, 내 기운이 어떤가?"

형은 이렇게 주적거리며 곡괭이를 연송 내려찍는다. 마치 죽통에 덤벼드는 도야지 모양이다. 억척스럽게도 손뼉만 한 감을 두 쪽이나 따냈다. 인제는 악이 아니면 세상없어도 더는 못 딸 것이다.

엑! 엑! 엑!

그래도 억센 주먹에 굳은 농*이 다 벌컥벌컥 나간다.

제 힘을 되우 자랑하는 형을 이윽히 바라보니 또한 그 속이 보인다. 필연코 이 노다지를 혼자 먹으려고 하는 것이다. 하면 내가 있는 것을 몹시 꺼리겠지 하고 속을 태운다.

"이것 봐 자네 같은 건 골백 와야 소용없네." 하고 또 뽐낼 제 가슴이 선뜩하였다. 앞서는 형의 손에 목숨을 구해 받았으나 이번에는 같은 산골에서 그 주먹에 명을 도로 끊을지도 모른다. 그는 형의 주먹을 가만히 내

---

* 동. 일정한 광물이 들어 있는 굳은 바위.

려 보다가 가엾이도 앙상한 제 주먹에 대조하여보지 않을 수 없다. 그러나 다만 속이 바르르 떨릴 뿐이다.

그러자 꽁보는 기겁을 하여 놀라며 뒤로 물러섰다. 어이쿠 하는 불시의 비명과 아울러 와그르, 하였다. 쌓아 올린 동발이 어찌하다 중턱이 헐리었다. 모진 돌들은 더펄이의 장딴지며 넓적다리 응뎅이까지 고대로 엎눌렀다. 살은 물론 으츠러졌으리라. 그는 엎드린 채 꼼짝 못하고 아픈 데 못이기어 끙끙거린다. 하나 죽질 않기만 요행이다. 바로 그 위의 공중에는 징그럽게 커다란 돌이 내려 구르자 그 밑을 받친 불과 조그만 조각돌에 걸리어 미처 못 굴러내리고 간댕거리는 길이었다. 이 돌만 내려치면 그 밑의 그는 목숨은 고사하고 육살*이 될 것이다.

"여보게 내 몸 좀 빼주게."

형은 몸은 못 쓰고 죽어가는 목소리로 애원한다. 그리고 또

"아우, 나 죽네, 응?" 하고 거듭 애를 끊으며 빌붙는다. 고개만 겨우 들었을 따름 그 외에는 손조차 자유를 잃은 모양 같다.

아우는 무너지려는 동발을 쳐다보며 얼른 그 머리맡으로 다가선다. 발 앞에 놓인 노다지 세 쪽을 날쌔게 손에 잡자 도로 얼른 물러섰다. 그리고 눈물이 흐른 형의 얼굴은 돌아도 안 보고 고 발로 하둥지둥 장벽을 기어오른다.

"이놈아!"

너머 기어올라 벼락같이 악을 쓰는 호통이 들리었다. 또 연하여 우지끈 뚝딱, 하는 무서운 폭성이 들리었다. 그것은 거의거의 동시의 일이었다. 그러고는 좀 와스스하다가 잠잠하였다.

---

* 굳은 덩어리 같은 것이 몹시 눌리어 바스러진 것.

그때는 벌써 두 길이나 넘어 아우는 기어올랐다. 굿문*까지 다 나왔을 제 그는 머리만 내밀어 사방을 두릿거리다 그림자같이 사라진다.

더펄이의 형체는 보이지 않는다. 침침한 어둠 속에 단지 굵은 돌멩이만 이 짝 흩어졌다. 이쪽 마구리의 타다 남은 화롯불은 바야흐로 질 듯 질 듯 껌벅거린다. 그리고 된바람이 애, 하고는 굿믄께서 모래를 좌륵, 좌륵, 들 이 뿜는다.

—《조선중앙일보》, 1935. 3. 2~9.

---

* 갱도의 입구.

산골

산

　머리 위에서 굽어보던 해님이 서쪽으로 기울어 나무에 긴 꼬리가 달렸 건만
　나물 뜯을 생각은 않고
　이뿐이는 늙은 잣나무 허리에 등을 비겨대고 먼 하늘만 이렇게 하염없 이 바라보고 섰다.
　하늘은 맑게 개이고 이쪽저쪽으로 뭉굴뭉굴 피어오른 흰 꽃송이는 곱 게도 움직인다. 저것도 구름인지 학들은 쌍쌍이 짝을 짓고 그 새로 날아 들며 끼리끼리 어르는 소리가 이 수풍까지 멀리 흘러내린다.
　각가지 나무들은 사방에 잎이 욱었고 땡볕에 그 잎을 펴 들고 너훌너훌 바람과 아울러 산골의 향기를 자랑한다.
　그 공중에는 나는 꾀꼬리가 어여쁘고―노란 날개를 팔딱이고 이 가지 저 가지로 옮아 앉으며 흥에 겨운 행복을 노래 부른다.
　―고―이! 고이 고―이!
　요렇게 아양스레 노래도 부르고―

──담배 먹구 꼴 비어!

맞은쪽 저 바위 밑은 필시 호랑님의 드나드는 굴이리라. 음침한 그 위에는 가시덤불 다래 넝쿨이 어즈러히 엉클리어 지붕이 되어 있고 이것도 돌이랄지 연녹색 털북송이는 올망졸망 놓였고 그리고 오늘도 어김없이 뻐꾸기는 날아와 그 잔등에 다리를 머무르며──

──뻑국! 뻑국! 뻑뻑국!

어느덧 이뿐이는 눈시울에 구슬방울이 맺히기 시작한다. 그리고 나물 보구니가 툭, 하고 땅에 떨어지자 두 손에 펴 든 치마폭으로 그새 얼굴을 폭 가리고는

이뿐이는 흐륵흐륵 마냥 느끼며 울고 섰다

이제야 후회 나노니 도련님 공부하러 서울로 떠나실 때 저도 간다고 왜 좀 더 붙들고 늘어지지 못했던가, 생각하면 할수록 가슴만 미어질 노릇이다. 그러나 마님의 눈을 기어 자그만 보따리를 옆에 끼고 산속으로 이십 리나 넘어 따라갔던 이뿐이가 아니었던가. 고연 이뿐이는 산등을 질러갔고 으슥한 고갯마루에서 기다리고 섰다가 넘어오시는 도련님의 손목을 꼭 붙잡고 "난 안 데려가지유!" 하고 애원 못 한 것도 아니니 공연스레 눈물부터 앞을 가렸고 도련님이 놀라며

"너 왜 오니? 여름에 꼭 온다니까 어여 들어가라."

하고 역정을 내심에는 고만 두려웠으나 그래도 날 데려가라고 그 몸에 매어달리니 도련님은 얼마를 벙벙히 그냥 섰다가

"울지 마라 이뿐아, 그럼 내 서울 가 자리나 잡거던 널 데려가마." 하고 등을 두드리며 달래일 제 만일 이 말에 이뿐이가 솔깃하여 꼭 곧이듣지만 않았더런들 도련님의 그 손을 안타까이 놓지는 않았던걸──

"정말 꼭 데려가지유──"

"그럼 한 달 후에면 꼭 데려가마."

"난 그럼 기다릴 테야유!" 그리고 아침 햇발에 비끼는 도련님의 옷자락이 산등으로 꼬불꼬불 저 멀리 사라지고 아주 보이지 않을 때까지 이뿐이는 남이 볼까 하여 피어 흩어진 개나리 속에 몸을 숨기고 치마끈을 입에 물고는 눈물로 배웅하였던 것이 아니런가. 이렇게도 철석같이 다짐을 두고 가시더니 그 한 달이란 대체 얼마나 되는 겐지 몇 한 달이 거듭 지나고 돌도 넘었으련만 도련님은 이렇다 소식 하나 전할 줄조차 모르신다. 실토로 터놓고 말하자면 늙은 이 잣나무 아래에서 도련님과 맨 처음 눈이 맞을 제 이뿐이가 먼저 그러자고 한 것도 아니런만── 이뿐 어머니가 마님 댁 씨종이고 보면 그 딸 이뿐이는 잘 따져야 씨의 씨종이니 하잘것없는 계집애이거늘 이뿐이는 제 몸이 이럼을 알고 시내에서 홀로 빨래를 할 제이면 도련님이 가끔 덤벼들어 이게 장난이겠지, 품에 꼭 껴안고 뺨을 깨물어 뜯는 그 꼴이 숭글숭글하고 밉지는 않았으나 그러나 이뿐이는 감히 그런 생각을 먹어본 적이 없었다. 그날도 마님이 구미가 제치셨다고* 얘 이뿐아 나물 좀 뜯어 온, 하실 때 이뿐이는 퍽이나 반가웠고 아침밥도 몇 술로 곁날리고 보구니를 동무 삼아 집을 나섰으니 나이 아직 열여섯이라 마님에게 귀염을 받는 것이 다만 좋았고 칠칠한 나물을 뜯어드리고자 한사코 이 험한 산속으로 기어올랐다. 풀잎의 이슬은 아직 다 마르지 않았고 바위 틈바구니에 흩어진 잔디에는 커다란 구렁이가 똬리를 틀고서 떡머구리** 한 놈을 우물거리며 있는 중이매 이뿐이는 쌔근쌔근 가쁜 숨을 쉬어가며 그걸 가만히 들여다보고 섰다가 바로 발 앞에 도라지 순이 있음을 발견하고 꼬챙이로 마악 캐려 할 즈음 등 위에서 뜻밖에 발자욱 소리가 들리는 것이

---

* 입맛을 잃으셨다고.
** 떡개구리.

아닌가. 깜짝 놀라며 고개를 돌려보니 언제 어디로 따라왔던가 도련님은 물푸레나무 토막을 한 손에 지팡이로 짚고 붉은 얼굴이 땀바가지가 되어 식식거리며 그리고 씽글씽글 웃고 있다. 그 모양이 하도 수상하여 이뿐이는 눈을 똥그랗게 뜨고 바라보니 도련님은 즘 면구쩍은지 낯을 모로 돌리며 그러나 여일히 싱글싱글 웃으며 뱃심 유한 소리가—

"난 지팽이 꺾으러 왔다—" 그렇지마는 이뿐이는 며칠 전 마님이 불러 세우고 너 도련님하구 같이 다니면 매 맞는다, 하시던 그 꾸지람을 얼뜬 생각하고

"왜 따라왔지유— 마님 아시면 남 매 맞으라구?" 하고 암팡스레 쏘았으나 도련님은 귓등으로 듣는지 그래도 여전히 싱글거리며 뱃심 유한 소리로—

"난 지팽이 꺾으러 왔다—" 그제서는 이뿐이는 성을 안 낼 수 없고

"마님께 나 매 맞어두 난 몰라."

혼잣말로 이렇게 되알지게 쫑알거리고 너야 가든 말든 하라는 듯이 고개를 돌리어 아까의 도라지를 다시 캐자노라니 도련님은 무턱대고 그냥 와락 달려들어

"너 맞는 거 나는 알지?"

이뿐이를 뒤로 꼭 붙들고 땀이 쭉 흐른 그 뺨을 또 잔뜩 깨물고는 놓질 않는다. 이뿐이는 어려서부터 도련님과 같이 자랐고 같이 놀았으되 제가 먼저 그런 생각을 두었다면 도련님을 벌컥 떠다밀어 바위 너머로 곤두박이게 했을 리 만무이었고 궁뎅이를 털고 일어나며 도련님이 무색하여 멀거니 쳐다보고 입맛만 다시니 이뿐이는 그 꼴이 보기 가여웠고 죄를 저지른 제 몸에 대하여 죄송한 자책이 없던 바도 아니건마는 다시 손목을 잡히고 이 잣나무 밑으로 끌릴 제에는 온 힘을 다하여 그 손깍지를 버리며

야단친 것도 사실이 아닌 건 아니나 그러나 어딘가 마음 한편에 앙살을 피우면서도 넉히 끌리어가도록 도련님의 힘이 좀 더 좀 더 하는 생각이 전혀 없었다면 그것은 거짓말이 되고 말 것이다. 물론 이뿐이가 얼굴이 빨개지며 앙큼스러운 생각을 먹은 것은 바로 이때이었고

"난 몰라, 마님께 여쭐 터이야 난 몰라!" 하고 적잖이 조바심을 태우면서도 도련님의 속맘을 한번 뜯어보고자

"누가 종두 이러는 거야?" 하고 손을 뿌리치며 된통 호령을 하고 보니 도련님은 이 깊고 외진 산속임에도 불구하고 귀에다 입을 갖다 대고 가만히 속삭이는 그 말이 ─

"너 나하고 멀리 도망가지 않으련!" 그러니 이뿐이는 이 말을 참으로 꼭 곧이들었고 사내가 이렇게 겁을 집어먹는 수도 있는지 도련님이 땅에 떨어지는 성냥갑을 호줌에 다시 집어넣을 줄도 모르고 덤벙거리며 산 아래로 꽁지를 뺄 때까지 이뿐이는 잣나무 뿌리를 베고 풀밭에 번듯이 드러누운 채 푸른 하늘을 바라보며 인제 멀리만 달아나면 나는 저 도련님의 아씨가 되려니 하는 생각에 마님께 진상할 나물 캘 생각조차 잊고 말았다. 그러나 조금 지나매 이뿐이는 어쩐지 저도 겁이 나는 듯싶었고 발딱 일어나 사면을 휘돌아보았으나 거기에는 험상스러운 바위와 우거진 숲이 있을 뿐 본 사람은 하나도 없으련만 ─ 아마 산이 험한 탓일지도 모르리라. 가슴은 여전히 달랑거리고 두려우면서 그러나 이 산덩이*를 제 품에 꼭 품고 같이 둥굴고 싶은 안타까운 그런 행복이 느껴지지 않은 것도 아니었으니 도련님은 이렇게 정을 들이고 가시고는 이제 와서는 생판 모르는 체하시는 거나 아닐런가 ─

─────

* 산으로 이루어진 땅덩이.

마을

두 손등으로 눈물을 씻고 고개는 어레 들었으나

나물 뜯을 생각은 않고

이뿐이는 늙은 잣나무 밑에 앉아서 먼 하늘을 치켜대고 도련님 생각에 이렇게도 넋을 잃는다.

이제 와 생각하면 야속도 스럽나니 마님께 매를 맞도록 한 것도 결국 도련님이었고 별 욕을 다 당하게 한 것도 결국 도련님이 아니었던가—

매일과 같이 산엘 올라 다닌 지 단 나흘이 못 되어 마님은 눈치를 채셨는지 혹은 짐작만 하셨는지 저녁때 기진하여 내려오는 이뿐이를 불러 앉히시고

"너 요년 바른대로 말해야지 죽인다." 하고 회초리로 때리시되 볼기짝이 톡톡 불거지도록 하시었고 그래도 안차게 아니라고 고집을 쓰니 이번에는 어머니가 달겨들어 머리채를 휘잡고 주먹으로 등어리를 서너 번 쾅쾅 때리더니 그만도 좋으련만 뜰아랫방에 갖다 가두고는 사날씩이나 바깥 구경을 못하게 하고 구메밥으로 구박을 막 함에는 이뿐이는 짜증 서럽지 않을 수가 없었다. 징역살이 맨 마지막 밤이 깊었을 제 이뿐이는 너무 원통하여 혼자 앉아서 울다가 자리에 누운 어머니의 허리를 꼭 끼고 그 품속으로 기어들며 "어머니 나 데련님하고 살 테야—" 하고 그예 저의 속중을 토설하니 어머니는 들었는지 먹었는지 그냥 잠잠히 누웠더니 한참 후 후유, 하고 한숨을 내뿜을 때에는 이미 눈에 눈물이 그렁그렁하였고 그러고 또 한참 있더니 입을 열어 하는 이야기가 지금은 이렇게 늙었으나 자기도 색시 때에는 이뿐이만치나 어여뻤고 얼마나 맵시가 출중났던지 노나리와 은근히 배가 맞았으나 몇 달이 못 가서 노마님이 이걸 아

시고 하루는 불러 세우고 때리시다가 마침내 샘에 못 이기어 인두로 하초를 지지려고 들이덤비신 일이 있다고 일러주고 다시 몇 번 몇 번 당부하여 말하되 석숭네가 벌써부터 말을 건네는 중이니 도련님에게 맘을랑 두지 말고 몸 잘 갖고 있으라 하고 딱 떼는 것이 아닌가. 하기야 이뿐이가 무남독녀의 귀여운 외딸이 아니었드런들 사흘 후에도 바깥엔 나올 수 없었으려니와 비로소 대문을 나와보니 그간 세상이 좀 넓어진 것 같고 마치 우리를 벗어난 짐승과 같이 몸의 가뜬함을 느꼈고 흉측스러운 산으로 뺑뺑 둘러싼 이 산골에서 벗어나 넓은 버덩으로 나간다면 기쁘기가 이보다 좀 더하리라 생각도 하여보고 어머니의 영대로 고추밭을 매러 개울길로 내려가려니까 왼편 수풀 속에서 도련님이 불쑥 튀어나오며 또 붙들고 산에 안 갈 테냐고 대고 보챈다. 읍에 가 학교를 다니다가 요즘 방학이 되어 집에 돌아온 뒤로는 공부는 할 생각 않고 날이면 날 저물도록 저만 이렇게 붙잡으러 다니는 도련님이 딱도 하거니와 한편 마님도 무섭고 또는 모처럼 용서를 받는 길로 그러고 보면 이번에는 호되이 불이 내릴 것을 알고 이뿐이는 오늘은 안 되니 낼모레쯤 가자고 좋게 달래다가 그래도 듣지 않고 굳이 가자고 성화를 하는 데는 할 수 없이 몸을 뿌리치고 뺑손을 놀 수밖에 딴 도리가 없었다. 구질구질이 내리던 비로 말미암아 한동안 손을 못 댄 고추밭은 풀들이 제법 성큼히 엉기었고 어디서부터 시작해야 좋을지 갈피를 모르겠는데 이뿐이는 되는 대로 한편 구석에 치마를 도사리고 앉아서, 이것도 명색은 김매는 거겠지 호미로 흙등만 따짝거리며 정짜 정신은 어젯밤 좋은 상전과 못 사는 법이라던 어머니의 말이 옳은지 그른지 그것만 일념으로 아로새기며 이리 씹고 저리도 씹어본다. 그러나 이뿐이는 아무렇게도 나는 도련님과 꼭 살아보겠다 혼자 맹세하고 제가 아씨가 되면 어머니는 일테면 마님이 되련마는 왜 그리 극성인가 싶어서 좀 야속하였고 해가 한나절이 되어 목덜미를 확확 달릴 때까지 이리저리 곰곰 생각하다가 고개를 들어보매 밭은 여태 한 고랑도 다 끝이 못 났으니 이놈의 밭이 하고 탓 안 할 탓을 하며 저로도 하품이 나올 만치 어지간히 기가 막혔다. 이번에는 좀 빨랑빨랑 하리라 생각하고 이뿐이는 호미를 잽싸게 놀리며 폭폭 찍고 덤볐으나 그래도 웬일인지 일은 손에 붙지를 않고 그뿐 아니라 등 뒤 개울의 덤불에서는 온갖 잡새가 귀둥대둥 멋대로 속삭이고 먼발치에서 풀을 뜯고 있는 황소가 메— 하고 늘어지게도 소리를 내뽑으니 이뿐이는 이걸 듣고 갑자기 몸이 나른해지지 않을 수 없고 밭가에 선 수양버들 그늘에 쓰러져 한잠 들고 싶은 생각이 곧바로 나지마는 어머니가 무서워 차마 그걸 못 하고 만다. 인제는 계집애는 밭일을 안 하도록 법이 됐으면 좋겠다 생각하고 이뿐이는 울화증이 나서 호미를 메꼰지고 얼굴의 땀을 씻으며 앉았노라니까 들로 보리를 걷으러 가는 길인지 석숭이가 빈 지게를 지고 꺼불꺼불 밭머리에 와 서더니 아주 썩 시퉁그러지게 입을 삐쭉거리며 이뿐이를 건너대고 하는 소리가—

"너 데련님하구 그랬대지—" 새파랗게 간 비수로 가슴을 쭉 내리긋는대도 아마 이토록은 재겹지 않으리라마는 이뿐이는 어서 들었느냐고 따져볼 겨를도 없이 얼굴이 고만 홍당무가 되었고 그놈의 소위로 생각하면 대뜸 들어덤벼 그 귓백이라도 물고 늘어질 생각이 곧 간절은 하나 한 죄는 있고 어째볼 용기가 없으매 다만 고개를 폭 수그릴 뿐이다. 그러니까 석숭이는 제가 괜 듯싶어서 이뿐이를 짜정 넘보고 제법 밭 가운데까지 들어와 떡 버티고 서서는 또 한 번 시큰둥하게 그리고 엇먹는 소리로

"너 데련님하구 그랬대지—" 전일 같으면 제가 이뿐이에게 지게막대기로 볼기 맞을 생각도 않고 감히 이따위 버르장머리는 하기커녕 즈 아버지 장사하는 원두막에서 몰래 참외를 따가지고 와서

"얘 이뿐아 너 이거 먹어라." 하다가

"난 네가 주는 건 안 먹을 테야." 하고 몇 번 내뱉음에도 끓지 않고 굳이 먹으라고 떠맡기므로 이뿐이가 마지못하는 체하고 받아 들고는 물론 치마폭에 흙은 싹싹 문대고 나서 깨물고 앉았노라면 아무쪼록 이뿐이 맘에 잘 들도록 호미를 대신 손에 잡기가 무섭게 느실난실* 김을 매주었고 그리고 가끔 이뿐이를 웃겨주기 위하여 그것도 재주라고 밭고랑에서 잘 봐야 곰 같은 몸뚱이로 이리 둥굴고 저리 둥굴고 하였다. 석숭 아버지는 이놈이 또 어디로 내뺐구나 하고 찾아다니다 여길 와보니 매라는 제 밭은 안 매고 남 계집애 밭에 들어와서 대체 온 이게 무슨 놀음인지 이 꼴이고 보매 기도 막힐뿐더러 터지려는 웃음을 억지로 참고 노여운 낯을 지어가며

"너 이놈아 네 밭은 안 매고 남의 밭에 들어와 그게 뭐냐?" 하고 꾸중을 하였지마는 석숭이가 깜짝 놀라서 돌아다보다 고만 멀쑤룩하여 궁뎅이의 흙을 털고 일어서며

"이뿐이 밭 좀 매주러 왔지 뭘 그래?" 하고 되레 퉁명스러이 뻗댐에는 더 책하지 않고

"어 망할 자식두 다 많어이!" 하고 돌아서 저리로 가며 보이지 않게 피익 웃고 마는 것인데 그러면 이뿐이는 저의 처지가 꽤 야릇하게 됨을 알고 저기까지 분명히 들리도록

"너보고 누가 밭 매달랬어? 가 어여 가 가." 하고 다 먹은 참외는 생각 않고 등을 떠다밀며 구박을 막 하던 이런 터이련만 제가 이제 와 누굴 비위를 맞다니 하늘이 무너지면 졌지 이것은 도시 말이 안 된다.

---

* 신이 나서 몸을 활발하게 움직이는 모양.

돌

이뿐이는 남다른 부끄럼으로 온 전신이 홧홧 다는 듯싶었으나 그러나 조금 뒤에는 무안을 당한 거기에 대갚음이 없어서는 아니 되리라 생각하고 앙칼스러운 역심이 가슴을 콕 찌를 때에는 어깨뿐만 아니라 등어리 전체가 샐룩거리다가 새침히 발딱 일어나 사방을 훑어보더니 대낮이라 다들 일들 나가고 안마을에 사람이 없음을 알고 석숭이의 소맷자락을 넌지시 끌며 그 옆 숙성히 자란 수수밭 속으로 들어간다. 밭 한복판은 아늑하고 아무 데도 보이지 않으므로 함부로 떠들어도 괜찮으려니 믿고 이뿐이는 거기다 석숭이를 세워놓자 밭고랑에 늘려진 여러 돌 틈에서 맞아 죽지 않고 단단히 아플 만한 모리동맹이* 하나를 집어 들고 그 옆 정갱이를 모질게 후려치며

"이 자식 뭘 어째구 어째?" 하고 딱딱 어르니까 석숭이는 처음에 뭐나 좀 생길까 하고 좋아서 따라왔던 걸 별안간 난데없는 모진 돌만 날아듦에는

"아야!" 하고 소리치자 똑 선불 맞은 노루 모양으로 한 번 뻐들껑** 뛰며 눈이 그야말로 왕방울만해지지 않을 수가 없었다. 그러나 석숭이는 미움보다 앞서느니 기쁨이요 전일에는 그 옆을 지나도 본 둥 만 둥하고 그리 대단히 여겨주지 않던 그 이뿐이가 일부러 이리 끌고 와 돌로 때리되 정말 아프도록 힘을 들일 만치 이뿐이에게 있어는 지금의 저의 존재가 그만치 끔찍함을 그 돌에서 비로소 깨닫고 짓궂이 씽글씽글 웃으며 한 번 더 뒤둥그러진 그리고 흘게 늦은 목소리로

"뭘 데련님허구 그랬대는데 ─" 하고 놀려주었다. 이뿐이는

* 모난 돌멩이.
** 펄쩍.

"뭐 이 자식?" 하고 상기된 눈을 똑바로 떴으나 이번에는 동맹이 집을 생각을 않고 아까부터 겨우 참아왔던 울음이

"으응!" 하고 탁 터지자 잡은참 덤벼들어 석숭이 옷가슴에 매달리며 쥐어뜯으니 석숭이는 이뿐이를 울려논 것은 저의 큰 죄임을 얼른 알고 눈이 휘둥그레서

"아니다 아니다 내 부러 그랬다 아니다." 하고 입에 불이 나게 그러나 손으로 등을 어루만지며 "아니다."를 여러 십 번을 부른 때에야 간신히 울음을 진정해놓았고 이뿐이가 아직 느끼는 음성으로 몇 번 당부를 하니

"인제 남 듣는 데 그러면 내 너 죽일 터야?"

"그래 인전 안 그러마."

참으로 이런 나쁜 소리는 다시 입에 담지 않으리라 맹세하였다. 이뿐이도 그제야 마음을 놓고 흔적이 없도록 눈물을 닦으면서

"다시 그래봐라 내 죽인다!"

또 한 번 다져놓고 고추밭으로 도로 나오려 할 제 석숭이가 와락 달겨들어 그 허리를 잔뜩 껴안고

"너 그럼 우리 집에게 나한테로 시집오라니깐 왜 싫다구 그랬니?" 하고 설혹 좀 성가시게 굴었다 치더라도 만일 이뿐이가 이 행실을 도련님이 아신다면 단박에 정을 떼시려니 하는 염려만 없었더라면 그리 대수롭지 않은 것을 그토록 오지게 혼을 냈을 리 없었겠다고 생각하면 두고두고 입때껏 후회가 나리만치 그렇게 사내의 뺨을 우려*친 것도 결국 도련님을 위하는 이뿐이의 깨끗한 정이 아니었던가—

* 후려.

물

　가득히 품에 찬 서러움을 눈물로 가시고 나물 보구니를 손에 잡았으니
이뿐이는 다시 일어나 산중턱으로 거친 수풀 속을 기어내리며 도라지
를 하나 둘 캐기 시작한다.
　참인지 아닌지 자세히는 모르나 멀리 날아온 풍설을 들어보면 도련님
은 서울 가 어여쁜 아씨와 다시 정분이 났다 하고 그뿐만도 오히려 좋으
리마는 댁의 마님은 마님대로 늙은 총각 오래 두면 병난다 하여 상냥한
아가씨만 찾는 길이니 대체 이게 웬셈인지 이뿐이는 골머리가 아팠고 도
라지를 캔다고 꼬챙이를 땅에 꾸욱 꽂으니 그대로 짚고 선 채 해만 점점
부질없이 저물어간다. 맥을 잃고 다시 내려오다 이뿐이는 앞에 우뚝 솟은
바위를 품에 얼싸안고 그 아래로 굽어보니 험악한 석벽 틈에 맑은 물은
웅숭깊이 충충 고이었고 설핏한 하늘의 붉은 노을 한 쪽을 똑 떼 들고 푸
른 잎새로 전을 둘렀거늘 그 모양이 보기에 퍽도 아름답다. 그걸 거울 삼
고 이뿐이는 저 밑에 까맣게 비치는 저의 외양을 또 한 번 고쳐 뜯어보니
한때는 도련님이 조르다 몸살도 나셨으려니와 의복은 비록 추레할망정
저의 눈에도 밉지 않게 생겼고 남 가진 이목구비에 반반도 하련마는 뭐가
부족한지 달리 눈이 맞은 도련님의 심정이 알 수 없고 어느덧 원망스러운
눈물이 눈에서 떨어지니 잔잔한 물면에 물둘레*를 치기도 전에 무슨 밥이
나 된다고 커단 꺽지는 휘엉휘엉 올라와 꼴딱 받아먹고 들어간다. 이뿐이
는 얼빠진 등신같이 맑은 이 물을 가만히 들여다보노라니 불시로 제 몸을
풍덩, 던지어 깨끗이 빠져도 죽고 싶고 아니 이왕 죽을진댄 정든 님 품에

* 물결의 파문.

안고 같이 풍, 빠지어 세상사를 다 잊고 알뜰히 죽고 싶고 그렇다면 도련님이 이 등에 넙죽 엎디어 뺨에 뺨을 비벼대고 그리고 이 물을 같이 굽어보며

"애 울지 마라 내가 가면 설마 아주 가겠니?" 하고 세우 달랠 제 꼭 붙들고 풍덩실, 하고 왜 빠지지 못했던가. 시방은 한가*도 컸건마는 그 이뿐이는 그리도 삶에 주렸던지

"정말 올여름엔 꼭 오우?" 하고 아까부터 몇 번 묻던 걸 또 한 번 다져 보았거늘 도련님은 시원스러이 선뜻

"그럼 오구말구 널 두고 안 오겠니!" 하고 대답하고 손에 꺾어 들었던 노란 동백꽃을 물 위로 획 내던지며

"너 참 이 물이 무슨 물인지 알면 용치?"

눈을 끔벅끔벅하더니 이야기하여 가로되 옛날에 이 산속에 한 장사가 있었고 나라에서는 그를 잡고자 사방팔면에 군사를 놓았다. 그렇지마는 장사에게는 비호같이 날랜 날개가 돋힌 법이니 공중을 훌훌 나는 그를 잡을 길 없고 머리만 앓던 중 하루는 그예 이 물에서 목욕을 하고 있는 것을 사로잡았다는 것이로되 왜 그러냐 하면 하느님이 잡수시는 깨끗한 이 물을 몸으로 흐렸으니 누구라고 천벌을 아니 입을 리 없고 몸에 물이 닿자 돋혔던 날개가 흐시부시 녹아버린 까닭이라고 말하고 도련님은 손짓으로 장사의 처참스러운 최후를 시늉하며 가장 두려운 듯이 커닿게 눈을 끔적끔적하더니 뒤를 이어 그 말이——

"아 무서! 애 우지 마라 저 물에 눈물이 떨어지면 너 큰일 난다." 그러나 이뿐이는 그까짓 소리는 듣는 둥 마는 둥 그리 신통치 못하였고 며칠

* 원통한 일에 대하여 하소연이나 항거를 함.

후 서울로 떠나면 아주 놓칠 듯만 싶어서 도련님의 얼굴을 이윽히 쳐다보고 그럼 다짐을 두고 가라 하다가 도련님이 조금도 서슴없이 입고 있던 자기의 저고리 고름 한 짝을 뚝 떼어 이뿐이 허리춤에 꾹 꽂아주며

"너 이래두 못 믿겠니?" 하니 황송도 하거니와 설마 이걸 두고야 잊으시진 않겠지 하고 속이 든든하지 않은 것도 아니었다. 대장부의 노릇이매 이렇게 하고 변심은 없을 게나 그래도 잘 따져보니 이 고름이 말하는 것도 아니거든 차라리 따라나서느니만 같지 못하다고 문득 마음을 고쳐먹고 고개로 쫓아간 건 좋으련마는 왜 그랬던고 좀 더 매달리어 진대를 안 붙고 고기 주저앉고 말았으니 이제 와서는 한가만 새롭고 몸에 고이 간직하였던 옷고름을 이 손에 꺼내 들고 눈물을 흘려보되 별수 없나니 보람 없이 격지*만 늘어간다. 허나 이거나마 아주 없었더런들 그야 살맛조차 송두리 잃었으리라마는 요즘 매일과 같이

이 험한 깊은 산속에 올라와

옛 기억을 홀로 더듬어보며

이뿐이는 해가 저물도록 이렇게 울고 섰고 하는 것이다.

길

모든 새들은 어제와 같이 노래를 부르고 날도 맑으련만

오늘은 웬일인지

이뿐이는 아직도 올라오질 않는다.

---

* 여러 겹으로 쌓아 붙은 켜.

석숭이는 아버지가 읍의 장에 가서 세 마리 닭을 팔아 그걸로 소금을 사 오라 하여 아침 일찍이 나온 것도 잊고 이 산에 올라와 다리를 묶은 닭들은 한편에 내던지고 늙은 잣나무 그늘에 누워 눈이 빠지도록 기다렸으나 이뿐이가 좀체 나오지 않으매 웬일일까 고게 또 노하지나 않았나 하고 일찌웁시 이렇게 애를 태운다. 올가을이 얼른 되어 새 곡식을 거두면 이뿐이에게로 장가를 들게 되었으니 기쁨인들 이 위 더할 데 있으랴마는 이번도 또 이뿐이가 밥도 안 먹고 죽는다고 야단을 친다면 헛일이 아닐까 하는 염려도 없지는 않았거늘 그렇게 쌀쌀하고 매일매일 하던 이뿐이의 태도가 요즘에 들어와서는 급자기 다소곳하고 눈 한 번 흘길 줄도 모르니 이건 참으로 춤을 추어도 다 못 출 것이다. 뿐만 아니라 이슬비가 내리던 날 마님 댁 울 뒤에서 이뿐이는 옥수수를 따고 섰고 제가 그 옆을 지날 제 은근히 손짓을 하므로 가까이 다가서니 귀에다 나직이 속삭이는 소리가—

　"너 편지 하나 써줄련?"

　"그래그래 써주마 내 잘 쓴다." 석숭이는 너무 반가워서 허둥거리며 묻지 않는 소리까지 하다가 또 그 말이 내 너 하라는 대로 다 할 게니 도련님에게 편지를 쓰되 이뿐이는 여태 기다립니다 하고 그리고 이런 소리는 아예 입 밖에 내지 말라 하므로 그런 편지면 일 년 내내 두고 썼으면 좋겠다 속으로 생각하고 채 틀 못 박힌 연필 글씨로 다섯 줄을 그리기에 꼬박이 이틀 밤을 새우고 나서 약속대로 산으로 이뿐이를 만나러 올라올 때에는 어쩐지 가슴이 두근두근하는 것이 바로 아내를 만나러 오는 남편의 그 기쁨이 또렷이 나타나는 것이다. 이뿐이가 얼른 올라와야 뭐가 제일 좋으냐 물어보고 이 닭들을 팔아 선물을 사다 주련만 오진 않고 석숭이는 암만 생각해야 영문을 모르겠으니 아마 요전번

"이 핀지 써 왔으니깐 너 나구 꼭 살아야 한다." 하고 크게 얼른 것이 좀 잘못이라 하더라도 이뿐이가 고개를 푹 숙이고 있다가

"그래." 하고 눈에 눈물을 보이며

"그 핀지 읽어봐." 하고 부드럽게 말한 걸 보면 그리 노한 것은 아니니 석숭이는 기뻐서 그 앞에 떡 버티고 제가 썼으나 제가 못 읽는 그 편지를 떠듬떠듬 데련님 전 상사리 가신 지가 오래됐는디 왜 안 오구 일 년 반이 댔는디 왜 안 오구 하니깐 이뿐이는 밤마두 눈물로 새오며 이뿐이는 그럼 죽을 테니까 나를 듯이 얼찐* 와서—이렇게 땀을 내며 읽었으나 이뿐이는 다 읽은 뒤 그걸 받아서 피봉에 도로 넣고 그리고 나물 보구니 속에 감추고는 그대로 덤덤히 산을 내려온다. 산기슭으로 내리니 앞에 큰 내가 놓여 있고 골고루도 널려 박힌 험상궂은 웅퉁바위 틈으로 물은 우람스레 부닥치며 콸콸 흘러내리매 정신이 다 아찔하여 이뿐이는 조심스레 바위를 골라 디디며 이쪽으로 건너왔으나 아무리 생각하여도 같이 멀리 도망가자던 도련님이 저 서울로 혼자만 삐쭉 달아난 것은 그 속이 알 수 없고 사나이 맘이 설사 변한다 하더라도 잣나무 밑에서 그다지 눈물까지 머금고 조르시던 그 도련님이 이제 와 싹도 없이 변하신다니 이야 신의 조화가 아니면 안 될 것이다. 이뿐이는 산처럼 잎이 퍼드러진 호양나무 밑에 와 발을 멈추며 한 손으로 보구니의 편지를 꺼내어 행주치마 속에 감추어 들고 석숭이가 쓴 편지도 잘 찾아갈는지 미심도 하거니와 또한 도련님 앞으로 잘 간다 하면 이걸 보고 도련님이 끔뻑하여 뛰어올 겐지 아닌지 그것조차 장담 못 할 일이건마는 아니, 오신다 이 옷고름을 두고 가시던 도련님이거늘 설마 이 편지에도 안 오실 리 없으리라고 혼자 서서 우기며

---

* 얼른, 빨리.

해가 기우는 먼 고개치를 바라보며 체부 오기를 기다린다. 체부가 잘 와야 사흘에 한 번밖에는 더 들지 않는 줄을 저라고 모를 리 없고 그리고 어제 다녀갔으니 모레나 오는 줄은 번연히 알련마는 그래도 이뿐이는 산길에 속는 사람같이 저 산비알*로 꼬불꼬불 돌아 나간 기나긴 산길에서 금시 체부가 보일 듯 보일 듯싶었는지 해가 아주 넘어가고 날이 어둡도록 지루하게도 이렇게 속 달게 체부 오기를 기다린다.

　그러나

　오늘은 웬일인지

　어제와 같이 날도 맑고 산의 새들은 노래를 부르건만

　이뿐이는 아직도 나올 줄을 모른다.

—《조선문단》, 1935. 7.

---

* 산비탈.

만무방

산골에, 가을은 무르녹았다.

아람드리 노송은 빽빽이 늘어박혔다. 무거운 송낙을 머리에 쓰고 건들 건들. 새새이 끼인 도토리, 벚, 돌배, 갈잎 들은 울긋불긋. 잔디를 적시며 맑은 샘이 쫄쫄거린다. 산토끼 두 놈은 한가로이 마주 앉아 그 물을 할짝 거리고. 이따금 정신이 나는 듯 가랑잎은 부수수, 하고 떨린다. 산산한 산 들바람. 귀여운 들국화는 그 품에 새뜩새뜩 넌는다. 흙내와 함께 향긋한 땅김이 코를 찌른다. 요놈은 싸리버섯, 요놈은 잎 썩은 내 또 요놈은 송 이—아니, 아니 가시넝쿨 속에 숨은 박하풀 냄새로군.

응칠이는 뒷짐을 딱 지고 어정어정 노닌다. 유유히 다리를 옮겨 놓으며 이 나무 저 나무 사이로 호아든다.* 코는 공중에서 벌렸다 오므렸다, 연실 이러며 훅, 훅. 구붓한 한 송목 밑에 이르자 그는 발을 멈춘다. 이번에는 지면에 코를 얕이 갖다 대고 한 바퀴 비잉, 나를 끼고 돌았다.

'—아 하, 요놈이로군!'

썩은 솔잎에 덮이어 흙이 봉곳이 돋아 올랐다.

---

* 호아들다. 이리저리 돌아서 오다.

그는 손가락을 꾸짖으며 정성스레 살살 헤쳐본다. 과연 귀여운 송이. 망할 녀석, 조금만 더 나오지. 그걸 뚝 따 들곤, 뒷짐을 지고 다시 어실렁 어실렁. 가끔 선하품은 터진다. 그럴 적마다 두 팔을 떡 벌리곤 먼 하늘을 바라보고 늘어지게도 기지개를 늘인다.

때는 한창 바쁠 추수 때이다. 농군치고 송이 파적 나올 놈은 생겨나도 않았으리라. 하나 그는 꼭 해야만 할 일이 없었다. 싶으면 하고 말면 말고 그저 그뿐. 그러함에는 먹을 것이 더럭 있느냐면 있기커녕 부처먹을 농토조차 없는, 계집도 없고 집도 없고 자식 없고. 방은 있대야 남의 곁방이요 잠은 새우잠이요. 하지만 오늘 아침만 해도 한 친구가 찾아와서 벼를 털 텐데 일 좀 와 해달라는 걸 마다하였다. 몇 푼 바람에 그까짓 걸 누가 하느냐. 보다는 송이가 좋았다. 왜냐면 이 땅 삼천리강산에 늘여 놓인 곡식이 말쩡 누 거람. 먼저 먹는 놈이 임자 아니야. 먹다 걸릴 만치 그토록 양식을 쌓아두고 일이 다 무슨 난장맞을 일이람. 걸리지 않도록 먹을 궁리나 할 게지. 하기는 그도 한 세 번이나 걸려서 구메밥으로 사관을 틀었다.* 마는 결국 제 밥상 위에 올라앉은 제 몫도 자칫하면 먹다 걸리긴 매일반—

올라갈수록 덤불은 욱었다. 머루며 다래, 칡, 게다 이름 모를 잡초. 이것들이 위아래로 이리저리 서리어 좀체 길을 내지 않는다. 그는 잔덧길로만 돌았다. 넓적다리가 벌쭉이는 찢어진 고이 자락을 아끼며 조심조심 사려 딛는다. 손에는 칡으로 엮어 든 일곱 개 송이. 늙은 소나무마다 가선 두리번거린다. 사냥개 모양으로 코로 쿡, 쿡, 내를 한다.** 이것도 송이 같

---

* 사관을 틀다. 사관, 즉 두 어깨와 팔꿈치, 양다리의 대퇴와 무릎 관절에 침을 놓는다는 뜻.
** 냄새를 맡다.

고 저것도 송이. 어떤 게 알짜 송이인지 분간을 모른다. 토끼똥이 소보록
한데 갈잎이 한 잎 뚝 떨어졌다. 그 잎을 살거시 들어보니 송이 대구리가
불쑥 올라왔다. 매우 큰 송이인 듯. 그는 반색하여 그 앞에 무릎을 털썩
꿇었다. 그리고 그 위에 두 손을 내밀며 열 손가락을 다 펴 들었다. 가만
가만히 살살 흙을 헤쳐본다. 주먹만 한 송이가 나타난다. 얘 이놈 크구나.
손바닥 위에 따 올려놓고는 한참 들여다보며 싱글벙글한다. 우중충한 구
석으로 바위는 벽같이 깎아질렀다. 그 중턱을 얽어나간 칡잎에서는 물이
쪼록쪼록, 흘러내린다. 인삼이 썩어 내리는 약수라 한다. 그는 돌 위에 걸
터앉으며 또 한 번 하품을 하였다. 간밤 쓸데없는 노름에 밤을 팬 것이 몹
시 나른하였다. 다사로운 햇발이 숲을 새어 든다. 다람쥐가 솔방울을 떨
어치며. 어여쁜 할미새는 앞에서 알씬거리고. 동리에서는 타작을 하느라
고 와글거린다. 흥겨워 외치는 목성. 그걸 엎누르고 공중에 응, 응, 진동
하는 벼 터는 기계 소리. 맞은쪽 산속에서 어린 목동들의 노래는 처량히
울려온다. 산속에 묻힌 마을의 전경을 멀리 바라보다가 그는 눈을 찌긋하
며 다시 한 번 하품을 뽑는다. 이 웬 놈의 하품일까. 생각해보니 어제저녁
부터 여지껏 창주*가 곱립던 것이다. 불현듯 송이 꾸럼에서 그중 크고 먹
음직한 놈을 하나 뽑아 들었다.

응칠이는 그 송이를 물에 써억써억 비벼서는 떡 벌어진 대구리부터 걸
쌈스레** 덥석 물어 떼었다. 그리고 넓죽한 입이 움질움질 씹는다. 혀가
녹을 듯이 만질만질하고 향기로운 그 맛. 이렇게 훌륭한 놈을 입맛만 다
시고 못 먹다니. 문득 옛 추억이 혀끝에 뱅뱅 돈다. 이놈을 맛보는 것도
참 근자의 일이다. 감불생심이지 어디 냄새나 똑똑히 맡아보리. 산속으로

* '창자'의 경기 방언.
** 걸쌍스레. 일솜씨가 뛰어나거나 먹음새가 좋아 탐스럽게.

쏘다니다 백판 못 따기도 하려니와 더러 딴다는 놈은 행여 상할까 봐 손도 못 대게 하고 집에 내려다 모고 모고 하는 것이다. 그러나 요행히 한 꾸림이 차면 금시로 장에 가져다 판다. 이틀 사흘씩 공때린* 거로되 잘하면 사십 전 못 받으면 이십오 전. 저녁거리를 기다리는 아내를 생각하며 좁쌀 서너 되를 손에 사 들고 어두운 고개치를 터덜터덜 올라오는 건 좋으나 이 신세를 뭐에 쓰나, 하고 보면 을프냥궂기**가 짝이 없겠고—이까짓 걸 못 먹어 그래 홧김에 또 한 놈을 뽑아 들고 이번엔 물에 흙도 씻을 새 없이 그대로 텁석거린다. 그러나 다른 놈들도 별수 없으렷다. 이 산골이 송이의 본고향이로되 아마 일 년에 한 개조차 먹는 놈이 드물리라.

'—흠, 썩어진 두상들!'

그는 폭넓은 얼굴을 이그리며 남이나 들으란 듯이 이렇게 비웃는다. 썩었다, 함은 데생겼다*** 모멸하는 그의 언투이었다. 먹다 나머지 송이 꽁댕이를 바로 자랑스러이 입에다 치트리곤 트림을 섞어가며 우물거린다.

송이가 두 개가 들어가니 인제는 더 먹을 재미가 없다. 뭔가 좀 든든한 걸 먹었으면 좋겠는데. 떡, 국수, 말고기, 개고기, 돼지고기, 그렇지 않으면 쇠고기냐. 아따 궁한 판이니 아무거나 있으면 속중으로 여러 가질 먹으며 시름없이 앉았다. 그는 눈꼴이 슬그머니 돌아간다. 웬 놈의 닭인지 암탉 한 마리가 조 아래 무덤 앞에서 뺑뺑 맨다. 골골거리며 감도는 걸 보매 아마 알자리를 보는 맥이라. 그는 돌에서 궁뎅이를 들었다. 낮은 하늘로 외면하여 못 본 척하고 닭을 향하여 저 컨으로 널찍이 돌아내린다. 그러나 무덤까지 왔을 때 몸을 돌리며

---

* 정성과 노력을 들인.
** 우울하고 언짢기.
*** 데생기다. 생김새나 됨됨이가 완전하게 이루어지지 못하여 못나게 생기다.

"후, 후, 후, 이 자식이 어딜 가 후—"

두 팔을 벌리고 쫓아간다. 산꼭대기로 치모니 닭은 하둥지둥 갈 길을 모른다. 요리 매낀 조리 매낀, 꼬꼬댁거리며 속만 태울 뿐. 그러나 바위틈에 끼어 왁살스러운 그 주먹에 모가지가 둘로 나기에는 불과 몇 분 못 걸렸다.

그는 으슥한 숲 속으로 찾아들었다. 닭의 껍질을 홀랑 까고서 두 다리를 들고 찢으니 배창이 옆구리로 꿰진다.* 그놈을 긁어 뽑아서 껍질과 한데 뭉치어 흙에 묻어버린다.

고기가 생기고 보니 연하여 나느니 막걸리 생각. 이걸 부글부글 끓여놓고 한 사발 떡 켰으면 뚝 좋을 텐데 제—기. 응칠이의 고기는 어디 떨어졌는지 술집까지 못 가는 고기였다. 아무려나 고기 먹고 술 먹고 거꾸론 못 먹느냐. 그는 닭의 가슴패기를 입에 뒤려내고** 쭉 찢어가며 먹기 시작한다. 쫄깃쫄깃한 놈이 제법 맛이 들었다. 가슴을 먹고 넓적다리 볼기짝을 먹고 거반 반쪽을 다 해내고 나니 어쩐지 맛이 좀 적었다. 결국 음식이란 양념을 해야 하는군.

수풀 속으로 그냥 내던지고 그는 설렁설렁 내려온다. 솔숲을 빠져 화전께로 내리려 할 제 별안간 등 뒤에서

"여보게 거 응칠이 아닌가."

고개를 돌려보니 대장간 하는 성팔이가 작달막한 체수에 들갑작거리며 고개를 넘어온다. 그런데 무슨 긴한 일이나 있는지 부리나케 달겨들더니

"자네 응고개 논의 벼 없어진 거 아나?"

응칠이는 고만 가슴이 덜컥 내려앉았다. 이 바쁜 때 농군의 몸으로 응

---

* 터져 나온다.
** 들이대고.

고개까지 앨 써 갈 놈도 없으려니와 또한 하필 절 보고 벼의 없어짐을 말하는 것이 여간 심상치 않은 일이었다.

잡담 제하고 응칠이는

"자넨 어째서 응고개까지 갔든가?" 하고 대담스레도 그 눈을 쏘아보았다. 그러나 성팔이는 조금도 겁먹은 기색 없이

"아 어쩌다 지났지 뭘 그래."

하며 도리어 얼레발을 치고 덤비는 수작이다. 고얀 놈, 응칠이는 입때 다녀야 동무를 팔아 배를 채우는 그런 비열한 짓은 안 한다. 낯을 붉히자 눈에 물이 보이며

"어쩌다 지났다?"

응칠이가 이 동리에 들어온 것은 어느덧 달이 넘었다. 인제는 물릴 때도 되었고 좀 떠보고자 생각은 간절하나 아우의 일로 말미암아 망설거리는 중이었다.

그는 오라는 데는 없어도 갈 데는 많았다. 산으로 들로 해변으로 발부리 놓이는 곳이 즉 가는 곳이었다.

그러나 저물면은 그대로 쓰러진다. 남의 방앗간이고 헛간이고 혹은 강가, 시새장.* 물론 수가 좋으면 괴때기** 위에서 밤을 편히 잘 적도 있었다. 이렇게 하여 강원도 어수룩한 산골로 이리 넘고 저리 넘고 못 간 데 별로 없이 유람 겸 편답하였다.

그는 한구석에 머물러 있음은 가슴이 답답할 만치 되우 괴로웠다.

그렇다고 응칠이가 번시라*** 역마직성이냐 하면 그런 것도 아니다. 그

---

* 모래밭.
** 타작을 할 때에 생기는 벼 낟알이 섞인 짚북데기.
*** 본래부터.

도 오 년 전에는 사랑하는 아내가 있었고 아들이 있었고 집도 있었고 그때야 어딜 하루라도 집을 떨어져보았으랴. 밤마다 아내와 마주 앉으면 어찌하면 이 살림이 좀 늘어볼까 불어볼까, 대간장을 태우며 같은 궁리를 되하고 되하였다. 마는 별 뾰족한 수는 없었다. 농사는 열심으로 하는 것 같은데 알고 보면 남는 건 겨우 남의 빚뿐. 이러다가는 결말엔 봉변을 면치 못할 것이다. 하루는 밤이 깊어서 코를 골며 자는 아내를 깨웠다. 밖에 나아가 우리의 세간이 몇 개나 되는지 세어보라 하였다. 그리고 저는 벼루에 먹을 갈아 붓에 찍어 들었다. 벽에 바른 신문지는 누렇게 꺼렇다.*그 위에다 아내가 불러주는 물목대로 일일이 내려 적었다. 독이 세 개, 호미가 둘, 낫이 하나, 로부터 밥사발, 젓가락 집이 석 단까지 그담에는 제가 빚을 얻어 온 데, 그 사람들의 이름을 쭉 적어놓았다. 금액은 제각기 그 아래다 달아놓고. 그 옆으론 조금 사이를 떼어 역시 조선문으로 나의 소유는 이것밖에 없노라. 나는 오십사 원을 갚을 길이 없으매 죄진 몸이라 도망하니 그대들은 아예 싸울 게 아니겠고 서로 의논하여 억울치 않도록 분배하여 가기 바라노라 하는 의미의 성명서를 벽에 남기자 안으로 문들을 걸어 닫고 울타리 밑구멍으로 세 식구 빠져나왔다.

이것이 응칠이가 팔자를 고치던 첫날이었다.

그들 부부는 돌아다니며 밥을 빌었다. 아내가 빌어다 남편에게, 남편이 빌어다 아내에게. 그러자 어느 날 밤 아내의 얼굴이 썩 슬픈 빛이었다. 눈보라는 살을 여인다. 다 쓰러져가는 물방앗간 한구석에서 섬을 두르고 언내에게 젖을 먹이며 떨고 있더니 여보게유, 하고 고개를 돌린다. 왜, 하니까 그 말이 이러다간 우리도 고생일뿐더러 첫때 언내를 잡겠수, 그러니

---

* 절었다.

서루 갈립시다 하는 것이다. 하긴 그럴 법한 말이다. 쥐뿔도 없는 것들이 붙어 단긴댔자 별수는 없다. 그보담은 서로 갈리어 제 맘대로 빌어먹는 것이 오히려 가뜬하리라. 그는 선뜻 응낙하였다. 아내의 말대로 개가를 해 가서 젖먹이나 잘 키우고 몸 성히 있으면 혹 연분이 닿아 다시 만날지도 모르니깐 마지막으로 아내와 같이 땅바닥에 나란히 누워 하룻밤을 떨고 나서 날이 훤해지자 그는 툭툭 털고 일어섰다.

매팔자*란 응칠이의 팔자이겠다.

그는 버젓이 게트림으로 길을 걸어야 걸릴 것은 하나도 없다. 논맬 걱정도, 호포 바칠 걱정도, 빚 갚을 걱정, 아내 걱정, 또는 굶을 걱정도. 호동가란히** 털고 나서니 팔자 중에는 아주 상팔자다. 먹고만 싶으면 도야지구, 닭이구, 개구, 언제나 옆을 떠날 새 없겠지 그리고 돈, 돈도—

그러나 주재소는 그를 노려보았다. 툭하면 오라, 가라, 하는데 학질이었다. 어느 동리고 가 있다가 불행히 일만 나면 누구보다도 그부터 붙들려 간다. 왜냐면 그는 전과 사범이었다. 처음에는 도박으로 다음엔 절도로, 또 고담에도 절도로, 절도로—

그러나 이번 멀리 아우를 방문함은 생활이 궁하여 근대러*** 왔다거나 혹은 일을 해보러 온 것은 결코 아니었다. 혈족이라곤 단 하나의 동생이요 또한 오래 못 본지라 때 없이 그리웠다. 그래 모처럼 찾아온 것이 뜻밖에 덜컥 일을 만났다.

지금까지 논의 벼가 서 있다면 그것은 성한 사람의 짓이라 안 할 것이다.

----

* 빈들빈들 놀면서도 먹고사는 걱정이 없는 경우를 이르는 말.
** 홀홀 가볍게, 홀가분히.
*** 근대다. 몹시 성가시게 하다.

응오는 응고개 논의 벼를 여태 베지 않았다. 물론 응오가 베어야 할 것이나 누가 듣던지 그 형 응칠이를 먼저 의심하리라. 그럼 여기에 따르는 모든 책임을 응칠이가 혼자 지지 않으면 안 될 것이다.

응오는 진실한 농군이었다. 나이 서른하나로 무던히 철났다 하고 동리에서 처주는 모범 청년이었다. 그런데 벼를 베지 않는다. 남은 다들 걷어들였고 털기까지 하련만 그는 벨 생각조차 않는 것이다.

지주라든 혹은 그에게 장리를 놓은 김 참판이든 뻔질 찾아와 벼를 베라 독촉하였다.

"얼른 털어서 낼 건 내야지."

하면 그 대답은

"계집이 죽게 됐는데 벼는 다 뭐지유——"

하고 한결같이 내뱉는 소리뿐이었다.

하기는 응오의 아내가 지금 기지사정*이매 틈은 없었다 하더라도 돈이 놀아서 약을 못 쓰는 이 판이니 진시 벼라도 털어야 할 것이다.

그러면 왜 안 털었던가——

그것은 작년 응오와 같이 지주 문전에서 타작을 하던 친구라면 묻지는 않으리라. 한 해 동안 애를 졸이며 홀자식 모양으로 알뜰히 가꾸던 그 벼를 거둬들임은 기쁨에 틀림없었다. 꼭두새벽부터 엣, 엣, 하며 괴로움을 모른다. 그러나 캄캄하도록 털고 나서 지주에게 도지를 제하고, 장리쌀을 제하고 색초**를 제하고 보니 남는 것은 등줄기를 흐르는 식은땀이 있을 따름. 그것은 슬프다 하니보다 끝없이 부끄러웠다. 같이 털어주던 동무들이 뻔히 보고 섰는데 빈 지게로 덜렁거리며 집으로 들어오는 건 진정 열쩍

---

* 기지사경幾至死境. 거의 죽을 지경에 이름.
** 색조色租. 세곡이니 환곡을 받을 때나 타작할 때 정부나 지주가 간색으로 더 받는 곡식.

기 짝이 없는 노릇이었다. 참다 참다 응오는 눈에 눈물이 흘렀던 것이다.

가뜩한데* 엎치고 덮치더라고 올에는 고나마 흉작이었다. 샛바람과 비에 벼는 깨깨 배틀렸다. 이놈을 가을하다간 먹을 게 남지 않음은 물론이요 빚도 다 못 가릴 모양. 에라 빌어먹을 거. 너들끼리 캐다 먹든 말든 멋대로 하여라, 하고 내던져 두지 않을 수 없다. 벼를 걷었다고 말만 나면 빚쟁이들은 우— 몰려들 거니깐—

응칠이의 죄목은 여기에서도 또렷이 드러난다. 구구루 가만만 있었으면 좋은 걸 이 사품에 뛰어들어 지주의 뺨을 제법 갈긴 것이 응칠이었다.

처음에야 그럴 작정이 아니었다. 그는 여러 곳 물을 마신이 만치 어지간히 속이 틘 건달이었다. 지주를 만나 까놓고 썩 좋은 소리로 의논하였다. 올 농사는 반실이니 도지도 좀 감해주는 게 어떠냐고. 그러나 지주는 암말 없이 고개를 모로 흔들었다. 정 이러면 하여튼 일 년 품은 빼야 할 테니 나는 그 논에다 불을 질르겠수, 하여도 잠자코 응치 않는다. 지주로 보면 자기로도 그 벼는 넉넉히 걷어들일 수는 있다. 마는 한번 버릇을 잘못 해놓으면 여느 작인까지 행실을 버릴까 염려하여 겉으로 독촉만 하고 있는 터이었다. 실상이야 고까짓 벼쯤 있어도 고만 없어도 고만—그 심보를 눈치채고 응칠이는 화를 벌컥 낸 것만은 좋으나, 저도 모르게 대뜸 주먹뺨이 들어갔던 것이다.

이렇게 문제 중에 있는 벼인데 귀신의 놀음 같은 변괴가 생겼다. 다시 말하면 벼가 없어졌다. 그것도 병들어 쓰러진 쭉쟁이는 제쳐놓고 무얼로 그랬는지 말짱 이삭만 따 갔다. 그 면적으로 어림하면 아마 못 돼도 한 댓 말가량은 될는지—

* 그러지 않아도.

응칠이가 아침 일찍이 그 논께로 노닐자 이걸 발견하고 기가 막혔다. 누굴 성가시게 하려고 그러는지. 산속에 파묻힌 논이라 아직은 본 사람이 없는 모양 같다. 허나 동리에 이 소문이 퍼지기만 하면 저는 어느 모로 보든 혐의를 받아 폐는 좋이 입어야 될 것이다.

응칠이는 송이도 송이려니와 실상은 궁리에 바빴다. 속중으로 지목 갈 만한 놈을 여럿 들어보았으나 이렇다 찝을 만한 증거가 없다. 어쩌면 재성이나 성팔이 이 둘 중의 짓이리라, 하고 결국 이렇게 생각던 것도 응칠이가 아니면 안 될 것이다.

원수는 외나무다리에서 만났다.

응칠이는 저의 짐작이 들어맞음을 알고 당장에 일을 낼 듯이 성팔이의 눈을 들이 노렸다.

성팔이는 신이 나서 떠들다가 그 눈총에 어이가 질려서 고만 벙벙하였다. 그리고 얼굴이 해쓱하여 마주 대고 쳐다보더니

"그래 자네 왜 그케 노하나. 지내다 보니깐 그렇길래 일테면 자네보구 얘기지 뭐……."

하고 뒷갈망을 못 하여 우물주물한다.

"노하긴 누가 노해—"

응칠이는 뻐팅겼던 몸에 좀 더 힘을 올리며

"응고개를 어째 갔드냐 말이지?"

"놀러 갔다 오는 길인데 우연히……."

"놀러 갔다. 거기가 노는 덴가?"

"글쎄 그렇게까지 물을 게 뭔가, 난 응고개 아니라 서울은 못 갈 사람인가."

하다가 성팔이는 속이 타는지 코로 흐응, 하고 날숨을 길게 뽑는다.

이렇게 나오는 데는 더 물을 필요가 없었다. 성팔이란 놈도 여간내기가 아니요 구장네 솥인가 뭔가 떼다 먹고 한 번 다녀온 놈이었다. 많이 사귀지는 못했으나 동리 평판이 그놈과 같이 다니다가는 엉뚱한 일 만난다 한다. 이번에 응칠이 저 역 그 섭수*에 걸렸음을 알고

"그야 응고개라구 못 갈 리 없을 테—"

하고 한번 엇먹다 그러나 자네두 아다시피 거 어디야, 거기 바로 길이 있다든지, 사람 사는 동리라면 혹 모른다 하지마는 성한 사람이야 응고개엘 뭘 먹으러 가나, 그렇지 자네야 심심하니까, 하고 앞을 꽉 눌러 등을 떠본다. 여기에는 대답 없고 성팔이는 덤덤히 쳐다만 본다. 무엇을 생각했는가 한참 있더니 호주머니에서 단풍** 갑을 꺼낸다. 우선 제가 한 개를 물고 또 하나를 뽑아 내대며

"권연 하나 피게."

매우 든직한 낯을 해 보인다.

이놈이 이에 밝기가 몹시 밝은 성팔이다. 턱없이 권연 하나라도 선심을 쓸 궐자가 아니리라, 생각은 하였으나 그렇다고 예까지 부르대는 건 도리어 저의 처지가 불리하다. 그것은 짜정 그 손에 넘는 짓이니

"야 웬 권연은 이래—"

하고 슬쩍 눙치며

"성냥 있겠나?"

일부러 불까지 거 대게 하였다.

응칠이에게 액을 떠넘기어 이용하려는 고 야심을 생각하면 곧 달겨들어 다리를 꺾어놔야 옳을 것이다. 그러나 이 마당에 떠들어대고 보면 저

---

* 꾀, 수단.
** 당시의 담배 상표.

는 드러누워 침 뱉기. 결국 도적은 뒤로 잡지 앞에서 얼르는 법이 아니다. 동리에 소문이 퍼질 것만 두려워하며

"여보게 자네가 했건 내가 했건 간."

하고 과연 정다이 그 등을 툭 치고 나서

"우리 둘만 알고 동리에 말은 내지 말게."

하다가 성팔이가 이 말에 되우 놀라며 눈을 뜰뚱말뚱 뜨니

"그까짓 벼쯤 먹으면 어떤가!"

하고 껄껄 웃어버린다.

성팔이는 한 굽 접히어 말문이 메었는지 얼뚤하여* 입맛만 다신다.

"아예 말은 내지 말게, 응 알지—"

하고 다시 다질 때에야 겨우 주저주저 입을 열어

"내야 무슨 말을…… 그건 염려 말게."

하더니 비실비실 몸을 돌리어 저 갈 길을 내걷는다. 그러나 저 앞 고개까지 가는 동안에 두 번이나 돌아다보며 이쪽을 살피고 살피고 한 것만은 사실이었다.

응칠이는 그 꼴을 이윽히 바라보고 입안으로 죽일 놈, 하였다. 아무리 도적이라도 같은 동료에게 제 죄를 넘겨씌려 함은 도저히 의리가 아니다.

그건 그렇다 치고 응오가 더 딱하지 않은가. 기껏 힘들여 지어놓았다 남 좋은 일 한 것을 안다면 눈이 뒤집힐 일이겠다.

이래서야 어디 이웃을 믿어보겠는가—

확적히 증거만 있어 이놈을 잡으면 대번에 요절을 내리라 결심하고 응칠이는 침을 탁 뱉어 던지고 산을 내려온다.

---

* 정신을 가다듬지 못하고 얼떨하여.

그런데 그놈의 행티로 가늠 보면 응칠이 저만치는 때가 못 벗은 도적이다. 어느 미친놈이 논두렁에까지 가새*를 들고 오는가. 격식도 모르는 푸뚱이가. 그러려면 바로 조 낟가리나 수수 낟가리 말이지. 그 속에 들어앉아 가새로 응당거려야 들킬 리도 없고 일도 편하고. 두 포대고 세 포대고 마음껏 딸 수도 있다. 그러다 틈 보고 집으로 나르면 그만이지만 누가 논의 벼를 다. 그렇게도 벼에 걸신이 들었다면 바로 남의 집 머슴으로 들어가 한 달포 동안 주인 앞에 얼렁거리는 것이어니와. 신용을 얻어놨다가 주는 옷이나 얻어 입고 다들 잠자거든 볏섬이나 두둑이 길머 메고 덜렁거리면 그뿐이다. 이건 맥도 모르는 게 남도 못살게 굴려고. 에―이 망할 자식두. 그는 분노에 살이 다 부들부들 떨리는 듯싶었다. 그러나 이런 좀도적이란 뽕이 나기** 전에는 바짝 물고 덤비는 법이었다. 오늘 밤에는 요놈을 지켰다 꼭 붙들어 가지고 정갱이를 분질러노리라. 밥을 먹고는 태연히 막걸리 한 사발을 껄떡껄떡 들이켜자

"커―, 가을이 되니깐 맛이 행결 낫군―"

그는 주먹으로 입가를 쓱쓱 훔친 다음 송이 꾸림에서 세 개를 뽑는다. 그리고 그걸 갈퀴같이 마른 주막 할머니 손에 내어주며

"엣수, 송이나 잡숫게유―"

하고 술값을 치렀으나

"아이 송이두 고놈 참."

간사***를 피우는 것이 겉으로는 반기는 척하면서도 좀 시쁜 모양이다.

---

* '가위'의 방언.
** 뽕이 나다. 들통이 나다.
*** 나쁜 꾀가 있어 거짓으로 남의 비위를 맞추는 태도가 있음. 지나치게 붙임성이 있고 아양을 떠는 면이 있음.

제 딴은 한 개에 삼 전씩 치더라도 구 전밖에 안 되니깐.

응칠이는 슬며시 화가 나서 그 얼굴을 유심히 들여다보았다. 움푹 들어간 볼때기에 저건 또 왜 저리 멋없이 불거졌는지. 톡 나온 광대뼈하고 치마 아래로 남실거리는 발가락은 자칫 잘못 보면 황새 발목이니 이건 언제 잡아가려고 남겨두는 거야—보면 볼수록 하나 이쁜 데가 없다. 한두 번 먹은 것도 아니요 언젠간 울타리께 풀을 베어주고 술사발이나 얻어먹은 적도 있었다. 고렇게 야멸치게 따질 건 뭔가. 그는 눈살을 흘낏 맞추고는 하나를 더 꺼내어

"엣수 또 하나 잡숫게유—"

내던져 주곤 댓돌에 가래침을 탁 뱉었다.

그제야 식성이 좀 풀리는지 그 가축*으로 웃으며

"아이그 이거 자꾸 줌 어떡해—"

"어떡허긴, 자꾸 살찌게유—"

하고 한마디 툭 쏘고 일어서다가 무엇을 생각함인지 다시 툇마루에 주저앉았다.

"그런데 참 요즘 성팔이 보셨수?"

"아—니, 당최 볼 수가 없더구먼."

"술두 안 먹으러 와유?"

"안 와—"

하고는 입속으로 뭐라고 종잘거리며 의아한 낯을 들더니

"왜, 또 뭐 일이……?"

"아니유, 본 지가 하 오래니깐—"

---

* 물품이나 몸가짐 따위를 알뜰히 매만져 잘 간직하거나 거둠.

응칠이는 말끝을 얼버무리고 고개를 돌리어 한데를 바라본다. 벌써 점심때가 되었는지 닭들이 요란히 울어댄다. 논둑의 미루나무는 부 하고 또 부, 하고 잎이 날리며 팔랑팔랑 하늘로 올라간다.

"성팔이가 이 마을에서 얼마나 살았지유?"

"글쎄ㅡ, 재작년 가을이지 아마."

하고 장죽을 빡빡 빨더니

"근데 또 떠난대든걸, 홍천인가 어디 즈 성님안터*로 간대."

하고 그게 옳지 여기서 뭘 하느냐. 대장간이라구 일이나 많으면 모르거니와 밤낮 파리만 날리는걸. 그보다는 즈 형이 크게 농사를 짓는다니 그 뒤나 자들어**주고 구구루 얻어먹는 게 신상에 편하겠지. 그래 불일간 처자식을 데리고 아마 떠나리라고 하고

"농군은 그저 농사를 지야 돼."

"낼 술 먹으러 또 오지유ㅡ"

간단히 인사만 하고 응칠이는 다시 일어났다.

주막을 나서니 옷깃을 스치는 개운한 바람이다. 밭둔덕의 대추는 척척 늘어진다. 멀지 않아 겨울은 또 오렸다. 그는 응오의 집을 바라보며 그간 죽었는지 궁금하였다.

응오는 봉당에 걸터앉았다. 그 앞 화로에는 약이 바글바글 끓는다. 그는 정신없이 들여다보고 앉았다.

우중충한 방에서는 아내의 가쁜 숨소리가 들린다. 색, 색 하다가 아이구, 하고는 까우러지게 콜룩거린다. 가래가 치밀어 몹시 괴로운 모양ㅡ 뽑아줄 사이가 없이 풀들은 뜰에 엉겼다. 흙이 드러난 지붕에서 망초가

---

* 안터. '한테'의 강원도 방언.
** 거들어.

휘어청휘어청. 바람은 가끔 찾아와 싸리문을 흔든다. 그럴 적마다 문은 을씨년스럽게 삐—꺽 삐—꺽. 이웃의 발발이는 벅*에서 한창 바쁘게 달그락거린다. 마는 아침에 아내에게 먹이고 남은 조죽밖에야. 아니 그것 도 참 남편마저 긁었으니 사발에 붙은 찌꺼기뿐이리라—

"거, 다 졸았나 부다."

응칠이는 약이란 너머 졸면 못쓰니 고만 짜 먹이라, 하였다. 약이라야 어제저녁 울 뒤에서 옭아 들인 구렁이지만—

그러나 응오는 듣고도 흘렸는지 혹은 못 들었는지 잠자코 고개도 안 든다.

"엣다, 송이 맛이나 봐라."

하고 형이 손을 내밀 제야 겨우 시선을 들었으나 술이 거나한 그 얼굴을 거북살스레 훑어본다. 그리고 송이를 고맙지 않게 받아 방에 치트리고는

"이거나 먹어."

하다가

"뭐?"

소리를 크게 질렀다. 그래도 잘 들리지 않으므로

"뭐야 뭐야, 좀 똑똑이 하라니깐?"

하고 골피를 찌푸린다.

그러나 아내는 손짓만으로 무슨 소린지 알 수가 없다. 음성으로 치느니 보다 종이 비비는 소리랄지, 그걸 듣기에는 지척도 멀었다.

가만히 보다 응칠이는 제가 다 불안하여

"뒤보겠다는 게 아니냐?"

* 부엌.

"그럼 그렇다 말이 있어야지."

남편은 이내 짜증을 내며 몸을 일으킨다. 병약한 아내의 음성이 날로 변하여감을 시방 안 것도 아니련만—

그는 방바닥에 늘어져 꼬치꼬치 마른 반송장을 조심히 일으키어 등에 업었다.

울 밖 밭머리에 잿간은 놓였다. 머리가 눌릴 만치 납작한 갑갑한 굴속이다. 게다 거미줄은 예제없이 엉키었다. 부추돌* 위에 내려놓으니 아내는 벽을 의지하여 웅크리고 앉는다. 그리고 남편은 눈을 멀뚱멀뚱 뜨고 지키고 섰는 것이다.

이 꼴들을 멀거니 바라보다 응칠이는 마뜩지 않게 코를 횅, 풀며 입맛을 다시었다. 응오의 짓이 어리석고 울화가 터져서이다. 요즘 응오가 형에게 잘 말도 않고 왜 어뜩비뜩하는지 그 속은 응칠이도 모르는 배 아닐 것이다.

응오가 이 아내를 찾아올 때 꼭 삼 년간을 머슴을 살았다. 그처럼 먹고 싶던 술 한 잔 못 먹었고, 그처럼 침을 삼키던 그 개고기 한 메** 물론 못 샀다. 그리고 사경을 받는 대로 꼭꼭 장리를 놓았으니 후일 선채로 썼던 것이다. 이렇게까지 근사***를 모아 얻은 계집이련만 단 두 해가 못 가서 이 꼴이 되고 말았다.

그러나 이 병이 무슨 병인지 도시 모른다. 의원에게 한 번이라도 변변히 봬본 적이 없다. 혹 안다는 사람의 말인즉 뇌점****이니 어렵다 하였

---

* 예전에 부출 대신 놓아서 발로 디디고 앉아 뒤를 보게 한 돌.
** 매. 맷고기나 살담배를 작게 잘라 동여매 놓고 팔 때, 그 매어놓은 덩이.
*** 자기가 맡은 일에 부지런히 힘씀.
**** 노점勞漸. 폐결핵.

다. 돈만 있다면야 뇌점이고 염병이고 알 바가 못 될 거로되 사날 전 거리로 쫓아 나오며

"성님!"

하고 팔을 챌 적에는 응오도 어지간히 급한 모양이었다.

"왜?"

응칠이가 몸을 돌리니 허둥지둥 그 말이, 인제는 별도리가 없다. 있다면 꼭 한 가지가 남았으니 그것은 엊그저께 산신을 부리는 노인이 이 마을에 오지 않았는가. 그 도인이 응오를 특히 동정하여 십오 원만 들이어 산치성을 올리면 씻은 듯이 낫게 해주리라는데

"성님은 언제나 돈 만들 수 있지유?"

"거 안 된다. 치성 들여 날 병이 안 낫겠니."

하여 여전히 딱 떼고 그러게 내 뭐래던 애전에 계집 다 내버리고 날 따라나서랬지, 하고

"그래 농군의 살림이란 제 목 매기라지!"

그러나 아우가 암말 없이 몸을 홱 돌리어 집으로 들어갈 제 응칠이는 속으로 또 괜은 소리를 했구나, 하였다.

응오는 도로 아내를 업어다 방에 누였다. 약은 다 졸았다. 물이 식기 전짜야 할 것이다. 식기를 기다려 약사발을 입에 대어주니 아내는 군말 없이 그 구렁이물을 껄덕껄덕 들이마신다.

응칠이는 마당에 우두커니 앉았다. 사람의 목숨이란 과연 중하군, 하였다. 그러나 계집이라는 저 물건이 그렇게 떼기 어렵도록 중할까, 하니 암만해도 알 수 없고

"너 참 요 건너 성팔이 알지?"

"──"

"너허구 친하냐?"

"─"

"성이 뭐래는데 거 대답 좀 하렴."

하고 소리를 빽 질러도 아우는 대답은 말고 고개도 안 든다.

그러나 응칠이는 하늘을 쳐다보고 트림만 끄윽, 하고 말았다. 술기가 코를 콱콱 찔러야 할 터인데 이건 풋김치 냄새만 코밑에서 뱅뱅 돈다. 공짜 김치만 퍼먹을 게 아니라 한 잔 더 했다면 좋았을걸. 그는 일어서서 대를 허리에 꽂고 궁뎅이의 흙을 털었다. 벼 도적맞은 이야기를 할까, 하다가 아서라 가뜩이나 울상이 속이 쓰릴 것이다. 그보다는 이놈을 잡아놓고 낭중 희짜를 뽑는 것이 점잔하겠지?

그는 문밖으로 나와버렸다.

답답한 아우의 살림을 보니 역 답답하던 제 살림이 연상되고 가슴이 두 목* 답답하였다.

이런 때에는 무가 십상이다. 사실 하느님이 무를 마련해낸 것은 참으로 은혜로운 일이다. 맥맥할 때 한 개를 씹고 보면 끌걱하고 쿡 치는 그 멋이 좋고 남의 무밭에 들어가 하나를 쑥 뽑으니 가랑무. 이─키, 이거 오늘 운수대통이로군. 내던지고 그담 놈을 뽑아 들고 개울로 내려온다. 물에 쓱쓱 닦아서는 꽁지는 이로 베어 던지고 어썩 깨물어 붙인다.

개울 둔덕에 포플러는 호젓하게도 매출이** 컸다. 재갈돌은 그 밑에 옹기종기 모였다. 가생이로 잔디가 소보록하다. 응칠이는 나가자빠져 마을을 건너다보며 눈을 멀뚱멀뚱 굴리고 누웠다. 산이 뺑뺑 둘리어 숨이 콕 막힐 듯한 그 마을─

───
* 몫, 배.
** 곧게.

아리랑 아리랑 아라리요

아리랑 띄여라 노다 가세

증기차는 가자고 왼 고동 트는데

정든 님 품 안고 낙누낙누

아리랑 아리랑 아라리요

아리랑 띄여라 노다 가세

낼 갈지 모래 갈지 내 모르는데

옥씨기 강낭이는 심어 뭐하리

아리랑 아리랑 아라리요

아리랑 띄여라……

그는 콧노래를 이렇게 흥얼거리다 갑작스레 강릉이 그리웠다. 펄펄 뛰는 생선이 좋고 아침 햇발이 비끼어 힘차게 출렁거리는 그 물결이 좋고. 이까짓 둠 구석에서 쪼들리는 데 대다니. 그래도 즈이 딴은 무어 농사 좀 지었답시고 악을 복복 쓰며 잘도 떠들어댄다. 하지만 그런 중에도 어디인가 형언치 못할 쓸쓸함이 떠돌지 않는 것도 아니다. 삼십여 년 전 술을 빚어놓고 쇠를 울리고 흥에 질리어 어깨춤을 덩실거리고 이러던 가을과는 저 딴 쪽이다. 가을이 오면 기쁨에 넘쳐야 될 시골이 점점 살기만 띠어옴은 웬일인고. 이렇게 보면 재작년 가을 어느 밤 산중에서 낫으로 사람을 찍어 죽인 강도가 문득 머리에 떠오른다. 장을 보고 오는 농군을 농군이 죽였다. 그것도 많으나 되었으면 모르되 빼앗은 것이 한끗 동전 네 닢에 수수 일곱 되. 게다 흔적이 탄로 날까 하여 낫으로 그 얼굴의 껍질을 벗기고 조깃대강이 이기듯 끔찍하게 남기고 조긴 망나니다. 흉악한 자식. 그 잘량한 돈 사 전에, 나 같으면 가여워 덧돈을 주고라도 왔으리라. 이번 놈은 그따위 깍따귀*나 아닐는지 할 때 찬김과 아울러 치미는 소름에 머리 끝이 다 쭈볏하였다. 그간 아우의 농사를 대신 돌봐주기에 이럭저럭 날이 늦었다. 오늘 밤에는 이놈을 다리를 꺾어놓고 내일쯤은 봐서 설렁설렁 뜨는 것이 옳은 일이겠다. 이 산을 넘을까 저 산을 넘을까 주저거리며 속으로 점을 치다가 슬그머니 코를 골아 올린다.

밤이 내리니 만물은 고요히 잠이 든다. 검푸른 하늘에 산봉우리는 울퉁불퉁 물결을 치고 흐릿한 눈으로 별은 떴다. 그러다 구름 떼가 몰려 닥치면 깜깜한 절벽이 된다. 또한 마을 한복판에는 거친 바람이 오락가락 쓸쓸히 궁글고** 이따금 코를 찌름은, 후련한 산사 내음새. 북쪽 산 밑 미루나무에 싸여 주막이 있는데 유달리 불이 반짝인다. 노세, 노세, 젊어서 놀아. 노랫소리는 나직나직 한산히 흘러온다. 아마 벼를 뒷심 대고 외상이리라ㅡ

응칠이는 잠자코 벌떡 일어나 바깥으로 나섰다. 그리고 다 나와서야 그 집 친구에게 눈치를 안 채이도록

"내 잠간 다녀옴세ㅡ"

"어딜 가나?"

친구는 웬 영문을 몰라서 뻔히 쳐다보다 밤이 이렇게 늦었으니 나갈 생각 말고 어여 이리 들어와 자라 하였다. 기껏 둘이 앉아서 개코쥐코 떠들다가 급자기 일어서니까 꽤 이상한 모양이었다.

"건너말 가 담배 한 봉 사 올라구."

"담배 여있는데 또 사 뭐하나?"

---

* 각다귀. 남의 것을 뜯어먹고 사는 사람을 비유적으로 이르는 말.
** 소리가 웅숭깊고.

친구는 호주머니에서 굳이 희연* 봉을 꺼내어 손에 들어 보이더니

"이리 들어와 섬이나 좀 쳐주게."

"아 참 깜빡……."

하고 응칠이는 미안스러운 낯으로 뒤통수를 긁죽긁죽한다. 하기는 섬을 좀 쳐달라고 며칠째 당부하는 걸 노름에 몸이 팔려 그만 잊고 잊고 했던 것이다. 먹고 자고 이렇게 신세를 지면서 이건 썩 안됐다, 생각은 했지만

"내 곧 다녀올걸 뭐……."

어정쩡하게 한마디 남기곤 그 집을 뒤에 남긴다.

그러나 이 친구는

"그럼, 곧 다녀오게—"

하고 때를 재치는** 법은 없었다. 언제나 여일같이

"그럼 잘 다녀오게—"

이렇게 그 신상만 편하기를 비는 것이다.

응칠이는 모든 사람이 저에게 그 어떤 경의를 갖고 대하는 것을 가끔 느끼고 어깨가 으쓱거린다. 백판 모르는 사람도 데리고 앉아서 몇 번 말만 좀 하면 대번 구부러진다. 그렇게 장한 것인지 그 일을 하다가, 그 일이라야 도적질이지만, 들어가 욕보던 이야기를 하면 그들은 눈을 커다랗게 뜨고

"아이구, 그걸 어떻게 당하셨수!"

하고 저으기 놀라면서도

"그래 그 돈은 어떡했수?"

* 일제 강점기의 담배 상표.
** 재우치다. 빨리 몰아치거나 재촉하다.

"또 그럴 생각이 납디까유?"

"참 우리 같은 농군에 대면 호강살이유!"

하고들 한편 썩 부러운 모양이었다. 저들도 그와 같이 진탕 먹고 살고는 싶으나 주변 없어 못 하는 그 울분에서 그런 이야기만 들어도 다소 위안이 되는 것이다. 응칠이는 이걸 잘 알고 그 누구를 논에다 거꾸로 박아놓고 달아나다가 붙들리어 경치던 이야기를 부지런히 하며

"자네들은 안적 멀었네 멀었어—"

하고 흰소리를 치면 그들은, 옳다는 뜻이겠지, 묵묵히 고개만 꺼떡꺼떡하며 속없이 술을 사주고 담배를 사주고 하는 것이다.

그런데 이번 벼를 훔쳐간 놈은 응칠이를 마구 넘보는 모양 같다.

이렇게 생각하면 응칠이는 더욱 괘씸하였다. 그는 물푸레 몽둥이를 벗삼아 논둑길을 질러서 산으로 올라간다.

이슥한 그믐은 칠야—

길은 어둡고 흐릿한 언저리만 눈앞에 아물거린다.

그 논까지 칠 마장은 느긋하리라. 이 마을을 벗어나는 어귀에 고개 하나를 넘는다. 또 하나를 넘는다. 그러면 그담 고개와 고개 사이에 수목이 울창한 산 중턱을 비껴대고 몇 마지기의 논이 놓였다. 응오의 논은 그중의 하나이었다. 길에서 썩 들어앉은 곳이라 잘 뵈도 않는다. 동리에 그런 소문이 안 났을 때에는 천행으로 본 놈이 없을 것이나 반드시 성팔이의 성행임에는—

응칠이는 공동묘지의 첫 고개를 넘었다. 그리고 다음 고개의 마루턱을 올라섰을 때 다리가 주춤하였다. 저 왼편 높은 산고랑에서 불이 반짝하다 꺼진다. 짐승 불로는 너무 흐리고— 아—하, 이놈들이 또 왔군. 그는 가던 길을 옆으로 새었다. 더듬더듬 나뭇가지를 짚으며 큰 산으로 올라탄

다. 바위는 미끌리어 내리며 발등을 찧는다. 딸기 까시에 종아리는 따갑고 엉금엉금 기어서 바위를 끼고 감돈다.

산, 거반 꼭대기에 바위와 바위가 어깨를 겯고 움쑥 들어간 굴이 있다. 풀들은 뻗치어 굴문을 막는다.

그 속에 돌라앉아서 다섯 놈이 머리를 맞다고 수군거린다. 불빛이 샐까 염려다. 남폿불을 얕이 달아놓고 몸들을 바싹바싹 여미어 가린다.

"어서 후딱후딱 처, 갑갑해서 온—"

"이번엔 누가 빠지나?"

"이 사람이지 멀 그래."

"다시 섞어, 어서 이따위 수작이야."

하고 한 놈이 골을 내고 화투를 빼앗아 제 손으로 섞다가 깜짝 놀란다. 그리고 버썩 대드는 응칠이를 벙벙히 처다보며 얼뚤한다.

그들은 응칠이가 오는 것을 완고척히* 싫어하는 눈치였다. 이런 애송이 노름판인데 응칠이를 들였다는 맥을 못 쓸 것이다. 속으로는 되우 꺼렸다 마는 그렇다고 응칠이의 비위를 건드림은 더욱 좋지 못하므로—

"아, 응칠인가 어서 들어오게."

하고 선웃음을 치는 놈에

"난 올 듯하게, 자넬 기다렸지."

하며 어수대는** 놈.

"하여튼 한 케 떠보세."

이놈들은 손을 잡아들이며 썩들 환영이었다.

응칠이는 그 속으로 들어서며 무서운 눈으로 좌중을 한번 훑어보았다.

* 완고척하다. 고지식하고 노골적이다.
** 어울리지 않게 우쭐대는.

그런데 재성이도 그 틈에 끼어 있는 것이 아닌가. 사날 전만 해도 응칠이더러 먹을 양식이 없으니 돈 좀 취하라던 놈이. 의심이 부쩍 일었다. 도적이란 흔히 이런 노름판에서 씨가 퍼진다. 그 옆으로 기호도 앉았다. 이놈은 며칠 전 제 계집을 팔았다. 그 돈으로 영동 가서 장사를 하겠다던 놈이 노름을 왔다. 제깐 주제에 딸 듯싶은가. 하나는 용구. 농사엔 힘 안 쓰고 노름에 몸이 달았다. 시키는 부역도 안 나온다고 동리에서 손도를 맞은* 놈이다. 그리고 남의 집 머슴 녀석. 뽐을 내고 멋없이 점잔을 피우는 중늙은이 상투쟁이. 이 물건은 어서 날아왔는지 보도 못하던 놈이다. 체이것들이 뭘 한다구—

응칠이는 기호의 등을 꾹 찍어가지고 밖으로 나왔다.

외딴 곳으로 데리고 와서

"자네 돈 좀 없겠나?"

하고 돌아서다가

"웬걸 돈이 어디……."

눈치만 남고 어름어름하니

"아내와 갈렸다지, 그 돈 다 뭣 했나?"

"아 이 사람아 빚 갚았지—"

기호는 눈을 내리깔며 매우 거북한 모양이다.

오른편 엄지로 한 코를 막고 흥 하고 내풀더니 이번 빚에 졸리어 죽을 뻔했네 하고 묻지 않는 발뺌까지 얹어서 설대**로 등어리를 긁죽긁죽한다.

그러나 응칠이는 속으로 이놈 하였다.

응칠이는 실눈을 뜨고 기호를 유심히 쏘아주었더니

* 손도를 맞다. 도덕적으로 잘못한 사람을 그 지역에서 내쫓음.
** 담배설대. 담배통과 물부리 사이에 끼워 맞추는 가느다란 대.

"꼭 사 원 남었네."

하고 선뜻 알리고

"빚 갚고 뭣 하고 흐지부지 녹았어 ——"

어색하게도 혼잣말로 우물쭈물 웃어버린다.

응칠이는 퉁명스레

"나 이 원만 최게."

하고 손을 내대다 그래도 잘 듣지 않으매

"따서 둘이 노늘 테야, 누가 떼먹나 ——"

하고 소리가 한번 빽 아니 나올 수 없다.

이 말에야 기호도 비로소 안심한 듯, 저고리 섶을 쳐들고 흠처거리다 주뼛주뼛 꺼내놓는다. 딴은 응칠이의 솜씨면 낙자는 없을 것이다. 설혹 재간이 모자라 잃는다면 우격이라도 도로 몰아갈 게니깐 ——

"나두 한 케 떠보세."

응칠이는 우좌스레 굴로 기어든다. 그 콧등에는 자신 있는 그리고 흡족한 미소가 떠오른다. 사실이지 노름만치 그를 행복하게 하는 건 다시없었다. 슬프다가도 화투나 투전장을 손에 들면 공연스레 어깨가 으쓱거리고 아무리 일이 바빠도 노름판은 옆에 못 두고 지난다. 그는 이놈 저놈의 눈치를 스을쩍 한번 훑고

"두 패루 너느지?"

응칠이는 재성이와 용구를 데리고 한옆으로 비켜 앉았다. 그리고 신바람이 나서 화투를 섞다가 손을 따악 짚으며

"뒤전*이래지 이깐 화투는 하튼 뭘 할 텐가 녹빼낀**가, 켤 텐가?"

---

* 투전.

** 녹빼끼. 육백. 화투놀이의 하나.

"약단이나 그저 보지——"

사방은 매섭게 조용하였다. 바위 위에서 혹 바람에 모래 구르는 소리뿐이다. 어쩌다

"엣다 봐라."

하고 화투짝이 찔꺽, 한다. 그리곤 다시 쥐죽은 듯 잠잠하다.

그들은 이욕에 몸이 달아서 이야기고 뭐고 할 여지가 없다. 행여 속지나 않는가, 하얀 눈들이 빨개서 서로 독을 올린다. 어떤 놈이 뜯는 놈이고 어떤 놈이 뜯기는 놈인지 영문 모른다.

응칠이가 한 장을 내던지고 명월 공산을 보기 좋게 떡 젖혀놓으니

"이거 왜 수짜질*이야!"

용구는 골을 벌컥 내며 처다본다.

"뭐가?"

"뭐라니, 아 이 공산 자네 밑에서 빼내지 않았나?"

"봤으면 고만이지 그렇게 노할 건 또 뭔가——"

응칠이는 어설피 입맛을 쩍쩍 다시다

"그럼 이번엔 파토지?"

하고 손의 화투를 땅에 내던지며 껄껄 웃어버린다.

이때 한옆에서 별안간

"이 자식 죽인다——"

악을 쓰는 것이니 모두들 놀라며 시선을 몬다. 머슴이 마주 앉은 상투의 뺨을 갈겼다. 말인즉 매조** 다섯 끗을 업어 쳤다고.

허나 정말은 돈을 잃은 것이 분한 것이다. 이 돈이 무슨 돈이냐 하면 일

* 수작질.
** 화투에서 매화가 그려져 있는 화투장.

년 품을 판 피 묻은 사경*이다. 이런 돈을 송두리 먹다니 —

"이 자식 너는 야마시꾼**이지 돈 내라."

멱살을 훔켜잡고 다시 두 번을 때린다.

"허, 이눔이 왜 이래누, 어른을 몰라보구."

상투는 책상다리를 잡숫고 허리를 쓰윽 펴더니 점잖이 호령한다. 자식 뻘 되는 놈에게 뺨을 맞는 건 말이 좀 덜 된다. 약이 올라서 곧 일을 칠 듯이 응뎅이를 번쩍 들었으나 그러나 그대로 주저앉고 말았다. 악에 바짝 받친 놈을 건드렸다가는 결국 이쪽이 손해다. 더럽단 듯이 허허, 웃고

"버릇없는 놈 다 봤고!"

하고 꾸짖은 것은 잘됐으나 기어이 어이쿠, 하고 그 자리에 푹 엎으러진다. 이마가 터져서 피는 흘렀다. 어느 틈엔가 동맹이가 날아와 이마의 가죽을 터친 것이다.

응칠이는 싱글거리며 굴을 나섰다. 공연스레 쑥스럽게 일이나 벌어지면 성가신 노릇이다. 그리고 돈 백이나 될 줄 알았더니 다 봐야 한 사십 원 될까 말까. 그걸 바라고 어느 놈이 앉았는가—

그가 딴 것은 본밑을 알라*** 구 원하고 팔십 전이다. 기호에게 오 원을 내주고

"자, 반이 넘네, 자네 계집 잃고 돈 잃고 호강이겠네."

농담으로 비웃어 던지고는 숲으로 설렁설렁 내려온다.

"여보게 자네에게 청이 있네."

재성이 목이 말라서 바득바득 따라온다. 그 청이란 묻지 않아도 알 수

---

* 새경. 머슴에게 주는 연봉.
** 일본어로 '사기꾼'.
*** 아울러.

있었다. 저에게 돈을 다 빼앗기곤 구문이겠지. 시치미를 딱 떼고 나 갈 길만 걷는다.

"여보게 응칠이, 아 내 말 좀 들어!"

그제는 팔을 잡아낚으며 살려달라 한다. 돈을 좀 늘릴까, 하고 벼 열 말을 팔아 해보았다더니 다 잃었다고. 당장 먹을 게 없어 죽을 지경이니 노름 밑천이나 하게 몇 푼 달라는 것이다. 그러나 벼를 털었으면 거저 먹을 게지 어쭙잖게 노름은—

"그런 걸 왜 너보고 하랬어?"

하고 돌아서며 소리를 빽 지르다가 가만히 보니 눈에 눈물이 글썽하다. 잠자코 돈 이 원을 꺼내주었다.

응칠이는 들에 앉아서 팔짱을 끼고 덜덜 떨고 있다.

사방은 뺑— 돌리어 나무에 둘러싸였다. 거무튀튀한 그 형상이 헐없이 무슨 도깨비 같다. 바람이 불 적마다 쏴— 하고 쏴— 하고 음충맞게 건들거린다. 어느 때에는 쩩, 쩩, 하고 목을 따는지 비명도 울린다.

그는 가끔 뒤를 돌아보았다. 별일은 없을 줄 아나 호욕* 뭐가 덤벼들지도 모른다. 서낭당은 바로 등 뒤다. 족제빈지 뭔지, 요동 통에 돌이 무너지며 바시락, 바시락, 한다. 그 소리가 묘—하게도 등줄기를 쪼옥 긋는다. 어두운 꿈속이다. 하늘에서 이슬은 내리어 옷깃을 축인다. 공포도 공포려니와 냉기로 하여 좀체로 견딜 수가 없었다.

산골은 산신까지도 주렸으렷다. 아들 낳아달라고 떡 갖다 바칠 이 없을 테니까. 이놈의 영감님 홧김에 덥석 달려들면. 앞뒤를 다시 한 번 휘돌아본 다음 설대를 뽑는다. 그리고 오금팽이로 불을 가리고는 한 대 뻑뻑 피

---

* '혹'의 방언.

위 물었다. 논은 여남은 칸 떨어져 고 아래 누웠다. 일심정기를 다하여 나무 틈으로 뚫어보고 앉았다. 그러나 땅에 대를 털려니깐 풀숲이 이상스레 흔들린다. 뱀, 뱀이 아닌가. 구시월 뱀이라니 물리면 고만이다. 자리를 옮겨 앉으며 손으로 입을 막고 하품을 터친다.

아마 두어 시간은 더 넘었으리라. 이놈이 필연코 올 텐데 안 오니 이 또 무슨 조활까. 이 짓이란 소문이 나기 전에 한 번 더 와보는 것이 원칙이다. 잠을 못 자서 눈이 뻑뻑한 것이 제물에 슬금슬금 감긴다. 이를 악물고 눈을 뒵쓰면 이번에는 허리가 노글거린다. 속은 쓰리고 골치는 때리고. 불꽃같은 노기가 불끈 일어서 몸을 욱죄인다. 이놈의 다리를 못 꺾어봐도 애비 없는 홀의 자식*이겠다.

닭들이 세 홰를 운다. 멀—리 산을 넘어오는 그 음향이 퍽은 서글프다. 큰 비를 몰아드는지 검은 구름이 잔뜩 낀다. 하긴 지금도 빗방울이 뚝, 뚝, 떨어진다.

그때 논둑에서 희끄무레한 헤까비** 같은 것이 얼씬거린다. 정신을 빤짝 차렸다. 영락없이 성팔이, 재성이, 그들 중의 한 놈이리라. 이 고생을 시키는 그놈! 이가 북북 갈리고 어깨가 다 식식거린다. 몽둥이를 잔뜩 우려쥐었다. 그리고 벌떡 일어나서 나무줄기를 끼고 조심조심 돌아내린다. 하나 도랑쯤 내려오다가 그는 멈씰하여 몸을 뒤로 물렸다. 늑대 두 놈이 짝을 짓고 이편 산에서 저편 산으로 설렁설렁 건너가는 길이었다. 빌어먹을 늑대, 이것까지 말썽이람. 이마의 식은땀을 씻으며 도로 제자리로 돌아온다. 어쩌면 이번 이놈도 재작년 강도 짝이나 안 될는지. 급시로 불길한 예감이 뒤통수를 탁 치고 지나간다.

----

* 호래자식. 버릇이 없는 사람을 낮잡아 이르는 말.
** 허깨비.

그는 옷깃을 여미며 한 대를 더 붙였다. 돌연히 풍세는 심하여진다. 산골짜기로 몰아드는 억센 놈이 가끔 발광이다. 다시금 더르르 몸을 떨었다. 가을은 왜 이 지경인지. 여기에서 밤 새울 생각을 하니 기가 찼다.

얼마나 되었는지 몸을 좀 녹이고자 일어나 서성서성할 때이었다. 논으로 다가오는 희미한 그림자를 분명히 두 눈으로 보았다. 그러고 보니 피로고, 한고이고 다 딴소리다. 고개를 내대고 딱 버티고 서서 눈에 쌍심지를 올린다.

흰 그림자는 어느 틈엔가 어둠 속에 사라져 보이지 않는다. 그리고 다시 나올 줄을 모른다. 바람 소리만 왱, 왱, 칠 뿐이다. 다시 암흑 속이 된다. 확실히 벼를 훔치러 논 속으로 들어갔을 것이다. 역갱이* 같은 놈이 궂은 날새**를 기회 삼아 맘껏 하겠지. 의리 없는 썩은 자식, 격장에서 같이 굶는 터에—오냐 대거리만 있어라. 이를 한번 부윽 갈아붙이고 차츰차츰 논께로 내려온다.

응칠이는 논께로 바특이 내려서서 소나무에 몸을 착 붙였다. 섣불리 서둘다간 낮의 횡액을 입을지도 모른다. 다 훔쳐가지고 나올 때만 기다린다. 몸뚱이는 잔뜩 힘을 올린다.

한 식경쯤 지났을까, 도적은 다시 나타난다. 논둑에 머리만 내놓고 사면을 두리번거리더니 그제야 기어 나온다. 얼굴에는 눈만 내놓고 수건인지 뭔지 흔겊***이 가리었다. 봇짐을 등에 짊어 메고는 허리를 구붓이 뺑손을 놓는다. 그러자 응칠이가 날쌔게 달겨들며

"이 자식, 남우 벼를 훔쳐 가니—"

---

* '여우'의 강원도 방언.
** '날씨'의 방언.
*** 헝겊.

하고 대포처럼 고함을 지르니 논둑으로 고대로 데굴데굴 굴러서 떨어진
다. 얼결에 호되이 놀란 모양이었다.

응칠이는 덤벼들어 우선 허리께를 내려조졌다. 어이쿠쿠, 쿠 —, 하고
처참한 비명이다. 이 소리에 귀가 번쩍 띄어 그 고개를 들고 팔부터 벗겨
보았다. 그러나 너무나 어이가 없었음인지 시선을 치걷으며 그 자리에 우
두망찰한다.

그것은 무서운 침묵이었다. 살뚱맞은 바람만 공중에서 북새를 논다.

한참을 신음하다 도적은 일어나더니

"성님까지 이렇게 못살게 굴기유?"

제법 눈을 부라리며 몸을 휙 돌린다. 그리고 느끼며 울음이 복받친다.
봇짐도 내버린 채

"내 것 내가 먹는데 누가 뭐래?"

하고 데퉁스러이 내뱉고는 비틀비틀 논 저쪽으로 없어진다.

형은 너무 꿈속 같아서 멍하니 섰을 뿐이다. 그러나 얼마 지나서 한 손
으로 그 봇짐을 들어본다. 가뿐하니 끽 말가웃이나 될는지. 이까짓 걸 요
렇게까지 해 가려는 그 심정은 실로 알 수 없다. 벼를 논에다 도로 털어버
렸다. 그리고 아내의 치마이겠지, 검은 보자기를 척척 개서 들었다. 내 걸
내가 먹는다 — 그야 이를 말이랴. 허나 내 걸 내가 훔쳐야 할 그 운명도
얄궂거니와 형을 배반하고 이 짓을 벌인 아우도 아우렷다. 에 — 이 고연
놈, 할 제 볼을 적시는 것은 눈물이다. 그는 주먹으로 눈을 쓱 비비고 머
리에 번쩍 떠오르는 것이 있으니 두레두레한 황소의 눈깔. 시오 리를 남
쪽 산속으로 들어가면 어느 집 바깥뜰에 밤마다 늘 매여 있는 투실투실한
그 황소. 아무렇게 따지든 칠십 원은 갈데없으리라. 그는 부리나케 아우
의 뒤를 밟았다.

공동묘지까지 거반 왔을 때에야 가까스로 만났다. 아우의 등을 탁 치며

"애, 존 수 있다, 네 원대로 돈을 해줄게 나구 잠깐 다녀오자."

씩씩한 어조로 기쁘도록 달랬다. 그러나 아우는 입 하나 열려 하지 않고 그대로 실쭉하였다. 뿐만 아니라 어깨 위에 올려놓은 형의 손을 부질없단 듯이 몸으로 털어버린다. 그리고 삐익 달아난다. 이걸 보니 하 엄청이 나고 기가 꽉 막히었다.

"이눔아!"

하고 악에 받치어

"명색이 성이라며?"

대뜸 몽둥이는 들어가 그 볼기짝을 후려갈겼다. 아우는 모로 몸을 꺾더니 시나브로 찌그러진다. 대미처* 앞정갱이를 때렸다. 등을 팼다. 일지 못할 만치 매는 내리었다. 체면을 불구하고 땅에 엎드리어 엉엉 울도록 매는 내리었다.

홧김에 하긴 했으되 그 꼴을 보니 또한 마음이 편할 수 없다. 침을 퇴뱉어 던지곤 팔자 드신 놈이 그저 그렇지 별수 있나. 쓰러진 아우를 일으키어 등에 업고 일어섰다. 언제나 철이 날는지 딱한 일이었다. 속 썩는 한숨을 후— 하고 내뱉는다. 그리고 어청어청 고개를 묵묵히 내려온다.

—《조선일보》, 1935. 7. 17~30.

* 뒤미처.

솥

들고 나갈 거라곤 인제 매함지와 키 조각이 있을 뿐이다.

그 외에도 체랑 그릇이랑 있긴 좀 하나 깨지고 헐고 하여 아무짝에도 못 쓸 것이다. 그나마도 들고 나서려면 아내의 눈을 기워야* 할 터인데 맞은쪽에 빠안히 앉았으니 꼼짝할 수 없다.

허지만 오늘도 밸을 좀 긁어놓으면 성이 뻗쳐서 제물로 부르르 나가버리리라── 아랫목의 근식이는 저녁상을 물린 뒤 두 다리를 세워 안고 그리고 고개를 떨어친 채 묵묵하였다. 왜냐면 묘한 꼬투리가 있음 직하면서도 선뜻 생각키지 않는 까닭이었다.

윗목에서 내려오는 냉기로 하여 아랫방까지 몹시 싸늘하다.

가을쯤 치받이**를 해두었다면 좋았으련만 천장에서는 흙방울이 똑똑 떨어지며 찬 바람은 새어든다.

헌 옷때기를 들쓰고 앉아 어린 아들은 화루전***에서 킹얼거린다.

아내는 그 아이를 어르며 달래며 부지런히 감자를 구워 먹인다. 그러나

----

* 피해야.
** 서까래 위에 산자를 엮고 지붕을 이은 다음 밑에서 흙을 바르는 일. 또는 그 흙.
*** 화롯전.

다리를 모로 늘이고 사지를 뒤트는 양이 온종일 방앗다리에 시달린 몸이라 매우 나른한 맥이었다. 손으로 가끔 입을 막고 연달아 하품만 할 뿐이었다.

한참 지난 후 남편은 고개를 들고 아내의 눈치를 살펴보았다. 그리고 두터운 입살을 찌그리며 바로 데퉁스러이

"아까 낮에 누가 왔다 갔어?"

하고 한마디 얼른 내다 붙였다.

그러나 아내는

"면서기밖에 누가 왔다 갔지유——"

하고 심심히 받으며 들떠보도 않는다.

물론 전부터 미뤄오던 호포를 독촉하러 오늘 면서기가 왔던 것을 남편이라고 모르는 바도 아니었다. 자기는 거리에서 먼저 기수채었고* 그 때문에 붙잡히면 혼이 들까** 봐 일부러 몸을 피하였다. 마는 어차피 말을 꼬려 하니까

"볼일이 있으면 날 불러대든지 할 게지 왜 그놈을 방으루 불러들이고 이 야단이야?"

하고 눈을 부르뜨지 않을 수가 없었다.

아내는 이 말에 이마를 홱 들더니 눈꼴이 잡은참 돌아간다. 하 어이없는 일이라 기가 콕 막힌 모양이었다. 샐쭉해서 턱을 조금 숫치자 그대로 떨어지고 잠자코 아이에게 감자만 먹인다.

이만하면, 하고 남편은 다시 한 번

"헐 말이 있으면 문밖에서 허던지, 방으로까지 끌어들이는 건 다 뭐

---

* 낌새를 채다.
** 혼이 들다. 혼이 나다.

야?"

분을 솎았다.*

그제서야

"남의 속 모르는 소리 작작 하게유. 자기 때문에 말막음하느라구 욕본 생각은 못 하구."

아내는 가무잡잡한 얼굴에 핏대를 올렸으나 그러나 표정을 고르잡지 못한다. 얼마를 그렇게 앉았더니 이번에는 낚편의 낮을 똑바로 쏘아보며

"그지 말구 밤마다 짚신짝이라두 삼어서 호포를 갖다 내게유."

하다가 좀 사이를 두곤 들릴 듯 말 듯한 혼잣소리다.

"기집이 좋다기로 그래 집안 물건을 다 들어낸담!"

하고 여무지게 종알거린다.

"뭐, 집안 물건을 누가 들어내?"

그는 시치미를 딱 떼고 제법 천연스레 펄쩍 뛰었다. 그러나 속으로는 떡메로 복장이나 얻어맞은 듯 찌인하였다. 입때까지 까맣게 모르는 줄만 알았더니 아내는 귀신같이 옛날에 다 안 눈치다. 어젯밤 아내의 속곳과 그젯밤 맷돌짝을 후무려낸** 것이 죄다 탄로가 되었구나, 생각하니 불쾌하기가 짝이 없다.

"누가 그런 소리를 해, 벼락을 맞을라구?"

그는 이렇게 큰소리는 해보았으나 한 팔로 아이를 끌어다려 젖만 먹일 뿐, 젊은 아내는 숫제 받아주질 않았다.

아내는 샘과 분을 못 이기어 무슨 되알진 소리가 터질 듯 질 듯하면서도 그냥 꾹 참는 모양이었다. 눈은 아래로 내리깔고 색 색 숨소리만 내다

---

* 솟구었다.
** 남의 물건을 몰래 훔쳐 가진.

가 남편이 또다시

"누가 그따위 소릴 해그래?"

할 제에야 비로소 입을 여는 것이——

"재숙 어머이지 누군 누구야——"

"그래 뭐라구?"

"들병이와 배 맞었다지 뭘 뭐래 맷돌허구 내 속곳은 술 사 먹으라는 거지유?"

남편은 더 빼치지를 못하고 고만 얼굴이 화끈 달았다. 아내는 좀 살자고 고생을 무릅쓰고 바둥거리는 이 판에 남편이란 궐자는 그 속곳을 술 사 먹었다면 어느 모로 따져보면 곱지 못한 행실이리라. 그는 아내의 시선을 피할 만치 몹시 양심의 가책을 느꼈다. 마는 그렇다고 자기의 의지가 꺾인다면 또한 남편 된 도리도 아니었다.

"보두 못허구 애맨 소릴 해그래, 눈깔들이 멀라구?"

하고 변명 삼아 목청을 꽉 돋웠다.

그러나 아무 효력도 보이지 않음에는 제대로 약만 점점 오를 뿐이다. 이러다간 본전도 못 건질 걸 알고 말끝을 얼른 돌리어

"자기는 뭔데 대낮에 사내놈을 방으로 불러들이구, 대관절 둘이 뭣 했드람!"

하여 아내를 되순나잡았다.*

아내는 독살이 송곳 끝처럼 뽀로져서** 젖 먹이던 아이를 방바닥에 쓸어박고 발딱 일어섰다. 제 공을 모르고 계정만 부리니까 되우 야속한 모양 같다. 찬방에서 너 좀 자보란 듯이 천연스레 뒤로 치마꼬리를 여미더

---

* 되순라잡다. 범인이 순라巡邏를 잡는다는 것으로, 잘못을 빌어야 할 사람이 도리어 남을 나무란다는 뜻.
** 뽀로통해져서.

니 그대로 살랑살랑 나가버린다.

아이는 또 그대로 요란스레 울어댄다.

눈 위를 밟는 아내의 발자취 소리가 멀리 사라짐을 알자 그는 비로소 맘이 놓였다. 방문을 열고 가만히 밖으로 나왔다.

무슨 짓을 하든 볼 사람은 없을 것이다.

그는 부엌으로 더듬어 들어가서 우선 성냥을 드윽 그어 대고 두리번거렸다. 짐작했던 대로 그 함지박은 부뚜막 위에서 주인을 우두머니 기다리고 있다. 그 속에 담긴 감자 나부랭이는 그 자리에 쏟아버리고 그러고 나서 번쩍 들고 뒤란으로 나갔다.

앞으로 들고 나갔으면 좋을 테지만 그러다 아내에게 들키면 아주 혼이 난다. 어렵더라도 뒤꼍 언덕 위로 올라가서 울타리 밖으로 쿵하고 아니 던져 넘길 수 없다.

그담에가 이게 좀 거북한 일이었다. 허지만 예전 뒤나 보러 나온 듯이 뒷짐을 딱 지고 싸리문께로 나와 유유히 사면을 돌아보면 고만이다.

하얀 눈 위에는 아내가 고대 밟고 간 발자국만이 딍금딍금* 남았다.

그는 울타리에 몸을 착 비겨대고 뒤로 돌아서 그 함지박을 집어 들자 곧 뺑소니를 놓았다.

×

근식이는 인가를 피하여 산기슭으로만 멀찌감치 돌았다. 그러나 함지박은 몸에다 곁으로 착 붙였으니 좀체로 들킬 염려는 없을 것이다.

매웁게 쌀쌀한 초생달은 푸른 하늘에 댕그머니 눈을 떴다.

수어릿골**을 흘러내리는 시내도 인제는 얼어붙었고 그 빛이 날카롭게

---

* 촘촘하지 않고 성기거나 드문드문한 모양.
** 강원도에 있는 마을 이름.

번득인다.

그리고 산이며 들, 집, 낟가리, 만물은 겹겹 눈에 잠기어 숨소리조차 내질 않는다.

산길을 빠져서 거리로 나오려 할 제 어디에선가 징이 찡찡, 울린다. 그 소리가 고적한 밤공기를 은은히 흔들고 하늘 저편으로 사라진다.

그는 가던 다리가 멈칫하여 멍하니 넋을 잃고 섰다.

오늘 밤이 농민회 총회임을 고만 정신이 나빠서 깜빡 잊었던 것이다.

한 번 회에 안 가는 데 궐전이 오 전, 뿐만 아니라 공연한 부역까지 안 다미 씌우는* 것이 이 동리의 전례이었다.

또 경쳤구나, 하고 길에서 그는 망설이다 허나 몸이 아파서 앓았다면 그만이겠지, 이쯤 안심도 하여본다. 그렇지만 어쩐 일인지 그래도 속이 끌밋하였다.**

요즘 눈바람은 부닥치는데 조밥 꽁댕이를 씹어가며 신작로를 닦는 것은 그리 수월치도 않은 일이었다. 떨면서 그 지랄을 또 하려니, 생각만 하여도 짜정 이에서 신물이 날 뻔하다 만다.

그럼 하루를 편히 쉬고 그걸 또 하느냐, 회에 가서 새 까먹은 소리***나마 그 소리를 졸아가며 듣고 앉았느냐—

얼른 딱 정하지를 못하고 그는 거리에서 한 서너 번이나 주쭘주쭘하였다.

허지만 농민회가 동리에 청년들을 말짱 다 쓸어간 그것만은 여간 고마운 일이 아니었다. 오늘 밤에는 술집에 가서 저 혼자 들병이를 차지하고

* 안다미 씌우다. 남의 책임을 맡아 지거나 다른 사람에게 책임을 지움. 또는 그 책임.
** 마음에 뉘우쳐지는 언짢은 느낌이 있다.
*** 새가 낟알을 까먹고 난 빈 껍질 같은 소리라는 뜻으로, 근거 없는 말을 듣고 퍼뜨린 헛소문을 비유적으로 이르는 말.

놀 수 있으리라—

그는 선뜻 이렇게 생각하고 부지런히 다리를 재촉하였다. 그리고 술집 가차히 왔을 때에는 기쁠 뿐만 아니요 또한 용기까지 솟아올랐다.

길가에 따로 떨어져서 호젓이 놓인 집이 술집이다. 산모롱이 옆에서 눈에 싸이어 그 흔적이 긴가민가나 달빛에 비끼어 갸름한 꼬리를 달고 있다. 서쪽으로 그림자에 묻히어 대문이 열렸고 고 곁으로 불이 반짝대는 지게문이 하나가 있다.

이 방이 즉 계숙이가 빌려서 술을 팔고 있는 방이다.

문을 열고 썩 들어서니 계숙이는 일어서며 무척 반긴다.

"이게 웬 함지박이지유?"

그 태도며 얕은 웃음을 짓는 양이 나달* 전 처음 인사할 때와 조금도 변칠 않았다. 아마 어젯밤 자기를 보고 사랑한다던 그 말이 알똘** 같은 진정이기도 쉽다. 하여튼 정분이란 과연 희한한 물건이로군—

"왜 웃어, 어젯밤 술값으로 가져왔는데—"
하고 근식이는 말을 받다가 어쩐지 좀 겸연쩍었다. 계집이 받아 들고서 이리로 뒤척 저리로 뒤척 하며 또는 바닥을 뚜들겨도 보며 이렇게 좋아하는 걸 얼마쯤 보다가

"그게 그래 뱃두 두 장은 헐씬 넘었걸—"

마주 싱그레 웃어주었다. 참이지 계숙이의 흥겨운 낯을 보는 것은 그의 행복 전부이었다.

계집은 함지를 들고 안쪽 문으로 나가더니 술상 하나를 곱게 받쳐 들고 들어왔다. 돈이 없어서 미안하여 달라지도 않는 술이나 술값은 어찌 되었

---

* 나흘이나 닷새가량.
** 알토란.

든지 우선 한잔하란 맥이었다. 막걸리를 화로에 거냉만 하여 따라 부으며

"어서 마시게유 그래야 몸이 풀려유——"

하더니 손수 입에다 부어까지 준다.

그는 황감하여 얼른 한숨에 쭈욱 들이켰다. 그리고 한 잔 두 잔 석 잔——

계숙이는 탐탁히 옆에 붙어 앉았더니 근식이의 언 손을 젖가슴에 묻어주며

"어이 차 일 어째!"

한다. 떨고서 왔으니까 퍽으나 가여운 모양이었다.

계숙이는 얼마 그렇게 안타까워하고 고개를 모로 접으며

"난 낼 떠나유——"

하고 썩 떨어지기 섭한 내색을 보인다. 좀 더 있으려 했으나 아까 농민회 회장이 찾아왔다. 동리를 위하여 들병이는 절대로 안 받으니 냉큼 떠나라 했다. 그러나 이 밤에야 어데를 가랴, 낼 아침 밝는 대로 떠나겠노라 했다 하는 것이다.

이 말을 듣고 근식이는 고만 낭판이 떨어져서* 멍멍하였다. 언제이든 갈 줄은 알았던 게나 이다지도 급자기 서둘 줄은 꿈밖이었다. 자기 혼자서 따로 떨어지면 앞으로는 어떻게 살려는가——

계숙이의 말을 들어보면 저에게도 번이**는 남편이 있었다 한다. 즉 아랫목에 방금 누워 있는 저 아이의 아버지가 되는 사람이다. 술만 처먹고 노름질에다 훅닥하면 아내를 뚜들겨 패고 번 돈푼을 뺏어 가고 함으로 해서 당최 견딜 수가 없어 석 달 전에 갈렸다 하는 것이다.

그럼 자기와 드러내놓고 살아도 무방할 것이 아닌가. 허나 그런 소리란

* 낭판이 떨어지다. 계획한 일이 어그러지는 형편을 뜻함.
** 본래.

차마 이쪽에서 먼저 꺼내기가 어색하였다.

"난 그래 어떻게 살아 나두 따라갈까?"

"그럼 그럽시다유?"

하고 계숙이는 그 말을 바랐단 듯이 선뜻 받다가

"집에 있는 아내는 어떡허지유?"

"그건 염려 업어—"

근식이는 고만 기운이 뻗쳐서 시방부터 계숙이를 얼싸안고 들먹거린다. 아내쯤 치우기는 별로 힘들지 않을 것이다. 왜냐면 제대로 그냥 내버려만 두면 제가 어데로 가든 말든 할 게니까. 하여튼 인제부터는 계숙이를 따라다니며 벌어먹겠구나, 하는 새로운 생활만이 기쁠 뿐이다.

"낼 밝기 전에 가야 들키지 않을걸?"

×

밤이 야심하여도 회 때문인지 술꾼은 좀체 보이지 않았다. 이젠 안 오려니, 단념하고 방문 고리를 건 뒤 불을 껐다. 그리고 계숙이는 멀거니 앉아 있는 근식이 팔에 몸을 던지며 한숨을 후— 짓는다.

"살림을 하려면 그릇 쪼각이라두 있어야 할 텐데—"

"염려 마라 내 집에 가서 가져오지—"

그는 조금도 꺼림 없이 그저 선선하였다. 딴은 아내가 잠에 고라지거든 슬며시 들어가서 이것저것 마음에 드는 대로 후무려 오면 그뿐이다. 앞으론 굶주리지 않아도 맘 편히 살려니 생각하니 잠도 안 올 만치 가슴이 들렁들렁하였다.

방은 우풍이 몹시도 세었다. 주인이 그악스터워 구들에 불도 변변히 안 지핀 모양이다. 까칠한 공석 자리에 등을 붙이고 사시나무 떨리듯 덜덜 대구 떨었다.

한구석에 쓸어박혔던 아이가 별안간 잠이 깨었다. 징얼거리며 사이를 파고들려는 걸 어미가 야단을 치니 도로 제자리에 가서 찍소리 없이 누웠다. 매우 훈련 잘 받은 젖먹이였다.

그러나 근식이는 그놈이 생각하면 할수록 되우 싫었다. 우리들이 죽도록 모아놓으면 저놈이 중간에서 써버리겠지. 제 애비 번으로 노름질도 하고 에미를 두들겨 패서 돈도 뺏고 하리라. 그러면 나는 신선놀음에 도끼자루 썩는 격으로 헛공만 들이는 게 아닐까 하고 생각하니 당장에 곧 얼어 죽어도 아깝지는 않을 것이다. 허나 어미의 환심을 사려니까

"에 그놈…… 착하기도 하지."

하고 두어 번 그 궁둥이를 안 뚜덕일 수도 없으리라.

달이 기울어서 지게문을 훤히 밝히게 되었다.

간간 외양간에서는 소의 숨 쉬는 식식 소리가 거푸게 들려온다.

평화로운 잠자리에 때 아닌 마가 들었다. 뭉태가 와서 낮은 소리로 계숙이를 부르며 지게문을 열라고 찌걱거리는 게 아닌가. 전일부터 계숙이에게 돈 좀 쓰던 단골이라고 세도가 막 댕댕하다.

근식이는 망할 자식 하고 골피를 찌푸렸다. 마는 계숙이가 귓속말로

"내 잠깐 말해 보낼게 밖에 나가 기달리유—"

함에는 속이 좀 든든하지 않을 수 없다. 그 말은 남편을 신뢰하고 하는 통사정이리라. 그는 안문으로 바람같이 나와서 방 벽께로 몸을 착 붙여 세우고 가끔 안채를 살펴보았다. 술집 주인이 나오다 이걸 본다면 단박 미친놈이라고 욕을 할 것이다. 그렇지 않아도 그저께는

"자네 바람 잔뜩 났네그려. 난 술을 파니 좋긴 허지만 맷돌짝을 들고 나오면 살림 고만둘 터인가?"

하고 멀쑥하게 닦이었다. 오늘 들키면 또 무슨 소리를—

근식이는 떨고 섰다가 이상한 소리를 듣고 정신이 번쩍 들었다. 그는 방문께로 바특이 다가서서 가만히 귀를 기울였다.

왜냐면 뭉태가 들어오며

"오늘두 그놈 왔었나?"

하더니 계집이

"아니유, 아무도 오늘은 안 왔어유."

하고 시치미를 떼니까

"왔겠지 뭘, 그 자식 왜 새 바람이 나서 지랄이야."

하고 썩 시퉁그러지게* 비웃는다.

여기에서 그놈 그 자식이란 물을 것도 없이 근식이를 가리킴이다. 그는 살이 다 불불 떨렸다.

그뿐 아니라 이 말 저 말 한참을 중언부언 지껄이더니

"그 자식 동리에서 내쫓는다던걸—"

"왜 내쫓아?"

"아 회엔 안 오고 술집에만 박혀 있으니까 그렇지."

'이건 멀쩡한 거짓말이다. 회에 좀 안 갔기로 내쫓는 경오가 어딨니, 망할 자식?'

하고 그는 속으로 노하며 은근히 굳게 쥔 주먹이 대구 떨리었다.

그만이라도 좋으련만

"그 자식 어찌 못났는지 아내까지 동리로 들아다니며 미화**라구 숭을 보는걸—"

---

* 시퉁스럽다. 보기에 하는 짓이 주제넘고 건방지다.
** 바보.

'또 거짓말, 아내가 날 어떻게 무서워하는데 그런 소리를 해!'

"남편을 미화라구?"

하고 계집이 호호대고 웃으니까

"그럼 안 그래. 그러구 계숙이를 집안 망할 도적년이라구 하던걸 맷돌 두 집어 가구 속곳두 집어 가구 했다구—"

"누가 집어 가 갖다 주니까 받았지."

하고 계집이 팔짝 뛰는 기색이더니

"내가 아나 근식이 처가 그러니깐 나두 말이지."

'아내가 설혹 그랬기루 그걸 다 꼬드겨 바쳐 개새끼 같으니!'

그담엔 들으려고 애를 써도 들을 수 없을 만치 병아리 소리로들 뭐라 뭐라고 지껄인다. 그는 이것도 필경 저와 계숙이의 사이가 좋으니까 배가 아파서 이간질이리라 생각하였다. 그런데 계집도 는실난실 여일히 받으며 같이 웃는 것이 아닌가.

근식이는 분을 참지 못하여 숨소리도 거칠 만치 되었다. 마는 그렇다고 뛰어 들어가 뚜들겨줄 형편도 아니요 어쩔 도리가 없다. 계숙이나 멋하면 노엽기도 덜 하련마는 그것조차 핀잔 한마디 안 주고 한통속이 되는 듯하니 야속하기가 이를 데 없다.

그는 노기와 한고로 말미암아 팔짱을 찌르고는 덜덜 떨었다. 농창*이 난 버선이라 눈을 밟고 섰으니 뼈끝이 쑤시도록 시렵다.

몸이 괴로워지니 그는 아내의 생각이 머릿속에 문득 떠오른다. 집으로만 가면 따스한 품이 기다리련만 왜 이 고생을 하는지 실로 알다도 모를 일이다.

———

* 구멍.

허지만 다시 잘 생각하면 아내 그까짓 건 싫었다. 아리랑 타령 한마디 못하는 병신, 돈 한 푼 못 버는 천치— 하긴 초작에야 물불을 모를 만치 정이 두터웠으나 때가 어느 때이냐, 인제는 다 삭고 말았다.

뭇사람의 품으로 옮아 안기며 에쓱거리는 들병이가 말은 천하다 할망정 힘 안 들이고 먹으니 얼마나 부러운가. 첨들을 게게 흘리고 덤벼드는 뭇놈을 이 손 저 손으로 맘대로 후무르니 그 호강이 바히 고귀하다 할지라—

그는 설한에 이까지 딱딱거리도록 몸이 얼어간다. 그러나 집으로 가서 자리 위에 편히 쉴 생각은 조금도 없는 모양 같다. 오직 계숙이가 불러들이기만 고대하여 턱살을 받쳐 대고 눈이 빠질 지경이다.

모진 눈보라는 가끔씩 목덜미를 냅다 갈긴다.

그럴 적마다 저고리 동정으로 눈이 날아들며 등줄기가 선뜩선뜩하였다.

근식이는 암만 기다려도 때가 되었으련만 불러들이지를 않는다. 수군거리던 그것조차 끊이고 인젠 굵은 숨소리만이 흘러나온다.

그는 저도 까닭 모르는 약이 발부터서 머리끝까지 바싹 치뻗쳤다. 들병이란 더러운 물건이다, 남의 살림을 망쳐놓고 게다 가난한 농군들의 피를 빨아먹는 여우다, 하고 매우 쾌쾌히 생각하였다. 일변 그렇게까지 노해서 나갔는데 아내가 지금쯤은 좀 풀었을까 이런 생각도 하여본다.

처마 끝에 쌓였던 눈이 푹 하고 땅에 떨어질 때 그때 분명히 그는 집으로 가려 하였다. 만일 계숙이가 때맞춰 불러들이지만 않았다면

"에이 더러운 년!"

속으로 이렇게 침을 배앝고 네 보란 듯이 집으로 싹 달아났을지도 모른다.

계집은 한 문으로

"칩겠수 얼른 가우."

"뭘 이까진 추이──"

"그럼 잘 가게유 낭종 또 만납시다."

"응, 내 추후루 한번 찾아가지."

뭉태를 이렇게 내뱉자 또 한 문으로

"가만히 들어오게유."

하고 조심히 근식이를 집어 들인다.

그는 발바닥의 눈도 털 줄 모르고 감지덕지하여 닁큼 들어서며 우선 언 손을 썩 문댔다.

"밖에서 퍽 추었지유?"

"뭘, 추어 그렇지."

하고 그는 만족히 웃으면서 그렇듯 불불하던 아까의 분노를 다 까먹었다.

"그 자식, 남 자는데 왜 와서 쌩이질*이야──"

"그러게 말이유 그건 눈치코치도 없어──"

하고 계집은 조금도 빈틈없이 여전히 탐탁하였다. 그리고 등잔에 불을 다리며 거나하여 생글생글 웃는다.

"자식이 왜 그 뻔세**럼 거짓말만 슬슬 하구!"

하며 근식이는 먼젓번 뭉태에게 흉잡혔던 그 대갚음을 안 할 수 없다. 나두 네가 헌 만치는 허겠다, 하고

"아 그놈 참 병신 됐다드니 어떻게 걸어 다녀!"

"왜 병신이 되우?"

"남의 기집 오입하다가 들켜서 밤새도록 목침으로 두들겨 맞았지. 그

---

* 한창 바쁠 때 쓸데없이 남을 귀찮게 구는 것.
* 본새. 됨됨이. 본래의 생김새.

래 응치가 끊어졌느니 대리가 부러졌느니 허드니 그래두 곧잘 걸어 다니네!"

"알라리 별일두!"

계집은 세상에 없을 일이 다 있단 듯이 눈을 째웃하더니

"제 기집 좀 보았기루 그렇게 때릴 건 뭐야—"

"아 안 그래 그럼 나라두 당장 그놈을—"

하고 근식이는 제 아내가 욕이라도 보는 듯이 기가 올랐으나 그러나 계집이 낯을 찌푸리며

"그 뭐 기집이 어디가 떨어지나 그러게?"

하고 샐쭉이 뒤둥그러지는 데는 어쩔 수 없이 저도

"허긴 그렇지— 놈이 온체 못나서 그래"

하고 얼뜬 눙치는 게 상책이었다.

내일부터라도 계숙이를 따라다니며 먹을 턴데 딴은 이것저것을 가리다는 죽도 못 빌어먹는다. 그보다는 몸이 열파*에 난대도 잘 먹을 수만 있다면야 고만이 아닌가—

그건 그렇다 하고 어쨌든 뭉태란 놈의 흉은 그만치 봐야 할 것이다. 그는 담배를 한 대 피워 물고 뭉태는 번디 돈도 신용도 아무것도 업는 건달이란 둥 동리에서는 그놈의 말은 곧이 안 듣는다는 둥 심지어 남의 집 보리를 훔쳐내다 붙잡혀서 콩밥을 먹었다는 허풍까지 찌며 없는 사실을 한창 늘어놓았다.

그는 이렇게 계집을 얼렁거리다 안말에서 첫 홰를 울리는 계명성을 듣고 깜짝 놀랐다.

---

* 찢어져 결딴이 남. 또는 찢어 결딴을 냄.

개동*까지는 떠날 차보**가 다 되어야 할 것이다. 그는 계집의 뺨을 손으로 문질러보고 벌떡 일어서서 밖으로 나온다.

"내 집에 좀 갔다 올게 꼭 기달려 응"

근식이가 거리로 나올 때에는 초생달은 완전히 넘어갔다.

저 건너 산 밑 국숫집에는 아직도 마당의 불이 환하다. 아마 노름꾼들이 모여들어 국수를 눌러먹고 있는 모양이다.

그는 밭둑으로 돌아가며 지금쯤 아내가 집에 돌아와 과연 잠이 들었을지 퍽 궁금하였다. 어쩌면 매함지 없어진 걸 알았을지도 모른다. 제가 들어가면 바가지를 긁으려고 지키고 앉았지나 않을는지 ―

이렇게 되면 계숙이와의 약속만 깨어질 뿐 아니라 일은 다 그르고 만다.

그는 제물에 다시 약이 올랐다. 계집년이 건방지게 남편의 일을 지키고 않았구? 남편이 하자는 대루 했을 따름이지 제가 하상 뭔데 ― 하지만 이 주먹이 들어가 귀때기 한 서너 번만 쥐어박으면 고만이 아닌가 ―

다시 힘을 얻어가지고 그는 저 집 싸리문께로 다가서며 살며시 들어 밀었다.

달빛이 없어지니까 부엌 쪽은 캄캄한 것이 아주 절벽이다. 뜰에 깔린 눈의 반영이 있으므로 그런대로 그저 할 만하다, 생각하였다.

그러나 우선 봉당 위로 올라서서 방문에 귀를 기울이지 않을 수 없었다.

문풍지도 울 듯한 깊은 숨소리. 입을 벌리고 남 곁에서 코를 골아대는 아내를 일상 책했더니 이런 때에 덕 볼 줄은 실로 뜻하지 않았다. 저런 콧소리면 사지를 묶어 가도 모를 만치 고라졌을 게니까 ―

그제서는 마음을 놓고 허리를 굽히고 그러고 꼭 도적같이 발을 제겨디

* 먼동이 틈. 또는 그런 때.
** 채비, 준비.

디며 부엌으로 들어섰다. 첫때* 살림을 시작하려면 밥은 먹어야 할 터니까 솥이 필요하다. 손으로 더듬더듬 찾아서 솥뚜껑을 한옆에 벗겨놓자 부뚜막에 한 다리를 얹고 두 손으로 솥전을 잔뜩 움켜잡았다. 인제는 잡아당기기만 하면 쑥 뽑힐 게니까 그리 어렵지 않을 것이다.

이 솥이 생각하면 사 년 전 아내를 맞아들일 때 행복을 계약하던 솥이었다. 그 어느 날인가 읍에서 사서 둘러메고 올 제는 무척 기뻤다. 때가 지나도록 아내가 뭔지 생각만 하고 모르다가 이제야 알고 보니 딴은 썩 훌륭한 보물이다. 이 솥에서 둘이 밥을 지어 먹고 한평생 같이 살려니 하니 세상이 모두가 제 것 같다.

"솥 사 왔지."

이렇게 집에 와 내려놓으니 아내도 뛰어나와 짐을 끄르며

"아이 그 솥 이뻐이! 얼마 주었수?"

하고 기뻐하였다.

"번인 일 원 사십 전을 달라는 걸 억지로 깎아서 일 원 삼십 전에 떼 왔는걸!" 하고 저니까 깎았다는 우세를 뽐내니

"참 싸게 샀수. 그러나 더 좀 깎았드면 좋았지."

그리고 아내는 솥을 뚜들겨보고 불빛에 비쳐보고 하였다. 그래도 밑바닥에 구멍이 뚫렸을지 모르므로 물을 부어보다가

"아 이보래, 새네 새, 일 어쩌나?"

"뭐, 어듸—"

그는 솥을 받아 들고 눈이 휘둥그레서 보다가

"글쎄 이놈의 솥이 새질 않나!"

하고 얼마를 살펴보고 난 뒤에야 새는 게 아니고 전으로 물이 검흐른 것을 알았다.

"숭맥두 다 많어이 이게 새는 거야, 겉으로 물이 흘렀지—"

"참 그렇군!"

둘이들 이렇게 행복스러이 웃고 즐기던 그 솥이었다.

그러나 예측하였던 달가운 꿈은 몇 달이었고 툭하면 굶고 지지리 고생만 하였다. 인제는 마땅히 다른 데로 옮겨야 할 것이다.

그는 조금도 서슴없이 솥을 쑥 뽑아 한 길체* 내려놓고 또 그담 걸 찾았다.

근식이는 어두운 부엌 한복판에 서서 뭐 급한 사람처럼 허둥허둥댄다. 그렇다고 무엇을 찾는 것도 아니요 뽑아놓은 솥을 집는 것도 아니다. 뭣뭣을 가져가야 하는지 실은 가져갈 그릇도 없거니와 첫때 생각이 안 나서이다. 올 때에는 그렇게도 여러 가지가 생각나더니 실상 딱 와 닥치니까 어리둥절하다.

얼마 뒤에야

'옳지 이런 망할 정신 보래!'

그는 잊었던 생각을 겨우 깨치고 벽에 걸린 바구니를 떼 들고 뒤적거린다. 그 속에는 닳아 일그러진 수저가 세 자루 길고 짧고 몸 고르지 못한 젓가락이 너덧 매 있었다. 그중에서 덕이(아들) 먹을 수저 한 개만 남기고는 모집어서 궤춤**에 꾹 꽂았다.

그리고 더 가져가려 하니 생각은 부족한 것이 아니로되 그릇이 마뜩지

---

* 한쪽으로 치우쳐 있는 자리.
** 괴춤. 고의춤. 남자 홑바지의 허리를 접어 여민 사이.

않다. 가령 밥사발 바가지 종지—

방에는 앞으로 둘이 덥고 자지 않으면 안 될 이불이 한 채 있다. 마는 방금 아내가 잔뜩 끌어안고 매댁질*을 치고 있을 게니 이건 오페부득**이다. 또 윗목 구석에 한 너덧 되 남은 좁쌀 자루도 있지 않으냐—

허지만 이게 다 일을 벗내는*** 생각이다. 그는 좀 미진하나마 솥만 들고는 그대로 그림자같이 나와버렸다.

그의 집은 수어릿골 꼬리에 달린 막바지였다. 양쪽 산에 찌어 시냇가에 집은 얹혔고 늘 쓸쓸하였다. 마을 복판에 일이라도 있어 돌이 깔린 시냇길을 여기서 오르내리자면 적잖이 애를 씌웠다.

그러나 이제로는 그런 고생을 더 하자 하여도 좀체 없을 것이다. 고생도 하직을 하자 하니 구엽고도 일변 안타까운 생각이 없을 수 없다.

그는 살던 즈 집을 두어서너 번 돌아다보고 그리고 술집으로 힝하게 달려갔다.

방에 불은 아직도 켜 있었다.

근식이는 허둥지둥 지게문을 열고 뛰어들며

"어, 추어!"

하고 커다케 몸서리를 쳤다.

"어서 들어오우 난 안 오는 줄 알았지."

계숙이는 어리삥삥한 웃음을 띠고 그리고 몹시 반색한다. 아마 그동안 눕지도 않은 듯 보재기에 아이 기저귀를 챙기며 일변 쪽을 고쳐 끼기도 하고 떠날 준비에 서성서성하고 있다.

---

* 정신을 잃고 아무렇게나 하는 몸짓.
** 요피부득要避不得. 피하려 해도 피할 수가 없음. 어쩔 수 없음.
*** 그르치는.

"안 오긴 왜 안 와?"

"글쎄 말이유 안 오면 누군 가만둘 줄 알아, 경을 이렇게 쳐주지."

하고 그 팔을 잡아서 꼬집다가

"아, 아, 아고 아파!"

하고 근식이가 응석을 부리며 덤비니

"여보기유, 참 짐은 어떡허지유?"

"뭘 어떡해?"

"아니, 은제 쌀려느냔 말이지유——"

하고 뭘 한참 속으로 생각한다.

"진시* 싸났다가 훤하거던 곧 떠납시다유——"

근식이도 거기에 동감하고 계집의 의견대로 짐을 뎅그머니 묶어놓았다. 짐이라야 솥 맷돌 매함지 옷 보따리 게다 술값으로 받아들인 쌀 몇 되 좁쌀 몇 되——

먼동이 트는 대로 짊어만 메면 되도록 짐은 아주 간단하였다. 만약 아침에 주저거리다간 우선 술집 주인에게 발각이 될 게고 따라 동리에 소문이 퍼진다. 그뿐 아니라 아내가 쫓아온다면 팔자는 못 고치고 모양만 창피할 것이 아닌가——

떠날 차보가 다 되자 그는 자리에 누워 날 새기를 기다렸다. 시방이라도 떠날 생각은 간절하나 산골에서 즘승을 만나면 귀신이 되기 쉽다. 허지만 술집의 심은 다 되었다니까 인사도 말고 개동까지는 슬며시 달아나야 할 것이다.

그는 몸을 덜덜 떨어가며 얼른 동살**이 잡혀야 할 텐데——그러다 어느

---

* 진작.

** 새벽에 동이 틀 때 비치는 햇살.

결에 잠이 깜빡 들었다.

그것은 어느 때쯤이나 되었는지 모른다.

어깨가 으쓱하고 찬 기운이 수가마로 새드는 듯이 속이 떨려서 번쩍 깨었다. 허나 실상은 그런 것도 아니요 아이가 킹킹거리며 머리 위로 대구 기어올라서 눈이 띄었는지도 모른다.

그는 군찮아서* 손으로 아이를 밀어 내리고 또 밀어 내리고 하였다. 그러나 세 번째 밀어 내리고자 손이 이마 위르 올라갈 제, 실로 아지 못할 일이라, 등 뒤 윗목 쪽에서

"이리 온, 아빠 여깄다."

하고 귀 선 음성이 들리지 않는가—

걸걸하고 우람한 그 목소리—

근식이는 이게 꿈이나 아닌가, 하여 정신을 가만히 가다듬고 눈을 떴다 감았다 하였다. 그렇다고 몸을 삐끗하는 것도 아니요 숨소리를 제법 크게 내는 것도 아니요 가슴속에서 한갓 염통만이 펄떡펄떡 뛸 뿐이었다.

암만 보아도 이것은 꿈은 아닐 듯싶다. 어두운 방, 앞에 누운 계숙이, 킹킹거리는 어린애—

걸걸한 목소리는 또 들린다.

"이리 와, 아빠 여깄다니까는—"

아이의 아빠이면 필연코 내던진 번남편이 결기를 먹고 따라왔음에 틀림이 없을 것이다. 그리고 아내의 부정을 현장에서 맞닥뜨린 남편의 분노이면 네남직 없이** 다 일반이리라. 분김에 낫이라도 들어 찍으면 고대로 찍소리도 못하고 죽을밖에 별 도리 없다.

---

* '귀찮아서'의 강원도 방언.
** 너나 나나 가릴 것 없이 모두.

확실히 이게 꿈이어야 할 터인데 꿈은 아니니 근식이는 얼른 땀이 솟을 만치 속이 답답하였다. 꼿꼿하여진 등살은 고만두고 발고락 하나 꼼짝 못하는 것이 속으로 인젠 참으로 죽나 부다 하고 거진 산송장이 되었다.

　물론 이러면 좋을까 저러면 좋을까 하고 들입다 애를 짜도 본다. 그러다 결국에는 계숙이를 깨우면 일이 좀 필까 하고 손꼬락으로 그 배를 넌지시 쿡쿡 찔러도 보았다. 한 번, 두 번, 세 번 그리고 네 번째는 배에 창이 나라고 힘을 들여 찔렀다. 마는 계숙이는 깨기는새루* 그의 허리를 더 잔뜩 끌어안고 코 골기에 세상만 모른다.

　그는 더욱 부쩍부쩍 진땀만 흘렀다.

　남편은 어청어청 등 뒤로 걸어오는 듯하더니 아이를 번쩍 들어 안는 모양이다.

　"이놈아, 왜 성가시게 굴어?"

　이렇게 아이를 꾸짖고

　"어여들 편히 자게유!"

하여 쾌히 선심을 쓰고 윗목으로 도로 내려간다.

　그 태도며 그 말씨가 매우 맘세 좋아 보였다. 마는 근식이에게는 이것이 도리어 견딜 수 없을 만치 살을 저미는 듯하였다. 이렇게 되면 이왕 죽을 바에야 얼른 죽이기나 바라는 것이 다만 하나 남은 소원일지도 모른다.

　계숙이는 얼마 후에야 꾸물꾸물하며 겨우 몸을 떠들었다.

　"어서 떠나야지?"

하고 두 손등으로 잔 눈을 비비다가 윗목 쪽을 내려다보고는 몹씨 경풍을 한다. 그리고 고개를 접더니 입을 꼭 봉하고는 잠잠히 있을 뿐이다.

* 새로에. 커녕.

이런 동안에 날은 아주 활짝 밝았다.

안 부엌에선 솥을 가시는 소리가 시끄러이 들려온다.

주인은 기침을 하더니 찌걱거리며 대문을 여는 모양이었다.

근식이는 이래도 죽긴 일반 저래도 죽긴 일반이라 생각하였다. 참다못하여 저도 따라 일어나 웅크리고 앉으며 어찌 될 겐가 또다시 처분만 기다렸다. 그런 중에도 곁눈으로 흘낏 살펴보니 키가 커다란 한 놈이 책상다리에 아이를 안고서 윗목에 앉았다. 감때는 그리 사납지 않으나 암끼* 좀 있어 보이는 듯한 그 낯짝이 넉히 사람깨나 잡은 듯하다.

"떠나지들——"

남편은 이렇게 제법 재촉하며 자리에서 벌떡 일어섰다. 마치 제가 주장하여 둘을 데리고 먼 길이나 떠나는 듯싶다. 언내를 계숙이에게 내맡기더니 근식이를 향하여

"여보기유, 일어나서 이 짐 좀 지워주게유——"

하고 손을 빈다.

근식이는 잠깐 얼뚤하여 그 얼굴을 멍히 쳐다봤으나 그러나 하란 대로 안 할 수도 없다. 살려주는 거만 다행으로 여기고 번시는 제가 질 짐이로되 부축하여 그 등에 잘 지워주었다.

솥, 맷돌, 함지박, 보따리 들을 한태** 묶은 것이니 무겁기도 좋이 무거울 게다. 허나 남편은 조금도 힘드는 기색을 토이기커녕 홀가분한 몸으로 덜렁덜렁 밖을 향하여 나선다.

아내는 남편의 분부대로 언내를 포대기에 들싸서 등에 업었다. 그리고

---

* 암기嚴氣. 남을 미워하고 시기하는 마음.
** 한데.

입속으로 뭐라는 소리인지 종알종알하더니 저도 따라나선다.

근식이는 얼빠진 사람처럼 서서 웬 영문을 모른다. 한참 그러나 대체 어떻게 되는 겐지 그들의 하는 양이나 보려고 그도 설설 뒤묻었다.

아침 공기는 뼈끝이 다 쑤시도록 더욱 매섭다.

바람은 지면의 눈을 품어다간 얼굴에 뿜고 또 뿜고 하였다.

그들은 산모롱이를 꼽들어 피언한 언덕길로 성큼성큼 내린다. 아내를 앞에 세우고 길을 자추며* 일변 남편은 뒤에 우뚝 서 있는 근식이를 돌아다보고

"왜 섰수, 어서 같이 갑시다유——"

하고 동행하기를 간절히 권하였다.

그러나 근식이는 아무 대답 없고 다만 우두머니 섰을 뿐이다.

이때 산모롱이 옆길에서 두 주먹을 흔들며 헐레벌떡 달려드는 것이 근식이의 아내이었다. 입은 벌렸으나 말을 하기에는 너무도 기가 찼다. 얼굴이 새빨개지며 눈에 눈물이 불현듯, 고이더니

"왜 남의 솥은 빼 가는 거야?"

하고 대뜸 계집에게로 달라붙는다.

계집은 비녀 쪽을 잡아채는 바람에 뒤로 몸이 주춤하였다. 그리고 고개만을 겨우 돌리어

"누가 빼 갔어?"

하다가

"그럼 저 솥이 누 거야?"

"누 건 내 알아. 갖다 주니까 가져가지——"

---

* 재우치며.

하고 근식이 처만 못하지 않게 독살이 올라 소리를 지른다.

　동리 사람들은 잔눈을 비비며 하나 둘 구경을 나온다. 멀찍이 떨어져서 서로들 붙고 떨어지고

　"저게 근식이네 솥인가?"

　"글쎄 설마 남의 솥을 빼 갈라구―"

　"갖다 줬다니까 근식이가 빼 온 게지―"

이렇게 수군숙덕―

　"아니야! 아니야!"

　근식이는 아내를 뜯어말리며 두 볼이 확확 달았다. 마는 아내는 남편에게 한 팔을 끄들린 채 그대로 몸부림을 하며 여전히 대들려고 든다. 그리고 목이 찢어지라고

　"왜 남의 솥을 빼 가는 거야 이 도적년아―"

하고 연해 발악을 친다.

　그렇지마는 들병이 두 내외는 금세 귀가 먹었는지 하나는 짐을 하나는 아이를 둘러업은 채 언덕으로 늠름히 내려가며 한번 돌아다보는 법도 없다.

　아내는 분에 복받치어 고만 눈 위에 털썩 주저앉으며 체면 모르고 울음을 놓는다.

　근식이는 구경꾼 쪽으로 시선을 흘낏거리며 쓴 입맛만 다실 따름―종국에는 두 손으로 눈 위의 아내를 잡아 일으키며 거반 울상이 되었다.

　"아니야 글쎄, 우리 솥이 아니라니깐 그러네 참―"

―《매일신보》, 1935. 9. 3~14.(10회 연재)

●

봄·봄

"장인님! 인젠 저—"

내가 이렇게 뒤통수를 긁고 나이가 찼으니 성례를 시켜줘야 하지 않겠
느냐고 하면 대답이 늘

"이 자식아! 성례구 뭐구 미처 자라야지—" 하고 만다. 이 자라야 한
다는 것은 내가 아니라 장차 내 아내가 될 점순이의 키 말이다.

내가 여기에 와서 돈 한 푼 안 받고 일하기를 삼 년하고 꼬박이 일곱 달
동안을 했다. 그런데도 미처 못 자랐다니까 이 키는 언제야 자라는 겐지
짜증 영문 모른다. 일을 좀 더 잘해야 한다든지 혹은 밥을(많이 먹는다고
노상 걱정이니까) 좀 덜 먹어야 한다든지 하면 나도 얼마든지 할 말이 많
다. 허지만 점순이가 안죽 어리니까 더 자라야 한다는 여기에는 어쩔볼
수 없이 그만 벙벙하고 만다.

이래서 나는 애최 계약이 잘못된 걸 알았다. 이태면 이태, 삼 년이면 삼
년, 기한을 딱 작정하고 일을 해야 원 할 것이다. 덮어놓고 딸이 자라는
대로 성례를 시켜주마, 했으니 누가 늘 지키고 섰는 것도 아니고 그 키가
언제 자라는지 알 수 있는가. 그리고 난 사람의 키가 무럭무럭 자라는 줄
만 알았지 붙배기 키에 모로만 벌어지는 몸도 있는 것을 누가 알았으랴.

때가 되면 장인님이 어련하랴 싶어서 군소리 없이 꾸벅꾸벅 일만 해왔다. 그럼 말이다, 장인님이 제가 다 알아채려서

"어참 너 일 많이 했다. 고만 장가들어라." 하고 살림도 내주고 해야 나도 좋을 것이 아니냐. 시치미를 딱 떼고 도리어 그런 소리가 나올까 봐서 지레 펄펄 뛰고 이 야단이다. 명색이 좋아 데릴사위지 일하기에 승겁기도 할뿐더러 이건 참 아무것도 아니다.

숙맥이 그걸 모르고 점순이의 키 자라기만 까맣게 기다리지 않았나.

언젠가는 하도 갑갑해서 자를 가지고 덤벼들어서 그 키를 한번 재볼까, 했다마는 우리는 장인님이 내외를 해야 한다고 해서 마주 서 이야기도 한 마디 하는 법 없다. 우물길에서 어쩌다 마주칠 적이면 겨우 눈어림으로 재보고 하는 것인데 그럴 적마다 나는 저만침 가서

"제—미 키두!" 하고 논둑에다 침을 퉤, 뱉는다. 아무리 잘 봐야 내 겨드랑(다른 사람보다 좀 크긴 하지만) 밑에서 넘을락 말락 밤낮 요 모양이다. 개돼지는 푹푹 크는데 왜 이리도 사람은 안 크는지, 한동안 머리가 아프도록 궁리도 해보았다. 아하, 물동이를 자꾸 이니까 뼈다귀가 움츠러드나 보다. 하고 내가 넌즛넌즛이 그 물을 대신 길어도 주었다. 뿐만 아니라 나무를 하러 가면 서낭당에 돌을 올려놓고

"점순이의 키 좀 크게 해줍소사. 그러면 담엔 떡 갖다 놓고 고사드립죠니까." 하고 치성도 한두 번 드린 것이 아니다. 어떻게 돼먹은 킨지 이래도 막무가내니—

그래 내 어저께 싸운 것이지 결코 장인님이 밉다든가 해서가 아니다.

모를 붓다가 가만히 생각을 해보니까 또 승겁다. 이 벼가 자라서 점순이가 먹고 좀 큰다면 모르지만 그렇지도 못한 걸 내 심어서 뭘 하는 거냐. 해마다 앞으로 축 거불지는 장인님의 아랫배(가 너무 먹은 걸 모르고 내병

이라나 그 배)를 불리기 위하여 심곤 조금도 싶지 않다.

"아이구 배야!"

난 물 붓다 말고 배를 쓰다듬으면서 그대로 논둑으로 기어올랐다. 그리고 겨드랑에 꼈던 벼 담긴 키를 그냥 땅바닥에 털썩, 떨어치며 나도 털썩 주저앉았다. 일이 암만 바빠도 나 배 아프면 고만이니까. 아픈 사람이 누가 일을 하느냐. 파릇파릇 돋아 오른 풀 한 숲을 뜯어 들고 다리의 거머리를 쓱쓱 문태며* 장인님의 얼굴을 쳐다보았다.

논 가운데서 장인님도 이상한 눈을 해가지고 한참을 날 노려보더니

"너 이 자식, 왜 또 이래 응?"

"배가 좀 아파서유!" 하고 풀 위에 슬며시 쓰러지니까 장인님은 약이 올랐다. 저도 논에서 철병철병 둑으로 올라오더니 잡은참 내 멱살을 움켜잡고 뺨을 치는 것이 아닌가—

"이 자식아, 일허다 말면 누굴 망해놀 셈속이냐 이 대가릴 까놀 자식?"

우리 장인님은 약이 오르면 이렇게 손버릇이 아주 못됐다. 또 사위에게 이 자식 저 자식 하는 이놈의 장인님은 어디 있느냐. 오죽해야 우리 동리에서 누굴 물론하고 그에게 욕을 안 먹는 사람은 명이 짜르다 한다. 조고만 아이들까지도 그를 돌라세워 놓고 욕필이(본이름이 봉필이니까) 욕필이, 하고 손가락질을 할 만치 두루 인심을 잃었다. 허나 인심을 정말 잃었다면 욕보다 읍의 배 참봉 댁 마름으로 더 잃었다. 번이 마름이란 욕 잘하고 사람 잘 치고 그리고 생김 생기길 호박개** 같아야 쓰는 거지만 장인님은 외양이 뚝 됐다. 작인이 닭 마리나 좀 보내지 않는다든가 애벌논*** 때

---

* '문대다, 문지르다'의 방언.
** 뼈대가 굵고 털이 북슬북슬한 개.
*** 여러 번의 김매기 중 첫 김매기를 한 논.

품을 좀 안 준다든가 하면 그해 가을에는 영락없이 땅이 뚝뚝 떨어진다. 그러면 미리부터 돈도 먹이고 술도 먹이고 안달재신*으로 돌아치던 놈이 그 땅을 슬쩍 돌라안는다. 이 바람에 장인님 집 빈 외양간에는 눈깔 커다란 황소 한 놈이 절로 엉금엉금 기어들고 동릐 사람은 그 욕을 다 먹어가면서도 그래도 굽신굽신하는 게 아닌가—

그러나 내겐 장인님이 감히 큰소리할 계제가 못 된다.

뒷생각은 못 하고 뺨 한 개를 딱 때려놓고는 장인님은 무색해서 덤덤히 쓴침만 삼킨다. 난 그 속을 퍽 잘 안다. 조금 있으면 갈도 꺾어야 하고 모도 내야 하고, 한창 바쁜 때인데 나 일 안 하고 우리 집으로 그냥 가면 고만이니까. 작년 이맘때도 트집을 좀 하니까 늦잠 잔다고 돌멩이를 집어 던져서 자는 놈의 발목을 삐게 해놨다. 사날씩이나 건승 끙, 끙, 앓았더니 종당에는 거반 울상이 되지 않았는가—

"얘, 그만 일어나 일 좀 해라, 그래야 올 갈에 벼 잘되면 너 장가들지 않니."

그래 귀가 번쩍 띄어서 그날로 일어나서 남이 이틀 품 들일 논을 혼자 삶아놓으니까 장인님도 눈깔이 커다랗게 놀랐다. 그럼 정말로 가을에 와서 혼인을 시켜줘야 원 경오가 옳지 않겠나. 볏섬을 척척 들여쌓아도 다른 소리는 없고 물동이를 이고 들어오는 점순이를 담배통으로 가리키며

"이 자식아 미처 커야지, 조걸 데리구 무슨 혼인을 한다구 그러니 온!"
하고 남 낯짝만 붉게 해주고 고만이다. 골김에 그저 이놈의 장인님, 하고 댓돌에다 메꽂고 우리 고향으로 내뺄까 하다가 꾹꾹 참고 말았다.

참말이지 난 이 꼴 하고는 집으로 차마 못 간다. 장가를 들러 갔다가 오

* 몹시 속을 끓이며 여기저기로 다니는 사람.

죽 못났어야 그대로 쫓겨 왔느냐고 손가락질을 받을 테니까—

논둑에서 벌떡 일어나 한풀 죽은 장인님 앞으로 다가서며

"난 갈 테야유, 그동안 사경 쳐 내슈 뭐."

"너 사위로 왔지 어디 머슴 살러 왔니?"

"그러면 얼찐 성례를 해줘야 안 하지유. 밤낮 부려만 먹구 해준다 해준다—"

"글쎄 내가 안 하는 거냐? 그년이 안 크니까." 하고 어름어름 담배만 담으면서 늘 하는 소리를 또 늘어놓는다.

이렇게 따져나가면 언제든지 늘 나만 밑지고 만다. 이번엔 안 된다, 하고 대뜸 구장님한테로 담판 가자고 소맷자락을 내끌었다.

"아 이 자식이 왜 이래 어른을."

안 간다고 뻗디디고 이렇게 호령은 제 맘대로 하지만 장인님 제가 내 기운은 못 당한다. 막 부려먹고 딸은 안 주고 게다 땅땅 치는 건 다 뭐야—

그러나 내 사실 참 장인님이 미워서 그런 것은 아니다.

그 전날 왜 내가 새고개 맞은 봉우리 화전밭을 혼자 갈고 있지 않았느냐. 밭 가생이로 돌 적마다 야릇한 꽃내가 물컥물컥 코를 찌르고 머리 위에서 벌들은 가끔 붕, 붕, 소리를 친다. 바위틈에서 샘물 소리밖에 안 들리는 산골짜기니까 맑은 하늘의 봄볕은 이불 속같이 따스하고 꼭 꿈꾸는 것 같다. 나는 몸이 나른하고 몸살(을 아직 모르지만 병)이 나려고 그러는지 가슴이 울렁울렁하고 이랬다.

"어러이! 말이! 맘 마 마—"

이렇게 노래를 하며 소를 부리면 여느 때 같으면 어깨가 으쓱으쓱한다. 웬일인지 밭 반도 갈지 않아서 온몸의 맥이 풀리고 대구 짜증만 난다. 공연히 소만 들입다 두들기며—

"안야! 안야! 이 망할 자식의 소(장인님의 소니까) 대리를 꺾어들라."

그러나 내 속은 정말 '안야' 때문이 아니라 점심을 이고 온 점순이의 키를 보고 울화가 났던 것이다.

점순이는 뭐 그리 썩 이쁜 계집애는 못 된다. 그렇다고 또 개떡이냐 하면 그런 것도 아니고 꼭 내 아내가 돼야 할 만치 그저 툽툽하게 생긴 얼굴이다. 나보다 십 년이 아래니까 올에 열여섯인데 몸은 남보다 두 살이나 덜 자랐다. 남은 잘도 헌칠히들 크건만 이건 위아래가 몽툭한 것이 내 눈에는 헐없이 감참외 같다. 참외 중에는 감참외가 제일 맛 좋고 예쁘니까 말이다. 둥글고 커단 눈은 서글서글하니 좋고 좀 지쳐 찢어졌지만 입은 밥술이나 혹혹히 먹음 직하니 좋다. 아따 밥만 많이 먹게 되면 팔자는 고만 아니냐. 헌데 한 가지 파가 있다면 가끔가다 몸이(장인님은 이걸 채신이 없이 들까분다고 하지만) 너무 빨리빨리 논다. 그래서 밥을 나르다가 때 없이 풀밭에다 깨빡을 쳐서* 흙투성이 밥을 곧잘 먹인다. 안 먹으면 무안해할까 봐서 이걸 씹고 앉았노라면 으적으적 소리만 나고 돌을 먹는 겐지 밥을 먹는 겐지—

그러나 이날은 웬일인지 성한 밥 채로 밭머리에 곱게 내려놓았다. 그리고 또 내외를 해야 하니까 저만큼 떨어져 이쪽으로 등을 향하고 웅크리고 앉아서 그릇 나기를 기다린다.

내가 다 먹고 물러섰을 때 그릇을 와서 챙기는데 그런데 난 깜짝 놀라지 않았느냐. 고개를 푹 숙이고 밥함지에 그릇을 포개면서 날더러 들으라는지 혹은 제 소린지

"밤낮 일만 하다 말 텐가!" 하고 혼자서 종알거린다. 고대 잘 내외하다

* 깻박치다. 세차게 메어치거나 넘어뜨리다.

가 이게 무슨 소린가, 하고 난 정신이 얼떨떨했다. 그러면서도 한편 무슨 좋은 수나 있는가 싶어서 나도 공중을 대고 혼잣말로

"그럼 어떡해?" 하니까

"성례시켜달라지 뭘 어떡해—" 하고 되알지게 쏘아붙이고 얼굴이 발개져서 산으로 그저 도망질을 친다.

나는 잠시 동안 어떻게 되는 심판인지 맥을 몰라서 그 뒷모양만 덤덤히 바라보았다.

봄이 되면 온갖 초목이 물이 오르고 싹이 트고 한다. 사람도 아마 그런가 보다, 하고 며칠 내에 부쩍(속으로) 자란 듯싶은 점순이가 여간 반가운 것이 아니다.

이런 걸 멀쩡하게 안즉 어리다구 하니까—

우리가 구장님을 찾아갔을 때 그는 싸리문 밖에 있는 돼지우리에서 죽을 퍼주고 있었다. 서울엘 좀 갔다 오더니 사람은 점잖아야 한다고 웃쇰*이(얼른 보면 지붕 위에 앉은 제비 꼬랑지 같다) 양쪽으로 뾰죽이 뻗치고 그걸 애햄, 하고 늘 쓰담는 손버릇이 있다. 우리를 멀뚱히 쳐다보고 미리 알아챘는지

"왜 일들 허다 말구 그래?" 하더니 손을 올려서 그 애햄을 한번 훅딱 했다.

"구장님! 우리 장인님과 츰에 계약하기를—"

먼저 덤비는 장인님을 뒤로 떠다밀고 내가 허둥지둥 달려들다가 가만히 생각하고

"아니 우리 빙장님과 츰에" 하고 첫 번부터 다시 말을 고쳤다. 장인님

* 윗수염.

은 빙장님, 해야 좋아하고 밖에 나와서 장인님, 하면 괜스레 골을 내려고 든다. 뱀두 뱀이래야 좋으냐구, 창피스러우니 남 듣는 데는 제발 빙장님, 빙모님, 하라구 일상 말조짐을 받아오면서 난 그것도 자꾸 잊는다. 당장도 장인님, 하다 옆에서 내 발등을 꾹 밟고 곁눈질을 흘기는 바람에야 겨우 알았지만—

구장님도 내 이야기를 자세히 듣더니 퍽 딱한 모양이었다. 하기야 구장님뿐만 아니라 누구든지 다 그럴 게다. 길기 길러둔 새끼손톱으로 코를 후벼서 저리 탁 튀기며

"그럼 봉필 씨! 얼른 성롈 시켜주구려, 그렇게까지 제가 하구 싶다는 걸—" 하고 내 짐작대로 말했다. 그러나 이 말에 장인님이 삿대질로 눈을 부라리고

"아 성례구 뭐구 기집애 년이 미처 자라야 할 게 아닌가?" 하니까 고만 멀쑤룩해서 입맛만 쩍쩍 다실 뿐이 아닌가—

"그것두 그래!"

"그래, 거진 사 년 동안에도 안 자랐다니 그 킨 은제 자라지유? 다 그만두구 사경 내슈—"

"글쎄 이 자식아! 내가 크질 말라구 그랬니 왜 날보구 떼냐?"

"빙모님은 참새만 한 것이 그럼 어떻게 앨 낳지유?"(사실 장모님은 점순이보다도 귓배기 하나가 작다.)

장인님은 이 말을 듣고 껄껄 웃더니(그러나 암만해도 돌 씹은 상이다) 코를 푸는 척하고 날 은근히 골리려고 팔꿈치로 옆갈비께를 퍽 치는 것이다. 더럽다, 나도 종아리의 파리를 쫓는 척하고 허리를 구부리며 어깨로 그 궁둥이를 꽉 떼밀었다. 장인님은 앞으로 우찔근 하고 싸리문께로 쓰러질 듯하다 몸을 바로 고치더니 눈총을 몹시 쏘았다. 이런 쌍년의 자식 하곤 싶

으나 남의 앞이라서 차마 못 하고 섰는 그 꼴이 보기에 퍽 쟁그러웠다.*

그러나 이 말에는 별반 신통한 귀정을 얻지 못하고 도로 논으로 돌아와서 모를 부었다. 왜냐면 장인님이 뭐라고 귓속말로 수군수군하고 간 뒤다, 구장님이 날 위해서 조용히 데리고 아래와 같이 일러주었기 때문이다. (뭉태의 말은 구장님이 장인님에게 땅 두 마지기 얻어 부치니까 그래 꾀었다고 하지만 난 그렇게 생각 않는다.)

"자네 말두 하기야 옳지, 암 나이 찼으니까 아들이 급하다는 게 잘못된 말은 아니야, 허지만 농사가 한창 바쁠 때 일을 안 한다든가 집으로 달아난다든가 하면 손해죄루 그것두 징역을 가거든! (여기에 그만 정신이 번쩍 났다.) 왜 요전에 삼포말**서 산에 불 좀 놓았다구 징역 간 거 못 봤나, 제 산에 불을 놓아두 징역을 가는 이땐데 남의 농사를 버려주니 죄가 얼마나 더 중한가. 그리고 자넨 정장을(사정 받으러 정장 가겠다 했다) 간대지만 그러면 괜시리 죄를 들쓰고 들어가는 걸세. 또 결혼두 그렇지, 법률에 성년이란 게 있는데 스물하나가 돼야지 비로소 결혼을 할 수 있는 걸세. 자넨 물론 아들이 늦일 걸 염려하지만 점순이루 말하면 인제 겨우 열여섯이 아닌가. 그렇지만 아까 빙장님의 말씀이 올갈에는 열일을 제치고라두 성례를 시켜주겠다 하시니 좀 고마울 겐가, 빨리 가서 모 붓던 거나 마저 붓게, 군소리 말구 어서 가—"

그래서 오늘 아침까지 끽소리 없이 왔다.

장인님과 내가 싸운 것은 지금 생각하면 전혀 뜻밖의 일이라 안 할 수 없다. 장인님으로 말하면 요즈막 작인들에게 행세를 좀 하고 싶다고 해서

---

* 쟁그럽다. 하는 행동이 괴상하여 얄밉다.
** 춘천에 있는 마을 이름.

"돈 있으면 양반이지 별 게 있느냐!" 하고 일부러 아랫배를 툭 내밀고 걸음도 뒤틀리게 걷고 하는 이 판이다. 이까짓 나쯤 뚜들기다 남의 땅을 가지고 모처럼 닦아놓았던 가문을 망친다든지 할 어른이 아니다. 또 나로 논지면 아무쪼록 잘 봬서 점순이에게 얼른 장가를 들어야 하지 않느냐—

이렇게 말하자면 결국 어젯밤 뭉태네 집에 마실 간 것이 썩 나빴다. 낮에 구장님 앞에서 장인님과 내가 싸운 것을 어떻게 알았는지 대구 빈정거리는 것이 아닌가.

"그래 맞구두 그걸 가만둬?"

"그럼 어떡허니?"

"임마 봉필일 모판에다 거꾸로 박아놓지 빌 어떡해?" 하고 괜히 내 대신 화를 내가지고 주먹질을 하다 등잔까지 쳤다. 놈이 본시 괄괄은 하지만 그래놓고 날더러 석유값을 물라고 막 찌다우*를 붙는다. 난 어안이 벙벙해서 잠자코 앉았으니까 저만 연신 지껄이는 소리가—

"밤낮 일만 해주구 있을 테냐."

"영득이는 일 년을 살구두 장갈 들었는데 넌 사 년이나 살구두 더 살아야 해."

"네가 세 번째 사윈 줄이나 아니, 세 번째 사위"

"남의 일이라두 분하다 이 자식아, 우물에 가 빠져 죽어"

나중에는 겨우 손톱으로 목을 따라고까지 하고 제 아들같이 함부로 혹닥이었다.** 별의별 소리를 다 해서 그대로 옮길 수는 없으나 그 줄거리는 이렇다—

---

* 떼를 쓰거나 책임을 다른 사람에게 전가하는 일. 남에게 의지하거나 떼를 씀.
** 세차게 다그쳤다.

우리 장인님이 딸이 셋이 있는데 맏딸은 재작년 가을에 시집을 갔다. 정말은 시집을 간 것이 아니라 그 딸도 데릴사위를 해가지고 있다가 내보냈다. 그런데 딸이 열 살 때부터 열아홉, 즉 십 년 동안에 데릴사위를 갈아들이기를, 동리에선 사위 부자라고 이름이 났지마는 열네 놈이란 참 너무 많다. 장인님이 아들은 없고 딸만 있는 고로 그담 딸을 데릴사위를 해올 때까지는 부려먹지 않으면 안 된다. 물론 머슴을 두면 좋지만 그건 돈이 드니까, 일 잘하는 놈을 고르느라고 연팡* 바꿔 들였다. 또 한편 놈들이 욕만 줄창 퍼붓고 심히도 부려먹으니까 밸이 상해서 달아나기도 했겠지. 점순이는 둘째 딸인데 내가 일테면 그 세 번째 데릴사위로 들어온 셈이다. 내 담으로 네 번째 놈이 들어올 것을 내가 일도 참 잘하고 그리고 사람이 좀 어수룩하니까 장인님이 잔뜩 붙들고 놓질 않는다. 셋째 딸이 인제 여섯 살, 적어도 열 살은 돼야 데릴사위를 할 테므로 그동안은 죽도록 부려먹어야 된다. 그러니 인제는 속 좀 차리고 장가를 들여달라고 떼를 쓰고 나자빠져라, 이것이다.

나는 건으로 엉, 엉, 하며 귓등으로 들었다. 뭉태는 땅을 얻어 부치다가 떨어진 뒤로는 장인님만 보면 공연히 못 먹어서 으릉거린다. 그것도 장인님이 저 달라고 할 적에 제 집에서 위한다는 그 감투(예전에 원님이 쓰던 것이라나, 옆구리에 뽕뽕 좀먹은 걸레)를 선뜻 주었더라면 그럴 리도 없었던걸─

그러나 나는 뭉태란 놈의 말을 전수히** 곧이듣지 않았다. 꼭 곧이들었다면 간밤에 와서 장인님과 싸웠지 무사히 있었을 리가 없지 않은가. 그러면 딸에게까지 인심을 잃은 장인님이 혼자 나빴다.

---

* 연방.
** 모두 다.

실토이지 나는 점순이가 아침상을 가지고 나올 때까지는 오늘은 또 얼마나 밥을 담았나, 하고 이것만 생각했다. 상에는 된장찌개하고 간장 한종지 조밥 한 그릇 그리고 밥보다 더 수부룩하게 담은 산나물이 한 대접 이렇다. 나물은 점순이가 틈틈이 해 오니까 두 대접이고 네 대접이고 멋대로 먹어도 좋으나 밥은 장인님이 한 사발 외엔 더 주지 말라고 해서 안 된다. 그런데 점순이가 그 상을 내 앞에 내려놓으며 제 말로 지껄이는 소리가

"구장님한테 갔다 그냥 온담그래!" 하고 엊그제 산에서와 같이 되우 쫑알거린다. 딴은 내가 더 단단히 덤비지 않고 만 것이 좀 어리석었다. 속으로 그랬다. 나도 저쪽 벽을 향하여 외면하면서 내 말로

"안 된다는 걸 그럼 어떡헌담!" 하니까

"쇰을 잡아채지 그냥 둬, 이 바보야!" 하고 뜨 얼굴이 빨개지면서 성을 내며 안으로 샐쭉하니 튀들어가지 않느냐. 이때 아무도 본 사람이 없었게 망정이지 보았다면 내 얼굴이 어미 잃은 황새 새끼처럼 가엾다 했을 것이다.

사실 이때만치 슬펐던 일이 또 있었는지 모른다. 다른 사람은 암만 못생겼다 해도 괜찮지만 내 아내 될 점순이가 병신으로 본다면 참 신세는 따분하다. 밥을 먹은 뒤 지게를 지고 일터로 가려 하다 도로 벗어 던지고 바깥마당 공석 위에 드러누워서 나는 차라리 죽느니만 같지 못하다 생각했다.

내가 일 안 하면 장인님 저는 나이가 먹어 못하고 결국 농사 못 짓고 만다. 뒷짐으로 트림을 끌꺽, 하고 대문 밖으로 나오다 날 보고서

"이 자식아! 너 왜 또 이러니?"

"관객*이 났어유, 아이구 배야!"

---

* 관격. 먹은 음식이 갑자기 체하여 가슴 속이 막히고 위로는 계속 토하며 아래로는 대소변이 통하지 않는 위급한 증상.

"기껀 밥 처먹고 나서 무슨 관객이야, 남의 농사 버려주면 이 자식아 징역 간다 봐라!"

"가두 좋아유, 아이구 배야!"

참말 난 일 안 해서 징역 가도 좋다 생각했다. 일후 아들을 낳아도 그 앞에서 바보 바보 이렇게 별명을 들을 테니까 오늘은 열 쪽이 난대도 결정을 내고 싶었다.

장인님이 일어나라고 해도 내가 안 일어나니까 눈에 독이 올라서 저편으로 힝하게 가더니 지게막대기를 들고 왔다. 그리고 그걸로 내 허리를 마치 돌 떠넘기듯이 쿡 찍어서 넘기고 넘기고 했다. 밥을 잔뜩 먹고 딱딱한 배가 그럴 적마다 퉁겨지면서 밸창이 꼿꼿한 것이 여간 켕기지 않았다. 그래도 안 일어나니까 이번엔 배를 지게막대기로 위에서 쿡쿡 찌르고 발길로 옆구리를 차고 했다. 장인님은 원체 심정이 굳어서 그러지만 나도 저만 못하지 않게 배를 채었다. 아픈 것을 눈을 꽉 감고 넌 해라 난 재미난 듯이 있었으나 볼기짝을 후려갈길 적에는 나도 모르는 결에 벌떡 일어나서 그 수염을 잡아챘다마는 내 골이 난 것이 아니라 정말은 아까부터 부엌 뒤 울타리 구멍으로 점순이가 우리들의 꼴을 몰래 엿보고 있었기 때문이다. 가뜩이나 말 한마디 톡톡히 못 한다고 바보라는데 매까지 잠자코 맞는 걸 보면 짜정 바보로 알 게 아닌가. 또 점순이도 미워하는 이까짓 놈의 장인님 나곤 아무것도 안 되니까 막 때려도 좋지만 사정 보아서 수염만 채고(제 원대로 했으니까 이때 점순이는 퍽 기뻤겠지) 저기까지 잘 들리도록

"이걸 까셀라 부다!" 하고 소리를 쳤다.

장인님은 더 약이 바짝 올라서 잡은참 지게막대기로 내 어깨를 그냥 내려 갈겼다. 정신이 다 아찔하다. 다시 고개를 들었을 때 그때엔 나도 온몸

에 약이 올랐다. 이 녀석의 장인님을, 하고 눈에서 불이 퍽 나서 그 아래 밭 있는 넝* 아래로 그대로 떼밀어 굴려버렸다. 조금 있다가 장인님이 씩, 씩, 하고 한번 해보려고 기어오르는 걸 얼른 또 떼밀어 굴려버렸다.

기어오르면 굴리고 굴리면 기어오르고 이러길 한 너덧 번을 하며 그럴 적마다

"부려만 먹구 왜 성례 안 하지유!"

나는 이렇게 호령했다. 허지만 장인님이 선뜻 오냐 낼이라두 성례시켜 주마, 했으면 나도 성가신 걸 그만두었을지 모른다. 나야 이러면 때린 건 아니니까 나중에 장인 쳤다는 누명도 안 들을 터이고 얼마든지 해도 좋다.

한번은 장인님이 헐떡헐떡 기어서 올라오더니 내 바짓가랑이를 요렇게 노리고서 단박 움켜잡고 매달렸다. 악, 소리를 치고 나는 그만 세상이 다 팽그르 도는 것이

"빙장님! 빙장님! 빙장님!"

"이 자식! 잡아먹어라 잡아먹어!"

"아! 아! 할아버지! 살려줍쇼 할아버지!" 하고 두 팔을 허둥지둥 내절 적에는 이마에 진땀이 쭉 내솟고 인젠 참으로 죽나 부다, 했다. 그래도 장 인님은 놓질 않더니 내가 기어이 땅바닥에 쓰러져서 거진 까무러치게 되 니까 놓는다. 더럽다 더럽다. 이게 장인님인가, 나는 한참을 못 일어나고 쩔쩔맸다. 그러다 얼굴을 드니(눈에 참 아무것도 보이지 않았다) 사지가 부 르르 떨리면서 나도 엉금엉금 기어가 장인님의 바짓가랑이를 꽉 움키고 잡아나꿨다.

내가 머리가 터지도록 매를 얼어맞은 것이 이 때문이다. 그러나 여기가

---

* 둔덕.

또한 우리 장인님이 유달리 착한 곳이다. 여느 사람이면 사경을 주어서라도 당장 내쫓았지 터진 머리를 불솜으로 손수 지져주고, 호주머니에 희연한 봉을 넣어주고 그리고

"올갈엔 꼭 성례를 시켜주마, 암말 말구 가서 뒷골의 콩밭이나 얼른 갈아라." 하고 등을 뚜덕여줄 사람이 누구냐.

나는 장인님이 너무나 고마워서 어느덧 눈물까지 났다. 점순이를 남기고 인젠 내쫓기려니, 하다 뜻밖의 말을 듣고

"빙장님! 인제 다시는 안 그러겠어유—"

이렇게 맹서를 하며 부랴사랴 지게를 지고 일터로 갔다.

그러나 이때는 그걸 모르고 장인님을 원수로만 여겨서 잔뜩 잡아당겼다.

"아! 아! 이놈아! 놔라, 놔, 놔—"

장인님은 헛손질을 하며 솔개미에 챈 닭의 소리를 연해 질렀다. 놓긴 왜, 이왕이면 호되게 혼을 내주리라, 생각하고 짓궂이 더 댕겼다마는 장인님이 땅에 쓰러져서 눈에 눈물이 피잉 도는 것을 알고 좀 겁도 났다.

"할아버지! 놔라, 놔, 놔, 놔놔." 그래도 안 되니까

"애 점순아! 점순아!"

이 악장*에 안에 있었던 장모님과 점순이가 헐레벌떡하고 단숨에 뛰어나왔다.

나의 생각에 장모님은 제 남편이니까 역성을 할는지도 모른다, 그러나 점순이는 내 편을 들어서 속으로 고소해서 하겠지— 대체 이게 웬 속인지(지금까지도 난 영문을 모른다) 아버질 혼내주기는 제가 내래놓고 이제

---

* 악을 쓰며 싸우는 것.

와서는 달겨들며

"에그머니! 이 망할 게 아버지 죽이네!" 하고 내 귀를 뒤로 잡아당기며 마냥 우는 것이 아니냐. 그만 여기에 기운이 탁 꺾이어 나는 얼빠진 등신이 되고 말았다. 장모님도 덤벼들어 한쪽 귀마저 뒤로 잡아채면서 또 우는 것이다.

이렇게 꼼짝 못하게 해놓고 장인님은 지게막대기를 들어서 사뭇 내려조졌다. 그러나 나는 구태여 피할랴지도 않고 암만해도 그 속 알 수 없는 점순이의 얼굴만 멀거니 들여다보았다.

"이 자식! 장인 입에서 할아버지 소리가 나오도록 해?"

—《조광》, 1935. 12.

안해

우리 마누라는 누가 보든지 뭐 이쁘다고는 안 할 것이다. 바로 계집에 환장된 놈이 있다면 모르거니와. 나도 일상 같이 지내긴 하나 아무리 잘 고쳐 보아도 요만치도 이쁘지 않다. 허지만 계집이 낯짝이 이뻐 맛이냐. 제기할 황소 같은 아들만 줄대 잘 빠쳐놓으면 고만이지. 사실 우리 같은 놈은 늙어서 자식까지 없다면 꼭 굶어 죽을밖에 별도리 없다. 가진 땅 없어, 몸 못써 일 못하여, 이걸 누가 열렀다고 그냥 먹여줄 테냐. 하니까 내 말이 이왕 젊어서 되는 대로 자꾸 자식이나 쌓아두자 하는 것이지.

그리고 에미가 낯짝 글렀다고 그 자식까지 더러운 법은 없으렷다. 아 바로 우리 똘똘이를 보아도 알겠지만 즈 에미 년은 쥐었다 논 개떡 같아도 좀 똑똑하고 낄끗이* 생겼느냐. 비록 먹고도 대구 또 달라고 불아귀** 처럼 덤비기는 할망정. 참 이놈이야말로 나에게는 아버지보담도 할아버지보담도 아주 말할 수 없이 끔찍한 보물이다.

년이 나에게 되지 않은 큰 체를 하게 된 것도 결국 이 자식을 낳았기 때문이다. 전에야 그 상판대길 가지고 어딜 끽소리나 제법 했으랴. 흔히 말

---

* 생기가 있고 깨끗이.
** 부라퀴. 제게 이로운 일이면 악착같이 덤벼드는 사람.

하길 계집의 얼굴이란 눈의 안경이라 한다. 마는 제아무리 물커진 눈깔이라도 이 얼굴만은 어째볼 도리 없을 게다.

이마가 홀떡 까지고 양미간이 벌면 소견이˘ 탁 트였다지 않냐. 그럼 좋기는 하다마는 아기자기한 맛이 없고 이 조로 둥글넓적이 내려온 하관에 멋없이 쑥 내민 것이 입이다. 두툼은 하나 건순* 입술, 말 좀 하려면 그리 정하지 못한 윗니가 분질없이** 뻔찔 드러난다. 설혹 그렇다 치고 한복판에 달린 코나 좀 똑똑히 생겼다면 얼마 낫겠다. 첫대 눈에 띄는 것이 그 코인데, 이렇게 말하면 년의 승을 보는 것 같지만, 썩 잘 보자 해도 먼 산 바라보는 도야지의 코가 자꾸만 생각이 난다.

꼴이 이러니까 밤이면 내 눈치만 스을슬 살피는 것이 아니냐. 오늘은 구박이나 안 할까, 하고 은근히 애를 태우는 객이렷다. 이게 가여워서 피곤한 몸을 무릅쓰고 대개 내가 먼저 말을 걸게 된다. 온종일 뭘 했느냐는 둥, 싸리문을 좀 고쳐놓으라 했더니 어떻게 했느냐는 둥, 혹은 오늘 밤에는 웬일인지 코가 훨씬 좋아 보인다는 둥, 하고. 그러면 년이 금세 헤에 벌어지고 힝하게 내 곁에 와 앉아서는 어깨를 비겨대고 슬근슬근 부빈다. 그리고 코가 좋아 보인다니 정말 그러냐고 몸이 닳아서 묻고 또 묻고 한다. 저로도 믿지 못할 그 사실을 한때의 위안이나마 또 한 번 들어보자는 심정이렷다. 그 속을 알고 짜정 콧날이 스나 부다고 하면 년의 대답이 뒷간엘 갈 적마다 잡아댕기고 했드니 혹 나왔을지 모른다나 그리고 아주 좋아한다.

그러나 어느 때에는 한나절 밭고랑에서 시달린 몸이 고만 축 늘어지는구나. 물론 말 한마디 붙일 새 없이 방바닥에 그대로 누워버리지. 허면 년

---

* 위로 들린 입술.
** 부질없이.

이제 얼굴 때문에 그런 줄 알고 한구석에 가 시무룩해서 앉았다. 얼굴을 모로 돌리어 턱을 뼈쭉 쳐들고 있는 걸 보면 필연 제간엔 옆얼굴이나 한 번 봐달라는 속이겠지. 경칠 년. 옆얼굴이라고 뭐 깨묵셍이*나 좀 난 줄 알구—

이러던 년이 똘똘이를 내놓고는 갑작이 세도가 댕댕해졌다. 내가 들어가도 네놈 은제 봤냔 듯이 좀체 들떠보는 법 없지. 눈을 스르르 내리깔고는 잠자코 아이에게 젖만 먹이겠다. 내가 좀 아이의 머리라도 쓰다듬으면

"이 자식, 밤낮 잠만 자나?"

"가만둬, 왜 깨놓고 싶음감." 하고 사정없이 내 손등을 주먹으로 갈긴다. 나는 처음에 어떻게 되는 셈인지 몰라서 멀거니 천장만 한참 쳐다보았다. 내 자식 내가 만지는데 주먹으로 때리는 건 무슨 경오야. 허지만 잘 따져보니까 조금도 내가 억울할 것은 없다. 년이 나에게 큰 체를 해야 될 권리가 있는 것을 차차 알았다. 그래서 그때부터 내가 이년, 하면 저는 이놈, 하고 대들기로 무언중 계약되었지.

동리에서는 남의 속은 모르고 우리를 깍따귀들이라고 별명을 지었다. 혹하면 서로 대들려고 노리고만 있으니까 말이지. 하긴 요즘에 하루라도 조용한 날이 있을까 봐서 만나기만 하면 이놈, 저년, 하고 먼저 대들기로 위주다. 다른 사람들은 밤에 만나면

"마누라 밥 먹었수?"

"아니오, 당신 오면 같이 먹을랴구—" 하고 일어나 반색을 하겠지만 우리는 안 그러디. 누가 그렇게 꾕이 소리로 달라붙느냐. 방에 떡 들어서는 길로 우선 넓적한 년의 궁뎅이를 발길로 픽 들이질른다.

---

* 기름을 짜고 난 깨의 찌끼 덩어리로, 여기서는 못생긴 얼굴을 뜻함.

"이년아! 일어나서 밥 차려 —"

"이눔이 왜 이래, 대릴 꺾어놀라." 하고 년이 고개를 겨우 돌리면

"나무 판 돈 뭐 했어, 또 술 처먹었지?" 이렇게 제법 탕탕 호령하였다. 사실이지 우리는 이래야 정이 보째* 쏟아지고 또한 계집을 데리고 사는 멋이 있다. 손자새끼 낯을 해가지고 마누라 어쩌구 하고 어리광으로 덤비는 건 보기만 해도 눈허리가 시질 않겠니. 계집 좋다는 건 욕하고 치고 차고, 다 이러는 멋에 그렇게 치고 보면 혹 궁한 살림에 쪼들리어 악에 받친 놈의 말일지는 모른다. 마는 누구나 다 일반이겠지 가다가 속이 맥맥하고 부아가 끓어오를 적이 있지 않냐. 농사는 지어도 남는 것이 없고 빚에는 몰리고, 게다가 집에 들어서면 자식 놈 킹킹거려, 년은 옷이 없으니 떨고 있어 이러한 때 그냥 배길 수야 있느냐. 트죽태죽** 꼬집어가지고 년의 비녀쪽을 턱 잡고는 한바탕 홀두들겨대는구나. 한참 그 지랄을 하고 나면 등줄기에 땀이 뿍 흐르고 한숨까지 후, 돈다면 웬만치 속이 가라앉을 때였다. 담에는 년을 도로 밀쳐버리고 담배 한 디만 피워 물면 된다.

이 멋에 계집이 고마운 물건이라 하는 것이고 내가 또 년을 못 잊어하는 까닭이 거기 있지 않냐. 그렇지 않다면야 저를 계집이라고 등을 뚜덕여주고 그 못난 코를 좋아 보인다고 가끔 추어 줄 맛이 뭐야. 허지만 년이 훌쩍거리고 앉아서 우는 걸 보면 이건 좀 재미적다. 제가 주먹심으로든 입심으로든 나에게 덤빌려면 어림도 없다. 쌈의 시초는 누가 먼저 걸었든 간 언제든지 경을 팟다발***같이 치고 나앉는 것은 년의 차지렷다.

"이리 와 자빠져 자 —"

----

* 보따리째.
** 티적티적. 남의 흠이나 트집을 잡아 성가시게 구는 모양.
*** 무엇에 맞거나 몹시 시달려 만신창이가 되거나 형체가 볼품없이 된 상태를 비유적으로 이르는 말.

"곤두어 너나 자빠져 자렴—" 하고 년이 독이 올라서 돌아다도 안 보고 비쌘다.* 마는 한 서너 번 내려오라고 권하면 나중에는 저절로 내 옆으로 스르르 기어들게 된다. 그리고 눈물 흐르는 장반**을 벙긋이 흘겨 보이는 것이 아니냐. 하니까 년으로 보면 두들겨 맞고 비쌔는 멋에 나하고 사는지도 모르지.

그러나 우리가 원수같이 늘 싸운다고 정이 없느냐 하면 그건 잘못이다. 말이 났으니 말이지 정분치고 우리 것만치 찰떡처럼 끈끈한 놈은 다시 없으리라. 미우면 미울수록 싸울수록 잠시를 떨어지기가 아깝도록 정이 착착 붙는다. 부부의 정이란 이런 겐지 모르나 하여튼 영문 모를 찰거머리 정이다. 나뿐 아니라 년도 매를 한참 뚜들겨 맞고 나서 같이 자리에 누우면

"내 얼굴이 그래두 그렇게 숭업진 않지?" 하고 정말 잘난 듯이 바짝바짝 대든다. 그러면 나는 이때 뭐라고 대답해야 옳겠느냐. 하 기가 막혀서 천장을 쳐다보고 피익 내어버린다.

"이년아! 그게 얼굴이야?"

"얼굴 아니면 가주 다닐까—"

"내니깐 이년아! 데리구 살지 누가 근디리니 그 낯짝을?"

"뭐, 네 얼굴은 얼굴인 줄 아니? 불밤송이 같은 거, 참 내니깐 데리구 살지—"

이러면 또 일어나서 땀을 한번 흘리고 다시 드러누울 수밖에 없다. 내 얼굴이 불밤송이 같다니 이래도 우리 어머니가 나를 낳고서 낭종 땅마지기나 만져볼 놈이라고 좋아하던 이 얼굴인데 하지만 다시 일어나고 손짓

---

* 마음이 있으면서도 안 그런 체한다.

** 쟁반.

발짓을 하고 하는 게 성이 가서서 대개는 그대로 눙쳐둔다.

"그래, 내 너 이뻐할게 자식이나 대구 내놔라."

"먹이지도 못할 걸 자꾸 나 뭘 하게, 굶겨 죽일랴구?"

"아 이년아! 꿔다 먹이진 못하니?" 하고 소리는 빽 지르나 딴은 뒤가 켱긴다. 더끔더끔* 모아두었다가 먹이지나 못하면 그걸 어떻게 하나 줴다** 버리지도 못하고 죽이지도 못하고 떼송장이 난다면 연히*** 이런 걸 보면 년이 나보담 훨씬 소견이 된 것을 알 수 있겠다. 물론 십 리만큼 벌어진 양미간을 보아도 나와는 턱이 다르지만—

우리가 요즘 먹는 것은 내가 나무장사를 해서 벌어들인다. 여름 같으면 품이나 판다 하지만 눈이 척척 쌓였으니 얼음을 꺼 먹느냐. 하기야 산골에서 어느 놈치고 별수 있겠냐마는 하루는 산에 가서 나무를 해 들이고 그담 날엔 읍에 갔다가 판다. 나니깐 참 쌍지게질도 할 근력이 되겠지만. 잔뜩 나무 두 지게를 혼자서 번차례로 이놈 져다 놓고 쉬고 저놈 져다 놓고 쉬고 이렇게 해서 장찬**** 삼십 리 길을 한나절에 들어가는구나. 그렇지 않으면 언제 한 지게 한 지게씩 팔아서 목구녕을 축일 수 있겠느냐. 잘 받으면 두 지게에 팔십 전, 운이 나쁘면 육십 전 육십오 전 그걸로 좁쌀, 콩, 떡, 무엇 사 들고 찾아오겠다. 죽을 쑤었으면 좀 느루***** 가겠지만 우리는 더럽게 그런 짓은 안 한다. 먹다 못 먹어서 뱃가죽을 움켜쥐고 나설지언정 으레 밥이지. 똘똘이는 네 살짜리 어린애니깐 한 보시기, 나는 즈 아버지니까 한 사발에다 또 반 사발을 더 먹고 그런데 년은 유독히 두

---

* 어떤 것에 조금씩 자꾸 더하는 모양.
** 주워다.
*** 그렇다면.
**** 거리가 길고도 먼.
***** 한꺼번에 몰아치지 않고 오래도록.

사발을 처먹지 않나. 그러고도 나보다 먼저 홀딱 집어세고는 내 사발의 밥을 한 구텡이 더 떠먹는 버릇이 있다. 계집이 좋다 했더니 이게 밥버러지가 아닌가 하고 한때는 가슴이 선듯할 만치 겁이 났다. 없는 놈이 양이나 좀 적어야지 이렇게 대구 처먹으면 너 웬 밥을 이렇게 처먹니 하고 눈을 크게 뜨니까 년의 대답이 애난 배가 그렇지 그럼, 저도 앨 나보지 하고 샐쭉이 토라진다. 압다 그래, 대구 처먹어라. 낭종 밥값은 그 배때기에 다 게 있고 게 있는 거니까. 어떤 때에는 내가 좀 덜 먹고라도 그대로 내주고 말겠다. 경을 칠 년. 하지만 참 너무 처먹는다.

그러나 년이 떡꾹이 농간을 해서* 나보담 한결 의뭉스럽다. 이깐 농사를 지어 뭘 하느냐, 우리 들병이로 나가자, 고. 딴은 내 주변으로 생각도 못 했던 일이지만 참 훌륭한 생각이다. 밑지는 농사보다는 이밥에, 고기에, 옷 마음대로 입고 좀 호강이냐. 마는 년의 얼굴을 이윽히 뜯어보다간 고만 풀이 죽는구나. 들병이에게 술 먹으러 오는 건 계집의 얼굴 보자 하는 걸 어떤 밸 없는 놈이 저 낯짝엔 몸살 날 것 같지 않다. 알고 보니 참 분하다. 년이 좀만 똑똑히 나왔다면 수가 나는걸. 멀뚱히 쳐다보고 쓴 입맛만 다시니까 년이 그 눈치를 채었는지

"들병이가 얼굴만 이뻐서 되는 게 아니라던데, 얼굴은 박색이라도 수단이 있어야지―"

"그래 너는 그거 할 수단 있겠니?"

"그럼 하면 하지 못할 게 뭐야."

년이 이렇게 아주 번죽 좋게** 장담을 하는 것이 아니냐. 들병이로 나가서 식성대로 밥 좀 한바탕 먹어보자는 속이겠지. 몇 번 다져 물어도 제

* 떡꾹이 농간하다. 재질은 부족하지만 오랜 경험으로 일을 잘 감당하고 처리해나가다.
** 반죽(이) 좋다. 성미가 유들유들하여 노염이나 부끄럼을 타지 않는다.

가 꼭 될 수 있다니까 압다 그러면 한번 해보자구나 밑천이 뭐 드는 것도 아니고 소리나 몇 마디 반반히 가르쳐서 데리고 나서면 고만이니까.

내가 밤에 집에 돌아오면 년을 앞에 앉히고 소리를 가르치겠다. 우선 내가 무릎장단을 치며 아리랑 타령을 한번 부르는구나. 아리랑 아리랑 아라리요, 춘천아 봉의산아 잘 있거라, 신연강 배 타면 하직이라. 산골의 계집이면 강원도 아리랑쯤은 곧잘 하련만 년은 그것도 못 배웠다. 그러니 쉬운 아리랑부터 시작할밖에. 그러면 년은 도사리고 앉아서 두 손으로 응덩이를 치며 숭내를 낸다. 목구녕에선 질그릇 물러앉는 소리가 나니까 낭종에 목이 트이면 노래는 잘할 게다마는 가락이 딱딱 들어맞아야 할 텐데 이게 세상에 돼먹어야지. 나는 노래를 가르치는데 이 망할 년은 소설책을 읽고 앉았으니 어떡하냐. 이걸 데리고 앉었던 흔히 닭이 울고 때로는 날도 밝는다. 년이 하도 못하니까 본보기로 나만 하고 또 하고 또 하고 그러니 저를 들병이를 아르킨다는 게 결국 내가 배우는 폭이 되지 않냐. 망할 년 저도 손으로 가리고 하품을 줄대 하며 졸려 죽겠지. 하지만 내가 먼저 자자 하기 전에는 제가 차마 졸리다진 못할라. 애최 들병이로 나가자, 말을 낸 것이 누군데 그래. 이렇게 생각하면 울화가 불컥 올라서 주먹이 가끔 들어간다.

"이년아? 정신을 좀 채려, 나만 밤낮 하래ㄴ?"

"이놈이 ── 팔때길 꺾어놀라."

"이거 잘 배면 너 잘되지 이년아! 날 주는 거냐 큰 체게?"

이번엔 손가락으로 이마빼기를 꾹 찍어서 뒤로 떠넘긴다. 여느 때 같으면 년이 독살이 나서 저리로 내뺄 게다. 제가 한 죄가 있으니까 다시 일어나서 소리 아르켜주기만 기다리는 게 아니냐. 하니 딱한 일이다. 될지 안될지도 의문이거니와 서로 하품은 뻗질 터지고 이왕 내친걸음이니 그렇다고 안 할 수도 없고 예라 빌어먹을 거, 너나 내나 얼른 팔자를 고쳐야지 늘 이러다 말 테냐. 이렇게 기를 한번 쓰는구나. 그리고 밤의 산천이 울리도록 소리를 뻑뻑 질러가며 년하고 또다시 흥타령을 부르겠다.

그래도 하나 기특한 것은 년이 성의는 있단 말이지. 하기는 그나마도 없다면야 들병이커녕 깨묵도 그르지만. 날이라도 틈만 있으면 저 혼자서 노래를 연습하는구나. 빨래를 할 적이면 빨래 방추*로 가락을 맞추어가며 이팔청춘을 부른다. 혹은 방 한구석에 죽치고 앉아서 어깻짓으로 버선을 꼬여매며 노랫가락도 부른다. 노래 한 장단에 바늘 한 뀌엄 식이니 버선 한 짝 길려면 열 나절은 걸리지. 하지만 압다 버선으로 먹고사느냐, 노래만 잘 배워라. 년도 나만치나 이밥에 고기가 얼뜬 먹고 싶어서 몸살도 나는지 어떤 때에는 바깥 밭둑을 지나려면 뒷간 속에서 콧노래가 흥이거릴 적도 있겠다. 그러나 인제 노랫가락에 흥타령쯤 겨우 배웠으니 그담 건 어느 하가에 배우느냐, 망할 년두 참.

게다가 년이 시큰둥해서 날더러 신식 창가를 아르켜달라구. 들병이는 구식 소리도 잘해야 하겠지만 첫대 시체 창가를 알어야 불려먹는다, 한다. 말은 그럴 법하나 내가 어디 시체 창가를 알 수 있냐, 땅이나 파먹던 놈이 나는 그런 거 모른다, 하고 좀 무색했더니 며칠 후에는 년이 시체 창가 하나를 배가주 왔다. 화로를 끼고 앉아서 그 전을 두드리며 네 보란 듯이 자랑스럽게 하는 것이 아닌가. 피었네 피었네 연꽃이 피었네 피었다구 하였더니 볼 동안에 옴첬네. 대체 이걸 어서 배웠을까, 얘 이년 참 나보담 수단이 좋구나, 하고 나는 퍽 감탄하였다. 그랬더니 낭종 알고 보니까 년이 어느 틈에 야학에 가서 배우질 않았겠니. 야학이란 요 산 뒤에 있는 조

* 방망이.

고만 움인데 농군 아이에게 한겨울 동안 국문을 아르킨다. 창가를 할 때쯤 해서 넌이 춘 줄도 모르고 거길 찾아간다. 아이를 업고 문밖에 서서 귀를 기울이고 엿듣다가 저도 가만가만히 숭내를 내보고 내보고 하는 것이다. 그래가지고 집에 와서는 희짜를 뽑고 야단이지. 신식 창가는 며칠만 좀 더 배우면 아주 능통하겠다나.

그러나 아무리 생각해봐도 넌의 낯짝만은 걱정이다. 소리는 차차 어지간히 되어 들어가는데 이놈의 얼굴이 암만 봐도, 봐도 영 글렀구나. 경칠 년, 좀만 얌전히 나왔다면 이 판에 돈 한몫 크게 잡는걸. 간혹가다 제물에 화가 뻗치면 아무 소리 않고 넌의 뱃기를 한 두어 번 안 줴박을 수 없다. 웬 영문인지 몰라서 넌도 눈깔을 크게 굴리고 벙벙히 쳐다보지. 땀을 낼 년. 그 낯짝을 하고 나한테로 시집을 온담 뻔뻔하게. 하나 넌도 말은 안 하지만 제 얼굴 때문에 가끔 성화이지 쪽 떨어진 손거울을 들고 앉아서 이리 뜯어보고 저리 뜯어보고 하지만 눈깔이야 일반이겠지 저라고 나 뷜 리가 있겠니. 하니까 오장 썩는 한숨이 연방 터지고 한풀 죽는구나. 그러나 요행히 내가 방에 있으면 돌아다보고

"이봐! 내 얼굴이 요즘 좀 나가지 않어?"

"그래, 좀 난 것 같다."

"아니 정말 해봐—" 하고 이년이 팔때기를 꼬집고 바싹바싹 들이덤빈다. 넌이 능글차서 나쯤은 좋도록 대답해주려니, 하고 아주 탁 믿고 묻는 게렷다. 정말 본 대로 말할 사람이면 제가 겁이 나서 감히 묻지도 못한다. 짐짓 이뻐졌다, 하고 나도 능청을 좀 부리면 넌이 좋아서 요새 분때*를 자주 밀었으니까 좀 나졌다지, 하고 들병이는 뭐 그렇게까지 이쁘지 않아도

---

* 팥, 밤 가루 따위로 만든 재래식 분을 문질러 바를 때에 때처럼 밀리는 찌꺼기.

된다고 또 구구히 설명을 늘어놓는다. 경을 칠 년. 계집은 얼굴 밉다는 말이 칼로 찌르는 것보다도 더 무서운 모양 같다. 별 욕을 다 하고 개 잡듯 막 뚜드려도 조금 뒤에는 헤, 하고 앞으로 겨드는 이년이다. 마는 어쩌나. 제 얼굴의 숭이나 좀 본다면 사흘이고 나흘이고 년이 나를 스을슬 피하며 은근히 골리려고 든다. 망할 년. 밉다는 게 그렇게 진저리가 나면 아주 면사포를 쓰고 다니지그래. 년이 능청스러워서 조금만 이뻤더라면 나는 얼렁얼렁해 내버리고 돈 있는 놈 군서방* 해 갔으렸다. 계집이 얼굴이 이쁘면 제값 다 하니까. 그렇게 생각하면 년의 낯짝 더러운 것이 나에게는 불행 중 다행이라 안 할 수 없으리라.

계집은 아마 남편을 속여먹는 맛에 깨가 쏟아지나 보다. 년이 들병이 노릇을 할 수단이 있다고 괜히 장담한 것도 저의 이 행실을 믿고 그랬는지도 모른다. 새벽 일찍이 뒤를 보려니까 어디서 창가를 부른다. 거적 틈으로 내다보니 년이 밥을 끓이면서 연습을 하지 않나. 눈보라는 생생 소리를 치는데 보강지**에 쪼그리고 앉아서 부지깽이로 솥뚜껑을 톡톡 두드리겠다. 그리고 거기 맞추어 신식 창가를 청승맞게 부르는구나. 그러다 밥이 우루루 끓으니까 뙤***를 빗겨놓고 다시 시작한다. 젊어서도 할미꽃 늙어서도 할미꽃 아하하하 우습다 꼬부라진 할미꽃. 망할 년. 창가는 경치게도 좋아하지, 방아 타령 좀 부지런히 공부해두라니까 그건 안 하구. 압다 아무 거라두 많이 하니 좋다. 마는 이번엔 저고리 섶이 들먹들먹하더니 아 웬 곰방대가 나오지 않냐. 사방을 흘끔흘끔 다시 살피다 아무도 없으니까 보강지에다 들이대고 한 먹음 뿌욱 빠는구나. 그리고 냅다 재채

---

* '샛서방'의 함경도 방언.
** '아궁이'의 방언.
*** 솥뚜껑.

기를 줄대 뽑고 코를 풀고 이 지랄이다. 그저께도 들켜서 경을 쳤더니 년이 또 내 담배를 훔쳐가지고 나온 것이다. 돈 안 드는 소리나 배웠겠지 망한 년 아까운 담배를. 곧 뛰어나가려다 뒤도 급하거니와 요즘 똘똘이가 감기로 앓는다. 년이 밤낮 들쳐 업고 야학으로 돌아치더니 그예 그 꼴을 만들었다. 오라질 년, 남의 아들을 중한 줄을 모르고. 들병이 하다가 이것 행실 버리겠다. 망할 년이 하는 소리가 들병이가 되려면 소리도 소리려니와 담배도 먹을 줄 알고 술도 마실 줄 알고 사람도 주무를 줄 알고 이래야 쓴다나. 이게 다 요전에 동리에 들어왔던 들병이에게 들은 풍월이렷다. 그래서 저도 연습 겸 골고루 다 한 번씩 해도고 싶어서 아주 안달이 났다. 방아 타령 하나 변변히 못하는 년이 소리는 고걸로 될 듯싶은지!

　이런 기맥을 알고 년을 농락해먹은 놈이 요 아래 사는 뭉태 놈이다. 놈도 더러운 놈이다. 우리 마누라의 이 낯짝에 몸이 닳았다면 그만함 다 얼짜지. 어디 계집이 없어서 그걸 손을 대구, 강할 자식두. 놈이 와서 섣달 대목이니 술 얻어먹으러 가자고 년을 꼬였구나. 조금 있으면 내가 올 테니까 안 된다 해도 오기 전에 잠깐만, 하고 손을 내끌었다. 들병이로 나가려면 우선 술 파는 경험도 해봐야 하니까, 하는 바람에 년이 솔깃해서 덜렁덜렁 따라섰겠지. 집안을 망할 년. 남편이 나무를 팔러 갔다 늦으면 밥 먹일 준비를 하고 기다려야 옳지 않으냐. 남은 밤길을 삼십 리나 허덕지덕 걸어오는데. 눈이 푹푹 쌓여서 발모가지는 떨어져 나가는 듯이 저리고. 마을에 들어왔을 때에는 짜정 곧 쓰러질 듯이 허기가 졌다. 얼른 가서 밥 한 그릇 때려뉘고 년을 데리고 앉아서 또 소리를 아르켜야지. 이런 생각을 하고 술집 옆을 지나다가 뜻밖에 깜짝 놀란 것은 그 밖앞방*에서 년

---

* 바깥방. 바깥채에 딸린 방.

의 너털웃음이 들린다. 얼른 다가가서 문틈으로 들여다보니까 아 이 망할 년이 뭉태하고 술을 먹는구나.

입때까지는 하도 우스워서 꼴들만 보고 있었지만 더는 못 참는다. 지게를 벗어 던지고 방문을 홱 열어젖히자 우선 놈부터 방바닥에 메다꽂았다. 물론 술상은 발길로 찼으니까 벽에 가 부서졌지. 담에는 년의 비녀쪽을 지르르 끌고 밖으로 나왔다. 술 취한 년은 정신이 번쩍 들도록 흠뻑 경을 처줘야 할 터이니까 눈에다 틀어박았다. 그리고 깔고 올라앉아서 망할 년 등줄기를 주먹으로 대구 후렸다. 때리면 때릴수록 점점 눈 속으로 들어갈 뿐, 발악을 치기에는 너무 취했다. 때리는 것도 년이 대들어야 멋이 있지 이러면 아주 승겁다. 년은 그대로 내버리고 방으로 들어가서 놈을 찾으니까 이 빌어먹을 자식이 생쥐 새끼처럼 어디로 벌써 내빼지 않았나. 참말이지 이런 자식 때문에 우리 동리는 망한다. 남의 계집을 보았으면 마땅히 남편 앞에 나와서 대강이가 깨져야 옳지 그래 달아난담. 못생긴 자식도 다 많지. 할 수 없이 척 늘어진 이년을 등에다 업고 비척비척 집으로 올라오자니까 죽겠구나. 날은 몹시 차지, 배는 쑤시도록 고프지, 좀 노하려야 더 노할 근력이 없다. 게다 우리 집 앞 언덕을 올라가다 엎어져서 무르팍을 크게 깠지. 그리고 집엘 들어가니까 빈방에는 똘똘이가 혼자 에미를 부르고 울고 된통 법석이다. 망할 잡년두. 남의 자식을 그래 이렇게 길러주면 어떡할 작정이람. 년의 꼴 봐하니 행실은 예전에 글렀다. 이년하고 들병이로 나갔다가는 넉넉히 나는 한옆에 재워놓고 딴 서방 차고 달아날 년이야. 너는 들병이로 돈 벌 생각도 말고 그저 집 안에 가만히 앉았는 것이 옳겠다. 구구루 주는 밥이나 얻어먹고 몸 성히 있다가 연해 자식이나 쏟아라. 뭐 많이도 말고 굴때* 같은 아들로만 한 열다섯이면 족하지. 가만있자, 한 놈이 일 년에 벼 열 섬씩만 번다면 열댓 섬이니까 일백오십 섬. 한 섬에 더도 말고 십 원 한 장씩만 받는다면 죄다 일천오백 원이지. 일천오백 원, 일천오백 원, 사실 일천오백 원이면 어이구 이건 참 너무 많구나. 그런 줄 몰랐더니 이년이 배 속에 일천오백 원을 지니고 있으니까 아무렇게 따져도 나보담은 낫지 않은가.

—《사해공론》, 1935. 12.

---

* 굴때장군. 키가 크고 몸이 굵으며 살갗이 검은 사람.

심청

　거반 오정이나 바라보도록 요때기를 들쓰고 누웠던 그는 불현듯 몸을 일으키어가지고 대문 밖으로 나섰다. 매캐한 방구석에서 혼자 볶을 만치 볶다가 열벙거지*가 벌컥 오르면 종로로 튀어나오는 것이 그의 버릇이었다.

　그러나 종로가 항상 마음에 들어서 그가 거니느냐, 하면 그런 것도 아니다. 버릇이 시키는 노릇이라 울분할 때면 마지못하여 건숭 싸다닐 뿐 실상은 시끄럽고 더럽고 해서 아무 애착도 없었다. 말하자면 그의 심청이 별난 것이었다. 팔팔한 젊은 친구가 할 일은 없고 그날그날을 번민으로만 지내곤 하니까 나중에는 배짱이 돌라앉고 따라 심청이 곱지 못하였다. 그는 자기의 불평을 남의 얼굴에다 침 뱉듯 뱉어 붙이기가 일쑤요 건뜻하면 남의 비위를 긁어놓기로 한 일을 삼는다. 그게 생각하면 좀 잔달으나 무된 그 생활에 있어서는 단 하나의 향락일는지도 모른다.

　그가 어실렁어실렁 종로로 나오니 그의 양식인 불평은 한두 가지가 아니었다. 자연은 마음의 거울이다. 온체 심보가 이 뻔새고 보니 눈에 띄는

---

* 화중, 화병의 속된 말.

것마다 모다 아니꼽고 구역이 날 지경이다. 허나 무엇보다도 그의 비위를 상해주는 건 첫째 거지였다.

대도시를 건설한다는 명색으로 웅장한 건축이 날로 늘어가고 한편에서는 낡은 단층집은 수리조차 허락지 않는다. 서울의 면목을 위하여 얼른 개과천선하고 훌륭한 양옥이 되라는 말이었다. 게다 각 상점을 보라. 객들에게 미관을 주기 위하여 서로 시새워 별의별 짓을 다 해가며 어떠한 노력도 물질도 아끼지 않는 모양 같다. 마는 기름때가 짜르르한 헌 누데기를 두르고 거지가 이런 상점 앞에 떡 버티고 서서 나리! 돈 한 푼 주— 하고 어줍대는 그 꼴이라니 눈이 시도록 짜증 가관이다. 이것은 그 상점의 치수를 깎을뿐더러 서울이라는 큰 위신에도 손색이 적다 못 할지라. 또는 신사 숙녀의 뒤를 따르며 시부렁거리는 깍쟁이의 행세 좀 보라. 좀 심한 놈이면 비단 걸*— 이고 단장 보이**고 닥치는 대로 그 까마귀발로 움켜잡고는 돈 안 낼 테냐고 제법 훅닥인다. 그런 봉변이라니 보는 눈이 다 붉어질 노릇이 아닌가! 거지를 청결하라. 땅바닥의 쇠똥 말똥만 치울 게 아니라 문화생활의 장애물인 거지를 먼저 치우라. 천당으로 보내든, 산 채로 묶어 한강에 띄우든…….

머리가 아프도록 그는 이러한 생각을 하며 어청어청 종로 한복판으로 들어섰다. 입으로는 자기도 모를 소리를 괜스레 중얼거리며—

"나리! 한 푼 줍쇼—"

언제 어데서 빠졌는지 애송이 거지 한 마리(기실 강아지의 문벌이 조금 더 높으나 한 마리)가 그에게 바짝 붙으며 긴치 않게 조른다. 혓바닥을 길게 내뽑아 윗입술에 흘러내린 두 줄기의 노란 코를 연신 훔쳐가며, 조르

---

* 비단 양말을 신은 신여성.
** '개화장'이라는 단장을 들고 다니던 신사.

자니 썩 바쁘다.

"왜 이럽소, 나리! 한 푼 주세요."

그는 속으로 피익, 하고 선웃음이 터진다. 허기진 놈보고 설렁탕을 사 달라는 게 옳겠지 자기보고 돈을 내랄 적엔 요놈은 거지 중에도 제일 액 수 사나운 놈일 게다. 그는 들은 척 않고 그대로 늠름히 걸었다. 그러나 대답 한번 없는 데 골딱지가 났는지 요놈은 기를 복복 쓰며 보채되 정말 돈을 달라는 겐지 혹은 같이 놀자는 겐지, 나리! 왜 이럽쇼, 왜 이럽쇼, 하 고 사알살 약을 올려가며 따르니 이거 성이 가셔서라도 걸음 한번 머무르 지 않을 수 없다. 그는 고개만을 모로 돌리어 거지를 흘겨보다가

"이 꼴을 보아라!"

그리고 시선을 안으로 접어 꾀죄죄한 자기의 두루마기를 한번 쭈욱 훑 어 보였다. 하니까 요놈도 속을 차렸는지 됨됨이 저렇고야, 하는 듯싶어 저도 좀 노려보더니 제출물에 떨어져 나간다.

전찻길을 건너서 종각 앞으로 오니 졸지에 그는 두 다리가 멈칫하였다. 그가 행차하는 길에 다섯 간쯤 앞으로 열댓 살 될락 말락 한 한 깍쟁이가 벽에 기대어 앉았는데 까빡까빡 졸고 있는 것이다. 얼굴은 뇌란 게 말라 빠진 노루 가죽이 되고 화롯전에 눈 녹듯 개개풀린 눈매를 보니 필야 신 병이 있는 데다가 얼마 굶기까지 하였으리라. 급시로 운명하는 듯싶었다. 거기다 네 살쯤 된 어린 거지는 시르죽은* 고양이처럼, 큰 놈의 무릎 위로 기어오르며, 울 기운조차 없는지 입만 벙긋벙긋, 그리고 낯을 째푸리며 투정을 부린다. 꼴을 봐한즉 아마 시골서 올라온 지도 불과 며칠 못 되는 모양이다.

---

* 기운을 못 차리는.

이걸 보고 그는 잔뜩 상이 흐렸다. 이 벌레들을 치워주지 않으면 그는 한 걸음도 더 나갈 수가 없었다.

그러자 문득 한 호기심이 그를 긴장시켰다. 저쪽을 바라보니 길을 치우고 다니는 나리가 이쪽을 향하여 꺼불적꺼불적 오는 것이 아닌가. 그리고 뜻밖의 나리였다. 고보 때에 같이 뛰고 같이 웃고 같이 즐기던 그리운 동무, 예수를 믿지 않는 자기를 향하여 크리스천이 되도록 일상 권유하던 선량한 동무이었다. 세월이란 무엔지 장래를 화려히 몽상하며 나는 장래 '톨스토이'가 되느니 '칸트'가 되느니 떠들며 껍적이던 그 일이 어제 같건만 자기는 끽 주체궂은 밥통이 되었고 동무는 나리로—그건 그렇고 하여튼 동무가 이 자리의 나리로 출세한 것만은 놀람과 아울러 아니 기쁠 수도 없었다.

'오냐, 저게 오면 어떻게 나의 갈 길을 치워주겠지.'

그는 멀찌가니 섰는 채 조바심을 태워가며 그 경과를 기다리었다. 딴은 그의 소원이 성취되기까지 시간은 단 일 분도 못 걸렸다. 그러나 그는 눈을 감았다.

"아야야 으—o, 응 갈 테야요."

"이 자식! 골목 안에 백여 있으라니깐 왜 또 나왔니, 기름 강아지같이 빼질빼질한 망할 자식!"

"아야야, 으—름, 응, 아야야, 갈 텐데 왜 이리 차세요, 으—o, 으—o." 하며 기름 강아지의 울음소리는 차츰차츰 멀리 들린다.

"이 자식! 어서 가라, 쑥 들어가—" 하는 날벽력!

소란하던 희극은 잠잠하였다. 그가 비로소 눈을 뜨니 어느덧 동무는 그의 앞에 맞닥뜨렸다. 이게 몇 해 만이란 듯 자못 반기며 동무는 허둥지둥 그 손을 잡아 흔든다.

"아 이게 누구냐? 너 요새 뭐 하니?"

그도 쾌활한 낯에 미소까지 보이며

"참, 오래간만이로군!" 하다가

"나야 늘 놀지, 그런데 요새두 예배당에 잘 다니나?"

"음, 틈틈이 가지, 내 사무란 그저 늘 바쁘니까……."

"대관절 고마워이, 보기 추한 거지를 쫓아주어서, 나는 웬일인지 종로 깍쟁이라면 이가 북북 갈리는걸!"

"천만에, 그야 내 직책으로 하는 걸 고마울 거야 있나." 하며 동무는 거나하여 흥 있게 웃는다.

이 웃음을 보자 돌연히 그는 점잖게 몸을 가지며

"오, 주여! 당신의 사도 '베드로'를 나리사 거지를 치워주시니 너머나 감사하나이다." 하고 나직이 기도를 하고 난 뒤에 감사와 우정이 넘치는 탐탁한 작별을 동무에게 남겨놓았다.

자기가 '베드로'의 영예에서 치사를 받은 것이 동무는 무척 신이 나서 으쓱이는 어깨로 바람을 치올리며 그와 반대쪽으로 걸어간다.

때는 화창한 봄날이었다. 전신줄에서 물찌똥을 내려 깔기며

"비리구 배리구"

지저귀는 제비의 노래는 그 무슨 곡조인지 하나도 알려는 사람이 없었다.

—《중앙》, 1936. 1.

가을

내가 주재소에까지 가게 될 때에는 나에게도 다소 책임이 있을는지 모른다. 그러나 사실 아무리 고쳐 생각해봐도 나는 조금치도 책임이 느껴지지 않는다. 복만이는 제 아내를(여기가 퍽 중요하다) 제 손으로 직접 소 장수에게 판 것이다. 내가 그 아내를 유인해다 팔았거나 혹은 내가 복만이를 꼬여서 서로 공모하고 팔아먹은 것은 절대로 아니었다.

우리 동리에서 일반이 다 아다시피 복만이는 뭐 남의 꼬임에 떨어지거나 할 놈이 아니다. 나와 저와 비록 격장*에 살고 흉허물 없이 지내는 이런 터이지만 한 번도 저의 속을 터 말해본 적이 없다. 하기야 나뿐이랴. 어느 동무고 간 무슨 말을 좀 묻는다면 잘해야 세 마디쯤 대답하고 마는 그놈이다. 이렇게 귀찮은 얼굴에 내 천 자를 그리고 세상이 늘 마땅치 않은 그놈이다. 오죽하여야 요전에는 즈 아내가 우리게 와서 울며불며 하소를 다 하였으랴. 그 망할 건 먹을 게 없으면 변통을 좀 할 생각은 않고 부처님같이 방구석에 우두커니 앉았기만 한다고. 우두커니 앉았는 것보다 싫은 말 한마디 속 시원히 안 하는 그 뚱보가 미웠다. 마는 그러면서도 아

---

* 담 하나를 사이에 두고 이웃함.

내는 돌아다니며 양식을 꾸어다 여일히 남편을 공경하고 하는 것이다.

이런 복만이를 내가 꼬였다 하는 것은 번시가 말이 안 된다. 다만 한 가지 나에게 죄가 있다면 그날 매매계약서를 내가 대서로 써준 그것뿐이다.

점심을 먹고 내가 봉당에 앉아서 새끼를 꼬고 있노라니까 복만이가 찾아왔다. 한 손에 바람에 나부끼는 인찰지* 한 장을 들고 내 앞에 와 딱 서더니

"여보게 자네 기약서 쓸 주 아나?"

"기약서는 왜?"

"아니 글쎄 말이야──" 하고 놈이 어색한 낯으로 대답을 주저하는 것이 아니냐. 아마 곁에 다른 사람이 여럿이 있으니까 말하기가 거북했을지도 모른다.

그러나 나는 사날 전에 놈에게 조용히 들은 말이 있어서 오, 아내의 일인가 보다 하고 얼른 눈치채었다. 싸리문 밖으로 놈을 끌고 나와서 그 귀밑에다

"자네 여편네게 어떻게 됐나?"

"응."

놈이 단마디 이렇게만 대답하고는 두레두레한 눈을 굴리며 뭘 잠깐 생각하는 듯하더니

"저 물 건너 사는 소 장사에게 팔기로 됐네. 재순네(술집)가 소개를 해서 지금 주막에 와 있는데 자꾸 기약서를 써야 한다구 그래. 그러나 누구하나 쓸 줄 아는 사람이 있어야지. 그래 자네게 써가주 올 테니 잠깐 기다리라구 하고 왔어. 자넨 학교 좀 다녔으니까 쓸 줄 알겠지?"

---

* 미농지에 괘선을 박은 종이로 흔히 공문서를 작성하는 데 씀.

"그렇지만 우리 집에 먹이 있나 붓이 있나?"

"그럼 하여튼 나하구 같이 가세."

맑은 시내에 붉은 잎을 담그며 일쩌운 바람이 오르내리는 늦은 가을이다. 시든 언덕 위를 복만이는 묵묵히 걸었고 나는 팔짱을 끼고 그 뒤를 따랐다. 이때 적으나마 내가 제 친구니까 되든 안 되든 한번 말려보고도 싶었다. 다른 짓은 다 할지라도 영득이(다섯 살 된 아들이다)를 생각하여 아내만은 팔지 말라고 사실 말려보고 싶지 않은 것은 아니다. 그러나 내가 저를 먹여주지 못하는 이상 남의 일이라고 말하기 좋아 이러쿵저러쿵 지껄이기도 어려운 일이다. 맞붙잡고 굶느니 아내는 다른 데 가서 잘 먹고 또 남편은 남편대로 그 돈으로 잘 먹고 이렇게 일이 필 수도 있지 않으냐. 복만이의 뒤를 따라가며 나는 도리어 나의 걱정이 더 큰 것을 알았다. 기껏 한 해 동안 농사를 지었다는 것이 털어서 쪼개고 보니까 내 몫으로 겨우 벼 두 말가웃이 남았다. 물론 털어서 빚도 다 못 가린 복만이에게 대면 좀 날는지 모르지만 이걸로 우리 식구가 한겨울을 날 생각을 하니 눈앞이 고대로 캄캄하다. 나도 올겨울에는 금점이나 좀 해볼까, 그렇지 않으면 투전을 좀 배워서 노름판으로 쫓아다닐까. 그런대도 밑천이 들 터인데 돈은 없고 복만이같이 내 팔 아내도 없다. 우리 집에는 여편네라곤 병든 어머니밖에 없으나 나이도 늙었지만(좀 부끄럽다) 우리 아버지가 있으니까 내 맘대론 못 하고—

이런 생각에 잠기어 짜증 나는 복만이더러 네 아내를 팔지 마라 어째라 할 여지가 없었다. 나도 일찍이 장가나 들어두었다면 이런 때 팔아먹을걸 하고 부즈러운* 후회뿐으로.

---

* 부질없는.

큰길로 빠져나와서

"그럼 자네 먼저 가 있게 내 먹붓을 빌려가지구 곧 갈게."

"벼루서껀 있어야 할걸 —"

나 혼자 밤나무 밑 술집으로 터덜터덜 찾아갔다. 닭의 똥들이 한산히 늘어놓인 뒷마루로 조심스레 올라서며 소 장사란 놈이 대체 어떻게 생긴 놈인가 하고 퍽 궁금하였다. 소도 사고 계집도 사고 이럴 때에는 필연 돈도 상당히 많은 놈이리라.

지게문을 열고 들어서니 첫때 눈에 띈 것이 밤볼*이 지도록 살이 디룩디룩한 그리고 험상궂게 생긴 한 애꾸눈이다. 이놈이 아랫목에 술상을 놓고 앉아서 냉수 마신 상으로 나를 쓰윽 쳐다보는 것이다. 바지저고리에는 때가 쪼루룩 묻은 것이 게다 제 딴에는 모양을 낸답시고 누런 병정 각반을 치올려 쳤다.

이놈과 그 옆 한구석에 쪼그리고 앉았는 영득 어머니와 부부가 되는 것은 아무리 봐도 좀 덜 맞는 듯싶다마는 영득 어머니는 어떻게 되든지 간 그 처분만 기다린단 듯이 잠자코 아이에게 젖이나 먹일 뿐이다. 나를 쳐다보고 자칫 낯이 붉는 듯하더니

"아재 내려오슈!" 하고는 도로 고개를 파묻는다.

이때 소 장사에게 인사를 붙여준 것이 술집 할머니다. 사흘이 모자라서 여우가 못 됐다니만치 수단이 능글차서

"둘이 인사하게. 이게 내 먼 촌 조칸데 소 장사구 돈 잘 쓰구." 하다가 뼈만 남은 손으로 내 등을 뚜덕이며

"이 사람이 아까 그 기약서 잘 쓴다는 재봉이야."

---

* 입 안에 밤을 문 것처럼 살이 볼록하게 찐 볼.

"거 뉘 댁인지 우리 인사합시다. 이 사람은 물 건너 사는 황거풍이라 부루."

이놈이 바로 우좌스럽게 큰 소리로 인사를 거는 것이다. 나도 저 붑지* 않게 떡 버티고 앉아서 이 사람은 하고 이름을 댔다. 그리고 울 아버지도 십 년 전에는 땅마지기나 좋이 있었단 것을 명백히 일러주니까 그건 안 듣고 하는 수작이

"기약서를 써달라고 불렀는데 수구러우나 하나 써주기유."

망할 자식 이건 아주 딴소리다. 내가 친구 복만이를 위해서 왔지 그래 제깟 놈의 명령에 왔다 갔다 할 겐가. 이 자식 무척 시큰둥하구나 생각하고 낯을 찌푸려 모로 돌렸으나

"우선 한잔하기유―" 함에는 두 손으로 얼른 안 받지도 못할 노릇이었다.

복만이가 그 웃음 잊은 얼굴로 씨근거리며 달겨들 때에는 벌써 나는 석 잔이나 얻어먹었다. 얼근한 손에 다 모지라진 붓을 잡고 소 장사의 요구대로 그려놓았다.

　　　　　매매 계약서
　일금 오십 원야라.
　위 금은 내 아내의 대금으로써 정히 영수합니다.
　갑술년 시월 이십일
　　　　　조복만
　황거풍 전

* '부럽다'의 방언.

여기에 복만이의 지장을 찍어주니까 어디 한번 읽어보우 한다. 그리고 한참 나를 의심스레 바라보며 뭘 생각하더니 "그거면 고만이유. 만일 내중에 조상*이 돈을 해가주 와서 물러달라면 어떡허우?" 하고 눈이 둥그레서 나를 책망을 하는 것이다. 이놈이 소 장에서 하던 버릇을 여기서도 하는 것이 아닌가 하도 어이가 없어서 나도 벙벙히 처다만 보았으나 옆에서 복만이가 그대로 써주라 하니까

어떠한 일이 있더라도 내 아내는 물러달라지 않기로 맹세합니다.

그제서야 조끼 단춧구녁에 굵은 쌈지 끈으로 목을 매달린 커단 지갑이 비로소 움직인다. 일 원짜리 때 묻은 지전 뭉치를 꺼내 들더니 손가락에 연신 침을 발라가며 앞으로 세어보고 뒤로 세어보고 그리고 이번에는 거꾸로 들고 또 침을 발라가며 공손히 세어본다. 이렇게 후줄근히 침을 발라 셌건만 복만이가 또다시 공손히 바르기 시작하니 아마 지전은 침을 발라야 장수를 하나 보다.

내가 여기서 구문을 한 푼이나마 얻어먹었다면 참이지 성을 갈겠다. 오 원씩 안팎 구문으로 십 원을 답센** 것은 술집 할머니요 나는 술 몇 잔 얻어먹었다. 뿐만 아니라 소 장사를, 아니 영득 어머니를 오 리 밖 공동묘지 고개까지 전송을 나간 것도 즉 내다.

고갯마루에서 꼬불꼬불 돌아내린 산길을 굽어보고 나는 마음이 저으기 언짢았다. 한마을에 같이 살다가 팔려 가는 걸 생각하니 도시 남의 일 같지 않다. 게다 바람은 매우 차건만 입때 홑적삼으로 떨고 섰는 그 꼴이 가

---

* 조 서방의 일본 호칭.
** 가로챔.

없고!

"영득 어머니! 잘 가게유."

"아재 잘 기슈."

이 말 한마디만 남길 뿐 그는 앞장을 서서 사랫길을 살랑살랑 달아난다. 마땅히 저 갈 길을 떠나는 듯이 서둘며 조금도 섭섭한 빛이 없다.

그리고 내 등 뒤에 섰는 복만이조차 잘 가라는 말 한마디 없는 데는 실로 놀라지 않을 수 없다. 장승같이 뻐적 서서는 눈만 끔벅끔벅하는 것이 아닌가. 개자식 하루를 살아도 제 계집이련만 근 십 년이나 소같이 부려 먹던 이 아내다. 사실 말이지 제가 여지껏 굶어 죽지 않은 것은 상냥하고 돌림성 있는 이 아내의 덕택이었다. 그런데 인사 한마디가 없다니 개자식하고 여간 밉지가 않았다.

영득이는 즈 아버지 품에 잔뜩 붙들리어 기가 올라서 운다. 멀리 간 어머니를 부르고 두 주먹으로 아버지 복장을 디리 두드리다간 한번 쥐어박히고 멈씰한다. 그리고 조금 있으면 다시 시작한다.

소 장사는 얼굴에 술이 잠뿍 올라서 제멋대로 한참 지껄이더니

"친구! 신세 많이 졌수 이담 갚으리다." 하고 썩 멋떨어지게* 인사를 한다. 그러고 뒤툭뒤툭 고개를 내리다가 돌부리에 채키어 뚱뚱한 몸뚱어리가 그대로 떼굴떼굴 굴러버렸다. 중턱에 내뻗은 소나무에 가지가 없었다면 낭떠러지로 떨어져 고만 터져버릴 걸 요행히 툭툭 털고 일어나서 입맛을 다신다. 놈이 좀 무색한지 우리를 돌아보고 한번 빙긋 웃고 다시 내걸을 때에는 영득 어머니는 벌써 산 하나를 꼽들었다.

이렇게 가던 소 장사 이놈이 닷새 후에는 날더러 주재소로 가자고 내끄

---

* 멋들어지게.

는 것이 아닌가. 사기는 복만이한테 사고 내게 찌다우를 붙는다. 그것도 한가로운 때면 혹 모르지만 남 한창 바쁘게 거름 쳐내는 놈을 좋도록 말을 해서 듣지 않으니까 나도 약이 안 오를 수 없고 골김에 놈의 복장을 그대로 떠다밀어 버렸다. 풀밭에 가 털썩 주저앉았다 일어나더니 이번에는 내 멱살을 바짝 조여 잡고 소 다루듯 잡아끈다.

내가 구문을 받아먹었다든지 또는 복만이를 내가 소개했다든지 하면 혹 모르겠다. 기약서 써주고 술 몇 잔 얻어먹은 것밖에 나에게 무슨 죄가 있느냐. 놈의 말을 들어보면 영득 어머니가 간 지 나흘 되던 날, 즉 그저께 밤에 자다가 어디로 없어졌다. 밝은 날에는 들어올까 하고 눈이 빠지게 기다렸으나 영 들어오질 않는다. 오늘은 꼭두새벽부터 사방으로 찾아다니다 비로소 우리들이 짜고 사기를 해먹은 것을 깨닫고 지금 찾아왔다는 것이다. 제 아내 간 곳을 아르켜주어야지 그렇지 않으면 너와 죽는다고 애꾸 낯짝을 들이대고 이를 북 갈아 보인다.

"내가 팔았단 말이유 날 붙잡고 이러면 어떡헐 작정이지요?"

"복만이는 달아났으니까 너는 간 곳을 알겠지? 느들이 짜고 날 고랑때*를 먹였어 이놈의 새끼들!"

"아니 복만이가 달아났는지 혹은 볼일이 있어서 어디 다니러 갔는지 지금 어떻게 안단 말이유?"

"말 마라 술집 아주머니에게 다 들었다. 또 속일랴구 요 자식!"

그리고 나를 논둑에다 한번 메다꽂아서는 흙도 털 새 없이 다시 끌고 간다. 술집 아주머니가 복만이 간 곳은 내가 알겠으니 가보라 했다나. 구문 먹은 걸 도로 돌라놓기가 아까워서 제 책임을 내게로 떠민 것이 분명

---

* 한꺼번에 되게 당하는 손해. 골탕.

하다. 이렇게 되면 소 장사 듣기에는 내가 마치 복만이를 꾀어서 아내를 팔게 하고 뒤로 은근히 구문을 뗀 폭이 되고 만다.

하기는 복만이도 그 아내가 없어졌다는 날 그저께 어디로인지 없어졌다. 짜정 도망을 갔는지 혹은 볼일이 있어서 일갓집 같은 데 다니러 갔는지 그건 자세히 모른다. 그러나 동리로 돌아다니며 아내가 꾸어 온 양식 돈푼 이런 자지레한 빚 냥을 다아 돈으로 갚아준 그다. 달아나기에 충분할 아무 죄도 그는 갖지 않았다. 영득이가 밤마다 엄마를 부르며 악짱*을 치더니 보기 딱하여 즈 큰집으로 맡기러 갔는지도 모른다.

복만이가 저녁에 우리 집에 왔을 때에는 어디서 먹었는지 술이 거나하게 취했다. 안뜰로 들어오더니 막걸리를 한 병 내놓으며

"이거 자네 먹게."

"이건 왜 사 와 하튼 출출한데 고마워이." 하고 나는 부엌에 내려가 술잔과 짠지 쪼가리를 가주 나왔다. 그리고 둘이 봉당에 걸터앉아서 마시기 시작하였다.

술 한 병을 다 치우고 나서 그는 이런 이야기 저런 이야기를 지껄이더니 내 앞에 돈 일 원을 꺼내놓는다.

"저번 수굴 끼쳐서 그 엘세."

"예라니?"

나는 눈을 둥그렇게 뜨고 그 얼굴을 이윽히 쳐다보았다. 마는 속으로는 요전 대서료로 주는구나 하고 이쯤 못 깨달은 바도 아니었다. 남의 아내를 판 돈에서 대서료를 받는 것이 너무 무례한 일인 것쯤은 나도 잘 안다. 술을 먹었으니까 그만해도 좋다 하여도

___
*악장.

"두구 술 사 먹게 난 이거 말구두 또 있으니까ᅳ" 하고 굳이 주머니에 까지 넣어주므로 궁하기도 하고 그대로 받아두었다. 그리고 그담부터는 복만이도 영득이도 우리 동리에서 볼 수가 없고 그뿐 아니라 어디로 가는 걸 본 사람조차 하나도 없다.

이런 복만이를 소 장사 이놈이 날더러 찾아놓으라고 명령을 하는 것이 다. 멱살을 숨이 갑갑하도록 바짝 매달려서 끌려가자니 마을 사람들은 몰 려서서 구경을 하고 없는 죄가 있는 듯이 얼굴이 확확 단다. 큰 개울께까 지 나왔을 적에는 놈도 좀 열쩍은지 슬며시 놓고 그냥 걸어간다. 내가 반 항을 하든지 해야 저도 독을 올려서 욕설을 하고 겯고틀고 할 텐데 내가 고분히 달려가니까 그럴 필요가 없다. 저의 원대로 주재소까지 가기만 하 면 고만이니까.

우리는 아무 말 없이 앞서고 뒤서고 십 리 길이나 걸었다. 깊은 산길이 라 사람은 없고 앞뒤 산들은 울긋불긋 물들어 가끔 쏴하고 낙엽이 날린 다. 뉘엿뉘엿 넘어가는 석양에 먼 봉우리는 자줏빛이 되어가고 그 반영에 하늘까지 불콰하다. 험한 바위에서 이따금 돌은 굴러내려 웅덩이의 맑은 물을 휘저어놓고 풍하는 그 소리는 실로 쓸쓸하다. 이 산서 수꿩이 푸드 득 저 산서 암꿩이 푸드득 그리고 그 사이로 소 장사 이놈과 나와 노량으 로 허위적허위적.

또 한 고개를 놈이 뚱뚱한 몸집으로 숨이 차서 씨근씨근 올라오니 그때 는 노기는 완전히 사라졌다. 풀밭에 펄썩 주저앉아서는 숨을 돌리고 담배 를 꺼내고 그리고 무슨 마음이 내켰는지 날더러

"다리 아프겠수 우리 앉아서 쉽시다." 하고 친절히 말을 붙인다. 나도 그 옆에 앉아서 주는 권연을 피워 물었다. 인제도 주재소까지 시오 리가 남았으니 어둡기 전에는 못 갈 것이다.

"아까는 내 퍽 잘못했수."

"별말 다 하우"

"그런데 참 복만이 간 데 짐작도 못 하겠수?"

"아마 모름 몰라두 덕냉이 즈 큰집에 갔기가 쉽지유."

이 말에 놈이 경풍을 하도록 반색하며 애꾸눈을 바짝 들이대고 끔벅거린다. 그리고 우는소리가, 잃어버린 돈이 아까운 게 아니라 그런 계집을 다시 만나기가 어려워서 그런다. 번이 홀아비의 몸으로 얼굴 똑똑한 아내를 맞아다가 술장사를 시켜보자고 벼르던 중이었다. 그래 이번에 해보니까 장사도 잘할뿐더러 아내로서 훌륭한 계집이다. 참이지 며칠 살아봤지만 남편에게 그렇게 착착 부닐고* 정이 붙는 계집은 여지껏 내 보지 못했다. 그러기에 나두 저를 위해서 인조견으로 옷을 해 입힌다 갈비를 들여다 구워 먹인다 이렇게 기뻐하지 않았겠느냐. 덧돈을 들여가면서라도 찾으려 하는 것은 저를 보고 싶어서 그럼이지 내가 결코 복만이에게 돈으로 물러달랄 의사는 없다. 그러니 아무 염려 말고

"복만이 갈 듯한 곳은 다 좀 아르켜주." 놈의 말투가 또 이상스레 꾀는 걸 알고 불쾌하기가 짝이 없다. 아무 대답도 않고 묵묵히 앉아서 담배만 빠니까

"같은 날 같이 없어진 걸 보면 둘이 짜구서 도망간 게 아니유?"

"사십 리씩 떨어져 있는 사람이 어떻게 짜구 말구 한단 말이유?"

내가 이렇게 펄쩍 뛰며 핀잔을 줌에는 그도 잠시 낙망하는 빛을 보이며

"아니 일텀 말이지 내가—복만이면 즈 아내가 어디 간 것쯤은 알게 아니유?" 하고 꾸중 맞는 어린애처럼 어리광조로 빌붙는다. 이것도 사랑병

* 가까이 따르며 붙임성 있게 굴고.

인지 아까는 큰 체를 하던 놈이 이제 와서는 나에게 끽소리도 못한다. 행여나 여망 있는 소리를 들을까 하여 속 달게 나의 눈치만 글이다가*

"덕냉이 큰집이 어딘지 아우?"

"우리 삼촌 댁도 덕냉이 있지유."

"그럼 우리 오늘은 도루 내려가 술이나 먹고 낼 일찍이 같이 떠납시다."

"그러기유."

더 말하기가 싫어서 나는 코대답으로 치우고 먼 서쪽 하늘을 바라보았다. 해가 마악 떨어지니 산골은 오색영롱한 저녁노을로 덮인다. 산봉우리는 숫제 이글이글 끓는 불덩어리가 되고 노기 가득 찬 위엄을 나타낸다. 그리고 나직이 들리느니 우리 머리 위에 지는 낙엽 소리 —

소 장사는 쭈그리고 눈을 감고 앉았는 양이 내일의 계획을 세우는 모양이다. 마는 나는 아무리 생각하여도 복만이는 덕냉이 즈 큰집에 있을 것 같지 않다.

—《사해공론》, 1936. 1.

* 살피다가.

두꺼비

　내가 학교에 다니는 것은 혹 시험 전날 밤새는 맛에 들렸는지 모른다. 내일이 영어 시험이므로 그렇다고 하룻밤에 다 안다는 수도 없고 시험에 날 듯한 놈 몇 대문 새겨나 볼까, 하는 생각으로 책술을 뒤지고 있을 때 절꺽, 하고 바깥벽에 자행거 세워놓는 소리가 난다. 그리고 행길로 난 유리창을 두드리며 이상, 하는 것이다. 밤중에 웬 놈인가, 하고 찌뿌둥히 고리를 따보니 캡을 모로 눌러 붙인 두꺼비눈이 아닌가. 또 무얼, 하고 좀 떠름했으나 그래도 한 달포 만에 만나니 우선 반갑다. 손을 내밀어 악수를 하고 어서 들어오슈, 하니까 바빠서 그럴 여유가 없다 하고 오늘 의논할 이야기가 있으니 한 시간쯤 뒤에 즈 집으로 꼭 좀 와주십쇼, 한다. 그뿐으로 내가 무슨 의논일까, 해서 얼떨떨할 사이도 없이 허둥지둥 자전거 종을 울리며 골목 밖으로 사라진다. 권연 하나를 피워도 멋만 찾는 이놈이 자전거를 타고 나를 찾아왔을 때에는 일도 어지간히 급한 모양이나 그러나 제 말이면 으레 복종할 걸로 알고 나의 대답도 기다리기 전에 달아나는 건 썩 불쾌하였다. 이것은 놈이 아직도 나에게 대하여 기생오래비로서의 특권을 가지려는 것이 분명하다. 나는 사실 놈이 필요한 데까지 이용당할 대로 다 당하였다. 더는 싫다, 생각하고 애꿎은 창문을 딱 닫은 다음 다시 앉아서 책을 뒤지자니 속이 부걱부걱 고인다. 허지만 실상 생각하면 놈만 탓할 것도 아니요 어디 사람이 동이 났다고 거리에서 한 번 흘깃 스쳐본, 그나마 잘났으면이거니와, 쭈그렁밤송이 같은 기생에게 정신이 팔린 나도 나렸다. 그것도 서로 눈이 맞아서 달떴다면야 누가 뭐래랴마는 저쪽에선 나의 존재를 그리 대단히 여겨주지 않으려는데 나만 몸이 달아서 답장 못 받는 엽서를 매일같이 석 달 동안 썼다. 하니까 놈이 이 기미를 알고 나를 찾아와 인사를 떡 붙이고는 하는 소리가 기생을 사랑하려면 그 오래비부터 잘 얼러야 된다는 것을 명백히 설명하고 또 그리고 옥화가 저의 누이지만 제 말이면 대개 들을 것이니 그건 안심하라 한다. 나도 옳게 여기고 그다음부터 학비가 올라오면 상전같이 놈을 모시고 다니며 뒤치다꺼리하기에 볼일을 못 본다. 이게 버릇이 돼서 툭하면 놈이 찾아와서 산보 나가자고 끌어내서는 극장으로 카페로 혹은 저 좋아하는 기생집으로 데리고 다니며 밤을 패기*가 일쑤다. 물론 그 비용은 성냥 사는 일 전까지 내가 내야 되니까 얼뜬 보기에 누가 데리고 다니는 건지 영문 모른다. 게다 즈 누님의 답장을 맡아 올 테니 한번 보라고 연일 장담은 하면서도 나의 편지만 가져가고는 꿩 구워 먹은 소식이다. 편지도 우편보다는 그 동생에게 전하니까 마음에 좀 든든할 뿐이지 사실 바로 가는지 혹은 공동변소에서 콧노래로 뒤지가 되는지 그것도 자세 모른다. 하루는 놈이 찾아와서 방바닥에 가 벌룽 자빠져 콧노래를 하다가 무얼 생각했음인지 다시 벌떡 일어나 앉는다. 올롱한** 낯짝에 그 두꺼비눈을 한 서너 번 끔벅거리다 나에게 훈계가 너는 학생이라서 아직 화류계를 모른다. 멀리 앉아서 편지만 자꾸 띄우면 그게 뭐냐고 톡톡히 나무라더니 기생은 여

* 패다. 새우다.
** 둥글넓적한.

학생과 달라서 그저 맞붙잡고 주물러야 정을 쏟는데, 하고 사정이 딱한 듯이 입맛을 다신다. 첫사랑이 무언지 무던히 후려 맞은 몸이라 나는 귀가 번쩍 띄어 그럼 어떻게 좋은 도리가 없을까요, 하고 다가서 물어보니까 잠시 입을 다물고 주저하더니 그럼 내 직접 인사를 시켜줄 테니 우선 누님 마음에 드는 걸로 한 이삼십 원어치 선물을 하슈, 화류계 사랑이란 돈이 좀 듭니다, 하고 전일 기생을 사랑하던 저의 체험담을 좍 이야기한다. 딴은 먹이는데 싫달 계집은 없으려니, 깨닫고 나의 정성을 눈앞에 보이기 위하여 놈을 데리고 다니며 동무에게 돈을 구걸한다, 양복을 잡힌다, 하여 덩어리돈을 만들어서는 우선 백화점에 들어가 같이 점심을 먹고 나오는 길에 사십이 원짜리 순금 트레반지*를 놈의 의견대로 사서 부디 잘해달라고 놈에게 들려 보냈다. 그리고 약속대로 그 이튿날 밤이 늦어서 찾아가니 놈이 자다 나왔는지 눈을 비비며 제가 쓰는 중문간방으로 맞아들이는 그 태도가 어쩐지 어제보다 탐탁지가 못하다. 반지를 전하다 퇴짜나 맞지 않았나 하고 속으로 조를 비비며** 앉았으니까 놈이 거기 관하여는 일절 말 없고 딴통같이 앨범 하나를 꺼내어 여러 기생의 사진을 보여주며 객쩍은 소리를 한참 지껄이더니 우리 누님이 이상 오시길 여태 기다리다가 고대 막 노름 나갔습니다. 널은 요보다 좀 일찍 오셔요, 하고 주먹으로 하품을 끄는 것이다. 조금만 일찍 왔더라면 좋을걸 안됐다 생각하고 그럼 반지를 전하니까 뭐라더냐 하니까 누이가 퍽 기뻐하며 그 말이 초면 인사도 없이 선물을 받는 것은 실례로운 일이매 직접 만나면 돌려보내겠다 하더란다. 이만하면 일은 잘 얼렸구나, 안심하고 하숙으로 돌아오며

---

* 나선 모양으로 틀어서 만든 반지.
** 조비비다. 마음을 몹시 졸이거나 조바심을 냄을 이르는 말.

생각해보니 반지를 돌려보낸다면 나는 언턱거리*를 아주 잃을 터라 될 수 있다면 만나지 말고 편지로만 나에게 마음이 동하도록 하는 것도 좋겠지만 그래도 옥화가 실례롭다 생각할 만치 고만치 나에게 관심을 가졌음에는 그다음은 내가 가서 붙잡고 조르기에 달렸다. 궁리한 것도 무리는 아닐 것이다. 마는 그담 날 약 한 시간을 일찍 찾아가니 놈은 여전히 귀찮은 하품을 터뜨리며 좀 더 일찍이 오라 하고, 또 고담 날 찾아가니 역시 좀 더 일찍이 오라 하고, 이렇게 연나흘을 했을 때에는 놈이 괜스레 제가 골을 내가지고 불안스럽게 구므로 내 자신 너무 우습게 대접을 받는 것도 같고 아니꼬워서 망할 자식 이젠 너하고 안 놀겠다 결심하고 부나케** 하숙으로 돌아와 이불 전에 눈물을 씻으며 지내온 지 달포나 된 오늘날 의논이 무슨 의논일까. 시험은 급하고 과정 낙제나 면할까 하여 눈을 까뒤집고 책을 뒤지자니 그렇게 똑똑하던 글자가 어느덧 먹줄로 변하니 글렀고, 게다 아련히 나타나는 옥화의 얼굴을 보면 볼수록 속만 탈 뿐이다. 몇 번 고개를 흔들어 정신을 바로잡아 가지고 들여다보나 아무 효과가 없음에는 이건 공부가 아니라, 생각하고 한구석으로 책을 내던진 뒤 일어서서 들창을 열어놓고 개운한 공기를 마셔본다. 저 건너 서양집 위층에서는 붉은 빛이 흘러나오고 어디선지 울려드는 가냘픈 육자배기, 그러자 문득 생각나느니 계집이란 때 없이 잘 느끼는 동물이라 어쩌면 옥화가 그동안 매일같이 띄운 나의 편지에 정이 돌아서 한번 만나고자 불렀는지 모르고 혹은 놈이 나에게 끼친 실례를 깨닫고 전일의 약속을 이행하고자 오랬는지도 모른다. 하여튼 양단간에 한 시간 후라고 시간까지 지정하고 갔을 때에는 되도록 나에게 좋은 기회를 주려는 게 틀림이 없고 이렇게 내가 옥

---

* 남에게 무턱대고 억지로 떼를 쓸 만한 근거나 핑계.
** 부리나케.

화를 얻는다면 학교쯤은 내일 집어치워도 좋다 생각하고, 외투와 더불어 허룽허룽 거리로 나선다. 광화문통 큰 거리데는 목덜미로 스며드는 싸늘한 바람이 가을도 이미 늦었고 청진동 어귀로 꼽들며 길옆 이발소를 들여다보니 여덟 시 사십오 분, 한 시간이 되려면 아직도 이십 분이 남았다. 전봇대에 기대어 권연 하나를 피우고 나서 그래도 시간이 남으매 군밤 몇 개를 사서 들고는 이 분에 하나씩 씹기로 ㅎ고 서성거리자니 대체 오늘 일이 하회*가 어떻게 되려는가, 성화도 나고 계집에게 첫인사를 하는데 뭐라 해야 좋을는지, 그러나 저에게 대한 내 열정의 총량만 보여주면 그만이니까 만일 네가 나와 살아준다면, 그리고 네가 원한다면 내 너를 등에 업고 백 리를 가겠다. 이렇게 다짐을 두면 그뿐일 듯도 싶다. 그 외에는 아버지가 보내주는 흙 묻은 돈으로 근근이 공부하는 나에게 별도리가 없고, 아아 이런 때 아버지가 돈 한 뭉텅이 소포로 부쳐줄 수 있으면, 하고 한탄이 절로 날 때 국숫집 시계가 늦은 소리로 아홉 시를 울린다. 지금쯤은 가도 되려니, 하고 곁골목으로 들어섰으나 옥화의 집 대문 앞에 딱 발을 멈출 때에는 까닭 없이 가슴이 두근거리고 그것도 좋으련만 목청을 가다듬어 두꺼비의 이름을 불러도 대답은 어디 갔는지 안채에서 계집 사내가 영문 모를 소리로 악장만 칠 뿐이요 그대로 난장판이다. 이게 웬일일까 얼뜰하여 떨리는 음성으로 두서너 번 불러보니 그제야 문이 삐걱 열리고 뚱뚱한 안잠자기**가 나를 쳐다보고 누구를 찾느냐 하기에 두꺼비를 보러 왔다 하니까 뾰족한 입으로 중문간방을 가리키며 행주치마로 코를 쓱 씻는 양이 긴치 않다는 표정이다. 전일 같으면 내가 저에게 편지를 전해달라고 폐를 끼치는 일이 한두 번 아니라서 저를 만나면 담뱃값으로 몇

---

* 어떤 일이 있은 다음에 벌어지는 일의 형태나 결과.
** 남의 집에서 숙식하며 일해주는 여자.

풋씩 집어주므로 저도 나를 늘 반기던 터이련만 왜 이리 기색이 틀렸는 가. 오늘 밤 일도 아마 헛물켜나 보다. 그러나 우선 툇마루로 올라서서 방 문을 쓰윽 열어보니 설혹 잤다 치더라도 그 소란 통에 놀라 깨기도 했으 련만 두꺼비가 마치 떡메로 얻어맞은 놈처럼 방 한복판에 푹 엎으러져 고 개 하나 들 줄 모른다. 사람은 불러놓고 이게 무슨 경운가 싶어서 눈살을 찌푸리려다 강 형, 어디 편찮으슈, 하고 좋은 목소리로 그 어깨를 흔들어 보아도 눈 하나 뜰 줄 모르니 이놈은 참 암만해도 알 수 없는 인물이다. 혹 내 일을 잘되게 돌보아 주다가 집안에 분란이 일고 그 끝에 이렇게 되 지나 않았나 생각하면 못할 바도 아니려니와 그렇다 하더라도 두꺼비 등 뒤에 똑같은 모양으로 엎으러졌는 채선이의 꼴을 보면 어떻게 추측해볼 길이 없다. 누님이 수양딸로 사다가 가무를 가르치며 부려먹는다던 이 채 선이가 자정도 되기 전에 제법 방바닥에 엎으렸을 리도 없겠고 더구나 처 음에는 몰랐던 것이나 두 사람의 입 코에서 멀건 콧물과 게거품이 뺨 밑 으로 검흐르는 걸 본다면 웬만한 장난은 아닐 듯싶다. 머리끝이 쭈뼛하도 록 나는 겁을 집어먹고 이 머리를 흔들어보고 저 머리를 흔들어보고 이렇 게 눈이 둥그랬을 때 별안간 미닫이가 딱, 하더니 필연 옥화의 어머니리 라, 얼굴 강총한* 늙은이가 표독스레 들어온다. 그 옆에 장승같이 섰는 나 에게는 시선도 돌리려지 않고 두꺼비 앞에 가 팔싹 앉아서는 도끼눈을 뜨 고 대뜸 들고 들어온 장죽통으로 그 머리를 후려갈기니 팡, 하고 그 소리 에 내 등이 다 선뜩하다. 배지**가 꿰져 죽을 이 망할 자식, 집안을 이래 망해놓니, 죽을 테면 죽어라, 어여 죽어 이 자식, 이렇게 독살에 숨이 차 도록 두 손으로 그 등어리를 대고 꼬집어 뜯더니 그래도 꼼짝 않는 데는

---

* 길이가 짧은. 여기서는 '얼굴이 작은'의 뜻.
* '배'를 속되게 이르는 말.

할 수 없는지 결국 이 자식 너 잡아먹고 나 죽는다 하고 목청이 찢어지게 발악을 치며 귓배기를 물어뜯고자 매섭게 덤벼든다. 그러니 옆에 섰는 나도 덤벼들어 뜯어말리지 않을 수 없고 늙은이의 근력도 얕볼 게 아니라고 비로소 깨달았을 만치 이걸 붙잡고 한참 싱갱이를 할 즈음, 그 자식 죽여버리지 그냥 둬, 하고 천둥 같은 호령을 하며 이번에는 늙은 마가목*이 마치 저와 같이 생긴 투박한 장작개비 하나를 들고 신발째 방으로 뛰어든다. 그 서두는 품이 가만두면 사람 몇쯤은 넉넉히 잡아놓을 듯하므로, 이런 때에는 어머니가 말리는 법인지는 모르나 내가 고대 붙들고 힐난을 하던 안늙은이가 기급을 하여 일어나서는 영감 참으슈, 영감 참으슈, 연신 이렇게 달래며 허겁지겁 밖으로 끌고 나가기에 좋이 골도 빠진다. 마가목은 끌리는 대로 중문 안으로 들어가며 이 자식아 몇째냐, 벌써 일곱째 이래 놓질 않았니 이 주릴 틀 자식, 하고 씨근벌떡하더니 안대청에서 뭐라고 주책없이 게걸거리며 발을 구르며 이렇게 집안을 떠엎는다. 가만히 눈치를 살펴보니 내가 오기 전에도 몇 번 이런 북새가 인 듯싶고 암만하여도 나 자신이 헐없이 도깨비에게 홀린 듯싶어서 손을 꽂고 멀뚱히 섰노라니까 빼꿈이 열린 미닫이 틈으로 살집 좋고 ㅎ여멀건 안잠자기의 얼굴이 남실거린다. 대관절 웬 셈속인지 좀 알고자 미닫이를 열고는 그 어깨를 넌지시 꾹 찍어가지고 대문 밖으로 나와서 이게 어떻게 되는 일이냐고 물으니 이 망할 게 콧등만 찌긋할 뿐으로 전 흥기 없단 듯이 고개를 돌려버리는 게 아닌가. 몇 번 물어도 입이 잘 안 떨어지므로 등을 뚜덕여주며 그 입에다 권연 하나 피워 물리지 않을 수 없고, 그제야 녀석이 죽는다고 독약을 먹었지 뭘 그러슈, 하고 퉁명스레 봉을 떼자 나는 넌덕스러운** 그의

* 키 큰 나무의 이름으로, 여기서는 멋없이 키만 큰 사람을 가리키는 말.
** 너털웃음을 치며 재치 있는 말을 늘어놓는 재주가 있는.

소행을 아는지라 왜, 하고 성급히 그 뒤를 재우쳤다. 잠시 입을 삐죽이 내밀고 세상 다 더럽단 듯이 삐쭈거리더니 은근히 하는 그 말이 두꺼비 놈이 제 수양 조카딸을 어느 틈엔가 꿰차고 돌아치므로 옥화가 이것을 알고는 눈에 쌍심지가 올라서 망할 자식 나가 빌어나 먹으라고 방추로 뚜들겨 내쫓았더니 둘이 못 살면 차라리 죽는다고 저렇게 약을 먹은 것이라 하고 에이 자식두 어디 없어서 그래 수양 조카딸을, 하기에 이왕 그런 걸 어떡허우 그대루 결혼이나 시켜주지, 하니까 그게 무슨 말씀이유, 하고 바로 제 일같이 펄쩍 뛰더니 채선이 년의 몸뚱이가 인제 앞으로 몇천 원이 될지 몇만 원이 될지 모르는 금덩어리 같은 계집인데 온, 하고 넉살을 부리다가 잠깐 침으로 목을 축이고 나서 그리고 또 일곱째야요, 모처럼 수양딸로 데려오면 놈이 꾀꾀리* 주물러서 버려놓고 버려놓고 하기를 이렇게 일곱, 하고 내 코밑에다 두 손을 들이대고 똑똑히 일곱 손가락을 펴 뵈는 것이다. 그럼 무슨 약을 먹었느냐고 물으니까 그건 확적히 모르겠다 하고 아까 힝하게 자전거를 타고 나가더니 아마 어디서 약을 사가지고 와 둘이 얼러먹고서 저렇게 자빠진 듯하다고, 그러다 내가 저게 정말 죽지나 않을까 겁을 집어먹고 사람의 수액**이란 알 수 없는데, 하니까 뭘이요. 먹긴 좀 먹은 듯하나 그러나 원체 알깍쟁이가 돼서 죽지 않을 만큼 먹었을 테니까 염려 없어요, 하고 아닌 밤중에도 두들겨 깨워서 우동을 사 오너라 호떡을 사 오너라 하고 펄쩍나게 부려는 먹고 쓴 담배 하나 먹어보라는 법 없는 조 녀석이라고 오랄지게 욕을 퍼붓는다. 나는 모두가 꿈을 보는 것 같고 어릿광대 같은 자신을 깨달았을 때 하 어처구니가 없어서 벙벙히 섰다가, 선생님 누굴 만나러 오셨수, 하고 대견히 묻기에 나도 펴놓고 옥

* 가끔가끔. 넌지시.
** 운수에 대한 재앙.

화를 좀 만나볼까 해서 왔다니까 홍, 하고 콧등으로 한번 웃더니 응 저희끼리 붙어먹는 그거 말씀이유, 이렇게 비웃으며 내 허구리를 쿡 찌르고 그리고 곁눈을 슬쩍 흘리고 어깨를 맞비비며 대드는 양이 바로 느물러든다*. 사람이 볼까 봐 내가 창피해서 쓰레기통께로 물러서니까 저도 무색한지 시무룩하여 노려만 보다가 다시 내 옆으로 다가서서는 제 뺨따귀를 손으로 잡아다녀 보이며 이래 봬도 이팔청춘에 한창 피인 살집이야요, 하고 또 넉살을 부리다가 거기에 아무 대답도 없으매 이 망할 것이 내 궁뎅이를 꼬집고 제 얼굴이 뭐가 옥화 년만 못하냐고 은근히 훅닥이며 대든다. 그러나 나는 너보다는 말라깽이라도 그리도 옥화가 좋다는 것을 명백히 알려주기 위하여 무언으로 땅에다 침 한 번을 탁 뱉어 던지고 대문으로 들어서려 하니까 이게 소맷자락을 잡아당기며 선생님 저 담배 하나만 더 주세요. 나는 또 느물려켰구나, 생각은 했으나 성이 가셔서 갑째로 내주고 방에 들어와 보니 아까와 그 풍경이 조금도 다름없고 안에서는 여전히 동이 깨지는 소리로 게걸게걸 떠들어댄다. 한 시간 후에 꼭 좀 오라던 놈의 행실을 생각하면 괘씸은 하나 체모에 돌리어 두꺼비의 머리를 흔들며 강 형 강 형 정신을 좀 채리슈, 하여도 꼼짝 않더니 약 시간 반가량 지나매 어깨를 우찔렁거리며 아이구 죽겠네, 아이구 죽겠네, 연해 소리를 지르며 입 코로 먹은 음식을 울컥울컥 돌라놓는다. 이놈이 먹기는 좀 먹었구나, 생각하고 등어리를 두드려주고 있노라니 얼마 뒤에는 윗목에서 채선이가 마저 똑같은 신음 소리로 똑같이 돌르고 있는 것이 아닌가. 이렇게 되면 나는 즈들 치다꺼리하러 온 것도 아니겠고 너무 밸이 상해서 한구석에 서서 담배만 뻑뻑 피우고 있자니 또 미닫이가 우람스레 열리고

---

* 느물다. 말이나 행동을 능글맞고 흉하게 하다.

이번에는 나들이옷을 입은 채 옥화가 들어온다. 아마 노름을 나갔다가 이 급보를 받고 달려온 듯싶고 하도 그리던 차라 나는 복장이 두근거리어 나도 모르게 한 걸음 앞으로 나갔으나 그는 나에게 관하여는 일절 본 척도 없다. 그리고 정분이란 어따 정해놓고 나는 것도 아니련만 앙칼스러운 음성으로 이놈아 어디 계집이 없어서 조카딸하고 정분이 나, 하고 발길로 두꺼비의 허구리를 활발히 퍽 지르고 나서 돌아서더니 이번에는 채선이의 머리채를 휘어잡는다. 이년 가랑머릴 찢어놀 년, 하고 그 머리채를 들었다가 놓았다 몇 번 그러니 제물 코방아에 코피가 흐르는 것은 보기에 좀 심한 듯싶고 얼김에 달겨들어 강 선생 좀 참으십쇼 하고 그 손을 확 잡으니까 대뜸 당신은 누구요, 하고 눈을 똑바로 뜬다. 뭐라 대답해야 좋을지 잠시 어리둥절하다가 이내 제가 이경홉니다, 하고 나의 정체를 밝히니까 그는 단마디로 저리 비키우 당신은 참석할 자리가 아니유, 하고 내 손을 털고 눈을 흘기는 그 모양이 반지를 받고 실례롭다 생각한 사람커녕 정성스레 띄운 나의 편지도 제법 똑바로 읽어줄 사람이 아니다. 나는 그만 가슴이 섬찍하여 뒤로 물러서서는 넋없이 바라만 보며 딴은 돈이 중하구나, 깨닫고 금덩어리 같은 몸뚱이를 망쳐놓은 채선이가 저렇게까지 미울 것도 같으나 그러나 그 큰 이유는 그담 일 년이 썩 지난 뒤에서야 안 거지만 어느 날 신문에 옥화의 자살 미수의 보도가 났고 그 까닭은 실연이라 해서 보기 숭굴숭굴한* 기사였다. 마는 그 속살을 가만히 들여다보면 그렇게 간단한 실연이 아니었고 어떤 부자 놈과 배가 맞아서 한창 세월이 좋을 때 이놈이 고만 트림을 하고 버듬히 나둥그러지므로 계집이 나는 너와 못 살면 죽는다고 엄포로 약을 먹고 다시 물어들인 풍파이었던바

———
* 수더분하고 너그러운. 여기서는 신문 기사가 심심풀이로 적당히 시선을 끌 만하다는 의미.

그때 내가 병원으로 문병을 가보니 독약을 먹었는지 보제*를 먹었는지 분간을 못하도록 깨끗한 침대에 누워 발장단으로 담배를 피우는 그 손등에 살의 윤책**이 반드르하였다. 그렇게 최후의 비상수단으로 써먹는 그 신성한 비결을 이런 누추한 행랑방에서 함부로 내굴리는 채선이의 소위를 생각하면 코방아는 말고 빨고 있던 권연불로 그 등어리를 지진 그것도 무리는 아닐 것이다. 그렇다 하더라도 자정이 썩 지나서 얼만치나 속이 볶이는지는 모르나 채선이가 앙가슴을 두 손으로 쥐뜯으며 입으로 피를 돌림에는 옥화는 허둥지둥 신발째 드나들며 일변 즈 부모를 부른다, 어멈을 시키어 인력거를 부른다. 이렇게 눈코 뜰 새 없이 들몰아서는 온 집안 식구가 병원으로 달려가기에 바빴다. 그나마 참례 못 가는 두꺼비는 빈방에서 개밥의 도토리로 끙끙거리고 그 꼴을 봐하니 가여운 생각이 안 나는 것도 아니나 그러나 즈 집에서는 개돼지만도 못하게 여기는 이놈이 제 말이면 누이가 끔뻑한다고 속인 것을 생각하면 곧 분하고 나는 내 분에 못이겨 속으로 개자식 그렇게 속인담, 하고 손등으로 눈물을 지우고 섰노라니까 여지껏 말 한마디 없던 이놈이 고개를 쓰윽 들더니 이상 의사 좀 불러주슈, 하고 슬픈 낯을 하는 것이다. 신음하는 품이 괴롭기도 어지간히 괴로운 모양이나 그보다도 외따로 떨어져서 천대를 받는 데 좀 야속하였음인지 잔뜩 우그린 그 울상을 보니 나도 동정이 안 가는 것은 아니다마는 그러나 내 생각에 두꺼비는 독약을 한 섬을 먹는대도 자살까지는 걱정없다. 고 짐작도 하였고 또 한편 저의 부모 누이가 가만있는데 내가 어쭙잖게 의사를 불러댔다간 큰코를 다칠 듯도 하고 해서 어정쩡하게 코대답만 해주고 그대로 섰지 않을 수 없다. 한 서너 번 그렇게 애원하여도 그냥

---

* 보약.
** 윤채, 윤태, 윤기.

만 섰으니까 나중에는 이놈이 또 골을 벌컥 내가지고 그리고 이건 얻다 쓰는 버릇인지 너는 소용없단 듯이 내흔들며 가거라 가 가, 하고 제법 해라로 혼동을 하는 데는 나는 그만 얼떨떨해서 간신히 눈만 끔벅일 뿐이다. 잘 따져보면 내가 제 손을 붙들고 눈물을 흘려가면서 누이와 좀 만나게 해달라고 애걸을 하였을 때 나의 처신은 있는 대로 다 잃은 듯도 싶으나 그 언제이던가 놈이 양돼지같이 띵띵한 그리고 알몸으로 찍은 제 사진 한 장을 내보이며 이래 봬도 한때는 다아, 하고 슬며시 뻐기던 그것과 겸쳐서 생각하면 놈의 행실이 번이 꿀쩍찌분한 것은 넉히 알 수 있다. 입때까지 있은 것도 한갓 저 때문인데 가라면 못 갈 줄 아냐, 싶어서 나도 약이 좀 올랐으나 그렇다고 덜렁덜렁 그대로 나오기는 어렵고 생각다 끝에 모자를 엉거주춤히 잡자 의사를 부르러 가는 듯 뒤를 보러 가는 듯 그 새 중간을 차리고 비슬비슬 대문 밖으로 나오니 망할 자식 인전 참으로 느구안 논다, 하고 마치 호랑이굴에서 놓인 몸같이 두 어깨가 아주 가뜬하다. 밤늦은 거리에 인적은 벌써 끊겼고 쓸쓸한 골목을 휘돌아 황급히 나오려 할 때 옆으로 뚫린 다른 골목에서 기껍지 않게 선생님, 하고 걸음을 방해한다. 주무시고 가지 벌써 가슈, 하고 엇먹는 거기에는 대답 않고 어떻게 됐느냐고 물으니까 뭘 호강이지 제깟 년이 그렇잖으면 병원엘 가보, 하고 내던지는 소리를 하더니 시방 약을 먹이고 물을 집어넣고 이렇게 법석들이라 하고 저는 집을 보러 가는 길인데 우리 빈집이니 같이 가십시다, 하고 망할 게 내 팔을 잡아끄는 것이다. 이렇게도 내가 모조리 처신을 잃었나, 생각하매 제물에 화가 나서 그 손을 홱 뿌리치니 이게 재미있단 듯이 한번 빵끗 웃고 그러나 팔꿈치로 나의 허구리를 쿡 찌르고 나서 사람 괄시 이렇게 하는 거 아니라고 괜스레 성을 내며 토라진다. 그래도 제가 아쉬운지 슬쩍 눙치어 허리춤에서 내가 아까 준 담배를 꺼내어 제 입으로 한 개를 피워 주고는 그리고 그 잔소리가 선생님을 뚝 꺾어서 당신이라 부르며 옥화가 당신을 좋아할 줄 아우. 발새에 낀 때만도 못하게 여겨요, 하고 나의 비위를 긁어놓고 나서 편지나 잘 받아봤으면 좋지만 그것도 체부가 가져오는 대로 무슨 편지고 간 두꺼비가 먼저 받아보고는 치우고 치우고 하는 것인데 왜 정신을 못 차리고 이리 병신 짓이냐고 입을 내대고 분명히 빈정거린다. 그렇다 치면 내가 입때 옥화에게 한 것이 아니라 결국은 두꺼비한테 사랑 편지를 썼구나, 하고 비로소 깨달으니 아무것도 더 듣고 싶지 않아서 발길을 돌리려니까 이게 콱 붙잡고 내 손에 끼인 먹던 권연을 쑥 뽑아 제 입으로 가져가며 언제 한번 찾아갈 테니 노하지 않을 테냐, 묻는 것이다. 저분저분히 구는 것이 너무 성이 가셔서 대답 대신 주머니에 남았던 돈 삼십 전을 꺼내 주며 담뱃값이나 하라니까 또 골을 발끈 내더니 돈을 도로 내 양복 주머니에 치뜨리고 다시 조련질을 하기 시작하는 것이 아닌가. 에이 그럼 맘대로 해라, 싶어서 그럼 꼭 한 번 오우 내 기다리리다, 하고 좋도록 떼놓은 다음 골목 밖으로 불이 나게 나와보니 목롯집 시계는 한 점이 훨씬 넘었다. 나는 얼빠진 등신처럼 정신없이 내려오다가 그러자 선뜻 잡히는 생각이 기생이 늙으면 갈 데가 없을 것이다. 지금은 본 체도 안 하나 옥화도 늙는다면 내게밖에는 갈 데가 없으려니, 하고 조금 안심하고 늙어라, 늙어라, 하다가 뒤를 이어, 영어, 영어, 영어, 하고 나오나 그러나 내일 볼 영어 시험도 곧 나의 연애의 연장일 것만 같아서 예라 될 대로 되겠지, 하고 집어치우고는 휑한 광화문통 큰 거리를 한복판을 내려오며 늙어라, 늙어라, 고 만물이 늙기만 마음껏 기다린다.

―《시와소설》, 1936. 3.

●

이런 음악회

내가 저녁을 먹고서 종로 거리로 나온 것은 그럭저럭 여섯 점 반이 넘었다. 너펄대는 우와기* 주머니에 두 손을 꽉 찌르고 그리고 휘파람을 불며 올라오자니까

"얘!" 하고 팔을 뒤로 잡아채며

"너 어디 가니?"

이렇게 황급히 묻는 것이다.

나는 삐끗하는 몸을 고르잡고 돌려 보니 교모를 푹 눌러쓴 황철이다. 본시 성미가 겁겁한 놈인 줄은 아나 그래도 이토록 씨근거리고 긴히 달려듦에는, 하고

"왜 그러니?"

"너 오늘 콩쿨 음악 대횐 거 아니?"

"콩쿨 음악 대회?" 하고 나는 좀 떠름하다가 그제서야 그 속이 뭣인 줄을 알았다.

이 황철이는 참으로 우리 학교의 큰 공로자이다. 왜냐면 학교에서 무슨

---

* 일본어로 '상의, 윗도리, 저고리'를 가리킴.

운동 시합을 하게 되면 늘 맡아놓고 황철이가 응원대장으로 나선다. 뿐만 아니라 제 돈을 들여가면서 선수들을(학교에서 먹여야 번이 옳을 건데) 제가 꾸미꾸미* 끌고 다니며 먹이고, 놀리고, 디런다. 그리고 시합 그 이튿날에는 목에 붕대를 칭칭하게 감고 와서 똑 벙어리 소리로

"어떻냐? 내 어제 응원을 잘해서 이기지 않았니?"하고 잔뜩 뽐**을 내고는

"그저 시합엔 응원을 잘해야 해!"

그러니까 이런 사람은 영영 남 응원하기에 목이 잠기고 돈을 쓰고 이래야 되는, 말하자면 팔자가 응원대장일지도 모른다. 이번에도 콩쿨 음악회에 우리 반 동무가 나갔고 또 요행히 예선에까지 붙기도 해서 놈이 어제부터 응원대 모기에 바빴다. 그러나 나에게는 아무 말도 없더니 왜 붙잡나 싶어서

"그럼 얼른 가보지, 왜 이러구 있니?"

"다시 생각해보니까 암만해도 사람이 부족하겠어."하고 너도 같이 가자고 팔을 막 잡아끄는 것이다.

"너나 가거라, 난 음악횐 싫다."

나는 이렇게 그 손을 털고 옆으로 떨어지다가

"재! 재! 내 이따 나오다가 돼지고기 만두 사주마."함에는 어쩔 수 없이 고개를 모로 돌리어

"대관절 몇 시간이나 하나?"하고 묻지 않을 수 없다. 그러나 그 대답이 끽 두 시간이면 끝나리라, 하므로 나는 안심하고 따라섰다.

둘이 음악회장 입구에 헐레벌떡하고 다다랐을 때에는 우리 반 동무 열

---

* 구메구메. 남몰래 틈틈이.
** 뽐. 젠체하며 으스대는 모양새.

세 명은 벌써 와서들 기다리고 섰다. 즈이끼리 낄낄거리고 수군거리고 하는 것이 아마 한창들 흉계가 벌어진 모양이다.

황철이는 우선 입장권을 사가지고 와 우리에게 한 장씩 나누어 주며 명령을 하는 것이다. 즉 우리들이 네 무데기로 나누어서 회장의 전후좌우로 한구석에 한 무데기씩 앉고 시치미를 딱 떼고 있다가 우리 악사만 나오거든 덮어놓고 손바닥을 치며 재청이라고 악을 쓰라는 것이다. 그러면 암만 심사원이라도 청중을 무시하는 법은 없으니까 일등은 반드시 우리의 손에 있다, 고. 허나 다른 악사가 나올 적에는 손바닥커녕 아예 끽소리도 말라 하고 하나씩 붙들고는 그 귀에다

"알았지, 응?"

그리고 또

"알았지, 재청?" 하고 꼭꼭 다진다.

"그래그래 알았어!"

나도 쾌히 깨닫고 황철이의 뒤를 따라서 회장으로 올라갔다.

새로 건축한 넓은 대강당에는 벌써 사람들 머리로 까맣게 깔리었다. 시간을 기다리다 지루했는지 고개들을 길게 뽑고 수선스레 들어가는 우리를 돌아본다.

우리는 황철이의 명령대로 덩어리 덩어리 지어 사방으로 헤졌다. 나는 황철이와 또 다른 동무 하나와 셋이서 왼쪽으로 뒤 한구석에 자리를 잡았다.

일곱 점 정각이 되자 벅적거리던 장내가 갑자기 조용하여진다. 모두들 몸을 단정히 갖고 긴장된 시선을 모았다.

제일 처음이 순서대로 여자의 성악이었다. 작달막한 젊은 여자가 나아와 가냘픈 음성으로 노래를 부르는데 너무도 귀가 간지럽다. 하기는 노래

보다도 조그만 두 손을 가슴께 꼬부려 붙이고 고개를 개웃이 앵앵거리는 그 태도가 나는 가엾다 생각하고 하품을 길게 뽑았다. 나는 성악은 원 좋아도 안 하려니와 일반 음악에도 씩씩한 놈이 아니면 귀가 가려워 못 듣는다.

그담에도 역시 여자의 성악, 그리고 피아노 독주, 다시 여자의 성악—그러니까 내가 앞의 사람 의자 뒤에 고개를 틀어박고 코를 곤 것도 그리 무리는 아닐 듯싶다.

얼마쯤이나 잤는지는 모르나 옆의 황철이가 흔들어 깨우므로 고개를 들어보고 비로소 우리 악사가 등장한 걸 알았다. 중학생 교복으로 점잖이 바이올린을 켜고 섰는 양이 귀엽고도 한편 당증해 보인다. 나도 졸음을 참지 못하여 눈을 감은 채 손바닥을 서너 번 때렸으나 그러다 잘 생각하니까 다른 동무들은 다 가만히 있는데 나만 치는 것이 아닌가. 게다 황철이가 옆을 콱 치면서

"이따 끝나거던—"하고 주의를 시켜주므로 나도 정신이 좀 들었다.

나는 그 바이올린보다도 응원에 흥미를 갖고 얼른 끝나기만 기다렸다.

연주가 끝나기가 무섭게 우리들은 목이 마른 듯이 손바닥을 치기 시작하였다. 이렇게 치고도 손바닥이 안 해지나, 생각도 하였지만 이쪽에서

"재청이요!" 하고 악을 쓰면 저쪽에서

"재청! 재청!" 하고 고함을 냅다 지른다.

나도 두 귀를 막고 "재청!"을 연발을 했더니 내 앞에 앉은 여학생 계집애가 고개를 뒤로 돌리어 딱한 표정을 하는 것이 아닌가.

이렇게 우리들은 기가 올라서 응원을 하련만 황철이는 시무룩하니 좋지 않은 기색이다. 그 까닭은 우리 십여 명이 암만 악장을 쳐도 킹하게 넓은 그 장내, 그 청중으로 보면 어서 떠드는지 알 수 없을 만치 우리들의

존재가 너무 희미하였다. 그뿐 아니라 재청을 요구함에도 불구하고 이번에는 말쑥이 차린 신사 한 분이 바이올린을 옆에 끼고 나오는 것이다.

신사는 예를 멋지게 하고 또 역시 멋지게 바이올린을 턱에 갖다 대더니 그 무슨 곡조인지 아주 장쾌한 음악이다. 그러자 어느 틈에 그는 제멋에 질리어 팔뿐 아니라 고개며 어깨까지 바이올린 채를 따라다니며 꺼떡꺼떡하는 모양이 애, 이건 참 진짜로구나, 하고 감탄 안 할 수 없다. 더구나 압도적 인기로 청중을 매혹케 한 그것을 보더라도 우리 악사보다 몇 배 뛰어남을 알 것이다.

그러나 내가 더 놀란 것은 넓은 강당을 뒤엎는 듯한 그 환영이다. 일반 군중의 시끄러운 박수는 말고 위층에서(한 삼사십 명 되리라) 떼를 지어 악을 쓰는 것이 아닌가. 재청 소리에 귀청이 터지지 않은 것도 다행은 하나 손뼉이 모자랄까 봐 발까지 굴러가며 거기에 장단을 맞추어 부르는 재청은 참으로 썩 신이 난다. 음악도 이만하면 나는 얼마든지 들을 수 있다, 생각하였다. 그리고 저도 모르게 어깨가 실룩실룩하다가 급기야엔 나도 따라 발을 구르며 재청을 청구하였다. 실상 바이올린도 잘했거니와 그러나 나도 바이올린보다 씩씩한 그 응원을 재청한 것이다.

그랬더니 황철이가 불끈 일어서며 내 어깨를 잡고

"이리 좀 나오너라."

이렇게 급히 잡아끈다. 그리고 아무도 없는 변소로 끌고 와 세워놓더니

"너 누굴 응원하러 왔니?" 하고 해쓱한 낯으로 입술을 바르르 떤다. 이놈은 성이 나면 늘 이 꼴이 되는 것을 잘 알므로

"너 왜 그렇게 성을 내니?"

"아니, 너 뭐허러 예 왔냐 말이야?"

"응원하러 왔지!" 하니까 놈이 대뜸 주먹으로 내 복장을 콱 지르며

"예이 이 자식! 우리 건 고만 납작했는데 남을 응원해줘?"

그리고 또 주먹을 내대려 하니 암만 생각해도 아니꼽다. 하여튼 잠깐 가만히 있으라고 손으로 주먹을 막고는

"너 왜 주먹을 내대니, 말루 못 해?" 하다가

"이놈아! 우리 얼굴에 똥칠한 것 생각 못 허니?"

하고 또 주먹으로 대들려는 데는 더 참을 수 없다.

"돼지고기 만두 안 먹으면 고만이다!"

이렇게 한마디 내뱉고는 나는 약이 올라서 쿠리나케 층계로 내려왔다.

—《중앙》, 1936. 4.

동백꽃

오늘도 또 우리 수탉이 막 쪼키었다. 내가 점심을 먹고 나무를 하러 갈 양으로 나올 때이었다. 산으로 올라서려니까 등 뒤에서 푸드득, 푸드득, 하고 닭의 횃소리가 야단이다. 깜짝 놀라며 고개를 돌려보니 아니나 다르랴 두 놈이 또 얼리었다.

점순네 수탉(은 대강이가 크고 똑 오소리같이 실팍하게 생긴 놈)이 덩저리* 적은 우리 수탉을 함부로 해내는 것이다. 그것도 그냥 해내는 것이 아니라 푸드득, 하고 면두**를 쪼고 물러섰다가 좀 사이를 두고 또 푸드득, 하고 모가지를 쪼았다. 이렇게 멋을 부려가며 여지없이 닭아놓는다. 그러면 이 못생긴 것은 쪼일 적마다 주둥이로 땅을 받으며 그 비명이 킥, 킥, 할 뿐이다. 물론 미처 아물지도 않은 면두를 또 쪼키어 붉은 선혈은 뚝뚝 떨어진다.

이걸 가만히 내려다보자니 내 대강이가 터져서 피가 흐르는 것같이 두 눈에서 불이 번쩍 난다. 대뜸 지게막대기를 메고 달겨들어 점순네 닭을 후려칠까 하다가 생각을 고쳐먹고 헛매질로 떼어만 놓았다.

---

* '몸집'을 낮잡아 이르는 말.
** 볏.

이번에도 점순이가 쌈을 붙여놨을 것이다. 바짝바짝 내 기를 올리느라고 그랬음에 틀림없을 것이다. 고놈의 계집애가 요새로 들어서서 왜 나를 못 먹겠다고 고렇게 아르릉거리는지 모른다.

나흘 전 감자 쪼간*만 하더라도 나는 저에게 조금도 잘못한 것은 없다.

계집애가 나물을 캐러 가면 갔지 남 울타리 엮는데 쌩이질을 하는 것은 다 뭐냐. 그것도 발소리를 죽여가지고 등 뒤로 살며시 와서

"얘! 너 혼자만 일하니?" 하고 긴치 않은 수작을 하는 것이다.

어제까지도 저와 나는 이야기도 잘 않고 서로 만나도 본 척 만 척하고 이렇게 점잖게 지내던 터이런만 오늘로 갑작스레 대견해졌음은 웬일인가. 항차** 망아지만 한 계집애가 남 일하는 놈보구ㅡ

"그럼 혼자 하지 떼루 하디?"

내가 이렇게 내배앝는 소리를 하니까

"너 일하기 좋니?"

또는

"한여름이나 되거던 하지 벌써 울타리를 하니?"

잔소리를 두루 늘어놓다가 남이 들을까 봐 손으로 입을 틀어막고는 그 속에서 깔깔댄다. 별로 우서울 것도 없는데 날새가 풀리더니 이놈의 계집애가 미쳤나 하고 의심하였다. 게다가 조금 뒤에는 즈 집께를 할금할금 돌아다보더니 행주치마의 속으로 꼈던 바른손을 뽑아서 나의 턱밑으로 불쑥 내미는 것이다. 언제 구웠는지 아직도 더운 김이 홱 끼치는 굵은 감자 세 개가 손에 뿌듯이 쥐었다.

* 이유나 근거. 어떤 사건이나 작간.
** 황차. 하물며.

"느 집엔 이거 없지?" 하고 생색 있는 큰소리를 하고는 제가 준 것을 남이 알면은 큰일 날 테니 여기서 얼른 먹어버리란다. 그리고 또 하는 소리가

"너 봄 감자가 맛있단다."

"난 감자 안 먹는다, 니나 먹어라."

나는 고개도 돌리려지 않고 일하던 손으로 그 감자를 도로 어깨 너머로 쑥 밀어버렸다.

그랬더니 그래도 가는 기색이 없고 뿐만 아니라 쌔근쌔근하고 심상치 않게 숨소리가 점점 거칠어진다. 이건 또 뭐야, 싶어서 그때에야 비로소 돌아다보니 나는 참으로 놀랐다. 우리가 이 동리에 들어온 것은 근 삼 년째 되어오지만 여태껏 가무잡잡한 점순이의 얼골이 이렇게까지 홍당무처럼 새빨개진 법이 없었다. 게다 눈에 독을 올리고 한참 나를 요렇게 쏘아보더니 나중에는 눈물까지 어리는 것이 아니냐. 그리고 보구니를 다시 집어 들더니 이를 꼭 악물고는 엎어질 듯 자빠질 듯 논둑으로 힝하게 달아나는 것이다.

어쩌다 동리 어른이

"너 얼른 시집을 가야지?" 하고 웃으면

"염려 마서유 갈 때 되면 어련히 갈라구——"

이렇게 천연덕스레 받는 점순이었다. 본시 부끄럼을 타는 계집애도 아니거니와 또한 분하다고 눈에 눈물을 보일 얼병이도 아니다. 분하면 차라리 나의 등어리를 보구니로 한번 모질게 후려 쌔리고 달아날지언정.

그런데 고약한 그 꼴을 하고 가더니 그 뒤로는 나를 보면 잡아먹으려고 기를 복복 쓰는 것이다.

설혹 주는 감자를 안 받아먹은 것이 실례라 하면 주면 그냥 주었지 "느

집엔 이거 없지."는 다 뭐냐. 그러잖아도 즈이는 마름이고 우리는 그 손에서 배재*를 얻어 땅을 부치므로 일상 굽신거린다. 우리가 이 마을에 처음 들어와 집이 없어서 곤란으로 지낼 제 집터를 빌리고 그 위에 집을 또 짓도록 마련해준 것도 점순네의 호의였다. 그리고 우리 어머니 아버지도 농사 때 양식이 딸리면 점순네한테 가서 부지런히 꾸어다 먹으면서 인품 그런 집은 다시 없으리라고 침이 마르도록 칭찬하곤 하는 것이다. 그러면서도 열일곱씩이나 된 것들이 수군수군하고 붙어 다니면 동리의 소문이 사납다고 주의를 시켜준 것도 또 어머니였다. 왜냐하면 내가 점순이하고 일을 저질렀다는 점순네가 노할 것이고 그러면 우리는 땅도 떨어지고 집도 내쫓기고 하지 않으면 안 되는 까닭이었다.

그런데 이놈의 계집애가 까닭 없이 기를 복복 쓰며 나를 말려 죽이려고 드는 것이다.

눈물을 흘리고 간 그담 날 저녁나절이었다. 나무를 한 짐 잔뜩 지고 산을 내려오려니까 어디서 닭이 죽는 소리를 친다. 이거 뉘 집에서 닭을 잡나, 하고 점순네 울 뒤로 돌아오다가 나는 고만 두 눈이 뚱그렸다. 점순이가 즈 집 봉당에 홀로 걸터앉았는데 아 이게 치마 앞에다 우리 씨암탉을 꼭 붙들어 놓고는

"이놈의 닭! 죽어라 죽어라."

요렇게 암팡스레 패주는 것이 아닌가. 그것도 대가리나 치면 모른다마는 아주 알도 못 낳으라고 그 볼기짝께를 주먹으로 콕콕 쥐어박는 것이다.

나는 눈에 쌍심지가 오르고 사지가 부르르 떨렸으나 사방을 한번 휘돌아보고야 그제서 점순이 집에 아무도 없음을 알았다. 잡은참 지게막대기

---

* 땅을 소작할 수 있는 권리.

를 들어 울타리의 중턱을 후려치며

"이놈의 계집애! 남의 닭 알 못 낳으라구 그러니?" 하고 소리를 빽 질렀다.

그러나 점순이는 조금도 놀라는 기색이 없고 그대로 의젓이 앉아서 제 닭 가지고 하듯이 또 죽어라, 죽어라, 하고 패는 것이다. 이걸 보면 내가 산에서 내려올 때를 겨냥해가지고 미리부터 닭을 잡아가지고 있다가 네 보란드키 내 앞에 쥐지르고 있음이 확실하다.

그러나 나는 그렇다고 남의 집에 뛰어 들어가 계집애하고 싸울 수도 없는 노릇이고 형편이 썩 불리함을 알았다. 그래 닭이 맞을 적마다 지게막대기로 울타리나 후려칠 수밖에 별도리가 없다. 왜냐하면 울타리를 치면 칠수록 울섶이 물러앉으며 뼈대만 남기 때문이다. 허나 아무리 생각하여도 나만 밑지는 노릇이다.

"야 이년아! 남의 닭 아주 죽일 터이냐?"

내가 도끼눈을 뜨고 다시 꽥 호령을 하니까 그제서야 울타리께로 쪼루루 오더니 울 밖에 섰는 나의 머리를 겨누고 닭을 내팽개친다.

"예이 더럽다! 더럽다!"

"더러운 걸 널더러 입때 끼고 있으랬니? 망할 계집애 넌 같으니." 하고 나도 더럽단 듯이 울타리께를 힝하게 돌아내리며 약이 오를 대로 다 올랐다. 라고 하는 것은 암탉이 풍기는 서슬에 나의 이마빼기에다 물찌똥을 찍 깔겼는데 그걸 본다면 알집만 터졌을 뿐 아니라 골병은 단단히 든 듯 싶다.

그리고 나의 등 뒤를 향하여 나에게만 들릴 듯 말 듯한 음성으로

"이 바보 녀석아!"

"얘! 너 배냇병신이지?"

그만도 좋으련만

"얘! 너 느 아버지가 고자라지?"

"뭐? 울 아버지가 그래 고자야?" 할 양으로 열벙거지가 나서 고개를 홱 돌리어 바라봤더니 그때까지 울타리 위로 나와 있어야 할 점순이의 대가리가 어디 갔는지 보이지를 않는다. 그러더 돌아서서 오자면 아까에 한 욕을 울 밖으로 또 퍼붓는 것이다. 욕을 이토록 먹어가면서도 대거리 한 마디 못 하는 걸 생각하니 돌부리에 채키어 발톱 밑이 터지는 것도 모를 만치 분하고 급기에는 두 눈에 눈물까지 불끈 내솟는다.

그러나 점순이의 침해는 이것뿐이 아니다.

사람들이 없으면 틈틈이 즈 집 수탉을 몰고 와서 우리 수탉과 쌈을 붙여놓는다. 즈 집 수탉은 썩 험상궂게 생기고 쌈이라면 회를 치는 고로 의례히 이길 것을 알기 때문이다. 그래서 툭하면 우리 수탉이 면두며 눈깔이 피로 흐드르하게* 되도록 해놓는다. 어떤 때에는 우리 수탉이 나오지를 않으니까 요놈의 계집애가 모이를 쥐고 와서 꼬여내다가 쌈을 붙인다.

이렇게 되면 나도 다른 배채**를 차리지 않을 수 없다. 하루는 우리 수탉을 붙들어가지고 넌즈시 장독께로 갔다. 쌈닭에게 고추장을 먹이면 병든 황소가 살모사를 먹고 용을 쓰는 것처럼 기운이 뻗친다 한다. 장독에서 고추장 한 접시를 떠서 닭도 주둥아리께로 들이밀고 먹여보았다. 닭도 고추장에 맛을 들였는지 거스르지 않고 거진 반 접시 턱이나 곧잘 먹는다.

그리고 먹고 금세는 용을 못 쓸 터이므로 얼마쯤 기운이 돌도록 홰 속에다 가두어두었다.

밭에 두엄을 두어 짐 져내고 나서 쉴 참에 그 닭을 안고 밖으로 나왔다.

* 물 같은 것이 괴거나 묻어서 번드르르하게.
** 대책, 방도.

마침 밖에는 아무도 없고 점순이만 즈 울 안에서 헌옷을 뜯는지 혹은 솜을 터는지 웅크리고 앉아서 일을 할 뿐이다.

나는 점순네 수탉이 노는 밭으로 가서 닭을 내려놓고 가만히 맥을 보았다. 두 닭은 여전히 얼리어 쌈을 하는데 처음에는 아무 보람이 없다. 멋지게 쪼는 바람에 우리 닭은 또 피를 흘리고 그러면서도 날갯죽지만 푸드득, 푸드득, 하고 올라 뛰고 뛰고 할 뿐으로 제법 한번 쪼아보도 못한다.

그러나 한번엔 어쩐 일인지 용을 쓰고 펄쩍 뛰더니 발톱으로 눈을 하비고* 내려오며 면두를 쪼았다. 큰 닭도 여기에는 놀랐는지 뒤로 멈씰하며 물러난다. 이 기회를 타서 작은 우리 수탉이 또 날쌔게 덤벼들어 다시 면두를 쪼니 그제서는 감때사나운 그 대강이에서도 피가 흐르지 않을 수 없다.

옳다 알았다 고추장만 먹이면은 되는구나, 하고 나는 속으로 아주 쟁그러워** 죽겠다. 그때에는 뜻밖에 내가 닭쌈을 붙여놓는 데 놀라서 울 밖으로 내다보고 섰던 점순이도 입맛이 쓴지 살을 찌푸렸다.

나는 두 손으로 볼기짝을 두드리며 연팡

"잘한다! 잘한다!" 하고 신이 머리끝까지 뻗치었다.

그러나 얼마 되지 않아서 나는 넋이 풀리어 기둥같이 묵묵히 서 있게 되었다. 왜냐하면 큰 닭이 한 번 쪼인 앙가프리***로 호들갑스레 연거푸 쪼는 서슬에 우리 수탉은 찔끔 못하고 막 곯는다. 이걸 보고서 이번에는 점순이가 깔깔거리고 되도록 이쪽에서 많이 들으라고 웃는 것이다.

나는 보다 못하여 덤벼들어서 우리 수탉을 붙들어가지고 도로 집으로 들어왔다. 고추장을 좀 더 먹였더라면 좋았을 걸 너무 급하게 쌈을 붙인

---

* 하비다. 손톱이나 날카로운 물건 따위로 조금 긁어 파다.
** 밉살스러운 사람이 실수한 것이 후련해 마음이 간지럽다. 마음이 간질간질할 만큼 깜찍하고 징그럽다.
*** '앙갚음'의 강원도 방언.

것이 퍽 후회가 난다. 장독께로 돌아와서 다시 턱밑에 고추장을 들이댔다. 흥분으로 말미암아 그런지 당최 먹질 않는다.

나는 할일없이* 닭을 반듯이 누이고 그 입에다 권연 물쭈리**를 물리었다. 그리고 고추장 물을 타서 그 구멍으로 조금씩 들이부었다. 닭은 좀 괴로운지 킥킥하고 재채기를 하는 모양이나 그러나 당장의 괴로움은 매일같이 피를 흘리는 데 댈 게 아니라 생각하였다.

그러나 한 두어 종지가량 고추장 물을 먹이고 나서는 나는 고만 풀이 죽었다. 싱싱하던 닭이 왜 그런지 고개를 살며시 뒤틀고는 손아귀에서 뻐드러지는 것이 아닌가. 아버지가 볼까 봐서 얼른 홰에다 감추어두었더니 오늘 아침에서야 겨우 정신이 든 모양 같다.

그랬던 걸 이렇게 오다 보니까 또 쌈을 붙여났으니 이 망할 계집애가 필연 우리 집에 아무도 없는 틈을 타서 제가 들어와 홰에서 꺼내가지고 나간 것이 분명하다.

나는 다시 닭을 잡아다 가두고 염려는 스러우나 그렇다고 산으로 나무를 하러 가지 않을 수도 없는 형편이었다.

소나무 삭정이를 따며 가만히 생각해보니 암만해도 고년의 목쟁이를 돌려놓고 싶다. 이번에 내려가면 망할 년 등줄기를 한번 되게 후려치겠다, 하고 싱둥겅둥 나무를 지고는 부리나케 내려왔다.

거지반 집께 다 내려와서 나는 호들기*** 소리를 듣고 발이 딱 멈추었다. 산기슭에 늘려 있는 굵은 바윗돌 틈에 노란 동백꽃이 소보록하니 깔리었다. 그 틈에 끼어 앉아서 점순이가 청승맞게스리 호들기를 불고 있는

* 하릴없이.
** 물부리. 담배를 끼워서 빠는 물건.
*** 호드기. 버들피리.

것이다. 그보다도 더 놀란 것은 그 앞에서 또 푸드득, 푸드득, 하고 들리는 닭의 횃소리다. 필연코 요년이 나의 약을 올리느라고 또 닭을 집어내다가 내가 내려올 길목에다 쌈을 시켜놓고 저는 그 앞에 앉아서 천연스레 호들기를 불고 있음에 틀림없으리라.

나는 약이 오를 대로 다 올라서 두 눈에서 불과 함께 눈물이 퍽 쏟아졌다. 나무 지게도 벗어놓을 새 없이 그대로 내동댕이치고는 지게막대기를 뻗치고 허둥지둥 달겨들었다.

가까이 와보니 과연 나의 짐작대로 우리 수탉이 피를 흘리고 거의 빈사지경에 이르렀다. 닭도 닭이려니와 그러함에도 불구하고 눈 하나 깜짝 없이 고대로 앉아서 호들기만 부는 그 꼴에 더욱 치가 떨린다. 동리에서도 소문이 났거니와 나도 한때는 걱실걱실히 일 잘하고 얼굴 예쁜 계집애인줄 알았더니 시방 보니까 그 눈깔이 꼭 여호 새끼 같다.

나는 대뜸 달겨들어서 나도 모르는 사이에 큰 수탉을 단매로 때려 엎었다. 닭은 푹 엎어진 채 다리 하나 꼼짝 못하고 그대로 죽어버렸다. 그리고 나는 멍하니 섰다가 점순이가 매섭게 눈을 홉뜨고 닥치는 바람에 뒤로 벌렁 나자빠졌다.

"이놈아! 너 왜 남의 닭을 때려죽이니?"

"그럼 어때?" 하고 일어나다가

"뭐 이 자식아! 누 집 닭인데?" 하고 복장을 떼미는 바람에 다시 벌렁 자빠졌다. 그러고 나서 가만히 생각을 하니 분하기도 하고 무안도 스럽고 또 한편 일을 저질렀으니 인젠 땅이 떨어지고 집도 내쫓기고 해야 될는지 모른다.

나는 비슬비슬 일어나며 소맷자락으로 눈을 가리고는 얼김에 엉, 하고 울음을 놓았다. 그러다 점순이가 앞으로 다가와서

"그럼 너 이담부텀 안 그럴 터냐?" 하고 믈을 때에야 비로소 살길을 찾은 듯싶었다. 나는 눈물을 우선 씻고 뭘 안 그러는지 명색도 모르건만

"그래!" 하고 무턱대고 대답하였다.

"요담부터 또 그래봐라 내 자꾸 못살게 굴 터니?"

"그래그래 인젠 안 그럴 테야."

"닭 죽은 건 염려 마라 내 안 이를 테니."

그리고 뭣에 떠다밀렸는지 나의 어깨를 짚은 채 그대로 픽 쓰러진다. 그 바람에 나의 몸뚱이도 겹쳐서 쓰러지며 한창 피어 퍼드러진 노란 동백꽃 속으로 폭 파묻혀 버렸다.

알싸한 그리고 향긋한 그 내움새에 나는 땅이 꺼지는 듯이 온 정신이 고만 아찔하였다.

"너 말 마라?"

"그래!"

조금 있더니 요 아래서

"점순아! 점순아! 이년이 바누질을 하다 말구 어딜 갔어?" 하고 어딜 갔다 온 듯싶은 그 어머니가 역정이 대단히 났다.

점순이가 겁을 잔뜩 집어먹고 꽃 밑을 살금살금 기어서 산 아래로 내려간 다음 나는 바위를 끼고 엉금엉금 기어서 산 위로 치빼지 않을 수 없었다.

―《조광》, 1936. 5.

정조貞操

주인아씨는 행랑어멈 때문에 속이 썩을 대로 썩었다. 나가래자니 그것이 고분이 나갈 것도 아니거니와 그렇다고 두고 보자니 괘씸스러운 것이 하루가 다 민망하다.

어멈의 버릇은 서방님이 버려놓은 것이 분명하였다.

아씨는 아직 이불 속에 들어 있는 남편 앞에 도사리고 앉아서는 아침마다 졸랐다. 왜냐면 아침때가 아니고는 늘 난봉 피우러 쏘다니는 남편을 언제 한번 조용히 대해볼 기회가 없었다. 그나마도 어제 밤이 새도록 취한 술이 미처 깨질 못하여 얼굴이 벌거니 늘어진 사람을 흔들며

"여보! 자우? 벌써 열 점 반이 넘었수. 기운 좀 채리우." 하고 말을 붙이는 것은 그리 정다운 일이 아니었다.

그러면 서방님은 그 속이 무엇임을 지레 채고 눈 하나 떠보려지 않았다. 물론 술에 곯아서 못 들을 적도 태반이지만 간혹가다간 들지 않을 수 없을 만한 그렇게 큰 음성임에도 불구하고 역 못 들은 척하였다.

이렇게 되면 아내는 제물에 더 약이 올라서 이번에도 설마 하고는

"아니 여보! 일을 저질러놨으면 당신이 어떻게 처칠 하든지 해야지 않소?"

"글쎄 관둬 다 듣기 싫으니." 하고 그제야 어리눅는* 소리로 눈살을 찌푸리다가

"듣기 싫으면 어떡허우 그 꼴은 눈허리가 시어서 두구 볼 수가 없으니 일이나 허면 했지 그래 쥔을 손아귀에 넣고 휘두르려는 이따위 행랑것두 있단 말이유?"

"글쎄 듣기 싫어."

이렇게 된통 호령은 하였으나 원체 뒤가 뜯리고 보니 슬쩍 돌리고

"어서 나가 아츰이나 채려 오."

"난 세상없어도 어떻게 할 수 없으니 당신이 내쫓든지 치갈** 하든지……." 하고 말끝이 고만 살며시 뒤둥그러지며

"어쩌자구 글쎄 행랑걸!"

"주둥아리 좀 못 닫쳐?"

여기에서 드디어 남편은 열병 든 사람처럼 벌떡 일어나 앉지 않을 수가 없었다. 그와 동시에 놋재떨이가 공중을 날아와 벽에 부딪고 떨어지며 쟁그렁 하고 요란스러운 소리를 낸다.

이렇게까지 하지 않으면 서방님은 머리에 떠오르는 그 징글징글한 기억을 어떻게 털어버릴 도리가 없는 것이다. 하기는 아내를 더 지껄이게 하였다가는 그 입에서 무슨 소리가 나올지 모르니 겁도 나거니와 만일에 행랑어멈이 미닫이 밖에서 엿듣고 섰다가 이 기맥을 눈치챈다면 그는 더욱 우좌스러운 저의 몸을 발견함에 틀림없을 것이다.

아내가 밖으로 나간 뒤 서방님은 멀뚱히 앉아서 쓴침을 한번 삼키려 하였으나 그것도 잘 넘어가질 않는다. 수전증 들린 손으로 머리맡에 냉수를

---

* 일부러 어리석은 체하는.
** 첩치가妾置家. 첩을 얻어 따로 살림을 차림.

쭈욱 켜고는 이불 속으로 들어가 다시 눈을 감아보려 한다. 잠이 들면 불쾌한 생각이 좀 덜어질 듯싶어서이다.

그러나 눈만 뽀송뽀송할 뿐 아니라 감은 눈 속으로 온갖 잡귀가 다아 나타난다. 머리를 풀어 헤치고 손톱을 길게 늘인 거지 귀신, 뿔 돋친 사자 귀신, 치렁치렁한 꼬리를 휘저으며 깔깔거리는 여호 귀신, 그중의 어떤 것은 한쪽 눈깔이 물커졌건만 그래도 좋다고 아양을 부리며 "아이 서방님!" 하고 달겨들면 이번에는 다리 팔 없는 오뚝이 귀신이 저쪽에 올롱이* 앉아서 "요 녀석!" 하고 눈을 똑바로 뜬다. 이것들이 모양은 다르다 할지라도 원바탕은 한바탕이리라.

'에이 망할 년들!'

서방님은 진저리를 치며 벌떡 일어나 앉아서는 권연에 불을 붙인다. 등줄기가 선뜩하며 식은땀이 흥건히 내솟았다.

그것도 좋으련만 부엌에서는 그릇 깨지는 소리와 함께 아내가 악을 쓰는 걸 보면 행랑어멈과 또 말시단**이 되는 듯싶다. 무슨 일인지 자세히는 알 수 없으나

"자넨 그래 게 다니나?" 하니까

"전 빨리 다니진 못해요." 하고 행랑어멈의 데퉁스러운 그 대답—

서방님도 행랑어멈의 음성만 들어도 몸서리를 치며 사지가 졸아드는 듯하였다. 그리고

'아아! 내 뭘 보구 그랬던가 검붉은 그 얼굴 푸르딩딩하고 꺼칠한 그 입살 그건 그렇다 하고 찝찔한 짠지 냄새가 확 끼치는 그리고 생후 목물 한 번도 못 해봤을 듯싶은 때꼽 낀 그 몸뚱아리는? 에잇 추해! 추해! 내

---

* 떡 버티어 덩그렇게 홀로. 또는 사물이 종 모양으로 불룩 튀어나온 모양.
** 말시비.

뭘 보구? 술이다, 술. 분명히 술의 작용이었다' 하고 또다시 애꿎은 술만 탓하지 않을 수 없다. 아무리 생각을 안 하려 하여도 그날 밤 지냈던 일이, 추악한 그 일이 저절로 머릿속에서 빙글빙글 도는 것이다.

과연 새벽녘 집에 다다랐을 때쯤 하여서는 하늘땅이 움직이도록 술이 잠뿍 올랐다. 택시에서 내리어 엎어지고 다시 일어나다가 옆집 돌담에 부딪치어 면상을 깐 것만 보아도 취한 것이 확실하였다. 그러나 대문을 열어주고 눈을 비비고 섰는 어멈더러

"왔나?" 하다가

"안즉 안 왔어요 아마 며칠 묵어서 올 무양인가 봐요."

그제야 안심하고 그 허리를 콱 부둥켜안고 행랑방으로 들어간 걸 보면 전혀 정신이 없던 것도 아니었다. 왜냐면 아침나절 아범이 들어와 저 살던 고향에 좀 다녀오겠다고 인사를 하고 나간 것을 정말 취한 사람이면 생각해냈을 리 있겠는가.

허나 년의 행실이 더 고약했는지도 모른다. 전일부터 맥없이 빙글빙글 웃으며 눈을 째긋이 꼬리를 치던 것은 그만두고라도 방에서 그 알량한 낯파대기*를 갖다 비비며

"전 서방님허구 살구 싶어요 웬일인지 전 서방님만 뵈면 괜스레 좋아요."

"그래그래 살아보자꾸나!"

"전 뭐 많이도 바라지 않어요 그저 집 한 채만 사주시면 얼마든지 살림하겠어요."

그리고 가장 이쁜 듯이 팔로 그 목을 얽어들이며

---

* 낯바대기. '낯' 을 속되게 이르는 말.

"그렇지 않어요? 서방님! 제가 뭐 기생첩인가요 색시첩인가요 더 바라게?"

더욱이 앙큼스러운 것은 나종에 발뺌하는 그 태도이었다. 안에서 이 눈치를 채고 아내가 기겁을 하여 뛰어나와서 그를 끌어낼 때 어멈은 뭐랬는가. 아내보담도 더 분한 듯이 쌔근거리고 서서는 그리고 눈을 사박스레* 홉뜨고는

"행랑어멈은 일 시키자는 행랑어멈이지 이러래는 거예요?"

이렇게 바로 호령하지 않었던가. 뿐만 아니라 고대 자기를 보면 괜스레 좋아서 죽겠다던 년이 딴통같이

"아범이 없기에 망정이지 이걸 아범이 안다면 그냥 안 있어요. 없는 사람이라구 너머 업신여기지 마서요."

물론 이것이 쥔아씨에게 대하여 저의 면목을 세우려는 뜻도 되려니와 하여튼 년도 무던히 앙큼스러운 계집이었다. 그리고 나서도 그다음 날 밤중에는 자기가 대문을 들어서자마자 술 취한 사람을 되는 대로 잡아끌고서 행랑방으로 들어간 것도 역 그년이 아니었던가. 허지만 잘 따져보면 모두가 자기의 불근신한 탓으로 돌릴 수밖에 없고

'문지방 하나만 더 넘어서면 곱고 깨끗한 아내가 있으련만 그걸 뭘 보구?'

이렇게 생각해보니 곧 창자가 뒤집힐 듯이 속이 아니꼽다.

그러나 이미 엎친 물이니 주워 담을 수도 없는 노릇이고 어째보려야 어째볼 엄두조차 나질 않는다.

서방님은 생각다 못하여 하릴없이 궁한 음성으로 아씨를 넌즈시 도로

---

* 성질이 독살스럽고 야멸친 데가 있게.

불러들였다. 그리고 거진 울 듯한 표정으로

"여보! 설혹 내가 잘못했다 합시다. 이왕 이렇게 되고 난 걸 노하면 뭘 하오?"

하고 속 썩는 한숨을 휘도르고는

"그렇다고 내가 나서서 나가라 마라 할 면목은 없소, 허니 당신이 날 살리는 심 치고 그걸 조용히 불러서 돈 십 원이나 주어서 나가게 하도록 해보우."

"당신이 못 내보내는 걸 내 말은 듣겠소?"

아씨는 아까에 윽박질렀던 앙가프리로 이렇게 톡 쏘긴 했으나

"만일 친구들에게 이런 걸 발설한다면 내가 이 낯을 들고 문밖엘 못 나설 터이니 당신이 잘 생각해서 해주." 하고 풀이 죽어서 빌붙는 이 마당에는

"그년에게 그래 괜히 돈을 준담!"

하고 혼잣소리로 쭝얼거리고는 밖으로 나오지 않을 수 없다. 더 비위를 긁었다가는 다시 재떨이가 공중을 나를 것이고 그러면 집안만 소란할 뿐 외려 더욱 창피한 일이었다.

아씨는 마루 끝에 와 웅크리고 앉아서 심부름하는 계집애를 시키어 어미를 부르게 하고 그리고 다시 생각해보니 어멈도 물론 괘씸하거니와 계집이면 덮어놓고 맥을 못 쓰는 남편도 남편이렷다. 그의 본처라는 자기 말고도 수하동에 기생첩을 치가하였고 또는 청진동에 쌀 나무만 대고 드나드는 여학생 첩도 있는 것이다. 꽃 같은 계집들이 이렇게 앞에 놓였으련만 무슨 까닭에 행랑어멈을 그랬는지 그 속을 모르겠고

'그것두 외양이나 잘났음 몰라두 그 상파대기를 뭘 보구? 에! 추해!'

하고 아씨는 자기가 치른 것같이 메스꺼운 생각이 안 날 수 없었다.

그러나 이런 일이란 언제든지 계집이 먼저 꼬리를 치는 법이었다. 그렇게 생각하면 우선 행랑어멈 이년이 더욱 숭칙스러운 굴치*라 안 할 수 없었다. 처음 올 적만 해도 시골서 살다 쫓겨 올라온 지 며칠 안 되는데 방이 없어서 이러구 다닌다고 하며 궁상을 떨은 것이 좀 측은히 본 것이 아니었던가. 한편 시골 거라 부려먹기에 힘이 덜 들려니 하고 둔 것이 단 열흘도 못 되어 까만 낯바닥에 분때기를 칠한다 머리에 기름을 바른다 치마를 외로 돌아입는다 하며 휘즐르고** 다니는 걸 보니 서울서 닳아도 어지간히 닳아먹은 계집이었다. 그렇다 치더라도 일을 시켜보면 뒷간까지도 죽어가는 시늉으로 하고 하던 것이 행실을 버려놓은 다음부터는 제가 마땅히 해야 할 걸레질까지도 순순히 하려질 않는다. 그리고 고기 한 메를 사러 보내도 일부러 주인의 안을 채기 위하여 열나절이나 있다 오는 이년이 아니었던가.

　　"자네 대리는 오금이 붙었나?"

　　아씨가 하 기가 막혀서 이렇게 꾸중을 하면

　　"저는 세상없는 일이라도 빨리는 못 다녀요!" 하고 시퉁그러진 소리로 눈귀가 실룩이 올라가는 이년이 아니었던가. 그나 그뿐이랴 아씨가 서방님과 어쩌다 같이 자게 되면 시키지도 않으련만 아닌 밤중에 슬며시 들어와서 끓는 고래에다 불을 처지펴서 요를 태우고 알몸을 구워놓은 이년이었다.

　　그러나 이렇게 생각하면 막벌이를 한다는 그 남편 놈이 더 숭악할는지 모른다.

---

* 은근히 탐하는 성질을 가진 사람을 비유적으로 이르는 말.
** 휘젓다. 마구 뒤흔들어 어지럽게 만들다.

이년의 소견으로는 도저히 애 뱄다는 자세로 며칠씩 그대로 자빠져서 내다 주는 밥이나 먹고 누웠을 그런 배짱이 못 될 것이다. 아씨가 화가 치밀어서 어멈을 불러들이어

"자네는 어떻게 된 사람이길래 그리 도도한가. 아프다고 누웠고 애 뱄다고 누웠고 졸리다고 누웠고 이러니 대체 일은 누가 할 겐가?"

이렇게 눈이 빠지라고 톡톡히 역정을 내었을 제

"애 밴 사람이 어떻게 일을 해요? 아이 별일두! 아씨는 홑몸으로도 일 안 하시지 않어요?" 하고 저도 마주 대고 눈을 똑바로 뜬 걸 보더라도 제 속에서 우러나온 소리는 아닐 듯싶다. 순사가 인구 조사를 나왔다가 제 성명을 물어도 벌벌 떨며 더듬거리는 이년이 아니었던가. 이렇게 생각하면 아씨는 두 년놈에게 쥐키어 그 농간에 노는 것이 고만 절통하여

"그럼 자네가 쥔아씨 대우로 받쳐달란 말인가?"

"온 별말씀을 다 하서요 누가 아씨로 받쳐달랐어요?"

어멈은 저로도 엄청나게 기가 막힌지 콧등을 한번 씽긋하다가

"애 밴 사람이 어떻게 몸을 움직이란 말씀이야요? 아씨두 온 심하시지!"

"애 애 허니 뉘 눔의 앨 뱄길래 밤낮 그렇게 우좌스레 대드나?" 하고 불같이 골을 팩 내니까

"뉘 눔의 애라니요? 아씨두! 그렇게 막 말씀할 게 아니야요. 애가 커서 이담에 데련님이 될지 서방님이 될지 사람의 일을 누가 알아요?" 하고 저도 모욕이나 당한 듯이 아씨 붑지 않게 큰 소리로 대들었다.

아씨는 이 말에 가슴뿐만 아니라 온 전신이 고만 뜨끔하였다. 터놓고 말은 없어도 년의 어투가 서방님의 앨지도 모른다는 음흉이리라. 마는 설혹 그렇다면 실지 지금쯤은 만삭이 되어 배가 태독 같아야 될 것이다. 부

른 배를 보면 댓 달밖에 안 되는 쥐새끼를 가지고 틀림없이 서방님 건 듯이 이렇게 흥증을 떠는 것을 생각하니 곧 달겨들어 뺨 한 개를 갈기고도 싶고 그러면서도 일변 후환이 될까 하여 가슴이 죄어지지 않을 수도 없는 노릇이었다.

'오늘은 이년을 대뜸……'

아씨는 이렇게 맘을 다부지게 먹고 중문을 들어서는 어멈에게 매서운 시선을 보내었다.

그러나 그렇다고 얼러 딱딱거렸다가는 더욱 내보낼 가망이 없을 터이므로 결국 좋은 소리로

"여보게! 자네에게 이런 소리를 하는 것은 좀 뭣하나." 하고 점잖이 기침을 한번 하고는

"자네더러 나가라는 건 나부터 좀 섭섭한데 말이야 자네가 뭐 밉다든가 해서 내쫓는 게 아닐세. 그러면 자네 대신 다른 사람을 들여야 할 게 아닌가? 그런 게 아니라 자네도 아다시피 저 마당에 쌓인 저 시간*을 보지? 인제 눈은 내릴 터이고 저걸 어떻게 주체하나? 그래 생각다 못해 행랑방으로 척척 디려쌀려고 하니까 미안하지만 자네더러 방을 내달라는 말일세."

"그러나 차차 추워질 텐데 갑작스레 어디로 나가요?"

행랑어멈은 짐작치 않았던 그 명령에 고만 얼떨떨하여 찔쩍한** 두 눈이 휘둥그렜으나

"그래서 말이지 이런 일은 번이 없는 법이지만 내가 돈 십 원을 줄 테니

---

* 세간. 살림살이 도구.
** 질척한.

이걸로 앞다리*를 구해 나가게." 하고 큰 지전장을 생색 있이 내줌에는

"글쎄요 그렇지만 그렇게 곧 나갈 수는 없을걸요." 하고 주밋주밋 돈을 받아 들고는 좋아서 행랑방으로 뺑 나가지 않을 수 없었다.

아씨도 이만하면 네년이 떨어졌구나 하고 비로소 안심이 되었다마는 단 오 분이 못 되어 어멈이 부나케 들어오더니 그 돈을 내어놓으며

"다시 생각해보니까 못 떠나겠어요 어떻게 몸이나 풀구 한 뒤 달 지나야 움직일 게 아냐요? 이 몸으로 어떻게 이사를 해요?" 하고 또라지게** 딴청을 부리는 데는 아씨는 고만 가슴이 다시 달룽하였다.*** 이년이 필연코 행랑방에 나갔다가 서방 놈의 훈수를 듣고 들어와서 이러는 것이 분명하였다.

아씨는 더 말할 형편이 아님을 알고 돈을 받아 든 채 그대로 벙벙히 섰지 않을 수 없었다.

그러다 한참 지난 뒤에야 안방으로 들어가서 서방님에게 일일이 고해 바치고

"나는 더 할 수 없소. 당신이 내쫓든지 어떡허든지 해보우!" 하고 속 썩는 한숨을 쉬니까

"오죽 뱅충맞게 해야 돈을 주고도 못 내보낸담? 쩨! 쩨! 쩨!" 하고 서방님은 도끼눈으로 혀를 찬다. 어멈을 못 내보내는 것이 마치 아씨의 말주변이 부족해 그런 듯싶어서이다. 그는 무엇으로 아씨를 이윽히 노려보다가

"나가! 보기 싫여!" 하고 공연스레 역정을 벌컥 내었다. 마는 역정은

---

* 집을 남에게 주고 새로 옮겨 갈 집.
** 매우 또렷또렷한 모양.
*** 별안간 놀라거나 겁이 나서 가슴이 따끔하게 울리다.

역정이로되 그나마 행랑방에 들릴까 봐 겁을 집어먹은 가는 소리로 큰소리의 행세를 하려니까 서방님은 자기 속만 부적부적 탈 뿐이었다.

그것도 그럴 것이 서방님은 이걸로 말미암아 사날 동안이나 밖으로 낯을 들고 나오지 못하였다. 자기를 보고 실적게* 씽긋씽긋 웃는 년도 년이려니와 자기의 앞에 나서서 멋없이 굽신굽신하는 그 서방 놈이 더 능글차고 숭악한 것이 보기조차 두려웠다.

서방님은 이불을 머리까지 들쓰고는 여러 가지 귀신을 손으로 털어가며 "끙! 끙!" 하고 않는 소리를 치고 하였다. 그리고 밥도 잘 안 자시고는 무턱대고 죄 없는 아씨만 대구 들볶아대었다.

"물이 왜 이렇게 차? 아주 얼음을 깨 오지그래."

어떤 때에는

"방에 누가 불을 때랬어? 끓여 죽일 터이야?"

이렇게 까닭 모를 불평이 자꾸만 자꾸만 나오기 시작하였다.

아씨는 전에도 서방님이 이렇게 앓은 경험이 여러 번 있으므로 이번에도 며칠 밤을 새우고 술을 먹더니 주체가 났나 보다고 생각할 것이 돌리었다. 부모가 물려준 재산을 왜 온전히 못 쓰고 저러나 싶어서 딱한 생각을 먹었으나 그래도 서방님의 몸이 축갈까 염려가 되어 풍로에 으이**를 쑤고 있노라니까

"아씨! 전 오늘 이사를 가겠어요." 하고 어멈이 앞으로 다가선다. 아씨는 어떻게 되는 속인지 몰라서 떨떠름한 낯으로

"어떻게 그렇게 곧 떠나게 됐나?"

---

* 실없이.

** 응이, 의이. 율무, 혹은 다른 곡물의 앙금으로 만든 죽.

"네! 앞다리도 다 정하고 해서 지금 이삿짐을 옮길려구 그래요." 하고 어멈은 안마당에 놓였던 새끼 뭉태기를 가지고 나간다. 그 모양이 어떻게 신이 났는지 치마 뒤도 여밀 줄 모르고 미친년같이 허벙거리며* 나간 것이었다.

아씨는 이 꼴을 가만히 보고 하여튼 앓던 이 빠진 것처럼 시원하긴 하나 그러나 년이 급자기 떠난다고 서두는 그 속이 한편 이상도 스러웠다. 좀체로 해서 앉은 방석을 아니 뜰 든 이년이 제법 훌훌히 털고 일어설 적에는 여기에 딴속이 있지 않으면 안 될 것이다.

얼마 후 아씨는 궁금한 생각을 먹고 문간까지 나와보니 어멈네 두 내외는 구루마에 짐을 다 실었다. 그리고 보구니에 잔 세간을 넣어 손에 들고는 작별까지 하고 가려는 어멈을 보고

"자네 또 행랑살이로 가나?" 하고 물으니까

"저는 뭐 행랑살이만 밤낮 하는 줄 아서요?" 하고 그전부터 눌려왔던 그 아씨에게 주짜를 뽑는** 것이다.

"그럼 사글세루?"

"사글세는 왜 또 사글세야요? 장사하러 가는데요!" 하고 나도 인제는 너만 하단 듯이 비웃는 눈치이다가

"장사라니 밑천이 있어야 하지 않나?"

"고뿌 술집 할 테니까 한 이백 원이면 되겠지요. 더는 해 뭘 하게요?" 하고 네 보란 듯 토심스레*** 내뱉고는 구루다의 뒤를 따라 골목 밖으로 나아간다.

---

* 허둥거리며.
** 주짜를 뽑다. 버릇없이 대들다.
*** 남이 좋지 않은 태도로 대하여 마음이 아니꼽고 불쾌하게.

아씨는 가만히 눈치를 봐하니 저년이 정녕코 돈 이백 원쯤은 수중에 가지고 희짜를 빼는 모양이었다. 그렇다면 어제저녁 자기가 뒤란에서 한참 바쁘게 약을 끓이고 있을 제, 년이 안방을 치운다고 들어가서 오래 있었는데 아마 그때 서방님과 수작이 되고 돈도 그때 주고받은 것이 확적하였다. 그렇지 않으면 고분고분이 떠날 리도 없거니와 그년이 생파같이* 돈 이백 원이 어서 생기겠는가. 그렇게 따지고 보면 벌써부터 칠팔십 원이면 사줄 그 신식 의걸이 하나 사달라고 그리 졸랐건만도 못 들은 척하던 그가 어멈은 하상 뭐기에 이백 원씩 희떱게 내주나 싶어서 곧 분하고 원통하였다.

아씨는 새빨간 눈을 뜨고 안방으로 부르르 들어와서

"그년에게 돈 이백 원 주었수?" 하고 날카로운 소리를 내었다. 그러나 서방님은 암말 없이 드러누워서 입맛만 다시니 아씨는 더욱더 열에 뜨이어

"글쎄 이백 원이 얼마란 말이오? 그년에게 왜 주는 거요 그런 돈 나에겐 못 주?"

이렇게 포악을 쏟아놓다가 급기야엔 눈에 눈물이 맺힌다.

그래도 서방님은 입을 꽉 다물고는 대답 대신

"끙! 끙!" 하고 신음하는 소리만 내일 뿐이다.

—《조광》, 1936. 10.

---

* 뜻하지 아니하게 갑자기.

슬픈 이야기

　암만 때렸단대도 내 계집을 내가 쳤는데야 네가, 하고 덤비면 나는 참으로 할 말 없다. 허지만 아무리 제 계집이기도 개 잡는 소리를 가끔 치게 해가지고 옆집 사람까지 불안스럽게 구는, 이것은 넉넉히 내가 꾸짖을 수 있다는 말이다. 그것도 일테면 내가 아내를 가졌다 하고 그리고 나도 저와 같이 아내와 툭죽거릴* 수 있다면 혹 모르겠다. 장가를 들었어도 얼마든지 좋을 수 있을 만치 나이가 그토록 지났는데도 어쩌는 수 없이 사글셋방에서 이렇게 홀로 둥글둥글 지내는 놈을 옆방에다 두고 즈이끼리만 내외가 투닥닥 투닥닥, 하고 또 끼익, 끼익, 하고 이러는 것은 썩 잘못된 생각이다. 요즘 같은 쓸쓸한 가을철에는 웬셈인지 자꾸만 슬퍼지고, 외로워지고, 이래서 밤잠이 제대로 와주지 않는 것이 결코 나의 죄는 아니다. 자정을 넘어서서 새로 두 점이나 바라보련만도 그대로 고생고생하다가 이제야 겨우 눈꺼풀이 어지간히 맞아 들어오려 하는 데다 갑작스레 꿍, 하고 방이 울리는 서슬에 잠을 고만 놓치고 마는 것이다. 이것은 재론할 필요 없이 요 뒷집의 거는방**과 세 들어 있는 이 내 방과를 구분

---

* 툭죽거리다. 갑자기 튀거나 터지는 소리가 자꾸 나다.
** 건넌방.

하기 위하여 떡 막아놓은, 벽이라기보다는 차라리 울섶으로 보아 좋을 듯싶은, 그 벽에 필연 육중한 몸이 되는 대로 들이받고 나가떨어지는 소리일 것이 분명하다. 이렇게 벽을 들이받고, 떨어지고, 하는 것은 일상 맡아놓고 그 아내가 해주므로 이번에도 그랬었음에 별로 틀리지 않을 것이다. 그러기에 들릴까 말까 한 나직한, 그러면서도 잡아먹을 듯이 앙크러 뜯는* 소리로 그 남편이 쭝얼거리다 픽, 하는 이것은 발길이 허구리로 들어온 게고, 그래 아내가 어구구, 하니까 그 바람에 옆에서 자던 세 살짜리 아들이 어아, 하고 놀라 깨는 것이 두루 불안스럽다. 허 이눔 또 했구나, 싶어서 나는 약이 안 오를 수 없으니까 벌떡 일어나서 큰일을 칠 거라도 같이 제법 눈을 부라린 것만은 됐으나 그렇다고 벽 너머 저쪽을 향하여 꾸중을 한다든가 하는 것이 점잖은 나의 체면을 상하는 것쯤은 모를 리 없을 것이다. 이렇게 되면 잠자기는 영 그른 공사기로 권연 하나를 피워 물었던 것이나 아무리 생각하여도 놈의 소행이 괘씸하여 그냥 배기기 어려우므로 캐액, 하고 요강 뚜껑을 괜스레 열었다가 깨지지만 않을 만침 아무렇게나 내리 닫으며 역정을 내본댄대도 저놈이 이것쯤을 끄뻑할 놈이 아닌 것은 전에 여러 번 겪었으니 소용없다. 마뜩지 않게 골피를 접고 혼자서 끙끙거리고 앉아 있자니까 아 이놈이 꽨 듯싶어서 점점 더하는 것이 급기야엔 아내가 아마 옷 궤짝에나 혹은 책상 모슬기에나 그런 데다 머리를 부딪는 것 같더니 얼마든지 마냥 울 수 있는 그 설움이 남의 이목에 걸리어 겨우 목젖 밑에서만 끅, 끅, 하도록 만들어놓았다. 이놈이 사람을 잡을 작정인가, 하고 그대로 있기가 안심치가 않아서 내가 역정 난 몸을 불쑥 일으키어가지고, 벽과 기둥이 맞닿은 쪽으로 한

---

* 앙크러 뜯다. 몸을 몹시 작게 우그려 남의 흠집을 잡아내다.

지 오래된 도배지가 너털너털 쪼개지고, 그래서 어쩌다 뻥 뚫린 하잘것 없는 그 구녕으로 내외간의 싸움을 들여다보는 것은 좀 나의 실수도 되겠지만 이놈과 나와 예의니 뭐니 하고 찾기에는 제가 벌써 다 처신을 잃어났거니와 그건 말고도 이렇게 남 자는 걸 깨워놓았으니까 나 좀 보는데 누가 뭐랄 테냐. 너털대는 벽지를 가만히 떠들고 들여다보니까 외양이 불밤송이 같이 단작맞게* 생긴 놈이 전기회사의 양복을 입은 채 또는 모자도 벗는 법 없이 고대로 쪼그리고 앉아서, 저보담 엄장도 훨씬 크고 투실투실히 벌은 아내의 머리를 어떡하다 그리도 묘하게스리 좁은 책상 밑구녕에다 틀어박았는지 궁둥이만이 위로 불끈 솟은, 이걸 노리고 미리 쥐고 있었던 황밤주먹으로 한 번 콕 쥐어박고는 이년아 네가, 어쩌구 중얼거리다 또 한 번 콕 쥐어박고 하는 것이다. 아내로 논지면 울려 들었다면 벌써도 꽤 많이 울어두었겠지만 아마 시골서 조촐히 자란 계집인 듯싶어 여필종부의 매운 절개를 변치 않으려고 애초부터 남편 노는 대로만 맡겨두고 다만 가끔가다 조금씩 끽, 끽, 할 뿐이었으나 한편에 올롱이 놀라 앉았는 어린 아들은 즈 아버지가 어머니를 잡는 줄 알고 때릴 때마다 소리를 빽빽 질러 우는 것이다. 그러면 놈은 송구스러운 이 악장에 다른 사람들이 깰까 봐 겁 집어먹은 눈을 이리로 돌리어 아들을 된통 쏘아보고는 이 자식 울면 죽인다, 하고 제 깐에는 위협을 하는 것이나 그래도 조금 있으면 또 끼익 하는 데는 어쩔 수 없이 입을 막고자 따귀 한 개를 먹여놓았던 것이 그 반대로 더욱 난장판이 되니까 저도 어처구니가 없는지 멀거니 바라보며 뒤통수를 긁는다. 놈이 워낙이 담대하지가 못해서 낮 같은 때 여러 사람이 있는 앞에서는 제가 감히 아내를 치기커녕 외

* 단작스럽게. 매우 치사스럽게.

출에서 들어올 적마다 가장 금실이나 두터운 듯이 애기 엄마 저녁 자셨소 어쩌오, 하고 낮 간지러운 소리를 해두었다가, 다들 자고 만귀잠잠한 쪽 요맘때 야근에서 돌아와서는 무슨 대천지원수나 품은 듯이 울지 못하도록 미리 위협해놓고는 은근히 치고, 차고, 이러는 이놈이다. 허기야 제 아내 제가 잡아먹는데 그야 내 뭐랄 게 아니겠지, 그렇지만 놈이 주먹으로 얼마고 콕콕 쥐어박아도 아내의 살 잘 찐 투실투실한 궁둥이에는 좀처럼 아플 성싶지 않으니까 이번에는 두 손가락을 찌깨*같이 꼬부려가지고 그 허구리를 꼬집기 시작하는 것인데 아픈 것은 참아왔다더라도 채신없이 요렇게 꼬집어 뜯는 데 있어서야 제아무리 춘향이기로 간지럼을 아니 타는 법은 없을 게다. 손가락이 들어올 적마다 구부려 있던 커단 몸집이 우찔근하고 노는 바람에 머리 위에 거반 얹히다시피 된 조고만 책상다저 들먹들먹하는 걸 보면 괴로워도 요만조만한 괴로움이 아닐 텐데 저런저런 계집을 친다기로 숫제 뺨 한 번을 보기 좋게 쩔걱, 하고 치면 쳤지, 나는 참으로 저럴 수는 없으리라고 아! 나쁜 놈 하고 남의 일 같지 않게 울화가 터지려고 하였던 것이나 그보다도 위선 아무리 남편이란대도 이토록 되면 그 뭐 낼쯤 두고 보아 괜찮으니까 그까짓 거 실팍한 살집에다 근력 좋겠다. 달롱 들고 나와서 뒷간 같은 데다 틀어박고는 되는 대로 꾸드려주어도 아내가 두려워서 제가 감히 찍소리 한번 못할 텐데 그걸 못 하고 저런, 저런, 에이 분하다. 그럼 그것은 내외간의 찌든 정이 막는가 하기로니 당장 그 무서운 궁둥이만 위로 번쩍 들 지경이면 그 통에 놈의 턱주가리가 치받혀서 뒤로 벌렁 나가떨어지는 꼴이 그런대로 해롭지 않을 텐데 글쎄 어쩌자고, 그러나 좀 더 분을 돋워놓으면 혹 그럴는지도

---

* 집게.

모를 듯해서 놈의 무참한 꼴을 상상하며 이제나저제나 하고 은근히 조를 비볐던 것이 이내 경만 치고 말므로 저런, 저런 하다가 부지중 주먹이 불끈 쥐어졌던 것이나 놈이 휘둥그런 눈을 들어 이쪽을 바라볼 때에야 비로소 내 주먹이 벽을 울려 친 걸 알고 깜짝 놀랐다. 허물 벗겨진 주먹을 황망히 입에 들이대고 엉거주춤이 입김을 쏘이고 섰노라니까 잠 안 자고 게 서서 뭘 허우, 하고 변소에를 다녀가는 듯싶은 심술궂은 쥔 노파가 긴치 않게 바라보더니 내 방 앞으로 주춤주춤 다가와서 눈을 찌긋하고 하는 소리가 왜 남의 기집을 자꾸 들여다보고 그류, 괜히 맘이 동하면 잠두 못 자구, 하고 거지반 비웃는 것이 아닌가. 내가 나이 찬 홀몸이고 또 저쪽이 남편에게 소박받는 계집이고 하니까 이런 경우에는 남 모르게 이러구저러구 하는 것이 사차불피*의 일이라고 제멋대로 이렇게 생각한 그는 요즘으로 들어서 나의 일거일동, 일테면 뒷간에서 뒤를 보고 나온다든가 하는 쓸데 적은 고런 행동에나마 유난히 주목하여두는 버릇이 생겨서 가끔 내가 어마어마하게 눈총을 겨누는 것도 무서운 줄 모르고 나중에는 심지어 저놈이 계집을 떼어 던지려고 지금 저렇게 못살게 구는 거라우, 이혼만 하거던 그저 두말 말고 데꺽 꿰차면 고만 아니요, 하며 그러니 얼마나 좋으냐고 나는 별로 좋을 것이 없는 것 같은데 아주 좋다고 깔깔 웃는 것이다. 이 노파의 말을 들어보면 저놈이 십삼 년 동안이나 전차 운전수로 있다가 올에서야 겨우 감독이 된 것이라는데 그까짓 걸 바로 무슨 정승판서나 한 것같이 곤내질**을 하며 동리로 돌아치는 건 그런대로 봐준다 하더라도 갑작스레 무슨 지랄병이 났는지 여학생 장가 좀 들겠다고 아내보고 너 같은 시골뜨기허구 살면 내 낯이 깎인다, 하며 어여 친정으

---

* 죽는 한이 있어도 피할 수가 없음.
** 곤댓짓. 뽐내어 우쭐거리며 하는 고갯짓.

로 가라고 줄청같이 들볶는 모양이니 이건 짜정 괘씸하다. 제가 시골서 처음 올라와서 전차 운전수가 되어가지고, 지금 사람이 온체 착실해서 돈도 무던히 모았다고 요 통*안서 소문이 자자하게 난 그 저금 팔백 원이라나 얼마라나를 모으기 시작할 때 어떻게 생각하면 밤일에서 늦게 돌아오다가 속이 후출하여 다른 동무들은 냉면을 먹고, 설렁탕을 먹고, 하는 것을 놈은 홀로 집으로 돌아와 이불 속에서 언제나 잊지 않고 꼭 대추 두 개로만 요기를 하고는 그대로 자고 자고 한 그 덕도 있거니와 엄동에 목도리 장갑, 하나 없이 그리고 겹저고리로 떨면서 아침저녁 격금내기로 변또를 부치러 다니던 그 아내의 피땀이 안 들고야 그 칠팔백 원 돈이 어디서 떨어지는가. 그런 공로를 모르고 똥개 떨 거** 다 떨고 나니까 놈이 계집을 내차는 것이지만 그렇게 되면 제 놈 신세는 볼일 다 볼 게라고 입을 삐쭉하다가 아무튼 이혼만 한다면야 내가 새에서 중신을 서주기라도 할 게니 어디 한번 데리고 살아보구려, 하며 그 아내의 얼마큼이든가 남편에게 충실할 수 있는 미점을 듣기에 야윈 손가락이 부질없이 폈다 접었다, 이리 수선이다. 이 신당리라는 데는 번시라 푼푼치 못한 잡동사니만이 옹기종기 몰킨 곳으로 점잖한 짓이라고는 전에 한 번도 해본 일 없이 오직 저 잘난 놈이 태반일진댄 감독 됐으니까 여학생 장가 좀 들어보자고 본처더러 물러서 달라는 것이 별로 이상할 게 없고, 또 한편 거리에서 말뚱만 굴러도 동리로 돌아다니며 말을 드는 수다쟁이들이매 밤마다 내가 벽 틈으로 눈을 들여 넣고 정신없이 서 있어서 저 남의 계집 보고 조갈이 나서 저런다는 것쯤 노해서는 아니 되겠지만 그래도 조금 심한 것 같다. 이놈의 늙은이가 남 곧잘 있는 놈 바람맞히지 않나, 싶어서 할

---

* 한 구역을 이루는 공간의 일정한 범위
** 똥개 떨다. 똥개의 모습으로부터 벗어나다. 형편이 나아지다.

머니나 그리로 장가가시구려, 하고 소리를 꽥 질렀던 것이나 실상은 밤낮 남편에게 주리경을 치는 그 아내가 가엾은 생각이 들길래 그럴 양이면 애초에 갈라서는 것이 좋지 않을까 보냐라는 부부간의 정이란 그 무엔지, 짧지 않은 세월에 찔기둥찔기둥*이 맺어진 정은 일조일석에는 못 끊는 듯싶어 저러고 있는 것을, 요즘에는 그 동생으로 말미암아 더 매를 맞는다는 소문이 있다. 한편에다 여학생 하나를 미리 장만해놓고 신가정을 꿈꾸는 놈에게 본처라는 것이 눈의 가시만치나 미운 데다가 한 열흘 전에는 시골 처가에서 처남이 올라와서 농사 못 짓겠으니 나 월급자리에 좀 넣어달라고, 언내 알라 세 사람을 재우기에도 옹색한 셋방에 가 깍짓동** 같은 커단 몸집이 널쩍하게 터를 잡고는 늘큰히 묵새기고*** 있다면 그야 화도 조금 나겠지, 허지만 놈에게는 그게 아니라 하루에 세 그릇씩 없어지는 그 밥쌀에 필연 겁이 버럭 났을 것이다. 그렇다고 처남을 면대 놓고 밥쌀이 아까우니 너 갈 데로 가라고 내쫓을 수는 없을 만큼 고만큼쯤은 놈도 소견이 되었던 것이나 이것은 적실히 놈의 불행이라 안 할 수 없는 것으로 상전에서는 아 여보게 고만 자시나, 물에 말아서 찬찬히 더 들어봐, 하고 겉면을 꾸리다가 밤에 들어와서는 이러면 저도 생각이 있으려니, 확신하고 아내를 생트집으로 뚜드려 패자니 몇 푼어치 못 되는 근력에 허덕허덕 고만 지고 마는 것이다. 그러면 처남은 누이 맞는 것이 가엾기는 하나 그렇다고 어쩌는 수는 없는 고로 무색하여 밖으로 비슬비슬 피해 나가는 것이나, 이래도 맞고 저래도 맞는 그 아내의 처지는 실로 딱한 것으로 이대로 내가 두고 보는 것은 인류에 벗어나는 일이라 생각

* 찔깃찔깃. 매우 질긴 듯하게.
** 콩이나 팥의 깍지를 줄기가 달린 채로 묶은 큰 단. 몹시 뚱뚱한 사람의 몸집을 비유적으로 이르는 말.
*** 하는 일 없이 오래 머무르고.

하고, 그담 날 부나케 찾아가 놈을 꾸짖었단대도 그리 어쭙잖은 일은 아닐 것이다. 내가 대문간에 가 서서 그 집 아이에게 거는방에 세 들은 키쪼꼬만 감독 좀 나오래라, 해가지고 그동안 곁방에서 살았고 또 전자부터 잘났다는 성식은 익히 들었건만 내가 못나서 인사가 이렇게 늦었다고 나의 이름을 대니까 놈도 좋은 낯으로 피차없노라고 달랑달랑 쏜으며 멋없이 빙긋 웃는 양이 내 무슨 저에게 소청이라도 있어 간 것같이 생각하는 듯하여 불쾌한 마음으로 나는 뭐 전기회사에서 오란대두 안 갈 사람이라고 오해를 풀어주고는 그 면상판을 이윽히 들여다보며 오 네가 매밤의 대추 두 개로 돈 팔백 원을 모은 놈이냐, 하고는 그 지극한 정성에 다시금 감탄하지 않을 수가 없었다. 비록 낯짝이 쪼그라들어 코, 눈, 입이 번듯하게 제자리에 못 뇌고는 넝마전 물건같이 시들번이* 게 붙고 게 붙고 하였을망정 제법 총기 있어 보이는 맑은 두 눈이며 깝신깝신 굴러나오는 쇠명된** 그 음성, 아하 돈은 결국 이런 사람이 갖는 게로구나 하고 고개를 끄덕거리다 그럼 무슨 일로 오셨습니까 하는 바람에 그제서야 나의 이 심방의 목적을 다시금 깨닫게 되었다. 허나 그래도 네 계집 치지 말라구 할 수는 없는 게니까 아 참 전기회사의 감독 되기가 무척 힘드나 보든데, 하며 그걸 어떻게 그다지도 쉽사리 네가 영예를 얻었느냐고 놈을 한참 구슬리다가 뭐 그야 노력허면 다 될 수 있겠지요, 하며 홍청홍청 뻐기는 이때가 좋을 듯싶어서 그렇지만 그런 감독님의 체면으로 부인을 콕콕 쥐어박는 것은 좀 덜된 생각이니까 아예 그러지 마슈. 하니까 놈이 남의 충고는 듣는 법 없이 대번에 낯을 붉히더니 댁이 누굴 교훈하는 거요, 하고 볼멘소리를 치며 나를 얼마 노리다가 남의 내간사에 웬 참견이

* 질서 없이 여기저기.
** 목소리 따위가 쉿소리처럼 변한.

요, 하는 데는 고만 어이가 없어서 벙벙히 서 있었던 것이나 암만해도 놈에게 호령을 당한 것은 분한 듯싶어 그럼 계집을 쳐서 개 잡는 소리를 끼익끽 내게 해가지고 옆집 사람도 못 자게 하는 것이 잘했소, 하고 놈보다 좀 더 크게 질렀다. 그랬더니 놈이 삐얀히* 쳐다보다가 이건 또 무슨 의민지 잠자코 한옆으로 침을 탁 뱉어 던지기가 무섭게 이것이 필연 즈 여편네의 신이겠지, 커다란 고무신을 짤짤 끌며 안으로 들어갔으니 놈이 나를 모욕했는가, 혹은 내가 무서워서 피했는가, 그걸 알 수가 없으니까 옆에서 구경하고 서 있던 아이에게 다시 한 번 그 감독을 나오래라고 시키어보았던 것이나 인젠 안 나온대요, 하고 건갈만 나오는 데야 난들 어떻게 하겠는가. 망할 놈, 아주 겁쟁이로구나, 하고 입속으로 중얼거리며 좀 더 행위가 방정토록 꾸짖어두지 못한 것이 유한이 되는 그대로 별수 없이 집으로 돌아왔던 것이나 밤이 이슥하여 잠결에 두 내외의 소군소군하는 소리가 벽 너머로 들려올 적에는 아하 그래도 나의 꾸중이 제법 컸구나, 싶어 맘으로 흡족했던 것이 웬일인가 차츰차츰 어세가 돋아져서 결국에는 이년, 하는 음포**와 아울러 제걱, 하고 김치 항아리라도 깨지는 소리가 요란히 나는 것이 아닌가. 이놈이 조 무슨 방정이 나 이러나, 싶어 성가스레 눈을 비비고 일어나서 벽 틈으로 조사해보았더니 놈이 방바닥에다 아내를 엎어놓고 그리고 그 허리를 깡충 타고 올라앉아서 이년아 말해, 바른대로 말해 이년아 하며 그 팔 한 짝을 뒤로 꺾어 올리는 그런 기술이었으나 어쩌면 제 다리보다도 더 굵은지 모르는 그 팔뚝이 호락호락 꺾일 것도 아니거니와, 또 거기에 열을 내어가지고 목침으로 뒤통수를 콕콕 쥐어박다가 그것도 힘에 부치어 결국에는 양옆구리를 두

---

* 빤히, 똑바로.
** 엄포.

손으로 꼬집는다 하더라도, 그것쯤에 뭣할 아내가 아닐 텐데 오늘은 목을 놓아 울 수 있었던 만치 남다른 벅찬 설움이 있는 모양이다. 그렇게 들을 만치 타일렀건만 이놈이 또 초라니 방정을 떠는 것이 괘씸도 하고, 일방 뭘 대라 하고 또 울고 하는 것이 심상치 않은 일인 듯도 하고, 이래서 괜스레 언짢은 생각을 하느라고 새로 넉 점에서야 눈을 좀 붙인 것이 한나절쯤 일어났을 때에는 얻어맞은 몸같이 휘휘 둘리어 얼떨김에 세수를 하고 있노라니까, 쥔 노파가 부나케 다가와서 내 귀에 입을 들이대고는 글쎄 어쩌자구 남 매를 맞혀요. 무슨 매를 맞혀요, 하고 고개를 돌리니까 당신이 어제 감독보구 뭐래지 않았소, 그래 즈 아내의 역성을 들 때에는 필시 무슨 관계가 있을 게니 이년 서방질헌 거 냉큼 대라고 어젯밤은 매로 밝혔다는 것인데, 아까 아침에 그 처남이 와서 몇 번이나 당부하기를 내가 찾아와 그런 짓을 하면 즈 누님의 신세는 영영 망쳐놓는 것이니 앞으론 아예 그러한 일이 없도록 삼가달라고 하였으니 글쎄 반했으면 속으로나 반했지 제 남편보구 때리지 말라는 법이 어딨소, 하고 매우 딱하게 눈살을 접는 것이다. 그러고 보니 그 아내를 동정한 것이 도리어 매를 맞기에 똑 알맞도록 만들어놓은 폭이라 미안도 하려니와, 한편 모든 걸 그렇게도 알알이 아내에게로만 들씌리* 드는 놈의 소행에는 참으로 의분심이 안 일 수 없으니까, 수건으로 낯도 씰** 줄 모르고 두 주먹만 불끈 쥐고는 그냥 뛰어나갔다. 가로지든 세로지든 이놈과 단판씨름을 하리라고 결심을 하고는 대문간에 가 서서 커다랗게 박 감독, 하고 한 서너 번을 불렀던 것이나 놈은 아니 나오고, 한 삼십여 세가량의 가슴이 떡 벌어지고 우람스러운 것이 필연 이것이 그 처남일 듯싶은 시골 친구가 나

* 들씌우려, 뒤집어씌우려.
** 씨다. 씻다.

와서 뻔히 쳐다보더니 마침내 말없이도 제대로 알아차렸는지 어리눅은 어조로 아 이거 글쎄 왜 이러십니까 하며 답답한 낯을 지어 보이는 것이 아닌가. 그리고 넌즈시 허는 사정의 말이 이러시면 우리 누님의 전정은 아주 망쳐놓으시는 겝니다. 그러니 아무쪼록 생각을 고치라고, 촌뜨기의 분수로는 너무 능숙하게 넓직한 손뼉을 펴 들고, 안 간다고 뻗디디는 나의 어깨를 왜 이러십니까, 하고 골목 밖으로 슬근슬근 밀어 나오는 것이었으나 주춤주춤 밀려 나오며 가만히 생각해보니 변변히 초면 인사도 없는 이놈에게마저 내가 어린애로 대접을 받는 것은 참 너무도 슬픈 일이었다. 나종에는 약이 바짝 올라서 어깨로 그 손을 뿌리치며 홱 돌아선 것만은 썩 잘된 것 같은데, 시꺼먼 낯판대기와 떡 벌은 그 엄장에 이건 나하고 맞뚜드릴 자리가 아님을 깨닫고는, 어쩌보는 수 없이 그대로 돌아서고 마는 자신이 너무도 야속할 뿐으로 이렇게 밀려오느니 차라리 내 발로 걷는 것이 나을 듯싶어 집을 향하여 삐엉 오는 것이다. 내가 아내를 갖든지 그렇잖으면 이놈의 신당리를 떠나든지, 이러는 수밖에 별도리 없으리라고 마음을 먹고는 내 방으로 부루루 들어와 이부자리며 옷가지를 거듬거듬 뭉치고 있는 것을 한옆에서 수상히 보고 서 있던 주인 노파가 눈을 찌긋이 그 왜 짐을 묶소, 하고 묻는 것까지도 내 맘을 제대로 몰라주는 듯하여 오직 야속한 생각만이 들 뿐이므로 난 오늘 떠납니다, 하고 투박한 한마디로 끊어버렸다.

—《여성》, 1936. 12.

따라지

쪽대문을 열어놓으니 사직원이 환히 내려다보인다.

인제는 봄도 늦었나 보다. 저 건너 돌담 안에는 사쿠라 꽃이 벌겋게 벌어졌다. 가지가지 나무에는 싱싱한 싹이 피었고 새침히 옷깃을 핥고 드는 요놈이 꽃샘이겠지. 까치들은 새끼 칠 집을 장만하느라고 가지를 입에 물고 날아들고—

이런 제기럴, 우리 집은 언제나 수리를 하는 겐가. 해마다 고친다, 고친다, 벼르기는 연실 벼르면서 그렇다고 사직골 꼭대기에 올라붙은 깨끗한 초가집이라서 싫은 것도 아니다. 납작한 처마 끝에 비록 묵은 이엉이 무데기 무데기 흘러내리건 말건, 대문짝 한 짝이 삐뚜루 백이건 말건, 장뚝* 뒤의 판장이 아주 벌컥 나자빠져도 좋다. 참말이지 그놈의 부엌 옆에 뒷간만 좀 고쳤으면 원이 없겠다. 밑둥의 벽이 확 나가서 어떤 게 부엌이고 뒷간인지 분간을 모르니 게다 여름이 되면 부엌 바닥으로 구더기가 슬슬 기어들질 않나. 이걸 보면 고대 먹었던 밥풀이 고만 곤두서고 만다. 에이 추해 추해 망할 녀석의 영감쟁이 그것 좀 고쳐달라고 그렇게 성화를 해

---

* '장독'의 방언.

도—

쪽대문이 도로 닫혀지며 소리를 요란히 낸다. 아침 설거지에 젖은 손을 치마로 닦으며 주인마누라는 오만상이 찌프려진다.

그러나 실상은 사글세를 못 받아서 악이 오른 것이다. 영감더러 받아달라면 마누라에게 밀고 마누라가 받자니 고분히 내질 않는다.

여지껏 미뤄왔지만 느들 오늘은 안 될라 마음을 아주 다부지게 먹고 거는방 문을 홱 열어젖힌다.

"여보! 어떻게 됐소?"

"아 이거 참 미안합니다. 오늘두—"

덥수룩한 칼라 머리를 이렇게 긁으며 역시 우물쭈물이다.

"오늘두라니 그럼 어떡헐 작정이오?" 하고 눈을 한번 무섭게 떠 보였다마는 이 위인은 맘만 얼러도 노할 주변도 못 된다.

나이가 새파랗게 젊은 녀석이 왜 이리 할 일이 없는지 밤낮 방구석에 팔짱을 지르고 멍하니 앉아서는 얼이 빠졌다. 그렇지 않으면 이불을 뒤쓰고는 줄창같이 낮잠이 아닌가. 햇빛을 못 봐서 얼굴이 누렇게 시들었다. 경무과 제복 공장의 직공으로 다니는 즈 누이의 월급으로 둘이 먹고 지낸다. 누이가 과부기에 망정이지 서방이라도 해 가면 이건 어떡하려고 이러는지 모른다. 제 신세 딱한 줄은 모르고 만날

"돈은 우리 누님이 쓰는데요—누님 나오거든 말씀하십시오."

"당신 누님은 밤낮 사날만 참아달라는 게 아니요, 사날 사날 허니 그래 은제가 돼야 사날이란 말이요?"

"미안스럽습니다. 그러나 이번엔 사날 후에 꼭 드리겠습니다. 이왕 참아주시던 길이니—"

"글쎄 은제가 사날이란 말이요?" 하고 주름 잡힌 이맛살에 화가 다시

치밀지 않을 수가 없다. 이놈의 사날이란 석 달인지 삼 년인지 영문을 모른다. 그러나 저쪽도 쾌쾌히 들어덤벼야 말하기가 좋을 턴데 울가망으로 한풀 꺾이어 들옴에는 더 지껄일 맛도 없는 것이다.

"돈두 다 싫소, 오늘은 방을 내주."

그는 말 한마디 또렷이 남기고 방문을 탁 닫아버렸다. 그러고 서너 발 뚜덜거리며 물러서자 다시 가서 문을 열어 잡고

"오늘 우리 조카가 이리 온다니까 어차피 방은 있어야 하겠소."

장독 옆으로 빠진 수채를 건너서면 바로 아랫방이다. 번시는 광이었으나 셋방 놓으려고 싱둥겅둥 방을 들인 것이다. 흙질한 것도 위채보다는 아직 성하고 신문지로 처덕이었을망정 제법 벽도 번듯하다.

비바람이 들이치어 누렇게 들뜬 미닫이였다. 살며시 열고 노려보니 망할 노랑퉁이가 여전히 이불을 쓰고 끙, 끙, 누웠다. 노란 낯짝이 광대뼈가 툭 불거진 게 어제만도 더 못한 것 같다. 어쩌자고 저걸 들였는지 제 생각을 해도 소갈찌는 없었다. 돈도 좋거니와 팔자에 없는 송장을 칠까 봐 애간장이 다 졸아든다.

하기야 처음 올 때에 저 병색을 모른 것도 아니고

"영감님! 무슨 병환이슈?" 하고 겁을 먹으니까

"감기가 좀 들렸더니 이러우."

이런 굴치 같은 영감쟁이가 또 있으랴. 그리고 그날부터 뒷간에다 피똥을 내깔기며 이 앓는 소리로 쩔쩔매는 것이다. 보기에 추하기도 할뿐더러 그 신음 소리를 들을 적마다 사지가 으스러지는 것 같다.

그러나 더 얄미운 것은 이걸 데리고 온 그 딸이었다. 뻐쓰 걸* 다니니까

---

* bus girl. 버스의 여차장.

아마 거짓말이 심한 모양이다. 부족증*이라그 한마디만 했으면 속이나 시원할 걸 여태도 감기가 쇄서 그렇다고 빠득빠득 우긴다. 방을 안 줄까 봐 속인 고 행실을 생각하면 곧 눈에 불이 올라서

"영감님! 오늘은 방셀 주셔야지요?"

"시방 내 몸이 아파 죽겠소."

영감님은 괜한 소리를 한단 듯이 썩 군찮게 벽 쪽으로 돌아눕는다. 그리고 어그머니 끙끙, 옴츠러드는 소리를 친다.

"아니 영 방세는 안 내실 테요?" 하고 소리를 빽 지르지 않으려야 않을 수 없다.

"내 시방 죽는 몸이요, 가만있수."

"글쎄 죽는 건 죽는 거고 방세는 방세가 아니요, 영감님 죽기로서니 어째 내 방세를 못 받는단 말이요!"

"내가 죽는데 어째 또 방세는 낸단 말이요?"

영감님은 고개를 돌리어 눈을 부릅뜨고 마나님 붉지 않게 호령이었다. 죽을 때가 가까워오니까 악이 받칠 대로 송두리 받친 모양이다.

"정 그렇거든 내 딸 오거든 받아 가구려."

"이건 누구에게 찌다운가 온, 별일두 다 닳어이." 하고 홀로 입속으로 중얼거리며 물러가는 것도 상책일는지 모른다. 괜스레 병든 것과 결고틀고 이러단 결국 이쪽이 한 굽 죄인다.** 그보다는 딸이 나오거든 톡톡히 따져서 내쫓는 것이 일이 쉬우리라.

고 옆으로 좀 사이를 두고 나란히 붙은 미달이가 또 하나 있다. 열고자 문설주에 손을 대다가 잠깐 멈칫하였다. 툇마루 위에 무람없이 올려놓인

* 한방에서 폐결핵을 이른 말.
** 한 수 수그리고 들어간다.

이 구두는 분명히 아끼꼬의 구두일 게다. 문 열어볼 용기를 잃고 그는 부엌 쪽으로 돌아가며 쓴 입맛을 다시었다.

카펜가 뭔가 다니는 계집애들은 죄다 그렇게 망골들인지 모른다. 영애하고 아끼꼬는 아무리 잘 봐도 씨알이 사람 될 것 같지 않다. 아래위턱도 몰라보는 애들이 난봉질에 향수만 찾고 그래도 영애란 계집애는 비록 심술은 내고 내댈망정 뭘 물으면 대답이나 한다. 요 아끼꼬는 방세를 내래도 입을 꼭 다물고는 안차게도 대꾸 한마디 없다. 여러 번 듣기 싫게 조르면 그제서는 이쪽이 낼 성을 제가 내가지고

"누가 있구두 안 내요? 좀 편히 계서요, 어련히 낼라구, 그런 극성 첨 보겠네."

이렇게 쥐어박는 소리를 하는 것이 아닌가. 좀 편히 계시라는 이 말에는 하 어이가 없어서도 고만 찔긋 못한다.

"망할 년! 은젠 병이 들었었나?"

쓸 방을 못 쓰고 사글세를 논 것은 돈이 아쉬웠던 까닭이었다. 두 영감 마누라가 산다고 호젓해서 동무로 모은 것도 아니다. 그런데 팔자가 사나운지 모두 우거지상, 노랑퉁이, 말괄량이, 이런 몹쓸 것들뿐이다. 이 망할 것들이 방세를 내는 셈도 아니요 그렇다고 아주 안 내는 것도 아니다. 한 달치를 비록 석 달에 별러 내는 한이 있더라도 역 내는 건 내는 거였다. 즈들끼리 짜위나 한 듯이 팔십 전 칠십 전 그저 일 원, 요렇게 짤끔짤끔거리고 만다.

오늘은 크게 얼를 줄 알았더니 하고 보니까 역시 어저께나 다름이 없다. 방의 세간을 마루로 내놔가며 세를 들인 보람이 무엇인지 그는 마루 끝에 걸터앉아서 화풀이로 담배 한 대를 피워 문다.

그러나 아무리 생각해도 내 방 빌리고 내가 말 못 하는 것은 병신스러

운 짓임에 틀림이 없다. 담뱃대를 마루에 ˙내던지고 약을 좀 올려가지고 다시 아래채로 내려간다. 기세 좋게 방문이 홱 열리었다.

"아끼꼬! 이봐! 자?"

아끼꼬는 네 활개를 꼬 벌리고* 아끼꼬답게 무사태평히 코를 골아 올린다. 젖통이를 풀어 헤친 채 부끄럼 없고, 두 다리는 이불 싼 위로 번쩍 들어 올렸다. 담배 연기 가득 찬 방 안에는 분내가 홱 끼치고—

"이봐! 아끼꼬! 자?"

이번에는 대문 밖에서도 잘 들릴 만큼 목청을 돋웠다. 그러나 생시에도 대답 없는 아끼꼬가 꿈속에서 대답할 리 없음을 알았다. 그저 겨우 입속으로

"망할 계집애두, 가랑머릴 쩍 벌리고 저게 온— 쩨쩨."

미닫이가 딱 닫히는 서슬에 문틀 위의 안약 병이 떨어진다.

그제야 아끼꼬는 조심히 눈을 떠보고 일어나 앉았다. 망할 년 저보고 누가 보랬나, 하고 한옆에 놓인 손거울을 집어 든다. 어젯밤 잠을 설친 바람에 얼굴이 부석부석하였다. 궐련에 불이 붙는다.

그는 천장을 향하여 연기를 내뿜으며 가만히 바라본다. 뾰족한 입에서 연기는 고리가 되어 한 둘레 두 둘레 새어 나온다. 고놈을 하나씩 손가락으로 꼭 찔러서 터치고 터치고—

아까부터 영애를 기다렸으나 오정이 가까워도 오질 않는다. 단성사엘 갔는지 창경원엘 갔는지, 그래도 저 혼자는 안 갈 것이고 이런 때이면 방 좁은 것이 새삼스레 불편하였다. 햇빛이 안 들고 늘 습한 건 말고 조금만 더 넓었으면 좋겠다. 영애나 아끼꼬나 둘 중의 누가 밤의 손님이 있으면

---

* 꼬 벌리다. 활짝 벌리다.

하나는 나가 잘 수밖에 없다. 둘이 자도 어깨가 맞부딪는데 그런데 셋이 눕기에는 너무 창피하였다. 나가서 자면 숙박료는 오십 전씩 받기로 하였으니까 못 갈 것도 아니다마는 그담 날 밝은 낮에 여기까지 허덕허덕 찾아오는 것은 어째 좀 어색한 일이었다.

어제도 카페서 나오다가 골목에서 영애를 꾹 찌르고

"애! 너 오늘 어디서 자구 오너라." 하고 귓속을 하니까

"또? 애 너는 좋구나!"

"좋긴 뭐가 좋아? 애두!"

아끼꼬는 좀 수줍은 생각이 들어 쭈뼛쭈뼛 그 손에 돈 팔십 전을 쥐여 주었다. 여느 때 같으면 오십 전이지만 그만치 미안하였다. 마는 영애는 지루퉁한* 낯으로 돈을 받아 넣으며 또 하는 소리가

"애! 인젠 종로 근처로 우리 큰 방을 얻어 오자."

"그래 가만있어 — 잘 가거라 그리고 내일 일찍 와—"

남 인사하는 데는 대답 없고

"나만 밤낮 나와 자는구나!"

이것은 필시 아끼꼬에게 엇먹는 조롱이겠지. 망할 애도 저더러 누가 뚱뚱하고 못생기게 나랬나, 그렇게 빼지게 하지만 영애가 설마 아끼꼬에게 빼지거나 엇먹지는 않았으리라.

아끼꼬는 벽께로 허리를 펴며 팔뚝시계를 다시 본다. 오정하고 십오 분 또 삼 분, 영애가 올 때가 되었는데 망할 거 누가 채 갔나 기지개를 한번 늘이고 돌아누우며 미닫이께로 고개를 가져간다. 문 아랫도리에 손가락 하나 드나들 만한 구멍이 뚫리었다. 주인마누라가 그제야 좀 화가 식었는

---

* 못마땅하여 말 없이 성이 나서 있는.

지 안방으로 휘젓고 들어가는 치마꼬리가 토인다. 그리고 마루 뒤주 위에는 언제 꺾어다 꽂았는지 정종 병에 엉성히 뻗은 꽃가지. 붉게 핀 것은 복숭아꽃일 게고 노랗게 척척 늘어진 저건 개나리다. 건넌방 문은 여전히 꼭 닫혔고 뒷간에 가는 기색도 없다. 저 속에는 지금 제가 별명진 톨스토이가 책상 앞에 웅크리고 앉아서 눈을 감고 있으리라. 올라가서 이야기 좀 하고 싶어도 구렁이 같은 주인마누라가 지키고 앉아서 감히 나오지를 못한다.

이것은 아끼꼬가 안채의 기맥을 정탐하는 썩 필요한 구멍이었다. 뿐만 아니라 저녁나절에는 재미스러운 연극을 보는 한 요지경도 된다. 어느 때에는 영애와 같이 나란히 누워서 베개를 베고 하내* 한 구멍씩 맡아가지고 구경을 한다. 왜냐면 다섯 점 반쯤 되면 완전히 히스테리인 톨스토이의 누님이 공장에서 나오는 까닭이었다.

그 누님은 성질이 어찌 괄한지 대문간서부터 들어오는 기색이 난다. 입을 꼭 다물고 눈살을 접은 그 얼굴을 보면 읽상 마땅치 않은 그리고 세상의 낙을 모르는 사람 같다. 어깨는 축 늘어지고 풀 없어 보이면서 게다 걸음만 빠르다. 들어오면 우선 건넌방 툇마루에다 빈 벤또를 쟁그렁 하고 내다 붙인다. 이것은 아우에게 시위도 되거니와 이래야 또 직성도 풀린다.

그리고 그는 눈을 휘둥그렇게 뜨고 사면의 불평을 찾기 시작한다마는 아우는 마당도 쓸어놓고, 부뚜막의 그릇도 치우고, 물독의 뚜껑도 잘 덮어놓았다. 신발장이라도 잘못 놓여야 트집을 걸 텐데 아주 말쑥하니까 물바가지를 땅으로 동댕이친다. 이렇게 불평을 찾다가 불평이 없어도 또한 불평이었다.

----

* 하나에.

"마당을 쓸면 잘 쓸던지, 그릇에다 흙칠을 온통 해놨으니 이게 뭐냐?"

끝이 꼬부라진 그 책망, 아우는 방 속에서 끽소리 없다.

"밥을 얻어먹으면 밥값을 해야지, 늘 부처님같이 방구석에 꽉 앉았기만 하면 고만이냐?"

이것이 하루 몇 번씩 귀 아프게 듣는 인사이었다. 눈을 홉뜨고 서서, 문 닫힌 건넌방을 향하여 퍼붓는 포악이었다. 그런 때이면 야윈 목에 굵은 핏대가 불끈 솟고 구부정한 허리로 게거품까지 흐른다. 그러나 이건 보통 때의 말이다. 어쩌다 공장에서 뒤를 늦게 본다고 감독에게 쥐어박히거나, 혹은 재봉침에 엄지손톱을 박아서 반쯤 죽어 오는 적도 있다. 그러면 가뜩이나 급한 그 행동이 더 불이야 불이야 한다. 손에 잡히는 대로 그릇을 내던져 깨치며

"왜 내가 이 고생을 해가며 널 먹이니 응 이놈아?"

헐없이 미친 사람이 된다. 아우는 그래도 귀가 먹은 듯이 잠자코 앉았다. 누님은 혼자 서서 제 몸을 들볶다가 나중에는 울음이 탁 터진다. 공장살이에 받는 설움을 모두 아우의 탓으로 돌린다. 그러면 할일없이 아우는 마당에 내려와서 누님의 어깨를 두 손으로 붙잡고

"누님! 다 내가 잘못했수 그만두." 하고 달래지 않을 수 없다.

"네가 이놈아! 내 살을 뜯어먹는 거야."

"그래 알았수, 내가 다 잘못했으니 고만둡시다."

"듣기 싫여, 물러나." 하고 벌컥 떠다밀면 땅에 펄썩 주저앉는 아우다. 열적은 듯, 죄송한 듯, 얼굴이 벌게서 털고 일어나는 그 아우를 보면 우습고도 일변 가여웠다.

그러나 더 우스운 것은 마루에서 저녁을 먹을 때의 광경이다. 누님이 밥을 퍼가지고 올라와서는 암말 없이 아우 앞으로 한 그릇을 쭉 밀어놓는

다. 그리고 자기는 자기대로 외면하여 푹푹 퍼먹고 일어선다. 물론 반찬도 각각 먹는 것이다. 아우는 군말 없이 두 다리를 세우고 눈을 내리깔고는 그 밥을 떠먹는다. 방에 앉아서, 주인마누라는 업신여기는 눈으로 은근히 흘겨준다.

영애는 톨스토이가 너무 병신스러운 데 골을 낸다. 암만 얻어먹더라도 씩씩하게 대들질 못하고 저런, 저런. 그러니 아끼꼬는 바보가 아니라 사람이 너무 착해서 그렇다고 우긴다.

하긴 그렇다고 누님이 자기 밥을 얻어먹는 아우가 미워서 그런 것도 아니다. 나뭇잎이 둥금둥금 날리던 작년 가을이었다. 매일같이 하 들볶으니까 온다 간다 말 없이 하루는 아우가 없어졌다. 이틀이 되어도 없고 사흘이 되어도 없고 일주일이 썩 지나도 영 들오지를 않는다.

누님은 아우를 찾으러 다니기에 눈이 뒤집혔다. 그렇게 착실히 다니던 공장에도 며칠씩 빠지고, 혹은 밥도 굶었다. 나중에는 아우가 한을 품고 죽었나 보다고 집에 들오면 마루에 주저앉아서 통곡이었다. 심지어 아끼꼬의 손목을 다 붙잡고

"여보! 내 아우 좀 찾아주, 미치겠수."

"그렇지만 제가 어딜 간 줄 알아야지요."

"아니 그런 데 놀러 가거든 좀 붙들어 주, 부모 없이 불쌍히 자란 그놈이—"

말끝도 다 못 마치고 이렇게 울던 누님이 아니었던가. 아흐레 만에야 아우는 남대문 밖 동무 집에서 찾아왔다. 누님은 기뻐서 또 울었다. 그리고 그담 날부터 다시 들볶기 시작하였다.

이 속은 참으로 알 수 없고, 여북해야 아끼꼬는 대문 소리만 좀 다르면

"얘 영애야! 변덕쟁이 온다. 어서 이리 와." 하고 잇속 없이 신이 오른다.

아끼꼬는 남모르게 톨스토이를 맘에 두었다. 꿈을 꾸어도 늘 울가망으로 톨스토이가 나타나곤 한다. 꼭 바렌치노*같이 두 팔을 떡 벌리고 하는 소리가 오! 저는 당신을 사랑합니다. 이 가슴에 안겨주소서. 그러나 생시에는 이놈의 톨스토이가 아끼꼬의 애타는 속도 모르고 본 둥 만 둥이 아닌가. 손님에게 꼭 답장할 필요가 있어서

"선생님! 저 연애편지 하나만 써주세요."

아끼꼬가 톨스토이를 찾아가면

"저 그런 거 못 씁니다."

"소설 쓰시는 이가 그래 연애편지를 못 써요?" 하고 어안이 벙벙해서 한참 쳐다본다. 책상 앞에서 늘 쓰고 있는 것이 소설이란 말은 여러 번이나 들었다. 그래 존경해서 선생님이라고 부르고 뒤에서는 톨스토이로 바치는데 그래 연애편지 하나 못 쓴다니 이게 말이 되느냐 하도 기가 막혀서

"선생님! 연애해보셨어요?" 하면 무안당한 계집애처럼 그만 얼굴이 벌게진다.

"전 그런 거 모릅니다."

아끼꼬는 톨스토이가 저한테 흥미를 안 갖는 걸 알고 좀 샐쭉하였다. 카페서 구는 여급이라고 넘보는 맥인지 조선말로 부르면 숭해서 아끼꼬로 행세는 하지만 영영 아끼꾼 줄 안다. 어쩌면 톨스토이가 숭측스럽게 아랫방 뼈쓰 걸과 눈이 맞았는지도 모른다. 왜냐면 뼈쓰 걸이 나갈 때 고 때쯤 해서 톨스토이가 세수를 하러 나오고 하는 것을 보았다. 그리고 옥생각인진 몰라도 뼈쓰 걸도 요즘엔 버쩍 모양을 내기에 몸이 달았다.

며칠 전에는 뼈쓰 걸이 거울과 가위를 손에 들고서 아끼꼬의 방엘 찾아

---

* 발렌티노(1895~1926). 미국의 영화배우.

왔다.

"언니! 나 이 머리 좀 잘라주."

"건 왜 자를려구 그래 그냥 두지?"

"날마다 머리 빗기가 구찮어서 그래." 하고 좀 거북한 표정을 하더니

"난 언니 머리가 좋아 몽톡한 게!" 웃음으로 겨우 버무린다.

하 조르므로 아끼꼬도 그 좋은 머리를 아니 자를 수 없다. 가위에 힘을 주어 그 중턱을 툭 끊었다. 뻐쓰 걸은 손으로 만져보더니 재겹게 기쁜 모양이다. 확 돌아앉아서 납죽한 주뎅이로 해해 웃으며

"언니 머리같이 더 좀 디려 잘라주어요."

"더 자르믄 못써 이만하면 좋지 않어?"

대고 졸랐으나 아끼꼬는 머리를 버려놓을까 봐 더 웅칠 않았다. 여기에 성이 바르르 나서 뻐쓰 걸은 제 방으로 가서는 제 손으로 더 몽총히 잘라버렸다. 그 뜯어놓은 머리에다 분을 하얗게 바르고는 아주 좋다고 나다니는 계집애다. 양말 뒤축에 빵꾸가 좀 나도 즈 방 들어갈 제 뒤로 기어든다.

아침에 나갈 제 보면 뻐쓰 걸은 커단 책보를 옆에 끼고 아주 버젓하다. 처음에 아끼꼬가 고등과에 다니는 학생인가 한 것도 무리는 아니었다. 왜냐면 그 책보가 고등과에 다니는 책보같이 그렇게 탐스럽고 허울이 좋았다. 그러나 차차 알고 보니까 보지도 않은 헌 잡지를 그렇게 포개고 고 사이에 변또를 꼭 물려서 싼 책보이었다. 변또 하나만 차면 공장의 계집애나 뻐쓰 걸로 알까 봐서 그 무거운 잡지책들을 힘든 줄도 모르고 들고 왔다 갔다 하는 것이 아니냐. 그래놓고는 저녁에 돌아올 때면 웬 도적놈 같은 무서운 중학생 놈이 쫓아오고 한다고 늘 성화다.

"그눔 대리를 꺾어놓지."

이렇게 딸의 비위를 맞추어 병든 아버지는 이불 속에서 큰소리다. 그리

고 아침마다 딸 맘에 떡 들도록 그 책보를 싸는 것도 역 그의 일이었다. 정성스레 귀를 내어 문밖으로 두 손을 내받치며

"얘! 일찌가니 돌아오너라 감기 들라."

이런 걸 보면 영애는 또 마음에 마뜩지 않았다. 딸에게 구리칙칙히 구는 아버지는 보기가 개만도 못하다 했다. 그래 아끼꼬와 쓸데 적게 주고받고 다툰 일까지 있다.

"그럼 딸의 거 얻어먹구 그러지도 않어?"

"그러니 더 든적스럽지* 뭐냐?"

"든적스럽긴 얻어먹는 게 든적스러, 몸에 병은 있구 그럼 어떡허니? 애두! 너무 빠장빠장 우기는구나!"

아끼꼬는 샐쭉 토라지다 고개를 다시 돌리어 옹크라 뜯는 소리로

"너 느 아버지가 팔아먹었다지. 그래 네 맘에 좋냐?"

"애두! 절더러 누가 그런 소리 하라나?" 하고 영애는 더 덤비지 못하고 그제서는 눈으로 치마를 걷어 올린다. 이렇게까지 영애는 그 병쟁이가 몹시도 싫었다. 누렇게 말라붙은 그 얼굴을 보고 김마까**라는 별명을 지을 만치 그렇게 밉살스럽다. 왜냐면 어느 날 김마까가 영애의 영업을 방해하였다.

그날은 어쩐 일인지 김마까가 초저녁부터 딸과 싸운 모양이었다. 새로 두 점쯤 해서 영애가 들어오니까 둘이 소군소군하고 싸우는 맥이다. 가뜩이나 엄살을 부리는 데다 더 흉측을 떨며

"어이쿠! 어이쿠! 하나님 맙시사!"

그렇지 않으면

---

* 든적스럽다. 하는 짓 따위가 더럽고 치사한 데가 있다.
** 긴마카. 일본어로 '노란 참외'를 말한다. 병색이 돌아 누런 얼굴을 비유함.

"하나님! 날 잡아가지 왜 이리 남겨두슈!"

아래위칸을 흙벽으로 막았으면 좋을 걸 얇은 빈지*를 드리고 종이로 발랐다. 위칸에서 부시럭 소리만 나도 아래칸까지 고대로 흘러든다. 그 벽에다 머리를 쾅쾅 부딪치며

"어이구! 이놈의 팔자두!"

제 깐에는 딸 앞에서 죽는다고 결기를 날리는 꼴이다. 그러면 딸은 표독스러운 음성으로

"누가 아버지보고 돌아가시랬어요? 괜히 남의 비위를 긁어놓구 그러시네!"

"늙은이보구 담밸 끊으라는 게 죽으라는 게지 뭐야!"

"그게 죽으라는 거야요? 남 들으면 정말로 알겠네—"

딸이 좀 더 볼멘소리로 쏘아 박으니 또다시

"어이구! 이놈의 팔자두!"

벽에 머리를 부딪치며 어린애같이 껙껙 울고 앉았다. 질긴 귀로도 못 들을 징그러운 그 울음소리—

가물에 빗방울같이 모처럼 끌고 왔던 영애의 손님이 이마를 접는다. 그리고 아무 말 없이 취한 자리로 비틀비틀 쪽다루로 내걷는다. 되는 대로 구두짝이 끌린다.

"왜 가서요?"

"요담 또 오지."

"여보서요! 이 밤중에 어딜 간다구 그러서요?" 하고 대문간서 그 양복을 잡아챈다마는 허황한 손이 올라와 툭툭 털어버리고

---

* 널판지.

"요담 또 오지."

그리고 천변을 끼고 비틀거리는 술 취한 걸음이다. 영애는 눈에 독이 잔뜩 올라서 한 전등이 둘 셋씩 보인다. 빈방 안에 홀로 누워서 입속으로 김마까를 악담을 하며 눈물이 핑 돈다.

벌써 한 점 사십오 분, 영애는 디툭디툭* 들어오며 살집 좋은 얼굴이 싱글벙글이다. 손에는 퉁퉁한 과자 봉지. 미닫이를 여니 윗목 구석에 쓸어박은 헌 양말짝, 때 전 속곳, 보기에 어수산란하다.

"벌써 오니? 좀 더 있지 —"

"애두! 목욕허구 온단다."

"목욕은 혼자 가니?" 하고 좀 삐지려 한다.

"그래 너 줄라구 과자 사 왔어요 —"

"그럼 그렇지 우리 영애가!"

요강에서 손을 뽑으며 긴히 달겨든다. 아끼꼬는 오줌을 눌 적마다 요강에 받아서는 이 손을 담그고 한참 있고 저 손을 담그고. 그러나 석 달이나 넘어 그랬건만 손결이 별로 고와진 것 같지 않다. 그 손을 수건에 닦고 나서

"모두 나마까시**만 사 왔구나?"

우선 하나를 덥석 물어 뗀다.

"그 손으로 그냥 먹니? 얘! 난 싫단다!"

"메 드러워? 저두 오줌은 누면서 그래."

"그래도 먹는 것하구 같으냐?" 하지만 영애는 아끼꼬보다 마음이 훨씬

* 뒤뚱뒤뚱.
** 생과자.

눅었다. 더 타내지* 않고 그런 양으로 앉아서 같이 집어 먹는다. 그의 마음에는 아끼꼬의 생활이 몹시 부러웠다. 여러 손님의 사랑에 고이며 이쁜 얼굴을 자랑하는 아끼꼬. 영애 자신도 꼭 껴안아 주고 싶은 아담스러운 그런 얼굴이다.

"그인 은제 갔니?"

"새벽녘에 내뺐단다. 아주 숫배기야."

"넌 참 좋겠다. 나두 연애 좀 해봤으면!"

"허려무나 누가 허지 말라니?"

"아니 너 같은 연앤 싫여. 정신으로만 허는 연애 말이지." 하고 어딘가 좀 뒤둥그러진 소리.

"오! 보구만 속 태우는 연애 말이지?" 하긴 했으나 아끼꼬는 어쩐지 영애에게 너무 심하게 한 듯싶었다. 가뜩이나 제 몸 못난 것을 은근히 슬퍼하는 애를—

"얘! 별소리 말아요, 연애두 몇 번 해보먼 다 시들해지는 걸 모르니? 난 일상 맘 편히 혼자 지내는 네가 부럽드라!" 하고 슬그머니 한번 문질러주면

"메가 부러워? 애두! 괜히 저러지."

영애는 이렇게 부인은 하면서도 벙싯하고 짜정 우월감을 느껴보려 한다. 영애도 한때에는 주체궂은 살을 말리고자 아편도 먹어봤다. 남의 말대로 듬뿍 먹었다가 꼬박이 이틀 동안을 일어나도 못 하고 고생하던 생각을 하면 시방도 등어리가 선뜩하다. 그러나 영애에게도 어쩌다 염서가 오는 것은 참 신통한 일이라 안 할 수 없다.

---

* 남의 잘못을 드러내어 탓하지.

"또 뭐 뒤져 갔니?" 하고 영애는 의심이 나서 제 경대 서랍을 뒤져본다. 과연 며칠 전 어떤 전문학교 학생에게 받은 끔찍이 귀한 연애편지가 또 없어졌다. 사내들은 어째서 남의 계집애 세간을 뒤져 가기 좋아하는지 그 심사는 참으로 알 수 없고

"또 집어 갔구나? 이럼 난 모른단다!"

영애는 고만 울상이 된다.

"뭐?"

"편지 말이야!"

"무슨 편지를?"

"왜 요전에 받은 그 연애편지 말이야."

"저런! 그 망할 자식이 그건 뭣하러 집어 가 난 통히 보덜 못했는데— 수줍은 척하드니 아니, 숭악한 자식이로군!"

아끼꼬는 가는 눈썹을 더욱이 잰다. 그리고 무색한 듯 영애의 눈치만 한참 바라보더니

"내 톨스토이보고 하나 써달라마 그럼 이담 연애편지 쓸 때 그거 보구 쓰면 고만 아냐." 하고 곱게 달랜다. 그러나 과연 톨스토이가 하나 써주는지 그것도 의문이다. 영애가 벌써 전부터 여기를 떠나자고 졸라도 좀좀하고 망설이고 있는 아끼꼬! 그런 성의를 모르고 톨스토이는 아끼꼬를 보아도 늘 한양으로* 대단치 않게 지나간다. 그렇다고 한때는 뼈쓰 걸에게 맘을 두었나, 하고 의심을 해봤으나 실상은 그런 것도 아닐 것이다. 낮에 사직원 산으로 올라가면 아끼꼬는 가끔 톨스토이를 만난다. 굵은 소나무 줄기에 등을 비겨대고 먼 하늘만 정신없이 바라보고 섰는 톨스토이다. 아

---

* 한결같은 모습으로.

끼꼬가 그 앞을 지나가도 못 본 척하고 들떠보도 않는다. 약이 올라서 속으로 망할 자식 하고 욕도 하여본다. 그러나 낭종 알고 보면 못 본 척이 아니라 사실 눈 뜨고 못 보는 것이다. 그렇게 등신같이 한눈을 팔고 섰는 톨스토이다. 이걸 보면 아끼꼬는 여자고보를 중도에 퇴학하던 저의 과거를 연상하고 가엾은 생각이 든다. 누님에게 얻어먹고 저러고 있는 것이 오죽 고생이랴. 그러고 학교 때 수신* 선생이 이야기하던 착하고 바보 같다는 그 톨스토이가 과연 저런 건지 하고 객쩍은 조바심도 든다.

아끼꼬는 기침을 캑 하고 그 앞으로 다가선다. 눈을 깜박깜박하며

"선생님! 뭘 그렇게 생각하서요?" 하고 불쌍한 낯을 하면

"아니요 —" 하고 어색한 듯이 어물어물하고 만다.

"그렇게 섰지 마시고 좀 운동을 해보서요.'

하도 딱하여 아끼꼬는 이렇게 권고도 하여본다.

"오늘은 방을 좀 쳐야 하겠소 여기 내 조카도 지금 오고 했으니까 —"

주인마누라는 악이 바짝 올라서 매섭게 쏘아본다. 방에서만 꾸물꾸물 방패막이를 하고 있는 톨스토이가 여간 밉지 않다.

"아 여보! 방의 세간을 좀 치워줘요. 그래야 오는 사람이 들어가질 않소?"

"사날만 더 참아줍쇼 이번엔 꼭 내겠습니다."

"아니 뭐 사글세를 안 낸대서 그런 게 아니요 내가 오늘부터 잘 데가 없고 이 방을 꼭 써야 하겠기에 그래서 방을 내달라는 것이지 —"

양복바지를 거반 웅덩이에 걸친 버드렁니가 이렇게 허리를 쭉 편다. 주인마누라가 툭하면 불러온다는 즈 조카라는 놈이 필연 이걸 게다. 혼자

---

* 요즘의 도덕, 윤리에 해당하는 과목.

독학으로 부청에까지 출세를 한 굉장한 사람이라고 늘 입의 침이 말랐다. 그러나 귀 처진 눈은 말고 헤벌어진 입에 양복 입은 체격하고 별로 굉장한 것 같지 않다. 게다 얼짜가 분수 없이 뼈팅기려고

"참아주시던 길이니 며칠만 더 참아주십시오."

이렇게 애걸하면

"아 여보! 당신만 그래 사람이오?" 하고 제법 삿대질까지 할 줄 안다.

"저런 자식두! 못두 생겼네 저게 아마 경성부 고쓰깽인* 거지?"

"글쎄 그래도 제법 넥타일 다 잡숫구." 하고 손가락이 들어가 문의 구멍을 좀 더 후벼 판다마는 아끼꼬는 구렝이(주인마누라)의 속을 뻐얀히 다 안다. 인젠 방세도 싫고 셋방 사람을 다 내쫓으려 한다. 김마까나 아끼꼬는 겁이 나서 차마 못 건드리고 제일 만만한 톨스토이부터 우선 몰아내려는 연극이렷다.

"저 구렝이 좀 봐라 옆에 서서 눈짓을 해가며 자꾸 씨기지**."

"글쎄 자식도 얼간이가 아냐? 즈 아즈멈 시기는 대로 놀구 섰네."

"어쭈 얼짜가 뼈팅긴다. 지가 우와기를 벗어노면 어쩔 테야그래? 자식두!"

"톨스토이가 잠자꾸 앉았으니까 약이 올라서 저래, 맛부리는*** 게 밉살머리궂지? 자식 그저 한 대 앵겨줬으면."

"내가 한 대 먹이면 저거 고택골 간다.**** 그래니깐 아끼꼬한테 감히 못 오지 않어?"

---

* 고스깽이. 사환, 급사.
** 시키지.
*** 맛부리다. 맛없이 싱겁게 굴다.
**** 고택골은 서울 은평구 서쪽의 처형장이 있던 곳이다. '고택골 간다'는 즉 죽으러 간다는 뜻.

주먹을 이렇게 들어 뵈다가 고만 영애의 턱을 치질렀다. 영애는 고개를 저리 돌리어 또 빼쭉하고

"얘 이럼 난 싫단다!"

"누가 뭐 부러 그랬니 또 빼쭉하게?" 하고 아끼꼬도 좀 빼쭉하다가 슬슬 능치며

"그래 잘못했다. 고만두자 쐭쐭쐭—"

영애의 턱을 손등으로 문질러주고

"재! 저것 봐라 놈은 팔을 걷고 구렁이는 마루를 구르고 야단이다."

"얘 재밌다 구렁이가 약이 바짝 올랐지?"

"저 자식 보게 제 맘대로 남의 방엘 막 들어가지 않어?"

아끼꼬가 영애에게 눈을 크게 뜨니까

"뭐 일을 칠 것 같지? 병신이 지랄한다더니 정말인가 베!"

"저 자식이 남의 세간을 제 맘대로 내놓질 않나? 경을 칠 자식!"

"그건 나무래 뭘 해 그저 톨스토이가 바보야! 그래도 부처같이 잠자꼬 앉었지 않어? 세상엔 별 바보두 다 많어이!"

아끼꼬는 그건 들은 체도 안 하고 대뜸 일어선다. 미닫이가 열리자 우람스러운 걸음. 한숨에 안마루로 올라서며 볼멘소리다.

"아니 여보슈! 남의 세간을 그래 맘대로 내놓는 법이 있소?"

"당신이 웬 챙견이요?"

얼짜는 톨스토이의 책상을 들고 나오다 방군턱에 우뚝 멈춘다. 눈을 휘둥그렇게 뜨고 주저주저하는 양이 대담한 아끼꼬에 저으기 놀란 모양—

"오늘부터 내가 여기서 자야 할 테니까—그래서—방을 치는데—"

얼짜는 주변성 없는 말로 이렇게 굳다가

"당신 맘대로 방은 치는 거요?"

"그럼 내 방 내 맘대로 치지 누구에게 물어본단 말이유?" 하고 제법 을 딱딱이긴* 했으나 뒷갈망은 구렁이에게 눈짓을 슬슬 한다.

"그렇지 내 방 내가 치는데 누가 뭐 할 턱 있나?"

"당신 맘대룬 안 되우 그 책상 도루 저리 갖다 놓우. 사글세를 내란다든지 하는 게 옳지 등을 밀어 내쫓는 경오가 어디 있단 말이오?"

"아니 아끼꼬는 제 거나 낼 생각 하지 웬 걱정이야? 저리 비켜서!"

구렁이는 문을 막고 섰는 아끼꼬의 팔을 잡아당긴다. 에패**는 찍소리 없이 눌러왔지만 오늘은 얼짜를 잔뜩 믿는 모양이다. 이걸 보고 옆에 섰던 영애가 또 아니꼬워서

"제 거라니? 누구보고 저야? 이 늙은이가 눈깔이 뻤나?" 하고 그 팔을 뒤로 확 잡아챈다. 늙은 구렁이와 영애는 몸 중량의 비례가 안 된다. 제풀에 비틀비틀 돌더니 벽에 가 쿵하고 쓰러진다. 그러나 눈을 감고 턱이 떨리는 아이고 소리는 엄살이다.

얼짜가 문턱에 책상을 떨구더니 용감히 홱 넘어 나온다. 아끼꼬는 저 자식이 더럽게 달마찌***의 흉내를 내는구나 할 동안도 없이 영애의 뺨이 쩔꺽—

"이년아! 늙은이를 쳐?"

"아 이 자식 보레! 누구 뺨을 때려?"

아끼꼬는 악을 지르자 그 석대****를 뒤로 잡아 나꿔챈다. 마루 위에 놓였던 다듬잇돌에 걸리어 얼짜는 응덩방아가 쿵하고 잡은참 날아드는 숯

---

* 으르딱딱거리다. 무서운 말로 협박하다.
** 오래된 지난날, 예전.
*** 1930년대 헐리우드 영화배우.
**** 혁대, 허리띠.

보구니는 독 오른 영애의 분풀이다.

그러자 또 아랫방 문이 홱 열리고 지팡이가 김마까를 끌고 나온다.

"이 자식이 웬 자식인데 남의 계집애 뺨을 때려? 온 이런 망하다 판이
날 자식이 눈에 아무것두 뵈질 않나— 세상이 망한다 망한다 한대두만
이런 자식은."

김마까는 뜰에서부터 사방이 들으라고 왁짝 떠들며 올라온다. 구렁이
한테 늘 쪼여 지내던 원한의 복수로 아끼꼬와 서로 멱살잡이로 섰는 얼짜
의 복장을 지팡이로 내지른다.

"이런 염병을 하다 땀통이 끊어질 자식이 있나!"

그와 동시에 김마까는 검불같이 뒤로 벌렁 나자빠졌다. 내댔던 지팡이
가 도로 물러오며 바짝 마른 허구리를 쳤던 것이다. 개신개신 몸을 일으
집으며 김마까는 구시월 서리 맞은 독사가 된다.

"이 자식아! 너는 니 애비두 없니?"

대뜸 지팡이는 날아들어 얼짜의 귓배기를 내려 갈긴다. 딱 하고 뼈 닿
는 무딘 소리. 얼짜는 고개를 푹 꺾고 귀에 두 손을 들이대자 죽은 듯이
꼼짝 못한다.

아끼꼬도 얼짜에게 뺨 한 대를 얻어맞고 울고 있었다. 이 좋은 기회를
타서 얼짜의 등 뒤로 빨간 얼굴이 달겨든다. 이걸 곤투*식으로 집어셀까
하다 그대로 그 어깻죽지를 뒤로 물고 늘어진다. 아아 이렇게 외마디 소
리로 아가리를 딱딱 벌린다. 그리고 뒤통수로 암팡스레 날아든 것은 영애
의 주먹이다.

톨스토이는 모두가 미안쩍고 따라 제풀에 지질려서 어쩔 줄을 모른다.

---

* 권투.

옆에서 눈을 흘기는 영애도 모르고

"노서요 고만 노서요 이거 이럼 어떡헙니까?" 하며 아끼꼬의 등을 두 손으로 흔든다. 구렝이도 벌벌 떨어가며

"이년이 사람을 뜯어 먹을 텐가 안 놓으니 이거 안 놔?"

아끼꼬를 대고 잡아당기며 어른다. 그러나 잡아당기면 당길수록 얼짜는 소리를 더 지른다. 이러다간 일만 크게 벌어질 걸 알고 구렝이는 간이 고만 달룽한다. 이번 사품에 안방 미닫이는 설쭉*이 부러지고 뒤주 위에 얹혔던 대접이 둘이나 떨어져 깨졌다. 잔뜩 믿었던 조카는 저렇게 죽게 되고 이러단 방은커녕 사람을 잡겠다 생각하고 그는 온몸이 덜덜 떨리었다. 게다 모질게 내려치는 김마까의 지팽이——

구렝이는 부리나케 대문 밖으로 나왔다. 골목길을 내려오며 뒤에 날리는 치맛자락에 바람이 났다.

"사글세를 내랬으면 좋지 내쫓으려구 하니까 그렇게 분란이 일구 하는 게 아니야?"

"아닙니다 누가 내쫓으려고 그래요, 세를 내라구 그러니깐 그렇게 아 끼꼬라는 년이 올라와서 온통 사람을 뜯어 먹고 그러는군요!"

"말 마라 내쫓으려구 헌 걸 아는데 그래, 요전에도 또 한 번 그런 일이 있었지?"

순사는 노파의 뒤를 따라오며 나른한 하품을 주먹으로 끈다. 푹하면 와 서 찐대를 붙은** 노파의 행세가 여간 구찮지 않다. 조꼬맣게 말라붙은 노 파의 신 머리쪽을 바라보며

"올해 몇 살이냐?"

---

* 설주.
** 진대 붙다. 남에게 달라붙어 떼를 쓰며 괴롭히는 짓.

"그년 열아홉이죠 그런데 그렇게—"

"아니 노파 말이야?"

"네 제 나요? 왜 쉰일곱이라구 전번에 여줬지요 그런데 이 고생을 하는군요." 하고 궁상스레 우는소리다.

노파는 김마까보다도 톨스토이보다도 누구보다도 아끼꼬가 가장 미웠다. 방세를 받으려도 중뿔나게 가로맡아서 지랄하기가 일쑤요 또 밤낮 듣기 싫게 창가질이요 게다 세숫물을 버려도 일부러 심청 궂게 안마루 끝으로 홱 끼얹는 아끼꼬 이년을 이번에는 경을 흠씬 치도록 해야 할 텐데 속이 간질대서 그는 총총걸음을 치다가 돌부리에 채여 고만 나가둥그러진다. 그 바람에 쓰레기통 한 귀에 내뻗은 못이 가서 치맛자락이 찌익 하고 찢어진다.

"망할 자식 같으니 씨레기통의 못두 못 박았나!" 하고 흙을 털고 일어나며 역정이 난다. 그 꼴을 보고 순사는 손으로 웃음을 가린다.

"그 봐! 이젠 다시 오지 마라 이번엔 할 수 없지만 또다시 오면 그땐 노파를 잡아갈 테야?"

"네—다시 갈 리 있겠습니까. 그저 이번에 그 아끼꼬란 년만 흠씬 버릇을 아르켜주십시요. 늙은이보구 욕을 않나요 사람 치질 않나요! 그리고 안죽 핏대도 다 안 마른 년이 서방이 몇인지 수가 없어요—"

순사는 코대답을 해가며 귓등으로 듣는다. 너무 많이 들어서 인제는 홍미를 놓친 까닭이었다. 갈팡질팡 문지방을 넘다 또 고꾸라지려는 노파를 뒤로 부축하며 눈살을 찌푸린다. 알고 보니 짐작대로 노파 허풍에 또 속은 모양이었다. 살인이 났다고 짓떠들더니 임장하여* 보니까 조용한 집

---

* 현장에 나와.

안에 웬 낯선 양복쟁이 하나만 마루 끝에서 천연스레 담배를 피울 뿐이다. 그러고는 장독 사이에서 왔다 갔다 하며 뭘 주위 먹는 생쥐가 있을 뿐 신발짝 하나 난잡히 놓이지 않았다. 하 어처구니가 없어서

"어서 죽었어?"

"어이구 분해! 이것들이 또 저를 고랑땡을 먹이는군요! 입때까지 저 마룽*에서 치고 차고 깨물고 했답니다."

노파는 이렇게 주먹으로 복장을 찧으며 원통한 사정을 하소한다. 왜냐면 이것들이 이 기맥을 벌써 눈치채고 제각기 헤져서 아주 얌전히 박혀 있다. 아끼꼬는 문을 닫고 제 방에서 콧노래를 부르고, 지팡이를 들고 날뛰던 김마까는 언제 그랬더냔 듯이 제 방에서 끙끙 여전한 신음 소리. 이렇게 되면 이번에도 또 자기만 나물리키게** 될 것을 알고

"어이구 분해! 어이구 분해!"

주먹으로 복장을 연팡 들두들기다 조카를 보고

"애 — 넌 어떻게 돼서 이렇게 혼자 앉었니?"

"뭘 어떻게 돼요 되긴?" 하고 눈을 지릅뜨는 그 대답은 썩 퉁명스럽고 걱세다.*** 이런 화중으로 끌고 온 아즈멈이 몹시도 밉고 원망스러운 눈치가 아닌가. 이걸 보면 경은 무던히 치고 난 놈이다.

"어이구 분해! 너꺼정 이러니!"

"뭘 분해? 이 망할 것아!"

순사는 소리를 빽 지르고 도로 돌아서려 한다.

"나리! 저 좀 보서요 문 부서진 것하구 대접 깨진 걸 보서두 알지 않어

---

* '마루'의 강원도 방언.
** 나무라게.
*** 성질이 굳고 무뚝뚝하다.

요?"

"어떤 조카가 죽었어그래?"

"이것이 그렇게 죽도록 경을 치고두 바보가 돼서 이래요!"

"바보면 죽어두 사나?" 하고 순사는 고개를 디밀어 마루께를 살펴보니 딴은 그릇은 깨지고 문은 부서졌다. 능글맞은 노파가 일부러 그런 줄은 아나 그렇다고 책임상 그냥 가기도 어렵다. 픽도 극성스러운 늙은이라 생각하고

"누가 그랬어그래?"

"저 아끼꼬가 혼자 그랬어요!"

"아끼꼬! 고반*까지 같이 가."

"네! 그래서요."

하도 여러 번 겪는 일이라 이제는 아주 익숙하다. 저고리를 갈아입으며 웃는 얼굴로 내려온다. 그러나 순사를 따라 대문을 나설 적에는 고개를 모로 돌리어 구렁이에게 몹시 눈총을 준다.

순사는 아끼꼬를 데리고 느른한 걸음으로 골목을 꿉든다. 쪽다리를 건너니 화창한 사직원 마당. 봄이라고 땅의 잔디는 파릇파릇 돋았다. 저 위에선 투덕거리는 빨래 소리. 한옆에선 풋뽈을 차느라고 날뛰고 떠들고 법석이다. 뿌웅 하고 음충맞게 내대는 자동차의 싸이렌. 남치마에 연분홍 저고리가 버젓이 활을 들고 나온다. 그리고 키 훌쩍 큰 놈팽이는 돈지갑을 내든다.

"너 왜 또 말썽이냐?" 하고 순사는 고개를 돌리어 아끼꼬를 씽긋이 흘겨본다. 그는 노파가 왜 그렇게 아끼꼬를 못 먹어서 기를 쓰는지 영문을

<hr>

* 일제 강점기의 파출소.

모른다. 노파의 눈에도 아끼꼬가 좀 귀여울 텐데 그렇게 미울 때에는 아마 아끼꼬가 뭘 좀 먹이질 않아 틀렸는지 모른다. 그렇지 않으면 다른 사람 다 제쳐놓고 아끼꼬만 씹을 리가 없다. 생각하다가

"뭘 말썽이유 내가?"

"네가 뭐 쥔마누라를 깨물고 사람을 죽이구 그런다며? 그리구 요전에도 카페서 네가 손님을 쳤다는 소문도 들리지 않니?" 하고 눈살을 찝고 웃어버린다. 얼굴 똑똑한 것이 아주 할 수 없는 계집애라고 돌릴 수밖에 없다.

"난 그런지 몰루!"

아끼꼬는 땅에 침을 탁 뱉고 아주 천연스레 대답한다. 그리고 사직원의 문간쯤 와서는

"이담 또 만납시다."

제멋대로 작별을 남기고 저는 저대로 산 쪽으로 올라온다.

활터길로 올라오다 아끼꼬는 궁금하여 뒤를 한번 돌아본다. 너무 기가 막혀서 벙벙히 바라보고 있다가 다시 주먹으로 나른한 하품을 끄는 순사. 한편에선 날뛰고 자빠지고 쾌활히 공을 찬다. 아끼꼬는 다시 올라가며 저도 남자가 됐더라면 '풋뽈'을 차볼걸 하고 후회가 막급이다. 그리고 산을 한 바퀴 돌아 내려가서는 이번엔 장독대 위에 요강을 버리리라 결심을 한다. 구렁이는 장독대 위에 오줌을 버리면 그것처럼 질색이 없다.

"망할 년! 이담에 봐라 내 장독 위에 오줌까지 깔길 테니!"

이렇게 아끼꼬는 몇 번 몇 번 결심을 한다.

—《조광》, 1937. 2.

땡볕

우람스레 생긴 덕순이는 바른팔로 왼편 소맷자락을 끌어다 콧등의 땀방울을 훑고는 통 안 네거리에 와 다리를 딱 멈추었다. 더위에 익어 얼굴은 벌건히 사방을 둘러본다. 중복허리의 뜨거운 땡볕이라 길 가는 사람은 저편 처마 끝으로만 배앵뱅 돌고 있다. 지면은 번들번들히 닳아 자동차가 지날 적마다 숨이 탁 막힐 만치 무더운 먼지를 풍겨놓는 것이다.

덕순이는 아무리 찾아보아도 자기가 길을 물어 좋을 만치 그렇게 여유 있는 얼굴이 보이지 않음을 알자, 소맷자락으로 또 한 번 땀을 훑어본다. 그리고 거북한 표정으로 벙벙히 섰다. 때마침 옆으로 지나는 어린 깍쟁이에게 공손히 손짓을 한다.

"애! 대학병원을 어디루 가니?"

"이리루 곧장 가세요."

덕순이는 어린 깍쟁이가 턱으로 가리킨 대로 그 길을 북으로 접어들며 다시 내걷기 시작한다. 내딛는 한 발짝마다 무거운 지게는 어깨에 박이고 등줄기에서 쏟아져 내리는 진땀에 궁둥이는 쓰라릴 만치 물었다.* 속 타

---

* 물다. 너무 무르거나 풀려서 본 모양이 없어지도록 헤리게 하다.

는 불김을 입으로 불어가며 허덕지덕 올라오다 엄지손가락으로 코를 힝 풀어 그 옆 전봇대 허리에 쓱 문댈 때에는 그는 어지간히 가슴이 답답하였다. 당장 지게를 벗어 던지고 푸른 그늘에 가 나자빠지고 싶은 생각이 굴뚝같으련만 그걸 못 하니 짜증이 안 날 수 없다. 골피를 찌푸리어 데퉁스레

"빌어먹을 거! 왜 이리 무거!"

하고 내뱉으려 하였으나, 그러나 지게 위에서 무색하여질 아내를 생각하고 꾹 참아버린다. 제 속으로만 끙끙거리다 겨우

"에이 더웁다!"

하고 자탄이 나올 적에는 더는 갈 수가 없었다.

덕순이는 길가 버들 밑에다 지게를 벗어놓고는 두 손으로 적삼 섶을 흔들어 땀을 들인다. 바람기 한 점 없는 거리는 그대로 타 붙었고 그 위의 모래만 이글이글 달아간다. 하늘을 쳐다보았으나 좀체로 비 맛은 못 볼 듯싶어 바상바상한* 입맛을 다시고 섰을 때 별안간 댕댕 소리와 함께 발등에 물을 뿌리고 물차가 지나가니 그는 비로소 산 듯이 정신기가 반짝난다. 적삼 호주머니에 손을 넣어 곰방대를 꺼내 물고 담배 한 대 붙이려 하였으나 홀쭉한 쌈지에는 어제부터 담배 한 알 없었던 것을 다시 깨닫고 역정스레 도로 집어넣는다.

"꽁무니가 배기지 않어?"

덕순이는 이렇게 아내를 돌아보다

"괜찮아요!"

하고 거진 죽어가는 상으로 글썽글썽 눈물이 괸 아내가 딱하였다. 두 달

---

* 물기가 없어 보송보송한. 성질이 좀 가볍고 성급한.

동안이나 햇빛 못 본 얼굴은 누렇게 시들었고, 병약한 몸으로 지게 위에 앉아 까댁이는 양이 금시라도 꺼질 듯싶은 그 아내였다.

덕순이는 아내를 이윽히 노려보다

"아 울긴 왜 우는 거야?"

하고 눈을 부라렸으나

"병원에 가면 짼대겠지요."

"째긴 아무거나 덮어놓고 째나? 연구한다니까!"

하고 되도록 아내를 안심시킨다. 그러나 덕순이 생각에는 째든 말든 그건 차치해놓고 우선 먹어야 산다. 고

"왜 기영이 할아버지의 말씀 못 들었어?"

"병원서 월급을 주구 고쳐준다는 게 정말인가요?"

"그럼 노인이 설마 거짓말을 헐라구, 그래 시방두 대학병원의 이등 박사가 뭐가 열네 살 된 조선 아이가 어른보다도 더 부대한 걸 보구 하두 이상한 병이라구 붙잡아 들여서 한 달에 십 원씩 월급을 주고 그뿐인가 먹이구 입히구 이래가며 지금 연구하구 있대지 않어?"

"그럼 나두 허구헌 날 늘 병원에만 있게 되겠구려?"

"인제 가봐야 알지 어떻게 되는지."

이렇게 시원스레 받기는 받았으나 덕순이 자신 역 기영 할아버지의 말이 꽉 믿어서 좋을지가 의문이었다. 시골서 올라온 지 얼마 안 되는 그로서는 서울 일이라 호욕 알 수 없을 듯싶어 무료 진찰권을 내온 데 더 되지 않았다. 그렇다 하더라도 병이 괴상하면 할수록 혹은 고치기가 어려우면 어려울수록 월급이 많다는 것인데 영문 모를 아내의 이 병은 얼마짜리나 되겠는가, 고 속으로 무척 궁금하였다. 아이가 십 원이라니 이건 한 십오 원쯤 주겠는가, 그렇다면 병 고치니 좋고, 먹으니 좋고, 두루두루 팔자를

고치리라고 속안으로 육조배판*을 늘이고 섰을 때

"여보십쇼! 이 채미 하나 잡숴보십소."

하고 조만치서 참외를 벌여놓고 앉았는 아이가 시선을 끌어간다. 길쭉길 쭉하고 싱싱한 놈들이 과연 뜨거운 복중에 하나 벗겨 들고 으썩 깨물어봄 직한 참외였다. 덕순이는 참외를 이놈 저놈 멀거니 물색하여보다 쌈지에 든 잔돈 사 전을 얼른 생각은 하였으나 다음 순간에 그건 안 될 말이리라 고 꺽진 마음으로 시선을 걸어 온다. 사 전에 일 전만 더 보태면 희연 한 봉이 되리라고 어제부터 잔뜩 꼽여 쥐고 오던 그 사 전, 이걸 참외값으로 녹여서는 사람이 아니다.

"지게를 꼭 붙들어!"

덕순이는 지게를 지고 다시 일어나며 그 십오 원을 생각했던 것이니 그 로서는 너무도 벅찬 희망의 보행이었다.

덕순이는 간호부가 지도하여주는 대로 산부인과 문밖에서 제 차례가 돌아오기를 기다리고 있었다.

아내는 남편이 업어다 놓은 대로 걸상에 가 번듯이 늘어져서 괴로운 숨을 견디지 못한다. 요량 없이 부어오른 아랫배를 한 손으로 치마째 걸어 안고는 매 호흡마다 간댕거리는 야윈 고개로 가쁜 숨을 돌르고 있는 것이다. 게다가 수술실에서 들것으로 담아내는 환자와, 피고름이 엥긴 쓰레기 통을 보는 것은 그로 하여금 해쓱한 얼굴로 이를 떨도록 하기에는 너무도 충분한 풍경이었다.

"너무 그렇게 겁내지 말아. 그래두 다 죽을 사람이 병원엘 와야 살아 나가는 거야!"

---

* 육조배판六曹排判. 육조를 벌려서 차림. 여기서는 횡재를 꿈꾸는 상황을 가리킨다.

덕순이는 아내를 위안하기 위하여 이런 소리도 하는 것이나 기실 아내 붚지 않게 저로도 조바심이 적지 않았다. 아내의 이 병이 무슨 병일까, 짜정 기이한 병이라서 월급을 타먹고 있게 될 것인가, 또는 아내의 병을 씻은 듯이 고쳐줄 수 있겠는가, 겸삼수삼* 모두가 궁거웠다.**

이 생각 저 생각으로 덕순이는 아내의 상체를 떠받쳐 주고 있다가 우연히도 맞은켠 타구 옆땡이에 가 떨어져 있는 권연 꽁댕이에 한눈이 팔린다. 그는 사방을 잠깐 살펴보고 힝하게 가서 집어다가는 곰방대에 피워 물며 제 차례를 기다렸으나 좀체로 불러주질 않는 것이다.

이렇게 하여 그들은 허무히도 두 시간을 보냈다.

한 점을 사십 분가량 지났을 때 간호부가 다시 나와 덕순이 아내의 성명을 외는 것이다.

"네 여있습니다!"

덕순이는 허둥지둥 아내를 떨쳐 업고 진찰실로 들어갔다.

간호부 둘이 달겨들어 우선 옷을 벗기고 주구를 제 아내는 놀란 토끼와 같이 조고맣게 되어 떨고 있었다. 코를 찌르는 무더운 약내에 소름이 끼치기도 하려니와 한쪽에 번쩍번쩍 늘려놓인 기계가 더욱이 마음을 죄게하는 것이다. 아내가 너무 병신스레 떨므로 옆에 섰는 덕순이까지도 계면쩍지 않을 수 없었다. 아내의 한 팔을 꼭 붙들어 주고, 집에서 꾸짖듯이 눈을 부릅떠

"메가 무섭다구 이래?"

하고는 유리판에서 기계 부딪는 젤그럭 소리에 등줄기가 다 섬찍할 제

"은제부터 배가 이래요?"

---

* 겸사겸사.

** 궁겁다. 궁금하다.

간호부가 뚱뚱한 의사의 말을 통변한다.

"자세히는 몰라두!"

덕순이는 이렇게 머리를 긁고는 아마 이토록 부르기는 지난겨울부턴가 봐요, 처음에는 이게 애가 아닌가 했던 것이 그렇지도 않구요, 애라면 열 달에 날 텐데

"열석 달이나 가는 게 어딨습니까?"

하고는 아차 애니 뭐니 하는 건 괜히 지껄였군, 하였다. 그래 의사가 무에라고 또 입을 열 수 있기 전에 얼른 대미처

"아무두 이 병이 무슨 병인지 모른다구 그래요, 난생 처음 본다구요."

하고 몇 마디 더 얹었다.

덕순이는 자기네들의 팔자를 고칠 수 있고 없고가 이 순간에 달렸음을 또 한 번 깨닫고 열심히 의사의 입만 쳐다보고 있는 것이다. 마는 금테 안경 쓴 의사는 그리 쉽사리 입을 열려지 않았다. 몇 번을 거듭 주물러보고, 두드려보고, 들어보고, 이러기를 얼마 한 다음 시답지 않게 저쪽으로 가 대야에 손을 씻어가며 간호부를 통하여 하는 말이

"이 배 속에 어린애가 있는데요, 나올랴다 소문*이 적어서 그대로 죽었어요, 이걸 그냥 둔다면 앞으로 일주일을 못 갈 것이니 불가불 수술을 해야 하겠으나 또 그 결과가 반드시 좋다고 단언할 수도 없는 것이매 배를 가르고 아이를 꺼내다 만일 사불여의**하여 불행을 본다더라도 전혀 관계없다는 승낙만 있으면 내일이라도 곧 수술을 하겠어요."

하고 나어린 간호부는 조금도 거리낌 없는 어조로 줄줄 쏟아놓다가

"어떻게 하실 테야요?"

___

* 작은 문. 여자의 음부를 완곡하게 이르는 말.

** 일이 뜻대로 되지 아니함.

"글쎄요!"

덕순이는 이렇게 얼떨떨한 낯으로 다시 한 번 뒤통수를 긁지 않을 수 없었다. 간호부의 말이 무슨 소린지 다는 모른다 하더라도 속대중으로 저쯤은 알아챘던 것이니 아내의 생명이 위험ᄒ다는 그 말이 두렵기도 하려니와 겨우 아이를 뱄다는 것쯤, 연구거리는 못 되는 병인 양싶어 우선 낙심하고 마는 것이다. 하나 이왕 버린 노릇이대

"그럼 먹을 것이 없는데요—"

"그건 여기서 입원시키고 먹일 것이니까 염려 마서요—"

"그런데요 저—"

하고 덕순이는 열적은 낯을 무얼로 가릴지 몰라 주볏주볏

"월급 같은 건 안 주나요?"

"무슨 월급이요?"

"왜 여기서 병을 고치면 월급을 주는 수두 있다지요."

"제 병 고쳐주는데 무슨 월급을 준단 말이요?"

하고 맨망스리도 톡 쏘는 바람에 덕순이는 얼굴이 고만 벌게지고 말았다. 팔자를 고치려던 그 계획이 완전히 어그러졌음을 알자, 그의 주린 창자는 다시금 척 꺾이며 두꺼운 손으로 이마의 진땀이나 훑어보는 밖에 별도리가 없는 것이다. 허나 아내의 생명은 어차피 건져야 하겠기로 공손히 허리를 굽신하며

"그럼 낼 데리고 올게 어떻게 해주십시요."

하고 되도록 빌붙어 보았던 것이, 그때까지 끔찍끔찍한 소리에 얼이 빠져서 멀뚱히 누웠던 아내가 별안간 기급을 하여 일어나 살뚱맞은* 목성으로

---

* 당돌하고 생뚱맞은.

"나는 죽으면 죽었지 배는 안 쩨요."

하고 얼굴이 노랗게 되는 데는 더 할 말이 없었다. 죽이더라도 제 원대로나 죽게 하는 것이 혹은 남편 된 사람의 도릴지도 모른다. 아내의 꼴에 하도 어이가 없어

"죽는 거보담이야 수술을 하는 게 좀 낫겠지요!"

비소*를 금치 못하고 섰는 간호부와 의사가 눈에 보이지 않도록, 덕순이는 시선을 외면하여 뚱싯뚱싯 아내를 업고 나왔다. 지게 위에 올려놓은 다음 엎디어 다시 지고 일어나려니 이게 웬일일까 아까 오던 때와는 갑절이나 무거웠다. 덕순이는 얼마 전에 희망이 가득히 차 올라가던 길을 힘풀린 걸음으로 터덜터덜 내려오고 있었다. 보지는 않아도 지게 위에서 소리를 죽여 훌쩍훌쩍 울고 있는 아내가 눈앞에 환한 것이다. 학식이 많은 의사는 일자무식인 덕순이 내외보다는 더 많이 알 것이니 생명이 한 이레를 못 가리라던 그 말을 어쩨볼 도리가 없다. 인제 남은 것은 우중충한 그 냉골에 갖다 다시 눕혀놓고 죽을 때나 기다리고 있을 따름이었다.

덕순이는 눈 위로 덮는 땀방울을 주먹으로 훔쳐가며 장차 캄캄하여올 그 전도를 생각해본다. 서울을 장대고** 왔던 것이 벌이도 제대로 안 되고 게다가 인젠 아내까지 잃는 것이다. 지에미붙을! 이놈의 팔자가, 하고 딱한 탄식이 목을 넘어오다 꽉 깨무는 바람에 한숨으로 터져버린다.

한나절이 되자 더위는 더한층 무서워진다.

덕순이는 통째 짓무를 듯싶은 등어리를 견디지 못하여 먼젓번에 쉬어가던 나무 그늘에 지게를 벗어놓는다. 땀을 들여가며 아내를 가만히 내

---

* 남을 비방하거나 비난하여 웃음. 또는 그런 미소.
** 마음속으로 기대하며 잔뜩 벼르고.

려 보니 그동안 고생만 시키고 변변히 먹이지도 못하였던 것이 갑자기 후회가 나는 것이다. 이럴 줄 알았다면 동넷집 닭이라도 훔쳐다 먹였던 걸, 싶어

"울지 말아, 그것들이 뭘 아나? 제까진 게——"

하고 소리를 빽 지르고는

"채미 하나 먹어볼 테야?"

"채민, 싫어요——"

아내는 더위에 속이 탔음인지 행길 건너 저쪽 그늘에서 팔고 있는 얼음 냉수를 손으로 가리킨다. 남편이 한 푼 더 보태어 담배를 사려던 그 돈으로 얼음냉수를 한 그릇 사다가 입에 먹여까지 주니 아내도 황송하여 한숨에 들이킨다. 한 그릇을 다 먹고 나서 하나 더 사다 주랴 물었을 때 이번에는 왜떡이 먹구 싶다 하였다. 덕순이는 이것이 마즈막이라는 생각으로 나머지 돈으로 왜떡 세 개를 사다 주고는 그래도 눈물도 씻을 줄 모르고 그걸 오직오직 깨물고 있는 아내를 이윽히 바라보고 있었다. 그러나 아내가 무슨 생각을 하였는지 왜떡을 입에 문 채 훌쩍훌쩍 울며

"저 사촌 형님께 쌀 두 되 꿔다 먹은 거 부대 잊지 말구 갚우."

하고 부탁할 제 이것이 필연 아내의 유언이리라고 깨닫고는

"그래 그건 염려 말아!"

"그러구 임자 옷은 영근 어머이더러 사정 얘길 하구 좀 빨아달래우."

하고 이야기를 곧잘 하다가 다시 입을 이그리고 훌쩍훌쩍 우는 것이다.

덕순이는 그 유언이 너무 처량하여 눈에 눈물이 핑 돌아가지고는 지게를 도로 지고 일어선다. 얼른 갖다 눕히고 죽이라도 한 그릇 더 얻어다 먹이는 것이 남편의 도릴 게다.

때는 중복허리의 쇠뿔도 녹이려는 뜨거운 땡볕이었다.

덕순이는 빗발같이 내려붓는 얼굴의 땀을 두 손으로 번갈아 훔쳐가며 끙끙 내려올 제, 아내는 지게 위에서 그칠 줄 모르는 그 수많은 유언을 차근차근 남기자, 울자, 하는 것이다.

—《여성》, 1937. 2.

병상病床의 생각

김유정

사람!

사람!

그 사람이 무엇인지 알기가 극히 어렵습니다. 당신이 누구인지 내가 모르고, 나의 누구임을 당신이 모르는 이것이 혹은 마땅한 일일지도 모릅니다. 나와 당신이 언제 보았다고, 언제 정이 들었다고 감히 안다 하겠습니까. 그러면 내가 당신을 한 개의 우상으로 숭배하고, 그리고 나의 모든 채색으로 당신을 분식粉飾*하였던 이것이 또한 무리 아닌 일일지도 모릅니다.

이것이 물론 나의 속단입니다. 허나 하여간 이런 결론을 얻은 걸로 쳐두겠습니다.

나는 당신을 진실로 모릅니다. 그러기에 일면식도 없는 당신에게, 내가 대담히 편지를 하였고 매일과 같이 그 회답이 오기를 충성으로 기다리었던 것입니다. 다 나의 편지가 당신에게 가서 얼만한 대접을 받는가, 얼마큼 이해될 수 있는가, 거기 관하여 일절 괘념하여본 일이 없었습니다. 그러던 차 당신에게서

---

* 실제보다 좋게 보이려고 사실을 숨기고 거짓으로 꾸밈. 분칠하여 곱게 화장함.

편지를 보내시는 이유가 나변那邊*에 있으리요.

이런 질문이 왔을 때 나는 눈알을 커다랗게 뜨지 않을 수 없었습니다. 당장에 나는 당신의 누구임을 선뜻 본 듯도 싶었습니다.

우리는 사물을 개념할 때 하나로 열을 추리하는 것이 곧 우리의 버릇입니다. 예전 우리의 선배가 그러하였고 또 오늘 우리와 같이 살고 있는 모든 사람이 그러합니다. 내가 그 질문으로 하여금 당신의 무형을 떠 온 것이 결코 그리 큰 잘못은 아닐 겝니다.

나는 당신을 실로 본 듯도 하였습니다. 나의 편지 수통에 간신히 (그 이유가 나변에 있으리오) 이것이 즉 당신입니다. 그리고 나는 그 배후의 영리하신 당신의 지혜를 보았습니다. 당신은 나에게서 연모라는 말을 듣고 싶었고, 겸하여 거기 따르는 당신의 절대가치를 행사하고 싶었던 것입니다.

그러나 나는 당신의 요구에서 좀 먼 거리에 있는 자신을 보았습니다. 우울할 때, 고적할 때, 혹은 슬플 때 나는 가끔 친한 동무에게, 나를 이해하여줄 수 있는 동무에게 편지를 씁니다. 허나 그것은 동성끼리의 거래가 아니냐고 탄할지도 모릅니다. 그러면 나는 몸이 아플 때, 저 황천으로 가신 어머님이 참으로 그리워집니다. 이건 무얼로 대답하시렵니까. 모자지간의 할 수 없는 천륜이매 이와는 또 다르다 하시겠습니다. 그럼 여기에 또 한 가지 좋은 실례가 있습니다. 우리는 맘이 울적할 제 벙싯벙싯 웃기는 옆집 애기를 가만히 들여다보다가는 저마저 방싯하고 맙니다. 이것은 어쩐 이유겠습니까.

다시 생각하면 우리가 서로서로 가까이 밀접하노라 애를 쓰는 이것이 또는 그런 열정을 필연적으로 갖게 되는 이것이 혹은 참다운 인생일지도 모릅니다. 동시에 궁박한 우리 생활을 위하여 이제 남은 단 한길이 여기에 열려

---

* 어느 곳 또는 어디. 그곳 또는 거기.

있음을 조만간 알 듯도 싶습니다. 그것은 마치 우리 머리 위에 늘려 있는 복잡한 천체, 그것이 제각기 그 인력引力에 견연牽連되어 원만히 운용되어갈 수 있는 것에 흡사하다 할는지요. 그렇다면 이 기능을 실지 발휘하는 걸로, 언어를 실어 가는 편지의 사명이라 하겠습니다.

그러나 그는 아무래도 좋습니다.

이것은 나의 본뜻은 아니로되, 다만 당신에게 실망을 주지 않기로 단출히 연모한다 하였습니다. 그리고 그때 갑작스레 공중으로 여남은 길씩이나 치올려 뜨신 당신의 태도를 보았습니다. 나는 뜨다시 눈알이 커다랗게 디굴려지지 않을 수 없었습니다. 여성이란 자기 자신이 남에게 지극히 연모되어 있음을 비로소 느꼈을 때, 어쩌면 그렇게 무작정 올라만 가려는가고 부질없는 탄식이 절로 나옵니다.

그러나 나는 당신 하나를 보는 걸로 모든 여성을 그 틀에 규정하여서는 안 될 것입니다.

이것이 물론 당신에게 넉히 실례가 될 겝니다. 마는 나는 서슴지 않고 당신을 이렇게 생각하여보았습니다.

──근대식으로 제작되어진 한 덩어리의 예술품──

왜 내가 당신을 하필 예술품에 비하였는가, 그 까닭을 아시고 싶을지도 모릅니다. 마는 여기에 별반 큰 이유가 있을 것도 아닙니다.

내가 당신에게 편지를 쓰던 그 동기를 따져보면 내가 작품을 쓸 때의 그 동기와 조금도 다름이 없습니다. 만일 그때 그 편지를 안 썼더라면 혹은 작품 하나를 더 갖게 되었을지도 모릅니다. 이것이 무슨 소리인지 당신에게 잘 소통되지 않을 겝니다. 그렇다면 따로이 얼른 이해하기 쉬운 이유를 드는 것이 옳을 듯싶습니다.

연애는 예술이라던 당신의 그 말씀, 연애로 하여금 인류 상호 결합의 근

본 윤리로 내보인 나의 고백을 불순하다 하였고 더 나아가 연애는 연애를 위한 연애로 하되 행여나 다른 부조건이 따라서는 안 되리라 그 말씀이 더 큰 이유가 될는지도 모릅니다. 나는 당신의 이 말씀을 듣고 전후 종합하여 문득 생각나는 무엇이 있었습니다. 현재 우리 사회의 일부를 점령하고 있는 예술을 위한 예술이 즉 그것입니다.

그러나 사실에 없는 일을 나의 생각만으로 부합시킨 것이 아닐 듯싶습니다. 실지에 있어, 그들과 당신은 똑같이 유복한 환경에서 똑같은 궤도를 밟아왔기 때문입니다. 물론 이쪽이 저쪽의 비위를 맞춰가며 기생寄生되어가는 경우도 없지는 않으나.

당신은 학교에서 수학을 배웠고, 물리학을 배웠고, 화학을 배웠고, 생리학을 배웠고, 법학을 배웠고, 그리고 공학, 철학 등 모든 것을 충분히 배운 사람의 하나입니다. 다시 말하면 놀라울 만치 발달된 근대 과학의 모든 혜택을 골고루 즐겨오는 그 사람들의 하나입니다. 그렇다면 당신은 근대 과학을 위하여 그 앞에 나아가 친히 예하여, 참으로 친히 예하여 그 영예를 감하치 않아서는 안 될 겝니다. 왜냐면 과학이란 그 시대, 그 사회에 있어 가급적 진리에 가까운 지식을 추출하여 써 우리의 생활로 하여금 광명으로 유도하는 곳에 그 사명이 있을 것입니다.

나는 여기에서 또 하나 생각지 않을 수 없게 됩니다. 그럼 근대 과학이 우리들의 생활과 얼마나 친근하였던가, 이것입니다. 이 대답으로 나는 몇 가지의 예를 들어 만족할밖에 없습니다.

근대 과학은 참으로 놀라울 만치 발달되어갑니다. 그들은 천문대를 세워놓고, 우리가 눈앞에서 콩알을 고르듯이 천체를 뒤져봅니다. 일생을 바쳐 눈코 뜰 새 없이 지질학을 연구합니다. 천풍으로 타고난 사람의 티를, 혹은 콧날을 임의로 늘이고 줄입니다. 건강한 혈색을 창백히 만들고서 조석을 피하고 앨 키웁니다. 찌저깨비로 사람을 만들어 써먹느라 괜스레 속을 태웁니다. 소리 없이 공중으로 떠보고자 하여 그 실험에 떨어져 죽습니다. 두더지 같이 산을 파고 들어가 금을 뜯어내다가 몇십 명이 그 속에 없는 듯이 묻힙니다. 물속으로 쫓아가 군함을 깨트리고 광선으로 사람을 녹이고, 공중에서 염병을 뿌리고 참으로 근대 과학은 놀라울 만치 발달되어 있습니다.

이러한 고급 지식이 우리 생활의 어느 모로 공헌되어 있는가, 당신은 이걸 아십니까. 내가 설명하지 않아도 당신은 얼뜬 그걸 이해하여야 될 겝니다. 과학자 자신, 그들에게 만일 묻는다면 그 대답이 취미의 자유를 말할 게고, 더 이어 과학에 있어 연구 대상은 언제나, 그들의 취미 여하에 의하여 취택할 수 있다 할 겝니다. 다시 말하면 과학을 위한 과학의 절대성을 해설하기에 그들은 너무도 평범한 태도를 취할 겝니다.

과학에서 얻은 진리를 이지권내理知圈內에서 감정권내로 옮기게, 그걸 대중에게 전달하는 것이 예술이라면, 그럼 우리는 근대 과학에 기초를 둔 소위 근대 예술이 그 무엇인가를 얼른 알 것입니다. 예술, 하여도 내가 종사하여 있는 그 일부분, 문학에 관하여 보는 것이 편할 듯싶습니다. 우선 꽤 많이 물의物議되어 있는 신심리주의 문학부터 캐어보기로 하겠습니다.

예술의 생명을 잃은 그들에게 가장 중요한 간판으로 되어 있는 것이 그 형식, 즉 기교입니다. 마는 오늘 그들의 기교란 어느 정도까지 모든 가능을 보이고 있습니다. 여기에서 그들이 더 나갈 길은 당연히 괴벽하여진 그 취미와 병행하여 예전보다도 조금 더 악화된 지엽적 탈선입니다. 그들은 괴망히도 치밀한 묘사법으로 인간 심리를 내공內攻하여, 이내 산 사람으로 하여금 유령을 만들어놓는 걸로 그들의 자랑을 슴습니다. 이 유파의 태두로 지칭되어 있는 제임스 조이스의 『율리시스』를 한번 읽어보면 넉넉히 알 수 있을 겝니다. 우리가 그에게 새롭다는 존호를 붙이어 대우는 하였으나, 다시 뜯어보면 그는 고작 졸라의 부속품에 더 지나지 않음을 알 것입니다. 졸라의 걸작인『나나』는 우리를 재웠고, 그리고 조이스의 대표작,『율리시스』는 우리로 하여금 하품을 연발시키고 있는 것입니다. 말하자면 그는 졸라와 같은 흉기로 한 과오를 양면에서 범하고 있는 것입니다.

어느 누구는 예술의 목적이 전달에 있는가, 표현에 있는가, 고 장히 비슷한 낯을 하는 이도 있습니다. 이것은 마치 사람이 먹기 위하여 사는가, 살기 위하여 먹는가, 하는 이 우문에 지나지 않습니다. 표현이란 원래 전달을 전제로 하고야 비로소 그 생명이 있을 겝니다. 다시 말하면 그 결과에 있어 전달을 예상하고 계략計畧하여가는 그 과정이 즉 표현입니다.

그러나 오늘 문학의 표현이란 얼마나 오용되어 있는가, 를 내가 압니다. 그들이 갖은 노력을 경주한 치밀한 그 묘사가 얼른 보기에 주문의 명세서나 혹은 심리학 강의, 좀 대접하여 육법전서의 조문 해석 같은 지루한 그 문자만으로도 넉히 알 수 있으리다. 예술이란 자연의 복사만도 아니려니와 또한 자연의 복사란 그리 쉽사리 되는 것도 아닙니다. 그렇게도 사실적인 사진기로도 그 완벽을 기치 못하겠거늘, 하물며 어떼떼의 문자로 우리 인간의 복사란 너무도 심한 농담인 듯싶습니다.

좀 더 심악한 건 예술을 위한 예술을 표방하고 함부로 내닫는 작가입니다. 이것은 바로 당신의 연애를 위한 연애와 조금도 다를 곳 없는 것이니 길게 설명하지 않아도 좋을 겝니다. 그들은 썩 호의로 보아 중학생의 일기문 같은 작문을 내어놓고, 그리고 예술지상주의의 미명으로 그걸 알뜰히 미봉하려 드는 여기에는 실로 웃지 못할 것이 있을 줄 압니다. 그들의 생각에는 묘사의 대상 여하를 물론하고, 또는 수법의 방식 여하를 물론하고, 오로지 극도로 뻗친 치밀한 기록이면 기록일수록 더욱더 거기에 문학적 가치가 있는 것입니다. 이것은 그 작품이 예술품이 아니라기보다는 먼저 그 자신이 정말 예술가가 아님을 말하는 것에 더 나오지 못합니다. 마치 그 연애가 사랑이 아니라기보다는 먼저 당신 자신이 완전한 사람이 아닌 것과 비등할 겝니다. 당신이 화려한 그 화장과 고급적인 그 교양을 남에게 자랑할 때 그들은 자기의 작품이 얼마나 예술적인가, 다시 말하면 인류 생활과 얼마나 먼 거리에 있는가를 남에게 자랑하고 있는 것입니다. 그 결과는 애매한 콧날을 잡아 늘이기도 하고, 또는 사람 대신의 기계가 작품을 쓰기도 하고 하는 것입니다. 그러므로 그들에게 예술가적 열정이 적으면 적을수록 좀 더 높은 가치의 예술미를 갖게 되는 것입니다.

예술가에게는 예술가다운 감흥이 있고 그 감흥은 표현을 목적하고 설레는 열정이 따릅니다. 이 열정의 도가 강하면 강할수록 그 비례로 전달이 완숙하여가는 것입니다. 그리고 예술이란 그 전달 정도와 범위에 따라 그 가치가 평가되어야 할 겝니다.

기계에는 절대로 예술이 자리를 잡는 법이 없습니다. 예술가란 학교에서 공식적으로 두드려 만들 수가 없다는 말이 혹은 이를 두고 이름인지도 모릅니다.

그들은 모든 구실이 다하였을 때 마지막으로 새롭다는 문자를 번쩍 들고 나옵니다. 그러나 그 의미가 무엇인지, 그들의 설명만으로는 도저히 이해키가 어렵습니다. 새롭다는 문자는 다만 시간과 공간의 전환만에 그칠 것이 아니라, 좀 더 나아가 우리 인류 사회에 적극적으로 역할을 가져오는 데 그 의미를 두어야 할 것입니다. 얼른 말하면 조이스의 『율리시스』보다는, 저, 봉건 시대의 소산이던 『홍길동전』이 훨씬 뛰어나게 예술적 가치를 띠고 있는 것입니다.

그러면 당신은 여기에서 오늘의 예술이라는 것이 무엇인가를 자세치는 않으나마 얼추 알았으리라 생각합니다. 따라 당신의 연애는 예술이라니, 혹은 연애는 결코 불순하지 말지로되 다만 연애를 위한 연애로 하라니, 하던 그 말이 어디다 근저를 두고 나온 사랑인가도 대충 알았으리라 생각합니다. 겸하여 근대 예술이 기계의 소산인 동시에, 당신이라는 그 인물이 또한 기계로 빚어진 한 덩어리의 고기임을 충분히 알리라고 생각합니다.

——근대식으로 제작되어진 한 덩어리의 예술품——

내가 이렇게 당신을 불렀던 것도 얼마쯤 당신을 대접하여 있는 걸 알아야 될 겝니다. 당신은 행복인 듯싶이 불행한, 참으로 불행한 사람의 하나입니다. 자기의 불행을 모르고 속없이 주짜만 뽑는 사람을 보느니만치 더 딱한 일은 없을 듯합니다. 육도풍월肉跳風月*에 날 새는 줄 모르는 그들과 한가지로, 요지경 바람에 해 지는 줄 모르는 당신입니다.

당신에게는 생명이 전혀 없습니다. 그 몸에서 화장과 의장, 혹은 장신구를 벗겨내고 보면 거기에 남는 것은 벌건, 다만 벌건, 그렇고도 먹지 못하는 한 육괴肉塊에 더 되지 않을 겝니다.

그러나 재삼 숙고하여볼진댄 당신은 슬퍼할 것이 없을 듯싶습니다. 왜냐면 당신의 완전한 사람이 되고 못 되고는 앞으로 당신이 가질 그 노력 여하에 달렸기 때문입니다.

오늘은 순전히 어지러운 난장판일 줄 압니다. 마는 불행중에도 행이랄까, 한쪽에서는 참다라운 인생을 탐구하기 위하여 자기의 몸까지도 내어버리는 아름다운 희생이 쌓여감을 우리가 봅니다. 이런 시험이 도처에 대두되어가는 오늘날, 우리가 처할 길은 우리 머릿속에 틀 지어 있는 그 선입관부터 우선 두드려내야 할 것입니다. 그러고 나서 새로이 눈을 떠, 새로운 방법으로 사물을 대하여야 할 것입니다.

---

* 글자를 잘못 써서 이해하기 어려운 한시를 이르는 말.

그러나 그 새로운 방법이란 무엇인지 나 역 분명히 모릅니다. 다만 사랑에서 출발한 그 무엇이라는 막연한 개념이 있을 뿐입니다. 사랑, 하면 우리는 부질없이 예수를 연상하고, 또는 석가여래를 곧잘 들추어냅니다. 허나 그것은 사랑의 일부 발현은 될지언정 사랑 거기에 대한 설명은 되지 못할 겝니다.

그 사랑이 무엇인지 우리는 전혀 알 길이 없습니다. 우리가 보았다는 그것은 결국 그 일부일부의, 극히 조그만 그 일부의 작용밖에는 없습니다. 그리고 다만 한 가지 믿어지는 것은 사랑이란 어느 시대, 어느 회사에 있어, 좀 더 많은 대중을 우의적으로 한 끈에 꿸 수 있으면 있을수록 거기에 좀 더 위대한 생명을 갖게 되는 것입니다.

오늘 우리의 최고 이상은 그 위대한 사랑에 있는 것을 압니다. 한동안 그렇게도 소란히 판을 잡았던 개인주의는 니체의 초인설, 맬서스의 인구론과 더불어 머지않아 암장暗葬될 날이 올 겝니다. 그보다는 크로폿킨의 상호부조론이나 마르크스의 자본론이 훨씬 새로운 운명을 띠고 있는 것입니다.

다시 말하면 나는 여자에게 염서艶書 아닌 엽서를 쓸 수가 있고, 당신은 응당 그 편지를 받을 권리조차 있는 것입니다. 나의 머리에는 천품으로 뿌리 깊은 고질이 백여 있습니다. 그것은 사람을 대할 적마다 우울하여지는 그래 사람을 피하려는 염인증입니다. 그 고질을 손수 고쳐보고자 판을 걷고 나선 것이 곧 현재의 나의 생활이요, 또는 허황된 금점에서 문학으로 길을 바꾼 것도 그 이유가 여기에 있을 것입니다. 내가 문학을 함은 내가 밥을 먹고, 산보를 하고, 하는 그 일용 생활과 같은 동기요, 같은 행동입니다. 말을 바꾸어보면 나에게 있어 문학이란 나의 생활의 한 과정입니다.

그러면 내가 만일에 당신에게 편지를 안 썼더라면 그 시간에 몇 편의 작품이 생겼으리라는 그 말이 뭣인가도 충분히 다실 줄로 생각합니다.

그렇다고 내가 당신을 업수이 여긴 기억은 없습니다. 만일 그렇게 생각하신다면 그건 당신을 위하여 슬픈 일임에 틀림없을 겝니다. 나는 다만 그 위대한 사랑이 내포되지 못하는 한, 오늘의 예술이 바로 길을 들 수 없고, 당신이 그걸 모르는 한, 당신은 그 완전한 사람을 이내 모르고 말리라는 그것에 지나지 않을 겝니다.

그럼 그 위대한 사랑이란 무엇일까. 이것을 바로 찾고 못 찾고에 우리 전 인류의 여망餘望이 달려 있음을 우리가 잘 보았습니다.

—《조광》, 1937. 3.

김유정

이상*

암만해도 성을 안 낼 뿐만 아니라 누구를 대할 때든지 늘 좋은 낯으로 해야 쓰느니 하는 타입의 우수한 견본이 김기림이라.

좋은 낯을 하기는 해도 저으기 비례非禮를 했다거나 끔찍이 못난 소리를 했다거나 하면 잠자코 속으로만 꿀걱 없이 여기고 그만두는, 그러기 때문에 근시 안경을 쓴 위험인물이 박태원이다.

없이 여기고 할 경우에 "이놈! 네까짓 놈이 뭘 아느냐."라든가 성을 내면 "여! 어디 덤벼봐라."쯤 할 줄 아는, 하되, 그저 그럴 줄 알다 뿐이지 그만큼 해두고 주저앉는 파派에, 고만 이유로 코밑수염을 저축한 정지용이 있다.

모자를 홱 벗어 던지고 두루마기도 마고자도 민첩하게 턱 벗어 던지고 두 팔 훌떡 부르걷고 주먹으로는 적의 벌마구니를 발길로는 적의 사타구니를 격파하고도 오히려 행유여력行有餘力**에 엉덩방아를 찧고야 그치는 희유稀有의 투사가 있으니 김유정이다.

누구든지 속지 마라. 이 시인 가운데 쌍벽과 소설가 중 쌍벽은 약속하고

---

* 이상李箱(1910~1937). 시인 · 소설가. 본명은 김해경金海卿. 작품으로 시 「오감도」, 소설 「날개」, 「종생기」, 수필 「권태」 등이 있다.
** 일을 다 하고도 오히려 힘이 남음.

분만된 듯이 교만하다. 이들이 무슨 경우에 어떤 얼굴을 했댔자 기실은 그 교만에서 산출된 표정의 떼폴매슝* 외의 아무것도 아니니까 참 위험하기 짝이 없는 분들이라는 것이다.

이분들을 설복할 아무런 학설도 이 천하에는 없다. 이렇게들 또 고집이 세다.

나는 자고로 이렇게 교만하고 고집 센 예술가를 좋아한다. 큰 예술가는 그저 누구보다도 교만해야 한다는 일이 내 지론이다.

다행히 이 네 분은 서로들 친하다. 서로 친한 이분들과 친한 나 불초 이상이 보니까 여상如上의 성격의 순차적 차이가 있는 것은 재미있다. 이것은 혹 불행히 나 혼자의 재미에 그칠는지 우려지만 그래도 좀 재미있어야 되겠다.

작품 이외의 이분들의 일을 적확히 묘파해서 써내 비교교우학比較交友學을 결정적으로 여실히 하겠다는 비장한 복안이거늘,

소설을 쓸 작정이다. 네 분을 각각 주인으로 하는 네 편의 소설이다.

그런데 족보에 없는 비평가 김문집金文輯 선생이 내 소설에 59점이라는 좀 참담한 채점을 해놓으셨다. 59점이면 낙제다. 한끝만 더 했다면—그러니까 서울말로 '낙제 첫째'다. 나는 참 낙담했습니다. 다시는 소설을 안 쓸 작정입니다—는 즉 거짓말이고, 이 경우에 내 어쭙잖은 글이 네 분의 심사를 건드린다거나 읽는 이들의 조소를 산다거나 하지나 않을까 생각을 하니 아닌 게 아니라 등어리가 꽤 서늘하다.

그렇거든 59점짜리가 그럼 그렇지 하고 그저 눌러 덮어주어야겠고 뜻밖에 제법 되었거든 네 분이 선봉을 서서 김문집 선생께 좀 잘 좀 말해주셔서 부디 급제 좀 시켜주시기 바랍니다.

---

* 데포르마시옹-deformation. 모양 손상, 변형, 기형, 불구.

김유정 편

이 유정은 겨울이면 모자를 쓰지 않는다. 그러면 탈모脫帽인가? 그의 그 더벅머리 위에는 참 우글쭈글한 벙거지가 얹혀 있는 것이다. 나는 걸핏하면

"김 형! 그 김 형이 쓰신 모자는 모자가 아닙니다."

"김 형!(이 김 형이라는 호칭인즉은 이상을 가리키는 말이다) 거 어떡허시는 말씀입니까."

"거 벙거지, 벙거지지요."

"벙거지! 벙거지! 옳습니다."

태원도 회남도 유정의 모자 자격을 인정하지 않는다. 벙거지라고밖에!

엔간해서 술이 안 취하는데 취하기만 하면 딴사람이 되고 만다. 그것은 무엇을 보고 아느냐 하면—

보통으로 주먹을 쥐고 쓱 둘째손가락만 쪽 펴면 사람 가르키는 신호가 되는데 이래가지고는 그 벙거지 차양 밑을 후벼 파면서 나사못 박는 흉내를 내는 것이다. 할일없이 젖먹이 곤지곤지 형용에 틀림없다.

창문사에서 내가 집무랍시고 하는 중에 떡 나를 찾아온다. 와서는 내 집무 책상 앞에 마주 앉는다. 앉아서는 바윗덩어리처럼 말이 없다. 낸들 또 무슨 그리 신통한 이야기가 있으리오. 그저 서로 벙벙히 앉아 있는 동안에 나는 나대로 교정 등속 일을 한다. 가지가지 부호를 써서 내가 교정을 보고 있노라면 그는 불쑥

"김 형! 거 지금 그 표는 어떡하라는 푠구요."

이런다. 그럼 나는 기가 막혀서

"이거요, 글자가 곤두섰으니 바로 놓으란 표지요."

하고 나서는 또 그만이다. 이렇게 평소의 유정은 뚱보다. 이런 양반이 그 곤지곤지만 시작되면 통성 다시 해야 한다.

그날 나도 초저녁에 술을 좀 먹고 곤해서 한참 자는데 별안간 대문을 두드리는 소리가 요란하다. 1시나 가까웠는데—하고 눈을 비비고 나가보니까 유정이 B군과 S군과 작반作伴해 와서 이 야단이 아닌가. 유정은 연해 성히 곤지곤지 중이다. 나는 일견에 '익키! 이건 곤지곤지구나' 하고 내심 벌써 각오한 바가 있자니까 나가잔다.

"김 형! 이 유정이가 오늘 술, 좀, 먹었습니다. 김 형! 우리 또 한 잔 허십시다."

"아따 그러십시다그려."

이래서 나도 내 벙거지를 쓰고 나섰다.

나는 단박에 취해버려서 역시 그 비장의 가요를 기탄없이 내뿜는가 싶다. 이렇게 밤이 늦었는데 가무음곡으로써 가구를 소란케 하는 것은 법규상 안 된다. 그래 주파酒婆*가 이러니저러니 좀 했더니 S군과 B군은 불온하기 짝이 없는 언사로 주파를 탄압하면, 유정은 또 주파를 의미 깊게 흘낏, 한번 흘겨보더니

"김 형! 우리 소리합시다."

하고 그 척척 붙어 올라올 것 같은 끈적끈적한 목소리로 강원도 아리랑 팔만구암자八萬九庵子를 내뿜는다. 이 유정의 강원도 아리랑은 바야흐로 천하일품의 경지다.

나는 소독消毒 젓가락으로 추탕鰍湯 보시깃전을 갈기면서 장단을 맞춰 좋

---

* 주막에서 술을 파는 늙은 여자.

아하는데 가만히 보니까 한쪽에서 S군과 B군이 불화다. 취중 문학담이 자연 아마 그리된 모양인데 부전부전하게 유정이 또 거기 가 한몫 끼는 것이다. 나는 술들이나 먹지 저 왜들 저러누, 하고 서서 보고만 있자니까 유정이 예의 그 벙거지를 떡 벗어젖히더니 두루마기 마고자 저고리를 차례로 벗어젖히고는 S군과 맞달라붙는 것이 아닌가.

싸움의 테마는 아마 춘원의 문학적 가치 운운이던 모양인데 어쨌든 피차 어지간히들 취중이라 문학은 저리 집어치우고 인제 문제는 체력이다. 뺨도 치고 제법 태견*도들 한다. S군**은 이리 비철 저리 비철 하면서 유정의 착의일식着衣一式을 주워 들고 바로 뜯어말린답시고 한가운데 가 끼어서 꾸기적꾸기적하는데 가는 발길 오는 발길에 이래저래 피해가 많은 꼴이다.

놀란 것은 주파와 나다.

주파는 술은 더 못 팔아도 좋으니 이분들을 좀 밖으로 모셔내라는 애원이다. 나는 B군과 협력해서 가까스로 용사들을 밖으로 끌고 나오기는 나왔으나 이번에는 자동차가 줄 대서 왕래하는 대로 한복판에서들 활약이다. 구경꾼이 금시로 모여든다. 용사들의 사기는 백열화白熱化한다.

나는 섣불리 좀 뜯어말리는 체하다가 얼떨결에 벙거지 벗어진 것이 당장 용사들의 군용화에 유린을 당하고 말았다. 그만 나는 어이가 없어서 전선주에 가 기대서서 이 만화를 서서히 감상하자니까—

B군은 이건 또 언제 어디서 획득했는지 모를 5홉들이 술병을 거꾸로 쥐고 육모 방망이 내휘두르듯 하면서 중재 중인데 여전히 피해가 많다. B군은 이윽고 그 술병을 한번 허공에 한층 높이 내휘두르더니 그 우렁찬 목소리로 산명곡응山鳴谷應하라고 최후의 대갈일성을 시험해도 전황은 여전하다.

* 태견. 우리나라 고유의 전통 무예 중 하나.
** 'B군'의 오기로 보임.

B군은 그만 화가 벌컥 난 모양이다. 그 술병을 지면 위에다 내던지고 가로대

"네놈들을 내 한꺼번에 죽이겠다."

고 결의의 빛을 표시하더니 좌충우돌로 동에 번쩍 서에 번쩍 S군, 유정의 분간이 없이 막 구타하기 시작이다.

이 광경을 본 나도 놀랐거니와 더욱 놀란 것은 전사 두 사람이다. 여태껏 싸움 말리는 역할을 하노라고 하던 B군이 별안간 이처럼 태도를 표변하니 교전하던 양인兩人이 놀라지 않을 수가 없다.

B군은 위선 유정의 턱밑을 주먹으로 공격했다. 경악한 유정은 방어의 자세를 취하면서 한쪽으로 비키니까 B군은 이번에는 S군을 걷어찼다. S군은 눈이 뚱그레서 이 역 한편으로 비키면서 이건 또 무슨 생각으로

"너! 유정이! 덤벼라."

"오냐! S! 너! 나한테 좀 맞아봐라."

하면서 원래의 적이 다시금 달라붙으니까 B군은 그냥 두 사람을 얼러서 걷어차면서 주먹비를 내리는 것이다. 두 사람은 일제히 공세를 B군에게로 몰아가지고 쉽사리 B군을 격파한 다음 이어 본전을 계속 중에 B군은 이번에는 S군의 불두덩을 걷어찼다. 노발대발한 S군은 B군을 향하여 맹렬한 일축을 수행하니까 이 틈을 타서 유정은 S군에게 이 또한 그만 못지않은 일축을 결행한다. 이러면 B군은 또 선수를 돌려 유정을 겨누어 거룩한 일격을 발사한다. 유정은 S군을, S군은 B군을, B군은 유정을, 유정은 S군을, S군은——

이것은 그냥 상상만으로도 족히 포복절도할 절경임에 틀림없다. 나는 그만 내 벙거지가 여지없이 파멸한 것은 확연히 잊어버리고 웃음보가 곧 터질

지경인 것을 억지로 참고 있자니까 사람은 점점 꼬여드는데 이 진무류珍無類의 혼전은 언제나 끝날지는 자못 묘연하다.

이때 옆 골목으로부터 순행하던 경관이 칼 소리를 내면서 나왔다. 나와서 가만히 보니까 이건 싸움은 싸움인 모양인데 대체 누가 누구하고 싸우는 것인지 종을 잡을 수가 없는 것이다.

경관도 기가 막혀서

"이게 날이 너무 춥더니 실진失眞들을 한 게로군."

하는 모양으로 뒷짐을 지고 서서 한참이나 원망遠望한 끝에 대갈일성

"가엣!"

나는 이 추운 날 유치장에를 들어갔다가는 큰일이겠으므로

"곧 집으로 데리구 가겠습니다. 용서하십쇼. 술들이 몹시 취해 그랬습니다."

하고 고두백배한 것이다.

경관의 두 번째 "가에렛" 소리에 겨우 이 삼국지는 아마 종식하였던가 한다.

이 이야기를 듣고 태원이 "거 요코미쓰 티이치橫光利一*의 『기계』 같소그려." 하였다. (물론 이 세 동무는 그 이튿날은 언제 그런 일이 있었느냐는 듯이 계속하여 정다웠다.)

유정은 폐가 거의 결딴이 나다시피 못쓰게 되었다. 그가 웃통을 벗은 것을 보았는데 기구한 수신이 나와 비슷하다. 늘

"김 형이 그저 두 달만 약주를 끊었으면 건강해지실 텐데."

---

* 일본의 소설가. 신감각파 문학 운동을 일으켰으며 예술파의 중심적 위치를 차지함.

해도 막무가내하더니 지난 7월 달부터 마음을 돌려 정릉리 어느 절간에 숨어 정양 중이라니, 추풍이 점기漸起에 건강한 유정을 맞을 생각을 하면 나도 독자도 함께 기쁘다.

—《청색지》, 1939. 5.

작가 연보

1908년   대지주의 8남매(2남 6녀) 중 차남으로 강원도 춘천시 신동면 증리(실레마을)에서 태어남.

1914년   조부 김익찬 사망. 서울로 이사.

1915년   어머니 청송 심씨 사망.

1917년   아버지 김춘식 사망.

1920년   재동공립보통학교 입학.

1923년   재동보통공립학교 4년 졸업. 휘문고등보통학교(5년제)를 검정檢定으로 입학. 안회남과 교류.

1928년   휘문고보 3학년 때 1년 휴학 후 다시 4학년에 복학. 명창 박녹주와의 우연한 만남과 일방적 구애.

1929년   휘문고보 졸업(제21회).

1930년   연희전문학교 문과에 입학했으나 제명 처분을 당함. 박녹주에 대한 구애가 거절당하자 고향인 실레마을로 내려감. 들병이들과도 어울림. 늑막염 발병. 안회남安懷南의 권고로 소설 습작 시작.

1931년   보성전문학교에 다시 입학했으나 곧 자퇴. 실레마을에 야학을 개설.

1932년   야학당을 '금병의숙金屛義塾'으로 발전시키고 농촌계몽운동을 벌이다가 충남 예산의 금광을 전전하기도 함. 서울로 올라가 단편 「심청」을 탈고.

1933년   늑막염이 악화되어 폐결핵으로 진행됨. 안회남의 주선으로 「산골 나그네」를 《제일선》지 3월호에, 「총각과 맹꽁이」를 《신여성》지 9월호에 발표.

1934년   「정분」, 「만무방」, 「애기」, 「노다지」 등을 탈고. 안회남이 대신 신춘문예 응모작을 보냄.

1935년   《조선일보》 신춘문예에 「소낙비」가 1등 당선, 《조선중앙일보》 신춘문예에 〈노다지〉가 가작 입선. 이해에 「금 따는 콩밭」, 「만무방」, 「솥」, 「봄·봄」, 「안해」 등을 발표. 구인회 후기 동인으로 참여. 이상李箱과 깊게 교류.

1936년   「심청」, 「가을」, 「이런 음악회」, 「동백꽃」, 「정조」 등을 발표. 미완의 장편 소설 『생의 반려』를 《중앙》 8, 9월호에 연재. 시인 박용철의 누이 박봉자에게 구애의 편지를 보냈으나 회신을 받지 못함. 평론가 김문집이 병고 작가 구조 운동을 벌임.

1937년   「따라지」, 「땡볕」, 「연기」 발표. 3월 29일 30세로 사망. 유해는 서대문 밖에서 화장되어 한강에 뿌려짐. 사후 「정분」이 발표됨.

1938년   첫 작품집 『동백꽃』(삼문사) 출간.

1939년   사후 「두포전」, 「형」, 「애기」 발표됨.

한국현대문학전집8-김유정 단편선

봄·봄

지은이 | 김유정
엮은이 | 김미현
펴낸이 | 김영정

초판 1쇄 펴낸날 2010년 11월 1일
초판 4쇄 펴낸날 2020년 4월 8일

펴낸곳 | (주)현대문학
등록번호 | 제1-452호
주소 | 06532 서울시 서초구 신반포로 321(잠원동, 미래엔)
전화 | 02-2017-0280
팩스 | 02-516-5433
홈페이지 | www.hdmh.co.kr

ISBN 978-89-7275-478-7 04810
세트 978-89-7275-470-1

* 책값은 뒤표지에 있습니다.